requiem
des aberrations

ISBN : 978-2-916136-95-0
Dépôt légal : mars 2016
Conception graphique : Sandrine Duvillier
Photo de couverture : © Naomi sous la licence Creative Commons

Les Éditions du Sonneur
5, rue Saint-Romain, 75006 Paris
www.editionsdusonneur.com

requiem des aberrations

Yves Gourvil

Les Éditions du Sonneur

In memoriam C. L., où qu'il soit.

À Sylvie Germain.
À Philippe Duclos.
Pour Irène, pour Olga.

O God, I could be bounded in a nut shell
and count myself a king of infinite space,
were it not that I have bad dreams.
WILLIAM SHAKESPEARE, *Hamlet*

Et si ce n'était pas l'exacte vérité cela n'aurait
aucune importance : les histoires ne servent
qu'à habiller l'indéchiffrable du monde.
PATRICK CHAMOISEAU, *Les Neuf Consciences du Malfini*

« Madame, dit-il, les gens se moquent pas mal de la façon
dont ils mentent. Après tout, le mieux que je puisse vous dire,
c'est que je suis un homme ; mais écoutez, madame… » Il s'arrêta
et prit un ton plus inquiétant encore : « Qu'est-ce qu'un homme ? »
FLANNERY O'CONNOR, *Les Braves Gens ne courent pas les rues*

AVERTISSEMENT

Personnages, lieux et événements contés ici sont presque tous imaginaires, les autres tout autant, sinon plus. Aucune connaissance particulière de Wagner et de son œuvre n'est requise pour suivre cette histoire, bien au contraire.

Remerciements particulièrement chaleureux à Johannes Brahms et son *Trio n° 1 opus 8 en si majeur.*

Vous retrouverez l'ensemble des morceaux de musique qui ponctuent ce roman en flashant le code ci-dessous ou en vous rendant sur la page : www.deezer.com/playlist/1530246221

LIVRE 1

BALLADE DES EXCLAMATIONS

CHAPITRE PREMIER

Le narrateur et son invraisemblable acolyte accostent une bande de terre appelée à jouer un certain rôle dans cette histoire.

– Sublime, grandiose ! Immémorial ! Subjugués ! Soyons subjugués !

Deux heures qu'il ne savait plus dire autre chose. Deux heures que j'étais là, Gros-Jean comme devant, mais comme devant quoi, grand dieu ? Il avait plu toute la nuit, ça glissait, des flaques d'eau sale paradaient un peu partout et je m'exténuais fort, ami lecteur, à travestir en silence poli fureur et consternation rentrées qui me crétinisaient sur place. Et lui, le quinquagénaire gamin d'un mètre quatre-vingt-dix, jubilait sans retenue ni vergogne à mes côtés, colossal et dépenaillé aux portes du paradis, salivant comme une grande bête affamée devant le jouet de ses rêves.

– Subjugués ! Soyons subjugués ! Sublime, grandiose ! Regarde-moi ça !

Il ne se tenait plus de joie tandis que moi, en costume-cravate les pieds dans le marécage (car suivant ses injonctions, lui qui était content dans ses fringues de tous les jours bien crades et toutes fripées, j'avais ressorti le seul costume en ma possession), je tâchais d'éviter les flaques, de ne pas me ramasser la gueule sur un sol qui ne méritait même plus le nom de boue.

– Formidable, non ? Mais regarde-moi ça. Tu imagines un peu ? Mais admire-moi ce machin-là !

Il envoyait des bisous à « ce machin-là », exultant souverain dégingandé posant enfin le pied sur son nouveau royaume. Et pour la quinzième fois en dix minutes :

– Non, mais regarde-moi ça. Regarde-moi ça !

Une impatience euphorique le faisait ouvrir à tous les vents deux bras empotés de bonheur et à chaque « Regarde-moi ça » me pilonner les côtes flottantes d'un triomphal coup de coude, histoire de me prendre à témoin de son exaltation et de rameuter la mienne. Mais s'il était ce matin-là deux facultés de l'âme décidément nulles et non avenues en moi, c'était bien l'enthousiasme et l'exaltation. Et une fois encore vlan dans mes côtes : peu s'en fallut que le costume et moi nous en allassions valdinguer dans l'infâme gadoue. Un bras gigantesque vint affectueusement emprisonner mes épaules.

– Non, mais tu imagines ? Tu imagines un peu ? Dis-moi que tu imagines, dis-le-moi !

Je n'imaginais rien du tout, ce que j'avais devant les yeux ne suscitait qu'une seule envie en moi : me tailler vite fait à toutes guibolles. Sentant toutefois qu'il convenait de quitter mon silence muré :

– Oui… Un peu, lâchai-je d'une petite voix humble.

Lui continua crescendo :

– Hein ? Franchement ? Comme quoi il suffisait d'y croire. On y a cru et on a trouvé, mon immense camarade, on a trouvé ! Mais regarde-moi ça. C'est à nous, c'est pour nous, tout ça.

Et pour fêter « ça », il me déposa gloutonnement sur chaque joue deux baisers sonores qui puaient joyeusement un mélange de charcuterie à l'ail et d'effluves alcoolisés. Puis, d'un geste seigneurial et généreux :

– Non mais franchement ? Franchement, c'est pas mirifique, ça ?

« Ça »... Les mots « décharge », « ruine », « désert » ou « taudis » bien touillés ensemble eussent échoué à donner une image exacte de ce traquenard au faciès de hangar en tôles ondulées, ce canularesque point de non-retour sur fond de parpaings et de vieux pneus entassés où commença cette histoire. Du déglingué cradingue et de l'insalubre saumâtre fraternisant dans une silencieuse agonie, l'humide graisseux acoquiné au caoutchouteux pourri, voilà ce qu'était « ça » : une gigantesque ruine de hangar à la vaste toiture éventrée dont les tôles bâillaient vers les nuages, donnant au premier regard à l'ensemble des lieux l'apparence de quelque démentielle vieille boîte de conserve béante et rouillée, un cadavre d'immense bâtiment. Trois des murs étaient dûment écroulés, le quatrième par contre, bizarrement intact et debout, dressait altièrement son pan de briques rouges comme bravant l'imprescriptible arrêté qui semblait avoir voué à l'abolition ce tas de ruines encrassées. « Ça » avait peut-être été jadis atelier municipal ou garage à autocars. Ou pourquoi pas centre de rétention ? Peut-être bien usine si l'on en croyait les ossements corrodés de diverses quincailleries indéfinissables qui persistaient par-ci par-là, les épais amoncellements entrelacés de câbles et de chaînes antédiluviens, les restes de rouages, poulies, morceaux d'écrous, tout un désolant tintouin de séquelles fossilisées par l'empoussièrement et un ancestral cambouis.

Soucieux de remédier à l'innommable, je baptisai ce monumental et consternant vestige Vieil Entrepôt. Car indubitablement ce lieu avait jadis assumé la fonction d'entreposer : des ballots de marchandises et des chars à banc ou des véhicules municipaux, qui eût pu dire ? Des munitions et de l'armement peut-être, de la force de travail mêlée de sueur prolétarienne sans doute, des bovins faisant tristement escale avant l'abattoir ça se pouvait, de l'humanité indésirable promise à d'expéditives mesures de reconduite ou de déportation voire pire, on frémissait d'y penser.

– Comment un peu ? Non mais attends ! Là tu te fous de ma gueule ? s'exclama-t-il, réagissant en retard à ma pusillanime réponse.

Il planta trop près de mon nez son incommensurable et hirsute carcasse, ses deux paluches s'abattirent sur mes épaules, je fus secoué comme un prunier indocile.

– Pas un peu, voyons. Immense, tu entends ? IMMENSE, il va falloir que tu l'apprennes, ce mot-là. Un peu !

Une indignation condescendante le fit s'esclaffer :

– Non mais pincez-moi, je rêve ! Gigantesque, voyons ! Grandiose, babylonien, mais enfin, vas-y, dis-le, n'aie pas peur !

– Babylonien, susurrai-je pour lui faire plaisir.

Puis soudain il ne me connut plus. Une inspiration de Pythie parut l'avoir saisi, le gamin quinquagénaire devint érémitique et recueilli ; de braillarde et déjantée, sa superbe voix de basse se fit marmoréenne et contenue :

– Voilà. Oui, oui, exactement, je le vois. Oh oui, je le vois. Là, exactement là. Tout y est.

D'extatiques monosyllabes et borborygmes me parvenaient de sa prostration. Ses gigantesques mains pétrissaient l'air vicié, sculptant dans le vide l'avenir du Vieil Entrepôt. Tel l'un de ces magiciens des contes orientaux dont il faut bien reconnaître qu'il avait en cette minute, avec ou malgré son large imper délavé, sa tignasse malpropre et ses grosses grolles râpées, un peu de la présence charismatique, il transformait le vaste taudis délabré en je ne sais quel eldorado dont il était bien le seul à percevoir et révérer la splendeur. Car franchement, ami lecteur, au seuil et à la vue d'une semblable terre promise, n'importe quel Moïse à qui le Seigneur eût annoncé « Voilà le pays que je t'ai promis mais tu n'y entreras pas ! » aurait poliment étouffé un « ouf » d'indicible soulagement. Seulement, tels les galériens d'autrefois à leur immédiat compagnon de chaînes, j'étais arrimé aux basques déguenillées d'un Moïse à qui Dieu n'avait pas refusé cette terre promise, à qui Dieu était peut-être en train de la refiler de bon cœur comme une erreur de sa création dont il ne savait comment se défaire. Un Moïse qui, délaissant son état de prostration, se mit tout à coup à gambader avec une gaieté de gamin tout fou parmi les flaques et débris multiples du Vieil Entrepôt, sautant joyeusement à pieds joints dans les nappes d'eau croupie, s'amusant bien fort de nous voir, mon costume et moi, éviter de notre mieux les éclaboussures. Et soudain il se laissa choir à genoux. Aplatissant son corps dans toute cette saleté, il demeura longuement prosterné sur le sol de cet inenvisageable Canaan. D'une flaque de vase noire, il extirpa dévotement un vieux débris de parpaing couleur de moisi, l'éleva comme une hostie vers les cieux, ou plutôt vers la toiture déchiquetée du Vieil Entrepôt, couvrit de baisers fous ce déchet dégoûtant avant de précautionneusement le reposer sur le sol. Enfin il se statufia dans une attitude évoquant, au choix, un accès de sénilité précoce ou, pourquoi pas, Moïse face au Buisson ardent. Car cet olibrius colossal et dangereusement extraverti s'appelait effectivement Moïse, Moïse Chant-d'Amour.

Quelque fortuite et lointaine ascendance québécoise lui avait-elle valu ce langoureux nom de famille ? Cette question, dont je ne connus jamais la réponse, participait de l'énigme du personnage. On n'échappe pas à son nom, prétendent certains, encore moins peut-être à son prénom : Moïse Chant-d'Amour, cette histoire le montrera, n'échappa à aucun des deux. Lui-même percevait-il un quelconque lien entre son prénom et le franchisseur de la mer Rouge ? Cela est douteux. Au cours de toutes nos années de conversations ou algarades, mes allusions à son homonyme biblique tombèrent systématiquement et toujours à plat. Au point que j'en vins à penser qu'il ignorait peut-être bien tout de Moïse et de la Bible, ce qui, les choses de Dieu se tenant aux antipodes de là où il s'adonnait à son art de vivre profane et même profanateur, ne m'eût guère surpris. Pourtant et d'une manière qui n'appartenait certes qu'à lui, il portait plutôt très bien son prénom. Et le voyant ce matin-là, hirsute et possédé, faire se lever et mouvoir les troupes indociles de ses fantasmagories, je ne pouvais me défendre de la presque conviction que l'ancestrale signification de Moïse œuvrait en lui. Et rien ne m'eût paru plus allant de soi qu'un généalogiste débarquant à cet instant au Vieil Entrepôt pour m'affirmer pièces à l'appui que l'immémorial Moïse qui libéra son peuple et reçut les Tables de la Loi n'avait d'autres authentiques descendants que le Moïse, Chant-d'Amour de son nom de famille, en train de délirer devant moi, avec qui le reste du temps je buvais des coups et que je suivais dans ses expéditions de caniveaux ou d'arrière-cour.

Ce portrait demeurerait inachevé si j'omettais deux autres composantes essentielles du bonhomme : l'une que je ne ferai que mentionner ici et sur laquelle je n'ai pas fini de revenir souvent, à savoir sa quasi psycho-pathologique adoration des opéras wagnériens, et l'autre pour le moins aussi troublante que son prénom de Moïse et qui avait trait non à sa psyché ou son état-civil mais à son physique, je veux parler d'une inconcevable ressemblance confinant à la gémellité avec l'un des plus illustres acteurs de western.

Pour établir une indubitable concordance entre le Moïse célébré par les Écritures et celui dénommé Chant-d'Amour, il aurait peut-être fallu imaginer Cecil B. DeMille commettant une loufoque erreur de casting et confiant, au lieu de Charlton Heston, le rôle vedette des *Dix Commandements* à… John Wayne ! Car la ressemblance de Moïse Chant-d'Amour avec le John T. Chance de *Rio Bravo* était positivement stupéfiante. Ressemblance que manifestement l'intéressé ne cherchait aucunement à cultiver et dont il paraissait même n'avoir aucune conscience, faisant mine, comme pour son prénom, de tout ignorer et de ne rien vouloir connaître du mythique cow-boy dont pourtant il aurait pu sans problème se prétendre le rejeton. Un jour que je l'emmenai voir *L'Homme qui tua Liberty Valance*, son héroïque sosie sur l'écran le laissa de marbre et il ne m'en dit pas un mot à la sortie, prétendant, ce qui était faux je l'avais bien vu, avoir dormi pendant presque tout le film. Avec ses cheveux trop longs et toujours sales, sa trombine jamais rasée, sa dégaine qui évoquait plus une ultime et joyeuse escale avant la clochardisation que la mise du capitaine Nathan Brittles devant ses troupes, il fallait être autant que moi rat de cinémathèque pour être stupéfié par une ressemblance que l'intéressé lui-même paraissait s'obstiner à enfouir. Mais ce matin-là encore, à la vue de Moïse Chant-d'Amour arpentant ces décombres qui n'avaient certes rien d'un Far West, slalomant parmi les vieilles ferrailles, les flaques et les immondices, je reconnus à ne m'y pas tromper cette façon de marcher qu'a John Wayne dans tous ses films : une manière de se déplacer un peu comme si l'une des jambes était légèrement plus longue que l'autre, ce qui confère à la démarche quelque chose d'incertain et de chaloupé, comme si sous un masque de hâbleuse détermination le héros n'était jamais tout à fait si persuadé que ça de s'aventurer dans la bonne direction. Je reconnus bien, déambulant parmi les cochonneries du Vieil Entrepôt, cette même jambe un rien lourdaude et indécise, ignorée des contempteurs qui, pour cause de désolants *Bérets verts,* classent un peu vite le cavalier de *La Prisonnière du désert* dans la catégorie des parangons virils de la martiale et réactionnaire Amérique. Touche finale du portrait : si le Moïse des Hébreux était bègue, le mien était gaucher. Particularité bénigne mais qui, outre le plaisir taquin qu'il prenait à embarrasser qui lui échangeait une poignée de main « normale » ou voulait lui tendre un objet, pimentait pittoresquement l'extravagance revendiquée du personnage.

Mais que diable mon acolyte et moi venions-nous faire par ce beau matin de mars 2005 en un lieu si impensable ? Il me faut remonter quelque temps plus tôt. Environ un mois avant notre équipée au Vieil Entrepôt, voilà que, fait totalement inhabituel, Moïse Chant-d'Amour me laissa brusquement et pendant plusieurs jours sans nouvelles. D'ordinaire, presque quotidiennement et à l'heure lui agréant, heure que ses bons plaisirs faisaient osciller entre début d'après-midi et milieu de la nuit, mon acolyte ne manquait jamais de me téléphoner, toujours du même ton de voix exagérément chaleureux et subtilement condescendant. Il y avait en effet dans ses intonations et manières d'en user avec moi comme la tacite et rigoureuse application d'un édit m'enjoignant de ne jamais perdre de vue la beauté du cadeau qu'il me faisait en me consentant la possibilité de graviter, satellite indigne mais bienheureux d'un tel soleil, aux abords de sa sphère d'existence. Ce ton, toutefois, s'infléchissait assez fréquemment jusqu'à se faire humblement quémandeur lorsqu'il s'agissait de « dépanner » mon acolyte de quelques euros ou carrément de lui « avancer » sa Carte orange ou sa facture de portable. Un autre édit, intransgressible sous peine de foudres et honnissements, m'interdisait de lui téléphoner : Moïse Chant-d'Amour seul décidait de nos conversations téléphoniques et rendez-vous. Une bonne part de mes journées se voyait donc assujettie à l'inéluctable instant où, surgissant de la poche gauche de mon pantalon, une version synthétisée de la chevauchée des Walkyries m'informait que Moïse Chant-d'Amour avait quitté sa tanière pour s'en venir à la rencontre de l'humanité, c'est-à-dire de moi, ma corvéable et disponible personne faisant, à l'instar des théâtres sans moyens où un seul acteur incarne une foule à lui tout seul, office d'humanité tout entière. Pendant pas loin d'une semaine donc, je restai sans nouvelles. Le premier jour, loin de m'en inquiéter, je profitai de la reposante aubaine. Le deuxième jour également, quoiqu'étonné quand vingt-trois heures trente sonnèrent de remarquer qu'aujourd'hui encore les Walkyries s'étaient abstenues d'entonner leur chant fatidique. Fort probablement cuvait-il, seul ou avec sa bien-aimée (car il avait une bien-aimée et de cela il sera question en temps et heure), l'une de ces incommensurables beuveries dont je le savais ô combien coutumier et friand, et dans ce cas-là sitôt décuité il ne manquerait pas de me remettre son amical et despotique grappin dessus. Par ailleurs, soit esbroufe soit authentique face cachée de son existence, il lui arrivait d'aller nul ne savait où se livrer à des activités dont personne ne savait rien. Soulographie ou mission secrète, donc, je voulus m'en soucier le moins possible, en raison, notamment, de pas mal de travail en retard qui m'attendait. Car, ami lecteur, j'avais un travail. Tout sauf accaparant, certes, rétribué à n'en pas douter bien au-dessus de ce qu'il exigeait en dons de ma personne, mais travail tout de même : j'étais homme à tout faire dans la bouquinerie de mon beau-frère. Premier mari mal aimé d'une sœur avec qui je ne me suis jamais entendu et partie mener une vie à sa convenance entre Wall Street et Miami, mon beau-frère semblait venu sur Terre pour doter l'expression « bonne pâte » d'une irréfutable preuve par l'exemple, et je puis affirmer que s'il existait en 2005 en France un dernier patron philanthrope, j'eus l'inestimable et immérité coup de bol d'être son employé. Homme de ménage, vendeur, coursier, archiviste, j'étais un peu tout cela dans la bouquinerie, mais à mon rythme, aux jours et heures de présence qui m'agréaient. Le soir, quand je quittais la boutique, mon beau-frère me demandait de sa voix bienveillante :

– Tu reviens quand ?

Et que je lui répondisse demain ou dans trois semaines :

– Ah bon ? Alors très bien, répliquait-il sur un ton d'absolu contentement dont rarement patron gratifia le plus irréprochable de ses employés modèles.

Aussi, devant tant de gentillesse, me sentais-je tenu à une minimale assiduité, ce ne m'était du reste jamais une corvée de venir me mettre à quatre pattes dans l'arrière-boutique pour inventorier des entassements d'éditions anciennes ou des paquets de vieux numéros des *Pieds nickelés*.

Ainsi, le nez dans d'antiques exemplaires de la NRF et goûtant la compagnie silencieuse des vieux bouquins apaisants sur les rayonnages, oubliant presque l'existence de Moïse Chant-d'Amour, je me délectai d'une paix d'autant plus succulente que je la pressentais n'être que très provisoire, ce qu'en effet elle fut. Au sortir de ma troisième journée de peinard labeur, des questionnements me vinrent, puis des supputations et, passées vingt-deux heures quinze, la disparition de mon acolyte commença à quelque peu m'inquiéter.

La soirée était belle et je sillonnai jusque très tard dans la nuit boulevards et endroits de Paris dans l'espoir idiot de me trouver nez à nez avec le disparu, le cœur me bondissant d'une joie sitôt déçue à chaque silhouette suggérant si peu que ce fût John Wayne dans la nuit. Le lendemain, estimant que la bouquinerie pouvait attendre, je passai presque toute la journée Chez André Mahmoud, un café en plein cœur de la proche banlieue nord-ouest et où nous tenions ordinairement, Moïse Chant-d'Amour et moi, flanqués d'occasionnels comparses, nos interminables et infertiles quartiers généraux. Si Moïse Chant-d'Amour se décidait à réapparaître, ce serait fort probablement là. Il ne réapparut pas. Je revins passer la journée du lendemain sur la même banquette en skaï crevassée dont les ressorts protestaient de leur grand âge en m'entrant dans les fesses. Supputations tour à tour fébriles et déraisonnables me labourèrent la tête, sous le regard serviable et scrupuleusement discret d'André Mahmoud qui, occupé à honorer ses bavards et bruyants habitués de comptoir, faisait mine de ne se rappeler mon existence qu'au moment où d'un ton de voix le plus dédramatisé possible je le hélais pour renouveler ma consommation.

– Encore un déca, monsieur Saturnin, pas de problème.

Saturnin est mon prénom. « Pas de problème », il terminait presque toutes ses phrases comme ça, ce bistrotier débonnaire franco-kabyle :

– Zidane ou Henry, pas de problème, sûr qu'un des deux marque en seconde mi-temps. Tu me fais marrer toi, si je paie pas mon URSSAF, fermeture administrative, pas de problème.

Pas de problème, comme un vœu pieux, comme une conjuration, une signature en bas du tableau paisible ou tracassé de la vie quotidienne.

« Mais qu'est-ce qu'il fout ? Qu'est-ce qu'il peut bien foutre, qu'est-ce qu'il mijote ? »

La question me tournait dedans comme un essaim de mouches. Il me revint alors que les jours précédant sa disparition, le bougre m'avait à certains moments paru bizarre. Je l'avais surpris à s'évader dans d'inhabituels mutismes rêveurs éclairés par instants d'un sourire presque idiot. Que connaissais-je vraiment de lui ? Son foutu caractère et son adoration immodérée des opéras wagnériens, à part ça peu de chose. Car l'œuvre de Richard Wagner était le centre de tous ses centres d'intérêt, le moyeu de la grande roue de sa vie. La Tétralogie n'avait pas de secret pour lui, *Parsifal*, *Le Vaisseau fantôme* et *Tannhäuser* lui tenaient pour ainsi dire lieu de quotidiens aliments de l'âme. D'où et de qui lui venait cette omniscience ? Je ne l'ai jamais su. Incapable de déchiffrer une note de musique, il n'en pouvait pas moins vous chanter sans se tromper des airs ou des pans entiers des pages orchestrales de Wagner, il connaissait par cœur et au mot près, bien que ne parlant pas l'allemand, le texte de tous les opéras, vous entraînait à sa suite dans les plus inexplorables recoins de la partition et du livret de *Tristan* ou *Lohengrin*. Nous partagions cette passion, elle avait été le point de départ et demeurait la toile de fond de notre compagnonnage, moi de manière humblement lacunaire, lui avec une je-m'en-foutiste et cabotine science infuse.

Que connaissais-je vraiment de lui ? Quels étaient ses moyens d'existence ? Je l'ignorais. Puisait-il dans une fortune personnelle gardée secrète ou naviguait-il à vue au bord de la précarité ? Tout ce que j'en pouvais dire était son habitude de me demander d'un ton chattemite de lui « avancer » ceci ou cela. Parfois on le voyait s'évader quelques jours sous prétexte d'un petit boulot fort opportunément dégoté mais dont nous ne savions jamais grand-chose. Peut-être était-ce aujourd'hui le cas et le plus simple eût été de courir chez lui prendre des nouvelles. Le principal obstacle était que j'ignorais totalement où il habitait : amplement comblé par ses envahissements et tonitruances lors de nos conclaves de bistro ou randonnées de banlieue, l'envie d'en apprendre plus sur sa vie ne m'était pas venue. Et lui à l'évidence se souciait en retour fort peu d'en savoir davantage sur moi. A-t-on vraiment besoin de tout connaître l'un de l'autre pour être amis ? Lui et moi étions la preuve que non.

Dans l'après-midi du sixième jour, le ras-le-bol de sentir les ressorts de la banquette m'endolorir le fessier me chassa de chez André Mahmoud et j'allai m'informer auprès de quelques relations communes : Moïse Chant-d'Amour ne s'était trouvé sur le chemin de personne. Un dernier espoir me restait : périodiquement, le duo que Moïse Chant-d'Amour et moi constituions s'élargissait, pour se faire trio, d'un intermittent pilier nommé Grand Magistral. Mettre la main sur ce personnage n'était pas chose aisée : il n'avait ni portable, ni adresse fixe. Je m'en allai écumer débits de boissons, entrées de gares, jardins publics et autres carrefours où s'agglutinent et se frôlent les humains frappés d'indécision ou versés dans le fossé. Grand Magistral pérorait ce soir-là sur l'une de ces esplanades. Lui non plus n'avait pas vu Moïse Chant-d'Amour, je ne sus plus que penser. Recourant alors à la solution interdite, je sortis mon portable et composai le numéro du disparu. Une voix de vestale au bout du fil me fit savoir avec une frigidité compassionnelle de gardienne des Enfers que « désolé, le numéro de votre correspondant n'est plus attribué... Désolé, le numéro de votre corresp... ». Alors tout me parut possible : que mon acolyte ait tout subitement décidé d'en rester là de notre relation et sans plus d'états d'âme que ça, ou alors qu'un vrai malheur était survenu. Exténué d'inquiétude, je rentrai me coucher. Le lendemain matin vers neuf heures, les Walkyries m'extirpèrent d'un médiocre sommeil. Mon écran de portable affichait un « numéro masqué », l'inquiétude me réempoigna. Numéro masqué... Les flics ? L'hôpital ? La morgue ? Je m'entendis émettre un « Allô ? » livide et préparé au pire. Au lieu de la prévenante et funèbre voix de gendarme ou de sapeur-pompier à laquelle je me tenais prêt ce fut un timbre fluet de potentat se donnant des airs de gentil petit père du peuple :

– Ouais, salut c'est moi, tu vas bien ? Je t'appelle d'une cabine, là, on m'a coupé mon portable, tu pourras m'avancer ma facture ?

Et sans même attendre ma réponse :

– C'est vachement sympa, mais je te rembourse, hein, dès que j'peux. Euh... Tu faisais rien d'important, là ?

La voix toute gentille se changea sans prévenir en l'organe tonitruant d'un Attila dévorateur :

– Alors, rapplique. Rapplique immédiatement, j'te dis. Radine-toi, je t'attends, c'est génial, mon vieux, tu peux pas savoir, c'est immense, c'est apocalyptique, ah quand tu verras ça ! C'est fabuleux ! Fabuleux, tu entends ? Notre vie commence pour de bon aujourd'hui, aujourd'hui, j'te dis. Alors qu'est-ce tu fous, tu rappliques ?

Moins de quarante minutes plus tard, les ressorts de la banquette m'entraient à nouveau dans les fesses. Moïse Chant-d'Amour, tout au demi généreusement mousseux qu'André Mahmoud avait posé devant lui, m'accueillit d'un inattentif « Salut, tu vas bien ? » suivi d'un cajolant « Alors pour ma facture de portable, ça t'embête pas ? ». Son demi englouti sitôt servi, le buveur tendit son verre en direction d'André Mahmoud.

– Encore un, m'sieur Moïse ? Pas de problème.

André Mahmoud déposa une seconde pression et un déca pour moi sur la table où je fus quelque peu intrigué de voir trôner un vieux cartable d'écolier tout râpeux, décati et la panse gavée. Levant sa bière comme pour trinquer avec la Terre entière, Moïse Chant-d'Amour me désigna triomphalement la vieille sacoche dont sa main gauche un rien tremblante pressa le fermoir, et tout un bordélique trop-plein de paperasses variées, documents administratifs, bordereaux divers fut vomi sur la table. Peut-être fut-ce en cette heure précise – midi moins le quart venait tout juste de battre le rappel des paroissiens d'André Mahmoud pour l'apéro – que se mirent en branle les engrenages et moteurs de la calamiteuse machine que plus rien n'empêcherait désormais de nous acheminer vers la catastrophe finale. Mon camarade extirpa de l'énigmatique foutoir trois feuilles soigneusement pliées qu'il me tendit.

– Lis-moi un peu ça, me fit-il d'un ton chargé de promesses.

J'avais dans les mains trois pages remplies recto verso d'une écriture de l'ancien temps, un modèle de calligraphie à la plume sergent-major avec des pleins et des déliés, d'élégantes et impeccables majuscules. Je lus.

Salut, le neveu!

C'est moi, c'est l'oncle Raoul! Tu ne te souviens pas? L'oncle Raoul. Ben non, tu ne peux pas te souvenir, tu ne savais peut-être même pas que j'existais. Mais c'est bien moi, Raoul Ducaire, frère aîné de feue ta maman, beau-frère d'également feu ton papa, un brave gros con celui-là soit dit en passant, désolé de t'enlever des illusions sur un père que t'as presque pas connu. Donc, je t'annonce la grande nouvelle, tu as un oncle: Raoul Ducaire, je te montrerai le livret de famille, tu verras qu'il n'y a pas d'embrouilles. Tu avais combien quand tes parents sont morts? Cinq, six ans? Ben oui, très jolie la 4 CV, mais ça tenait pas la route ces petites bagnoles, et puis dangereux les petites nationales à l'époque, alors double virage, camion dans l'autre sens, coup de frein et paf, orphelin, le petit Moïse! Élevé par sa tante, sœurette à ton tonton et à feue ta maman, pas plus futée qu'une pelle à tarte mais bonne ménagère gavée de principes. Sûr qu'elle t'a pas souvent causé de moi et peut-être même jamais, vu que la honte de la famille, le sagouin de la portée, c'était le tonton, je reconnais. Un peu trop porté sur les erreurs de jeunesse à l'époque, et même un sérieux penchant pour le pas joli joli, j'avoue. Mais bon, un billet d'entrée pour la Légion étrangère et arrangé, tout ça. Eh oui, tu es le neveu d'un grand soldat, l'adjudant-chef Raoul Ducaire. Toi tu portais le deuil quelque part du côté de Béziers, moi je supervisais des randonnées pédestres sous le soleil du Maghreb dans les environs de Mostaganem. Juste avant, il y avait eu les excursions dans la verdure et les sous-bois d'Indochine, tu verras, Tonton te racontera tout ça. Mais voilà où je veux en venir : ton oncle n'est pas seulement un vaillant soldat – humblement couvert de gloire, je te montrerai mes nombreuses décorations et à Noël on les accrochera toutes sur le sapin, ça fera joli, non ? –, ton oncle est riche, vraiment très très riche. Mais quand je dis très très riche, je veux dire plein aux as, au-delà de ce que tu peux imaginer. Tu verras, je te sortirai les attestations, les bordereaux, les ampliations. Hé, hé, le 7 octobre 1963, jouer Bégonia Bleu à douze contre un dans la sixième, fallait y penser. Mais je ne t'en dis pas plus pour l'instant. Parce que je me suis un peu renseigné sur ta pomme, figure-toi. Retrouver ta trace n'a pas été simple mais les relations ça sert, un ancien collègue de corvée de bois, sergent-chef avec moi dans le bled, reconverti détective privé. Si je me suis donné la peine de t'écrire, c'est pour te faire la plus honnête et certainement pas la pire des propositions qu'un vieil oncle, eh oui quatre-vingt-treize ans à la Pentecôte, puisse faire à un neveu qu'il n'a jamais vu. Je suis tout seul, dans mon pavillon trop grand pour moi à Savigny-le-Coteau, je ne vois jamais personne, pas envie, je supporte plus les gens. Et puis j'ai été trop longtemps partout, au nord, au sud, chez les Noirs, chez les Jaunes, chez les Bronzés, alors je ne sors plus, pas seulement que je n'ai plus envie, mais je ne peux plus. Depuis huit jours c'est fini, je peux plus arquer. Le toubib est venu, il n'a pas voulu me raconter de salades. Paralysé, infirme, grabataire, périmées, mes pauvres guibolles qui ont gambadé dans le Sahel et barboté dans les marécages de la baie de Haiphong. Et mes pieds, mes pauvres panards qui ont usé plus de paires de rangers et botté plus de culs que ma pauvre vieille bistouquette n'a trombiné de greluches et de mouquères. Qu'est-ce que je vais devenir ? Alors, neveu, voilà ma proposition : veux-tu être mon aide-soignant ? Si tu acceptes et si tu remplis ces fonctions avec dévouement et aussi affectueusement qu'un oncle est en droit de l'attendre de son neveu, quand je m'en irai, la totalité de ce que je possède sera pour toi. Héritier, légataire universel, parfaitement. Si cette proposition rencontre ton agrément, je te demande de venir sans délai habiter chez moi. Bien sûr, tu resteras libre de vivre ta vie à toi en dehors des heures où je te demanderai de te considérer comme étant à mon service. Tu me prépareras mes repas, tu me les laisseras sur un plateau près de mon lit. Veille bien à ce que la télécommande de ma télé soit en permanence à portée de ma main. Important ça, je te conseille de ne pas l'oublier, sinon ça va gueuler et alors, tintin l'héritage ! Tu me feras prendre mon bain chaque dimanche, la température sera de dix-neuf degrés, pas un centigrade de plus ou de moins. Tu me changeras mes sous-vêtements chaque matin après m'avoir aidé à faire mes besoins. Il va de soi que les tâches ménagères t'incomberont mais ne t'inquiète pas, les campements dans le Djebel ne m'ont pas donné le goût des salons Louis XV. Sinon, je sais ce que c'est que la jeunesse, souvent tu rentreras tard dans la nuit, normal, humain. Alors le soir, mon dentier trempera dans un verre sur ma table de chevet. Dès ton retour, tu le nettoieras, et soigneusement hein, c'est par les mandibules qu'on se chope toutes les pires saloperies. Un dernier point : ma fortune ne te reviendra qu'après ma mort. Jusque-là ne compte pas sur une petite avance, pas l'ombre d'un pet de fifrelin, rien. Oh mais tu n'auras pas bien longtemps à attendre pour palper le magot.

Vers 1932-1933, j'étais encore une bleusaille, je finissais mes classes dans un trou perdu entre le Sénégal et je me rappelle plus quelle savane. Le grand sorcier d'une tribu m'avait pris en affection, on ne faisait pas que casser de l'indigène, des fois on les soignait, on leur sauvait même la vie, et justement j'avais arrangé la gueule d'un cabot-chef qui pour fêter sa quille s'était mis dans l'idée de culbuter une petite négresse contre un talus ; j'étais arrivé à temps pour sauver la vertu de la négrillonne et envoyer le cabot-chef fêter sa quille au gnouf, six mois de rab, le libérable. En remerciement, le grand sorcier m'avait passé au doigt un gros anneau en corne d'antilope ou en os de babouin, quelque chose comme ça. Il m'avait dit qu'il ne quitterait plus jamais mon doigt et que le jour où il serait complètement usé alors moi aussi je le serais, usé. Je n'y crois pas trop à ces conneries mais, il y a trois jours, la bague m'est tombée du doigt et s'est cassée en deux par terre. Et maintenant j'ai les foies. C'est pour bientôt.

La mort, ah ah, on croit qu'à force de l'avoir donnée on la connaît. Mais quand tu l'as sous ton nez à toi ! J'ai peur, neveu, j'ai besoin qu'on m'aide, si tu savais comme je chie de trouille, là, tout seul. Alors, tu veux bien ? Neveu, tu veux bien venir, dis ? Tu l'entends un peu, la voix du Tonton ? Tu l'entends ? Je t'attends, tarde pas trop, des fois que je ferais la dernière pirouette encore plus tôt que prévu, pense à tout ce pognon à la clef et pense un peu à ton

Tonton Raoul

Le minois tendrement complice, Moïse Chant-d'Amour ne m'avait pas quitté de l'œil pendant ma lecture. L'incrédulité me rendit d'abord incapable de rien dire. Échouant à me représenter mon camarade en nurse d'un vieux militaire grincheux, tout comme à l'imaginer multimillionnaire, je l'interrogeai un peu sottement du regard :

– Il a pas tort, Grand Magistral, il faudra qu'on en reparle avec lui. Nietzsche, *Le Cas Wagner*, il y en a des choses à creuser là-dedans, il faut explorer tout ça, me fit Moïse Chant-d'Amour comme en réponse à mes questionnements.

Puis comme s'il ne m'avait en réalité demandé de rappliquer rien que pour ça, il me fit part d'un ton gourmet de ses récentes cogitations sur la dramaturgie des instruments à vent dans le *Ring* et *Parsifal*, me parla du cor de Siegfried, du leitmotiv musical donnant âme et sens au cor en question et attira mon attention sur ce fait que parmi tout le fatras d'objets – épée, heaume, lance, anneau, etc. – passant entre les pattes des personnages de la Tétralogie, un seul se trouve être un instrument de musique : le cor, précisément, et que la filiation entre la mozartienne flûte de Tamino et le wagnérien cor de Siegfried sautait quand même un tout petit peu aux yeux, non ?

– Tiens, prends le moment de l'arrivée de Fafner en dragon pendant que Siegfried joue de son cor, l'opposition de timbres entre ce cor et le bataillon des trombones, tubas et bassons qui se radine comme une sourde et sombre espèce d'apocalypse rampante.

Il m'arracha des mains la missive du vieil oncle pour l'enfouir dans le cartable et me saisit par le collet :

– Je ne sais pas si tu réalises bien ce qui nous arrive, là ! On est riches ! On va enfin pouvoir s'y mettre pour de bon. Parce que ça suffit d'enfiler les heures et les semaines à parler, rêver rien que du vent et des tas de trucs sans jamais rien accomplir. J'ai une idée, figure-toi. Une très vieille idée, ça fait des années que c'est là. Que ça macère là-dedans.

Il se tapa sur la tête comme sur une boîte pleine de richesses dont on n'a pas la clef.

– Eh bien ça va un peu aller s'épanouir au grand air tout ce qui se confine là-dedans. Parce que j'en ai, des idées. Oh mais tu crois bien me connaître, seulement je ne t'ai pas tout dit, oh que loin de là. Mais maintenant tu vas tout savoir, tout, mon immense camarade. Ouvre grand et fais bien béer tes plus réceptives esgourdes. André Mahmoud, un whisky double et aussi… Ah tu nous emmerdes avec ton déca, deux whiskys doubles.

– Pas de problème, m'sieur Moïse.

– Ma première entrevue avec le vieux, je te raconterai un jour, ouh la la ! Balzac et Strindberg ensemble n'auraient pas fait mieux. Mais donc voilà, je viens d'emménager chez lui et pour l'instant ça va. Ni simple ni facile, mais ça va. Maintenant tu sais où j'habite mais ne t'avise pas de débarquer à l'improviste : avec son MAT 49 toujours chargé à côté du lit, il serait capable de te chasser à coups de fusil. Ah ça, le godelureau n'est pas commode, je te le concède. Alors voilà, tu m'écoutes, hein ? Le vieil oncle, pas de doute qu'il n'en a plus pour longtemps, quatre-vingt-treize ans ! Je sais, il y a eu Jeanne Calment, mais bon. Sûr et certain que j'hérite dans au plus tard deux ans, mettons cinq. J'hérite ! Non mais tu y crois ? Moi avec tout ce blé. Bon, en attendant il faut poupouner le pépé, le border, l'aider à changer de chaîne selon qu'il veut voir le match ou le porno sur Canal, mais maintenant que je l'ai rencontré, eh ben finalement je l'aime bien, ce vieux sagouin, il se trimballe tout un monde, toute une époque, rien de bien gracieux je sais mais… En attendant que le notaire me remette le chèque, mon immense camarade, nous n'avons pas de temps à perdre, reste bien assis, écoute-moi, voilà, voici !

Et Moïse Chant-d'Amour m'exposa le projet de toute sa vie, projet qui, sans qu'il ne m'en eût jamais rien confié ni laissé deviner, hibernait en lui, reclus depuis de longues années dans les arrière-salles de ses rêves secrets – sitôt en sa possession, le pactole se verrait prioritairement dévolu à la grande et exclusive passion du légataire : Wagner, la musique, l'opéra. Il mit plusieurs heures à m'exposer son idée. Celle-ci consistait à créer un gigantesque parc d'attractions voué à l'opéra et la musique classique. Il en tremblait et pleurait d'en parler :

– Des lustres que j'en rêvais. Et voilà que tous les possibles viennent frapper à ma porte. Je ne vais quand même pas faire des manières.

Son poing gauche asséné sur la table faillit renverser les doubles whiskys tandis qu'il proclamait la formule choc :

– Un anti-Disneyland ! Voilà, oui c'est ça. Un anti-Disneyland. Au lieu de Pluto et Mickey pour accueillir le public, l'*Alléluia* de Haendel. À la place du train fantôme, un labyrinthe initiatique où chaque pas des visiteurs résonnerait du *Quatorzième quatuor* de Beethoven, Blanche-Neige et son prince charmant remplacés par Pamina au bras de Tamino jouant de sa flûte à l'entrée d'une biblio-sono-vidéothèque où les gens trouveraient tout : les *Neuvièmes* par Furtwängler, toutes les vidéos possibles des *Ring*, de *Salomé*, du *Postillon de Longjumeau*, Maria Callas et

Friedrich Schorr, tout je te dis. Sans oublier un centre de recherches et d'expérimentations musicales, néandertalisés Boulez et son IRCAM, et des laboratoires improvisés permettant aux visiteurs de transformer les pavanes de la Renaissance, les *Fantaisies* d'Orlando Gibbons en rock-métal ou en techno.

Rien ne manquait, du grand auditorium modulable à la baraque à frites, en passant par les attractions pour initier les tout-petits aux *Concertos brandebourgeois*, aux exploits de Siegfried dans la forêt et même à la *Nuit transfigurée* de Schoenberg. Il me mit sous le nez des plans, des croquis. Il voyait, il s'y croyait déjà et au bout de trois heures, je finis par voir et m'y croire aussi. Délicates splendeurs mozartiennes et tellurique puissance wagnérienne nous dansaient dans les méninges. Moïse Chant-d'Amour mugissait :

– Pas seulement un anti-Disneyland mais aussi et même surtout un anti-Bayreuth. Parfaitement, un anti-Bayreuth. On va te le sortir de son bunker, le dieu Wotan, et tous les autres à sa suite. Elles vont en voir du pays, les Nornes et les Filles du Rhin.

Car ce qu'il chérissait le plus au cœur de sa grande idée était ceci : un immense jardin public reproduisant grandeur nature tous les lieux des opéras de Wagner, offrant à badauds et mélomanes de se retrouver au cœur même de la procession de l'Enchantement du Vendredi saint, aux amoureux de s'étreindre et s'embrasser sur le bateau d'Isolde… Moïse Chant-d'Amour frémissait, le regard allumé :

– Bien sûr, tout reste à concevoir, à affiner. Raison de plus pour s'y mettre sans attendre. Quand le vieux partira, il faudra qu'on soit fin prêts. Et sans aller jusqu'à souhaiter sa mort, soyons lucides, ça peut venir très vite : la semaine prochaine ou dans six mois.

Une question titillait mon esprit rabat-joie :

– Mais, pour l'héritage, tu es vraiment sûr de ton coup ?

Moïse Chant-d'Amour se jeta sur moi et me serra sur son cœur :

– Ah c'est là que je t'attendais. Oh que je t'aime, toi ! Le nord, tu ne le perds jamais.

Il fouilla sur la table et brandit un austère papier officiel avec en-tête, signatures, tampons…

– C'est fait. Il a testé en ma faveur, et devant moi. Il a fait venir le notaire chez lui pour la rédaction de l'acte en ma présence. Regarde, ça c'est le certif'.

Le papier était une attestation en bonne et due forme rédigée, contresignée par maître Edmond Rabussier, notaire à Savigny-le-Coteau, dans laquelle à la demande du testateur, il certifiait avoir ce jour procédé à la rédaction du testament par quoi monsieur Ducaire, Raoul léguait à son neveu, monsieur Chant-d'Amour, Moïse, la totalité de ses avoirs ainsi que ses biens meubles et immeubles sous réserve de codicille ou de nouveau testament. Le futur héritier me brandit une liasse de bordereaux et papiers variés :

– Et les voilà, les avoirs, biens meubles et immeubles !

C'étaient des portefeuilles en actions, des relevés de banque où des farandoles de zéros dansaient dans la colonne crédit, l'acte de propriété de la maison de Savigny-le-Coteau, une liste manuscrite de tous les objets de valeurs que le vieux militaire avait cloîtrés bien en sûreté dans le coffre d'une banque. La chose avait eu jusque-là l'enchanteresse irréalité d'un conte de fées, tous ces chiffres et ces papiers lui conféraient la presque effrayante épaisseur du réel. J'eus un éblouissement, Moïse Chant-d'Amour joignit une bourrade à un gros rire moqueur:

– Alors? Tu comprends maintenant pourquoi les gagnants du loto, on leur prévoit des cellules de soutien psychologique? Mais allez, au travail, et dans la joie s'il vous plaît.

Il me fit rasseoir de force et repartit de plus belle dans le déballage de son projet. Je ne reconnaissais plus le velléitaire baissant des bras accablés dès le premier obstacle.

– La question de départ est simple comme chou: comment et où? Désigner la terre d'élection où tout ça va venir casser la baraque. Eh bien j'ai peut-être déjà ma petite idée, figure-toi, il faut que je voie de plus près, je t'appelle demain. Au fait, pour ma facture de portable, t'oublies pas? Il faut que je te laisse, mon vieil oncle a besoin de moi.

Il bourra son cartable de tous les papiers qui recouvraient la table et s'échappa du bistro comme une bourrasque.

Le lendemain je reçus de lui un appel m'enjoignant de rallier le matin suivant un endroit de la banlieue nord de Paris que je ne connaissais pas et qui avait nom Garges-en-Buy. Il m'attendrait là-bas. Il piaffait au bout du fil:

– Demain est un grand jour. Tâche d'arriver en forme et, très important, j'insiste, fais-toi beau, aussi beau que si on allait te présenter à une fiancée, le mieux nippé que tu peux, hein!

– Ça y est? Tu as trouvé un endroit? demandai-je.

– Pas « un » endroit, L'ENDROIT! Le seul et unique endroit, entends-tu bien? LE SEUL! tonna sa voix euphorique. Quand tu verras, ah, mon essentiel camarade, quand tu verras ça ! Et surtout, n'oublie pas, nippe-toi en l'honneur de tout ça. Ah, quand tu verras ça...

Ce matin-là, donc, au bout d'un terminus de RER et de deux changements d'autobus, affublé de mon costume, je débarquai en un lieu dont l'horizon clôturé de barres d'HLM bannissait toutes notions ayant trait aux joies de la vie, un ciel gris et plombé s'employant à confirmer la chose.

Les immédiats alentours n'étaient que terrains vagues et déchetteries. Moïse Chant-d'Amour m'attendait avec un large et rayonnant sourire de bienvenue – saint Pierre à la porte du Royaume des Cieux ne m'accueillera pas mieux que ça, j'en suis certain. La vue de mon costume lui déclencha un sifflement admiratif. Lui par contre paradait vêtu de ses habituelles nippes douteuses. Pourquoi donc avait-il insisté pour que je vienne sur mon trente et un ? Pour rencontrer un éventuel bailleur ou commanditaire ? Il n'y avait que nous deux ici et aucun pied humain n'avait foulé l'endroit depuis moult décades, voire décennies. Il nous fallut enjamber quelques gravats et des gros fûts oubliés là. Nous marchions silencieux et recueillis comme à l'entrée d'une cathédrale. Un gigantesque auvent branlant et déglingué recouvrait une bonne partie de la friche. Je me pris les pieds dans une espèce de vieux bout de fil de fer et reçus à ce moment précis mon premier coup de coude dans le flanc.

– Mais regarde-moi ça. Sublime, grandiose, beugla Moïse Chant-d'Amour.

C'est ainsi que je fis connaissance avec le Vieil Entrepôt. Nous y restâmes presque toute la journée. Tantôt Moïse Chant-d'Amour enveloppait les lieux d'un regard de navigateur bravant d'incertains mais prometteurs horizons, tantôt il arpentait les lieux à grandes enjambées conquérantes, évaluant du geste, mesurant du regard. Là, ce serait l'auditorium, ici, le musée des instruments anciens, et quelque part tournerait un manège au son de l'ouverture des *Maîtres chanteurs* ou de « *Non più andrai* ». Avouerai-je que nonobstant ma consternation dubitative j'étais sous le charme ? Quelle indéchiffrable et secrète accointance était donc en train, là, sous mes yeux, d'unir Moïse Chant-d'Amour à ce taudis ? Et au milieu de cette architecture sombrée dans la péremption, mon acolyte ne put se retenir de jouer les Wotan et entonna fort mal et très faux, du fait de l'émotion sans doute car c'était d'ordinaire un assez admirable chanteur :

Vollendet das ewige Werk!
Auf Berges Gipfel, die Götterburg;
Prächtig prahlt, der prangende Bau!
Wie im Traum ich ihn trug,
Wie mein Wille ihn wies, stark und schön
*Steht er zur Schau; hehrer, herrlicher Bau!**

Il avait basculé dans un bonheur irréversible et enfantin :

– C'est pas joli tout plein, tout ça ? Non mais regarde. Regarde-moi un peu le beau Walhalla que v'là !

* « Il est achevé, l'ouvrage éternel : sur la haute cime du mont, Burg-des-Dieux, palais magnifique, il resplendit, puissant, majestueux à voir, sublime, dominateur enfin, tel que l'avait conçu mon rêve, tel que l'évoquait mon désir ! » (Richard Wagner, *L'Or du Rhin*, scène 2).

Le soir était venu, il était plus tard que nous ne pensions et il n'y avait plus de bus pour rejoindre le RER. Moïse Chant-d'Amour fut contrarié d'apprendre que l'usure des cordons de ma bourse interdisait d'« avancer » le moindre taxi. D'ailleurs s'aventurait-il des taxis en ces terres improbables ? Il fallut regagner le RER à pied en traversant des endroits parmi les moins avenants du royaume de France. Le voyage retour dura près de trois heures. Puis Moïse Chant-d'Amour s'en fut rejoindre son oncle par le bus de nuit tandis que, groggy et affamé, je regagnai mon petit chez-moi près de la porte de Saint-Ouen. J'eus beaucoup de mal à m'endormir et, plutôt que les moutons, comptai les ecchymoses sur mon flanc gauche.

CHAPITRE DEUXIÈME

Qui voit le dénommé Moïse Chant-d'Amour donner, sous les yeux du narrateur, libre cours à ses émois envers sa terre d'élection.

Nous retournâmes plusieurs fois au Vieil Entrepôt. Sitôt posé le pied dans cette perdition de gravats, Moïse Chant-d'Amour s'adonnait à des danses de Sioux agrémentées du cri de guerre des Walkyries, multipliait tentatives d'entrechats et de cabrioles ; on aurait dit un hippopotame s'évertuant à réussir des sauts de gazelle. La chose tenait à la fois de la transe rituelle et d'une joie de gamin retrouvant son jouet. Singeant des postures de diva, il chantait ou plutôt vociférait sans retenue :

– *Hojotoho! Heiaha!*

Comment Moïse Chant-d'Amour avait-il dégotté le Vieil Entrepôt ? Pourquoi avait-il jeté précisément sur cet endroit son dévolu ? Qui le saura jamais ? Après un paroxystique « *Heiaha!* » qui faisait vibrer les déchets de toiture en tôle ondulée, mon acolyte se mettait à parler tout seul, entrait en conversation très intense et parfois conflictuelle avec quelqu'un qui n'était pas là. J'en vins à me demander si le Vieil Entrepôt n'était en quelque sorte sa grotte de Lourdes et si, Bernadette Soubirous d'un nouveau genre, Moïse Chant-d'Amour n'était pas pour de bon visité par ses maîtres et dieux, Mozart, Beethoven, Wagner et consorts ?

À un moment, sans crier gare, l'artiste illuminé se métamorphosait en un décisionnaire maître d'œuvre. Il dessinait à grandes enjambées sur le sol des polygones imprécis figurant les contours et emplacements futurs du grand auditorium, des attractions pour enfants et, bien sûr du Jardin enchanté ou Jardin wagnérien, le nom n'était pas arrêté, comptant les mètres avec ses pas. Moi, je n'avais strictement rien à faire ici mais :

– Que tu sois là, c'est très important, m'entendais-je signifier trois fois par jour.

La nature de cette importance ne m'apparaissait pas très nettement, ma tâche se bornant, tandis que mon acolyte caracolait entre supputations architecturales et transes pseudo chamaniques, à veiller comme un trésor sur le vieux cartable que désormais son propriétaire traînait partout.

Ce fut une semaine frénétique, entre allers-retours enflammés au Vieil Entrepôt et fébriles « réunions de travail » chez André Mahmoud. La surexcitation atteignit plusieurs fois chez Moïse

Chant-d'Amour une préoccupante cote d'alerte. Il se découvrit une âme de grand capitaine d'industrie, dopant ses enthousiasmes à coup de mots entièrement inédits dans sa grande gueule et qui y tonnaient fort incongrûment : « prospective », « logistique », « positionnement stratégique », « paramètres », « vecteurs »…

– Le montage financier, tout est là ! Le montage financier, bordel, proclamait-il d'une voix de général rameutant ses troupes.

Un grand sac en plastique de supermarché était venu suppléer au vieux cartable qui, déjà bien rempli, ne suffisait plus à contenir plans, notes et brouillons qui s'accumulaient. Un cahier à petits carreaux ne quittait plus Moïse Chant-d'Amour ; sa main gauche en noircissait les pages d'illisibles signes qui ressemblaient à des chiffres.

– On va se le coltiner en long, en large, en travers et plus souvent qu'à son tour, le montage financier ! La bête sera domptée, je ne vous dis que ça ! s'exclamait-il entre deux gribouillis.

Sur la page de gauche il calculait, additionnait, divisait, soustrayait, multipliait. La page de droite était dévolue à des colonnes où se positionnaient les résultats obtenus sur la page de gauche. Comme souvent les gauchers en train d'écrire, Moïse Chant-d'Amour tenait son cahier presque à la perpendiculaire. Dans l'excitation, il se trompait souvent de page et ne comprenait bientôt presque plus rien à ses scribouillages, jetant pour finir un indulgent regard sur ses calculs et leur donnant quitus d'un bougon mais confiant :

– En gros ça doit être ça, on recomptera plus tard.

Puis histoire de s'amuser un peu, il m'écrasait les pages du cahier sur le nez, me lançant en pleine figure un triomphal :

– Alors ? C'est pas de la prospective financière, ça ? Ouais je sais, je sais ce que tu vas me dire. Bien sûr que pour l'instant, ça reste théorique. Mais c'est essentiel, la théorie. Sais-tu ce que les obscurantistes méprisent le plus ? La théorie, justement ! Hitler, Mussolini, les Talibans, Pol Pot, Franco, Le Pen, Staline, Pinochet... Leur irréductible point commun à tous ? Un anti-intellectualisme de principe. Alors tu vois.

Puis après un autre demi ou whisky, il rouvrait bien grand le cahier comme une carte du Nouveau Monde.

– Dès le départ, bien penser la répartition des postes budgétaires, c'est très important, c'est capital, cher collaborateur, toute la faisabilité du bazar repose là-dessus, la claire et précise dénomination des postes budgétaires. C'est la genèse du truc, le point nodal d'engendrement, le plan du moteur de tout le spoutnik. Pour l'instant, l'affectation chiffrée de chaque poste reste très théorique, entachée d'incertitudes, de marges d'erreur. Encore faut-il que les marges ne se transforment pas en glissement de terrain. C'est donc sur le chiffrage minutieux des sous-rubriques que reposeront solidité et fiabilité de tout l'édifice.

L'autre point auquel Moïse Chant-d'Amour accordait une priorité absolue était celle de l'acquisition officielle et en bonne et due forme du Vieil Entrepôt. Et là, il souhaitait aller très vite. La question se révéla coriace. Le Vieil Entrepôt avait-il un légitime propriétaire ? Si oui, qui ? Comment le savoir ? Quelles étaient les procédures pour se porter acquéreur ?

– Il n'y aurait pas un bouquin sur tout ça, dans la boutique de ton beau-frangin ? me demanda-t-il.

Je lui dis qu'à ma connaissance non, cette réponse le mécontenta et il se rembrunit avec un air mauvais. Il ne me fut pas malaisé d'imaginer l'immature et capricieux chef de gang, le Scarface qu'il aurait pu être ; John Wayne égalant Robert de Niro en Al Capone me laissa songeur. Tout à coup frappé d'inspiration, Moïse Chant-d'Amour fit trembler les vitres du café :

– Le cadastre, hurla-t-il sur un ton d'eurêka.

André Mahmoud et ses habitués sursautèrent, je ne compris pas tout de suite.

– Le cadastre ! Il faut consulter le cadastre. Mais oui, mais bien sûr. On va consulter le cadastre et on saura tout.

L'idée ne me parut pas mauvaise, il m'adressa un regard de reproche :

– Tu pouvais pas y penser plus tôt ?

Nous retournâmes donc aux abords du Vieil Entrepôt. Le hic était que nous ignorions en quelle commune était au juste sis le taudis de prédilection de mon acolyte, d'autant que ce qui faisait alentour office de voies publiques ne portait aucun nom. Et rien ni personne dans le coin pour nous renseigner, rien que des friches, des lambeaux de bâtiments moribonds ou trépassés.

– Viens vite, on regagne l'arrêt de bus, s'écria Moïse Chant-d'Amour qu'une idée venait de traverser.

Il se tourna vers moi d'un air consterné :

– Heureusement que je pense pour deux, non ? Perdus en plein désert, le chemin de l'oasis, ce n'est pas toi qui saurais nous l'indiquer, hein ? Tu ferais quoi, sans moi, ici ?

Je m'abstins de lui répondre que sans lui, je ne serais certes jamais venu ici. Vingt bonnes minutes jusqu'à l'arrêt de bus, vingt-cinq autres à attendre ledit bus plantés côte à côte, moi le vieux cartable à la main, Moïse Chant-d'Amour serrant contre son cœur l'immense sac en plastique dont les poignées venaient de traîtreusement lâcher ; enfin, une fois à bord, mon acolyte se renseigna auprès du conducteur : c'était l'idée qui l'avait traversé. Dorgival, Plagny-Cambon et Garges-en-Buy, pas moins de trois municipalités différentes jouxtaient le Vieil Entrepôt et s'en partageaient les lisières. De laquelle relevait-il donc ? Il fut décidé que le lendemain nous effectuerions la tournée des trois mairies concernées. Afin de conserver à cette démarche un indispensable caractère de respectabilité, consigne me fut donnée à nouveau de me présenter vêtu de mon costume, dont Moïse Chant-d'Amour se plaisait à me seriner sur un ton de père de famille qu'il me donnait « quand même l'air d'autre chose ». La journée suivante se passa donc en démarches harassantes. Je portais mon costume et l'inévitable vieux cartable qui ne m'était d'aucune utilité sinon celle de parachever le moins mal possible mon look de fondé de pouvoir. Moïse Chant-d'Amour avait consenti l'effort surhumain de se raser et de plaquer ses cheveux, ce qui lui donnait un air peu engageant de quémandeur véreux. Aller d'une mairie à l'autre fut un désespérant périple tenant de l'exercice de survie en milieu urbain. Nous nous fîmes jeter sans haine mais sans ménagement de tous les bureaux où nous nous présentions. Pour le cadastre, il fallait faire une demande et les délais étaient apocalyptiques, les services de l'urbanisme et de la voirie furent d'imprenables bastilles. Moïse

Chant-d'Amour eut recours à sa plus emphatique voix de Wotan pour exiger d'un ton de plénipotentiaire une entrevue avec le maire ou à l'extrême rigueur avec son premier adjoint, ce qui provoqua dans chacune des trois mairies la franche hilarité des préposés. Le découragement allait affaisser nos épaules quand, de derrière un guichet de Garges-en-Buy, nous arriva le secours d'une jeune employée dont la joliesse et la fraîcheur détonnaient de manière inespérée avec la langueur jaunie des lieux :

– Mais savez-vous qu'on peut consulter le cadastre sur Internet ?

– Internet ? répéta Moïse sur un ton d'homme de Cro-Magnon.

– Bien sûr, Internet ! Tenez, vous trouverez là toutes les adresses des sites, fit-elle en nous remettant complaisamment plusieurs dépliants.

– Internet... Tu sais te servir de ce machin-là, toi ? me demanda mon acolyte une fois dans la rue.

– Un peu. Pas vraiment, répondis-je.

Moïse Chant-d'Amour resta quelques instants songeur et indécis puis déclara d'un ton solennel :

– De toute façon, pas le choix, on sera bien obligés de s'y mettre. Sitôt que je touche l'héritage, on s'achète un ordinateur.

CHAPITRE TROISIÈME

Qui voit le narrateur fort dépourvu devant les aléas de la technologie faire, à cette occasion, l'expérience de la solidarité entre frères humains en même temps qu'une rencontre.

Quittant Garges-en-Buy, Moïse Chant-d'Amour se grouilla d'enfiler son uniforme de nurse et de gagner Savigny-le-Coteau, trop bonne occase de se délester sur ma serviable pomme de la besogne selon lui la plus urgente : partir à la rencontre du cadastre sur Internet.

– Toi tu sais un peu te servir d'Internet, moi j'y entrave que dalle. À toi l'avancée logistique, à moi le gardiennage de nos finances mâtiné d'action humanitaire. Je compte sur toi, hein ? Demain dès potron-minet, les arcanes cadastraux n'étant plus pour toi que réjouissante broutille, tu t'amènes chez André Mahmoud !

Et il s'en fut dégringoler dans une bouche de métro.

Je m'escrimai jusqu'à une heure avancée dans un « supermedia cybercafé » du boulevard Barbès. C'était exigu, l'ambiance y était bordélique. Une batterie d'ordinateurs rafistolés proposait ses services à une pluriethnique poignée de noctambules attablés devant les écrans. Ils consultaient leurs mails et les offres d'emploi, visitaient des sites de rencontres ou s'échinaient sur des jeux vidéo. Accolé au mur d'en face, un alignement de six cabines téléphoniques prises d'assaut (pas moins de quatre personnes s'agglutinaient dans certaines) émettait un tohu-bohu de dialectes d'Afrique, Asie ou îles lointaines, bavardages, exclamations, embrassades intercontinentales. Le cerveau embouteillé dans cette cacophonie cosmopolite, m'évertuant à mouvoir la souris, peinant à cliquer au bon endroit et cherchant un à un les caractères sur un clavier dont l'état d'usure rendait la plupart des touches à peine lisibles, mes tentatives de connexion se voyaient signifier une systématique et humiliante fin de non-recevoir sous l'aspect d'un écran blanc qui ne savait que me répéter « Page introuvable ». Mon inconfort empoté devant les embûches d'Internet s'aggravait de la pression culpabilisante des impatients qui attendaient dans mon dos leur tour d'utiliser cette saloperie de machine. Un Africain décida de joindre l'utile au secourable :

– Bouge-toi de là, Cousin-mon Frère, t'arrives pas à quoi ? Expose-moi ta prétention.

Il m'évinça de la chaise en plastique bancale où je merdoyais depuis près d'une heure et me confisqua la souris.

– Les femmes de la nuit sont trop belles pour que tu la dilapides dans cette présente officine, t'es pas d'accord, Cousin-mon Frère ?

Aussitôt la souris virevolta, puis ses longs doigts gambadèrent sur les touches avec une virtuosité de concertiste. On aurait dit que le clavier venait de passer des mains d'un indécrottable massacreur à celles, féeriques, de Glenn Gould ou Theolonious Monk. L'écran de l'ordinateur se mit à bondir et zapper de page en portail. Il ne fallut pas vingt minutes à mon providentiel cicérone du Web pour m'emmener en promenade sur tous les sites ayant à voir avec le cadastre, pour dénicher à coups de doubles clics et de « Tu vois, Cousin-mon Frère, ça roule tout seul » les trois municipalités qui m'intéressaient et, par la grâce d'une pitoyable et poussive imprimante, pour me déposer dans les mains un paquet de feuilles que je rangeai précieusement dans la poche intérieure de ma veste. Faisant fi de mes remerciements, le compassionnel et déraciné fils d'Afrique m'apostropha d'une bourrade sur l'épaule :

– Ma perspicacité me suggère que si t'es venu dilapider ta soirée ici, c'est aucunement pour préparer un BTS d'informatique, non ? L'ordinateur n'est pas ton meilleur ami, c'est criant, Cousin-mon Frère !

Il partit d'un rire qui recouvrit tout le tintouin polyglotte des cabines téléphoniques. C'était un longiligne échalas jovial, avec ce sourire dansant et toujours prêt à surgir qu'ont les jazzmen, il se dandinait devant moi comme un grand arbre maigre à la merci de tous les vents. Je pensai me retirer sur un au revoir plein de reconnaissance quand mon compagnon de rencontre m'annonça sur un ton d'excellente nouvelle :

– Tu me consens un tout petit pacson de minutes que je farfouille mes e-mails et on va juste à côté se festoyer un kebab, t'as aucun moyen de dire non à ça, Cousin-mon Frère !

Et en aurais-je eu un, de moyen, que je l'eusse envoyé se faire adorer dans le caniveau du boulevard Barbès : il était trop sympa, mon salvateur virtuose du Web. Nous patientâmes à la devanture d'une gargote où un Turc faisait la gueule en épluchant un gros tourniquet de barbaque. Pourvus chacun d'un énorme bout de pain industriel dans quoi le Turc revêche avait engouffré sans égards déchiquetures de bidoche, éminçures d'oignon, rondelles de tomates et une poignée de frites, nous pique-niquâmes debout dans la tintamarresque moiteur nocturne du boulevard Barbès. Mon camarade se mit à manger en silence d'un air réfléchi et en même temps très attentif aux bruits et mouvements de la rue, gardant entre chaque bouchée une vigilance d'animal aux aguets.

– Tu me racontes ou tu me racontes pas, Cousin-mon Frère, dit-il soudain, le cadastre, c'est pour quoi faire ? Garges-en-Buy, j'y suis allé une fois pour du boulot, même les morts déclencheraient une émeute pour pas être enterrés là-bas.

– Ce n'est pas pour moi, c'est pour un copain qui fait des recherches, éludai-je.

Mon compagnon n'insista pas. Son festin avalé, il me mit sous le nez une large main grande ouverte et obligatoire à qui je ne pus qu'offrir la mienne.

– Moi, c'est Bankara. Quand on me demande, souvent je dis Benjamin, ça fait plus français.

Il eut à nouveau son grand rire.

– Enchanté, moi c'est Saturnin.

Ce prénom le mit en joie.

– Saturne ? Comme la planète. Mais c'est magnifiquement acceptable, comme appellation.

Bankara m'expliqua qu'il ne traînait pas dehors par pur plaisir. Lui, sa femme et leurs deux enfants logeaient, hors de toute espèce de légalité bien sûr, dans une seule pièce minuscule. Impossible pour tout le monde de dormir en même temps. Du coup, c'était chacun son tour.

– Les progénitures, leur sommeil, c'est sacré. Et ma Princesse du Paradis aussi. À quatre heures et demie, elle doit se lever pour attraper un premier métro et ensuite un premier bus ou un RER direction Villejuif ou Livry-Gargan, ça dépend de ce que lui aura rameuté la grande baratineuse de l'officine d'intérim. On l'envoie un jour au nord un jour au sud et toujours à l'heure où presque personne n'est encore levé. Technicienne de surface, qu'elle est, ma Princesse. Technicienne de surface, c'est la parole de glorification pour dire à ma Princesse du Paradis tu vas te foutre à quatre pattes dans les couloirs, les locaux, les bureaux, les chiottes. Alors il faut qu'elle dorme et je remonte me coucher quand elle se lève, elle a ma promesse que je serai debout à temps pour emmener les progénitures à l'école.

Tandis qu'il me parlait, je remarquai, partant du coin de sa joue près de l'oreille, une large cicatrice boursouflée qui lui sinuait en rigole violacée le long du cou. Il remarqua que j'avais remarqué et me lâcha avec un franc sourire :

– Eh oui, Cousin-mon Frère Saturnien, à l'excepté de ma Princesse du Paradis, ce tag, c'est tout ce que j'ai rapporté de mon pays. Les deux progénitures, ils sont nés ici, dans la capitale, c'est des indiscutables petits Vive la France.

Au cours d'un massacre dans sa petite bourgade où il était employé des postes, Bankara avait vu sa tante et son grand-oncle être découpés au coupe-coupe et leurs morceaux griller dans son bureau d'où il n'avait eu que le temps de s'éjecter, juste quand on y mettait le feu. Ç'avait été à ce moment-là qu'une machette maniée il ne saurait jamais par qui avait voulu le décapiter.

– Comment j'ai triomphé à m'enfuir du saucissonnage, ça, Cousin-mon Frère Saturnien, je suis aussi inapte à le dire que toi à lutiner Internet.

Par miracle, sa Princesse du Paradis avait pris le train la veille pour visiter de la famille. Lui s'était terré plusieurs jours où il avait pu. Postés à moins d'un kilomètre, un bataillon de Casques bleus et une délégation d'observateurs internationaux n'étaient pas intervenus, sans doute bien trop occupés qu'ils étaient à « maintenir la paix ».

Depuis une huitaine d'années, sa Princesse et lui vivaient à Paris, leurs deux « progénitures » étaient nées à l'ombre de Notre-Dame et du Sacré-Cœur. Bankara s'était attelé à bénéficier d'un statut de réfugié que, dans les premiers temps, il n'avait pas douté d'obtenir haut la main. Les obstacles, déconvenues et tracas n'avaient point tardé à se transformer en un boulet de désenchantement et d'angoisse qu'il traînait désormais de cybercafés en employeurs au black, piégé par le pervers et patient enlisement des démarches et recours. Chaque fois, ses demandes étaient différées, chaque fois, on lui demandait encore et encore les preuves des horreurs qu'il était venu fuir à Paris.

– Imagines-tu un cas de figure plus grimaçant, Cousin-mon Frère Saturnien ? La dernière fois que j'y suis allé, l'harangueuse des lois me l'a formulé avec dans ses yeux la lueur qu'elle plaisantait pas ; ma cicatrice compte pour rien : « Ce que vous avez là, tatoué sur le cou, une bagarre boulevard Ornano dessinerait la même chose, rien ne nous prouve que c'est un autographe du bourreau. »

Bankara, soudain, griffonna quelque chose sur un carnet sorti de sa poche, arracha la page qu'il me fourra dans la main :

– Je dois procéder à une disparition rapide, Cousin-mon Frère Saturnien, je t'ai scribouillé mon portable. Tu m'apostrophes à ce numéro si tu veux encore Internet ou qu'on retourne se festoyer une boustifaille. Bonne nuit à toi, Cousin-mon Frère Saturnien.

Il se carapata d'un pas agile et sûr. Je compris pourquoi : une voiture de flics s'était mise en stationnement à quelques mètres. Je rentrai chez moi, tout à la hâte de m'atteler au déchiffrage des plans cadastraux. L'impression était de si piètre qualité que tous ces aimables documents s'avérèrent à la limite de l'illisible. Aucune de ces paperasses ne me laissait espérer le moindre vague renseignement sur ce Vieil Entrepôt et ses hypothétiques propriétaires et, à part me taper la cloche boulevard Barbès en bien sympathique compagnie, l'opération Internet me parut avoir tenu ses promesses aimablement susurrées dès mon entrée au « supermédia cybercafé » : se réduire à un burlesque fiasco. Je réprimai une envie de foutre tous ces papelards à la poubelle et allai me coucher. Une bonne fée se pencha-t-elle sur mon grabat tandis que j'y dormais ? Trempant très tôt le matin une biscotte dans mon premier déca de la journée, je voulus consentir une dernière chance aux plans cadastraux. Un détail que je n'avais pas remarqué la veille au soir sollicita mes esprits peu ou prou reposés : sur une annotation en bas d'un gribouillis de lignes droites censées indiquer la parcelle où était sis le Vieil Entrepôt, et comme se révélant à l'encre sympathique, trois noms apparurent qui me firent monter une fièvre d'archiviste élucidant des sigles sur un occulte vieux grimoire : Eugène Sue, Georges Bernanos et les Morts de Charonne… Je venais de découvrir le nom des rues flanquant le Vieil Entrepôt. Tout de suite me démangèrent les questions de savoir par qui et pourquoi l'auteur du *Curé de campagne* et les victimes du néofascisme gaullien s'étaient vus choisis pour honorer de leurs noms un tel endroit. Si l'écrivain des *Mystères de Paris* me semblait on ne pouvait mieux à sa place dans ces bas-fonds, que reprochait-on aux Morts de Charonne et à Georges Bernanos pour exiler ainsi leur mémoire ? À moins qu'il ne se fût agi de conjointement célébrer une fois encore qui croyait au ciel et qui n'y croyait pas, d'unir et faire communier dans le désert et la paix des terrains vagues les âmes des carmélites du *Dialogue* avec celles de Jean-Pierre Bernard, 30 ans, dessinateur, Fanny Dewerpe, 31 ans, secrétaire, Anne-Claude Godeau, 24 ans, employée PTT, Édouard Lemarchand, 41 ans, menuisier, Suzanne Martorell, 36 ans, employée à *L'Humanité*, Hippolyte Pina, 58 ans, maçon, Raymond Wintgens, 44 ans, typographe, Maurice Pochard, 48 ans et Daniel Féry, 15 ans, apprenti, tous membres du Parti communiste français. Hormis ces trois noms de rue, l'indéchiffrable feuille de papier conservait son rébarbatif hermétisme et rien d'autre ne s'y laissa décrypter. Mais je ne voulus point en rester là et la pugnace exploration d'un plan détaillé de la grande banlieue providentiellement en ma possession finit par me révéler que ces trois rues jouxtant le Vieil Entrepôt étaient situées chacune sur une commune différente : à Garges-en-Buy, donc, Georges Bernanos, à Dorgival, Eugène Sue, quant aux Morts de Charonne, leur souvenir se voyait célébré par la ville de Plagny-Cambon. Ce qui signifiait que, rendus à la case départ, nous ignorions encore et toujours de quelle municipalité relevait le Vieil Entrepôt. Peut-être de l'une des trois mais laquelle ? Peut-être des trois en même temps et que comme Staline, Churchill et Roosevelt se partageant Berlin après la victoire, Eugène Sue, Georges Bernanos et les Morts de Charonne s'étaient par consentement mutuel entendus sur la déshérence de ce banlieusard triangle des Bermudes dont leurs noms respectifs traçaient la délimitation approximativement isocèle.

Je me mis en route pour Chez André Mahmoud, fier de n'avoir pas démérité mais conscient que le résultat de ma pêche, trois noms de rue sur un plan illisible, n'était guère à même de provoquer en notre aventure l'impulsion attendue.

Moïse Chant-d'Amour était d'humeur massacrante. Fixant d'un air de tueur la tasse de café posée devant lui, à peine leva-t-il vers moi sa mauvaise tête renfrognée. Je lui tendis les feuilles imprimées, il me les arracha sans les regarder. Il se maintint plusieurs minutes retranché dans un furibond silence et finit par consentir un œil abruti et mécontent au résultat de mes travaux de la nuit :

– Qu'est-ce que c'est que ça ? me demanda-t-il avec une surprise torve.

Je bafouillai :

– Ben c'est… Tu sais bien, ce que sur Internet… Pour le cadastre.

– Ah oui, bougonna-t-il.

En fait, finit-il par m'avouer, il n'avait pas du tout le cœur à s'occuper de ça aujourd'hui. Les choses devenaient difficiles avec son oncle. Le vieillard laissait de plus en plus libre cours à son despotisme grincheux. Le neveu devait à présent se mettre au garde-à-vous devant le Tonton.

– Au garde-à-vous ? m'étranglai-je mi horrifié, mi pouffant.

– C'est de ma faute, geignit Moïse Chant-d'Amour, c'est moi qui en ai eu l'idée. Au début j'ai fait ça par jeu, pour le faire rigoler, et ça l'amusait, et puis tout d'un coup ça a cessé d'être un jeu, maintenant il prend ça au sérieux et c'est pour de bon.

Mon infortuné pote me raconta d'une voix lamentable comment la situation virait à l'intenable par moments. Les tâches convenues relevaient de moins en moins du service rendu et le vieux juteux les édictait désormais comme des brimades ou corvées bien méritées. À ces séances de dictature militaire succédaient des moments de despotisme sentimental. L'oncle reprochait au neveu son absence d'affection, accusait la Terre entière de le laisser crever tout seul et Moïse Chant-d'Amour « de jouir dans son froc en le regardant clamser à petit feu ».

– Cette nuit, j'ai vraiment failli l'envoyer chier et tout laisser tomber, tant pis pour le fric, pour le projet, fit Moïse Chant-d'Amour d'une voix strangulée. Et puis je me suis dit que non, que ça serait trop con. Il faut que je tienne le coup, nom de Dieu, répéta-t-il trois fois en serrant poings et mâchoires.

Puis levant vers moi des yeux de grand chien victime :

– Tu m'en voudrais beaucoup si j'abandonnais ?

– Bien sûr que non. Mais ce serait terrible pour toi, tu regretterais. En même temps si tu dois y laisser ta peau et ta santé.

– Ils vont comment tous les deux ? Pas de problèmes au moins ? demanda André Mahmoud en me servant mon déca et un peu inquiet de voir une mine défaite à l'un de ses plus truculents habitués.

Il me fallait colmater de toute urgence la déprime de mon acolyte, trop bien placé que j'étais pour savoir vers quels dégâts pouvaient dériver semblables coups de blues. Ce fut donc sur un ton résolument va-de-l'avant que je lui fis part de toutes mes recherches de la nuit, vantant de mon mieux la requinquante assurance d'un certes minuscule mais indéniable premier pas vers la victoire. Mes boniments affectueux furent sans effet sur son moral en berne, alors – jusqu'où va parfois l'abnégation de l'amitié ? – je proposai une revigorante petite virée au Vieil Entrepôt. Moïse Chant-d'Amour haussa des épaules dégoûtées de tout.

– Mais si, je t'assure, insistai-je, ça te ferait du bien.

– Oui, ce serait une bonne idée, convint-il. Mais pas aujourd'hui : figure-toi que le vieux a décidé qu'il en avait ras le bol de se déplacer sur des béquilles, alors il faut que j'aille lui acheter un fauteuil roulant. Mais en même temps, tu me donnes une idée. Pour ce fauteuil roulant, tu pourrais me rendre un immense service.

Je craignis de comprendre.

– Alors ça, non. Demande-moi ce que tu veux mais certainement pas de t'« avancer » le prix du véhicule de fonction de ton bourreau, désolé mais c'est non.

– Mais il ne s'agit pas du tout de ça, c'est quoi le bourrichon que tu nous montes là ? Je l'ai, le fric pour son fauteuil.

Il sortit de sa poche un billet de cinquante euros, ce qui me parut plutôt chiche pour un fauteuil roulant.

– Non, je pensais, continua-t-il en prenant cette voix quémandeuse qui préludait toujours à une requête d'extravagance variable… Tu as raison, ce serait bien que je retourne là-bas, ce serait même très bien. Tout plein d'idées me sont venues, j'ai pensé à une pièce d'eau qui pourrait selon les fois prendre l'apparence du Rhin, ou de la mer déchaînée du Hollandais, ou des flots qui emportent Tristan et Isolde, ou du lac de Lohengrin. C'est vrai, tu as raison : j'ai vraiment besoin de me recueillir tout seul, là-bas. Si pendant ce temps-là, toi, tu voulais bien te charger d'acheter le fauteuil. Bien sûr, je comprendrais que ça t'embête et je t'en voudrais pas si tu me disais non, mais en même temps tu me sauverais un peu la vie en… Ah ça m'emmerde tellement de te demander ça.

Un Magnum braqué sur moi m'eût sans doute moins acculé que cette voix pépiante et prosternée.

Je remis à plus tard le casse-tête de comment dénicher un fauteuil roulant pour pas plus de cinquante euros. Le soulagement de s'être trouvé un coursier eut un effet de remède miracle sur la déprime de mon acolyte : la forme lui revint au grand galop, et ce n'était pas l'heure matinale qui allait lui interdire le double whisky qu'André Mahmoud déposa devant lui avec un compréhensif :

– Pas de problème, m'sieur Moïse, il faut ce qu'il faut, on est des êtres humains.

L'être humain eut au fond du regard une lueur effrayante, leva son verre et d'une voix sourdement rugissante à faire pâlir d'envie Hagen ou Iago :

– Au trépas du vieil enfoiré sur son fauteuil roulant ! Et qu'il crève vite et bien, gronda-t-il.

Le whisky dégluti vite fait, oublié le vieil oncle, il ne fut plus question que de cette idée nouvelle et qui parachevait tout : une vaste « pièce d'eau wagnérienne et enchantée » (*sic*) dont la vision avait, entre deux brimades et trois imprécations de l'adjudant-chef, réussi à se faire jour puis à resplendir dans l'esprit de Moïse Chant-d'Amour tandis qu'il passait le plumeau dans la maison de Savigny-le-Coteau. Vaste pièce d'eau, grand lac artificiel ou rivière, cela me parut assez imprécis. À ce que je compris, il s'agissait de faire, d'une façon aussi fantasmagorique que spectaculaire, naviguer les visiteurs au cœur des opéras de Wagner. Recouvrée sa logorrhée des grands jours, Moïse Chant-d'Amour fut à la mesure de tous les déversements marins et aquatiques de son compositeur vénéré, intarissable et torrentiel comme les eaux du Rhin sur lesquelles Siegfried navigue, déchaîné comme les flots ténébreux où n'en finissent pas d'errer le Hollandais et son vaisseau fantôme, comminatoire et furieux comme la tempête qui traque Sigmund jusque dans la maison de l'affreux Hunding, romantique comme la mer d'Irlande où voguent et s'éprennent Isolde et Tristan. Et par intermittences imprévisibles, il fut paisible et sacramentel comme la source où Parsifal baptise la pécheresse Kundry. À l'évocation de ce nom, un brusque sanglot tordit le visage de Moïse Chant-d'Amour pour une raison, ami lecteur, que vous comprendrez bientôt.

– Un lieu de promenade, haletait-il d'une voix frémissante, à la fois un lieu de loisirs, d'errance, de quêtes métaphysiques, tu imagines un peu, et en même temps un théâtre à ciel ouvert. Non mais tu imagines un peu ?

Ne voulant surtout pas compromettre cette niaque inespérément recouvrée, quoique je peinasse à me représenter son lac ou son fleuve, je l'assurai que je ne l'imaginais pas un peu mais beaucoup et m'ébahissais de la chose comme si j'y étais déjà.

– Alors, pour le fauteuil roulant, ça ne te dérange pas ? fit-il d'un ton miaulant, et il m'embrassa comme du bon pain.

– T'es vraiment un vrai pote, toi ! Oui, t'as raison, c'est ça qu'il faut que je fasse, retourner là-bas. Me ressourcer. Merci, merci de m'avoir donné l'idée. Oui, retourner là-bas. Seul ! Me recueillir et méditer devant cette vastitude !

Il se levait déjà pour partir mais se ravisa et laissa s'écrouler son puissant fessier sur la vieille banquette dont les ressorts protestèrent. Son visage devint préoccupé et il me saisit par le bras :

– Je voulais aussi te parler de… D'un autre aspect essentiel de notre vertigineux projet. Lequel à ton avis ?

Je ne sus répondre qu'un sourire idiotement désolé.

– Réfléchis donc un peu, pitoyable gros malin ! Tous les deux, rien que toi et moi, on n'y arrivera pas ! Il nous faut une cordée, un pôle d'intervention, un staff. Ben oui, des compagnons de route, une équipe, quoi. Avec qui allons-nous donc nous acoquiner ? Un projet comme le nôtre, ça se construit à plusieurs. Et ces plusieurs-là, qui sont-ils ? Où se cachent-ils ? Il faut se grouiller de les dégoter. Faute de quoi on peut très bien rester pendant dix ans à palabrer sur la banquette d'André Mahmoud, à tirer d'interminables plans sur une comète qui s'en sera pendant ce temps allée voir en d'autres galaxies si nous y sommes.

Sa grosse pogne me secoua comme un hochet.

– Alors ! Avec qui ? Où et comment dénicher et débaucher des gens motivés, compétents ? Ne perdons pas de temps ! Le vieux fumier a beau se donner des grands airs de péter la santé, il peut claquer demain.

Il y eut un temps de silence puis :

– Alors, tu te remues ? Tu penses à quoi, là ? Tu as des idées ? Allez, je t'écoute.

L'orage menaçait, il fallait répondre quelque chose, n'importe quoi.

– Il y a Grand Magistral, fis-je, hasardant d'une voix craintive le seul nom qui me venait.

Moïse Chant-d'Amour haussa les épaules avec un « Pfff » horripilé.

– Grand Magistral, évidemment, bien sûr j'y avais pensé. Grand Magistral, oui, bougonna-t-il.

– En tout cas, continuai-je, ça vaudrait le coup de lui en parler.

– Lui en parler, facile à dire ! Tu sais comment il est, coupeur de cheveux en dix-huit et jamais d'accord avec rien ni personne. Surtout si c'est moi qui l'entreprends sur la chose. Il commencera par me dire que c'est un projet qui ne tient pas la route, que ce n'est pas ce qu'il faut faire, en tout cas pas comme ça. Non, je le connais, il n'aura rien de plus pressé que de courir s'approvisionner chez le premier marchand de bâtons dans les roues. Parce que, excuse-moi, si fouteur de merde était un métier bien payé, sûr certain que Grand Magistral ne croupirait pas dans son jus d'aujourd'hui.

– Oui je sais, tu as raison, mais en même temps, c'est une mine d'or musicologique, ce type, cette science qu'il a de toute l'œuvre de Wagner, ce serait idiot de se priver de ça.

Moïse Chant-d'Amour se redressa, offensé :

– Dis tout de suite qu'il comprend Wagner mieux que moi !

Il me fallut rétropédaler :

– Mais pas du tout ! Toi et lui c'est différent ! Toi, tu es le poète, le visionnaire, l'inspiré ! Lui, c'est le technicien, le scientifique de la chose.

– Sauf que ton technicien scientifique se prétend autant grand poète visionnaire que moi.

– C'est vrai mais pense à ce que tu dis souvent : quel gâchis, tout ce savoir, cette intelligence, si seulement il arrivait à en faire quelque chose. Qui sait justement si ton projet n'est pas la chance de sa vie ? Et un ami comme lui, on ne peut pas le laisser à l'écart de ça. Ce ne sera pas une sinécure, c'est certain, mais qui sait quelles bonnes surprises il pourrait nous réserver ?

Comme j'étais loin, ami lecteur, d'imaginer à quel point la suite allait me donner raison !

Moïse Chant-d'Amour continuait à se complaire dans le rechignement :

– Je ne sais pas comment lui présenter tout ça. Je nous connais, au bout de trois phrases, il va m'énerver, ça se terminera en engueulade et on ne voudra plus se voir pendant six mois.

J'en eus marre :

– Eh bien tant pis, laisse tomber, on ne lui parle de rien et on cherche quelqu'un d'autre, je ne vois vraiment pas qui mais quelqu'un d'autre.

Moïse Chant-d'Amour eut un sursaut joyeux :

– Et si toi, tu allais lui parler ? Mais oui, mais bien sûr ! Avec toi aucun risque d'affrontement, tu lui en parles, tu le prépares, et dans un deuxième temps, je me charge de l'embobiner !

Il s'était levé en tournant sur place, danse rituelle quand il était soudain pressé de foutre le camp.

– Voilà, c'est ça, c'est génial, on fait comme ça ! Tu m'avances mes deux whiskys, je te rembourse tout ça ce soir et oublie pas le fauteuil roulant.

Il détala comme un fuyard. Ne me restait donc plus qu'à mettre la main sur un fauteuil roulant à cinquante euros et à dénicher Grand Magistral dont je ne savais au bord de quel caniveau de l'Île-de-France il refaisait ou maudissait le monde. Histoire de me recharger les accus, je hélai André Mahmoud :

– Un whisky, voulez-vous ?

– Tiens, vous vous y mettez, vous aussi, m'sieur Saturnin ? Mais pas de problème !

CHAPITRE QUATRIÈME

Dont le titre pourrait tenir en deux mots formant le nom de celui dont il sera ci-après question, à savoir le dénommé Grand Magistral.

Moins d'un quart d'heure après avoir montré son cul aux élèves de première et terminale, Abraham Goulu fut *sine die* renvoyé de l'institut « Les Tournelles, Enseignement secondaire de la sixième à la terminale, soutien scolaire et préparation au baccalauréat ». Depuis bientôt quatre pénibles années, il y était pion et professeur d'éducation musicale. Ce jour-là vers quinze heures, madame Prunière, surveillante générale et sous-directrice de l'établissement, avait été attirée par un déchaînement de cris venant d'une salle de classe. Elle avait d'abord cru à l'un de ces ordinaires chahuts qui caractérisaient tous les cours d'Abraham Goulu et dont plus personne dans l'établissement ne s'émouvait, mais la clameur hystérique traversée de braillements était cette fois-ci d'une teneur inhabituelle et madame Prunière s'inquiéta. Elle se hâta donc vers la salle 12, entra sans frapper et là, elle vit… Elle vit une trente-huitaine d'ados hurleurs et déchaînés, quelques rares figés bouche bée, certains debout sur les tables ou les chaises, acclamant et applaudissant. Et tous sans exception écarquillaient de grands yeux vers le bureau du professeur sur lequel Abraham Goulu, juché et froc baissé, offrait le spectacle de son cul tout rose et rebondi.

– Tiens, vous étiez là, vous ? fit-il en avisant la face empourprée de madame Prunière.

Son renvoi immédiatement signifié, un chèque lui fut balancé dans la figure pour solde de tout compte. Abraham Goulu regarda madame Prunière bien droit dans les yeux, la traita posément d'« obscurantiste et désolante pouffiasse », puis s'en alla.

Comment notre copain avait-il tenu près de quatre ans dans cette désolante boîte à bachot ? Pendant la première année, ce fut sans doute grâce à l'amour éperdu mais sans espoir qu'il vouait secrètement à mademoiselle Bayard, la professeure d'anglais. Où donc, autrement, aurait-il puisé la force d'encaisser le pire de ce que peut endurer en matière de chahuts et humiliations variées un infortuné petit prof de musique qui, trente ans plus tôt, se rêvait dirigeant glorieusement *Tannhäuser* à Bayreuth et *Idoménée* à Salzbourg ? Mademoiselle Bayard ou plutôt Élodie – Abraham Goulu ne l'invoquait langoureusement que par son prénom – était jeune et ravissante, irrésistiblement sympathique, rigolote et folle dingue. Réfutant à elle seule la médiocrité ambiante de l'institut Les Tournelles, elle se fichait comme d'une guigne de son boulot de prof, dont elle s'acquittait toutefois admirablement, ce qui lui permettait de préparer tranquillement sa thèse de doctorat sur James Joyce dont l'*Ulysse* devint le livre de chevet d'Abraham Goulu. Le malheur en amour rend-il masochiste ? Notre camarade éprouvait une autodestructrice jouissance à se poster discrètement à la sortie en fin de journée pour espionner Élodie, se repaissant le cœur de la voir courir vers un splendide et ponctuel gaillard tout de cuir vêtu, amoureusement juché sur une Harley Davidson hautaine et pétaradante que la jeune et jolie prof enfourchait pour se serrer contre l'athlétique dos de son colosse adoré. Abraham Goulu regardait la vrombissante monture emporter les deux amants puis, l'âme emplie de cet amour qui n'était pas pour lui, s'en allait épaules tombantes et tête basse cafarder dans un métro bondé. Moïse Chant-d'Amour et moi eûmes le plus grand mal à le dissuader de passer son permis moto et lorsque nous nous enquérions de son boulot, il ne savait que parler d'Élodie, Élodie avec qui tout le temps qu'ils furent collègues Abraham Goulu n'échangea peut-être pas quatre paroles. La deuxième année, au matin de la rentrée de septembre, il s'en courut retrouver son bagne le cœur en chamade à l'idée de revoir sa bien-aimée et buta contre un quadragénaire ventripotent et couperosé. C'était monsieur Vincet, le nouveau prof d'anglais. La belle motocycliste s'en était allée suivre les traces de Joyce à Dublin pour y finir sa thèse. Désormais privée de tout soleil, la vie d'Abraham Goulu à l'institut « Les Tournelles, Enseignement secondaire de la sixième, etc. » devint un enfer. Il ne termina jamais la lecture d'*Ulysse* et en dehors de son salaire frugal qui le mettait à l'abri du désastre, tout ce qu'il obtint à tenter d'inculquer *Les Quatre Saisons* de Vivaldi, ce fut, un soir d'engueulade chez André Mahmoud, son surnom de Grand Magistral.

Si Moïse Chant-d'Amour ne déméritait aucunement face à son nom et prénom, il n'en allait pas de même d'Abraham Goulu qui semblait s'employer à démentir tant son biblique prénom que tout ce que son nom de famille pouvait connoter de gourmandise bonne vivante. Rien n'était en effet plus éloigné des représentations patriarcales de l'ancêtre des peuples juifs et arabes que la silhouette malingre d'un mètre cinquante-huit un peu de traviole et perpétuellement agitée de notre Abraham à nous. Quarante années de questionnements et déconvenues devant la vie jointes à un état de perpétuelle insurrection avaient fini par incliner à droite, en une scoliose suggérant l'ouverture d'une parenthèse, un corps toujours énervé en haut duquel cogitait la trombine d'un Buster Keaton insatisfait. Personne n'était moins goinfre et aussi peu porté sur les joies de la table et de la bonne chère que ce Goulu-là. Ses principes alimentaires consistaient à ingérer ce qu'il trouvait et à jeûner s'il ne trouvait rien, sa boisson était le Nescafé. Quant à sa mise, tant du fait de son état de dèche endémique que par totale absence du souci de l'image de soi, il s'habillait n'importe comment, si on peut appeler « s'habiller » le fait d'empaqueter son corps de ce qui vous tombe sous la main au saut du lit. Toujours fagoté de nippes dont les couleurs juraient de façon déprimante, sa mise le faisait ressembler à un épouvantail enfui de son potager, ébauchant en permanence des gestes qu'il ne terminait pas, tournant nerveusement la tête en tous sens mais sans jamais rien regarder de précis. Dans la rue on le croisait souvent parlant tout seul avec agitation. Donc ce Moïse et cet Abraham-là, chacun connaissant son Richard Wagner sur le bout des doigts, n'aimaient rien tant que s'empoigner jusqu'à pas d'heure pour déterminer si *Parsifal* est un opéra d'inspiration chrétienne ou teutonne, discutailler sur la symbolique du philtre d'amour et du solo de cor anglais au troisième acte de *Tristan*. Un soir que je les voyais prêts à se foutre sur la gueule au sujet de qui avait été la plus grande Brunehilde de Kirsten Flagstad ou Martha Mödl, l'empoignade dérapa. Moïse Chant-d'Amour qualifia la partie adverse de « risible freluquet pédant », et s'oubliant dans sa fureur il précisa : « Pédant et imbaisable. » Notre infortuné prof de musique éclata en sanglots. Il faut dire que c'était l'époque où l'angliciste enchanteresse venait de céder la place à l'affligeant monsieur Vincet. Il avait fallu consoler de toute urgence notre camarade, ce à quoi Moïse Chant-d'Amour, tout confus et grand cœur comme pas un quand il voulait bien, s'était aussi sec employé à coup de gentilles plaisanteries et de petits noms affectueux. Et lorsque André Mahmoud baissa son rideau de fer, Abraham Goulu était devenu Grand Magistral.

Pendant près de quatre années, donc, puisant dans les ressources d'une puissance de caractère insoupçonnée, Grand Magistral trouva le courage stoïque de prendre chaque jour la direction de la rue Montempoivre et de faire honneur à son surnom. Fallait-il qu'il fût habité d'un sacerdotal amour de la musique ! Tout autre à sa place se fût arrangé pour en foutre le moins possible, eh bien pas lui ! Il se mit à prendre très à cœur un travail qui en bonne logique eût dû le faire fuir. Plus ses élèves le chahutaient, plus il préparait soigneusement ses cours. Pendant plus de quatre années, à raison de trois fois par semaine, une boîte à bachot douteuse abrita pour le plus grand et féroce amusement d'une kyrielle de précoces et prometteurs obscurantistes, des cours magistraux où Claudio Monteverdi, Béla Bartók, Richard Wagner bien sûr, Mozart et Beethoven, le sérialisme et l'art du contrepoint, Mendelssohn et Schubert, l'art de la direction d'orchestre d'Arthur Nikisch à Pierre Boulez, les *Passions* de Bach et les *Éclairs sur l'au-delà* d'Olivier Messiaen furent décryptés et célébrés comme ils ne le furent peut-être jamais, même à la Julliard School. Semblant n'avoir cure des cris d'oiseaux qui accompagnaient ses cours, Grand Magistral, dans un perpétuel costume jaunâtre (car sur nos pressantes injonctions, il avait consenti un effort minimal pour soigner son apparence), faisait mine de s'adresser à un auditoire captivé. Et quand la sonnerie disgracieuse annonçait la fin du cours, nonobstant ses ouailles se ruant vers la sortie en bousculant les tables et en renversant les chaises, il n'omettait jamais de s'incliner avec un cérémoniel : « Mesdemoiselles et messieurs, je vous remercie pour votre complaisante et studieuse attention ! » Souffrait-il de son sort ? Il refusait d'en rien laisser paraître, sauf quelques rares fois où il se laissait aller à lever un coin de voile sur le cauchemar éveillé qui lui servait de gagne-pain. C'est ainsi qu'un soir, chez André Mahmoud :

– *La Mort de Mélisande* et *La Pavane pour une infante défunte*, comment veux-tu leur inculquer ça ? nous avait-il lâché d'une voix en bout de course. Je ferais mieux de leur montrer mon cul, tiens !

– Peut-être qu'ils préféreraient, avait lâché sans y songer Moïse Chant-d'Amour.

– Qu'ils préféreraient quoi ?

– Que tu leur montres ton cul. Peut-être même qu'ils n'attendent que ça, avait précisé Moïse Chant-d'Amour en rigolant.

– Ah oui ? Ah tiens, avait répondu Grand Magistral sur un ton bizarrement sérieux avant de se sauver sans nous dire au revoir.

Ce fut ainsi que le lendemain, face aux premières et terminales agglutinés, car on les parquait dans la même classe pour le cours de musique, Grand Magistral remplaça son habituel « Mesdemoiselles et messieurs, j'ai le plaisir de vous saluer » par « Écoutez-moi bien, jeunes connasses et grands crétins ». Les interpellés restèrent cois. Puis, posant son vieux radiocassette sur le bureau comme s'il installait une bombe prête à exploser :

– C'est du Wagner qu'il y a là-dedans, *La Walkyrie*, précisa Grand Magistral. Je vous propose un deal : si vous écoutez l'air de Sigmund sans un bruit, sans un mot, donnant-donnant, promis juré, à la fin de l'air, je vous montre mon cul !

Un brouhaha incrédule parcourut les tables. Tel un dictateur fou pressant le bouton de l'arme atomique, Grand Magistral appuya sur la touche start de son radiocassette et sous la férule de l'immense Furtwängler, Ludwig Suthaus commença d'appeler son père et réclamer son épée. Il y eut quelque chose de presque émouvant dans l'effort de cette presque quarantaine de dadais pour singer une apparente discipline, tandis que porté par les arpèges et maelstroms de l'orchestre, Siegmund clamait sa détresse et ses prémices d'amour. Des lèvres se mordirent jusqu'au sang, des regards s'évitèrent pour ne pas risquer le fou rire au moment, anthologique entre tous, où le malheureux réprouvé exhale ses deux interminables « *Wälse… Wälse* ». Mais les cancres tinrent miraculeusement bon et quand enfin les timbales sonnèrent la fin de l'épreuve, cette jeune fine fleur de l'enseignement privé n'en crut ni ses yeux ni ses oreilles. Grand Magistral qui s'était tenu les yeux mi-clos, savourant comme une ambroisie cet air dont il connaissait jusqu'à la plus fugitive triple croche, sauta sur le bureau et proclama :

– Mes jeunes amis, chose promise, chose due !

Puis se campant dos à sa classe, il baissa son froc en s'accroupissant. S'ensuivit le hourvari que l'on sait.

Après que la porte de l'institut des Tournelles se fut haineusement refermée derrière lui, Grand Magistral afficha pendant quelques jours une euphorie factice, paradant sur le thème de « Je les emmerde tous ». Très peu de temps après, il disparut de la circulation et fut introuvable. Nous le pistâmes plusieurs semaines en pure perte, puis craignîmes et finalement nous résignâmes à cette triste possibilité qu'il fût sorti de notre vie pour toujours. Près d'un an plus tard, entre les stations de bus Verdun et Poterne des Peupliers, non loin de l'entrée du boulevard périphérique, le regard de Moïse Chant-d'Amour fut aimanté par la dégaine d'un zigoto famélique statufié dans la contemplation d'un grand panneau publicitaire annonçant *Nabucco* de Verdi avec cinq cents choristes, cent cinquante musiciens et huit cents costumes au Stade de France.

Quelques minutes plus tard, mon portable sonnait.

– Je l'ai retrouvé, beugla Moïse Chant-d'Amour. Toujours aussi impayable ! Moi, je cours vers lui tout content et lui… Sans me laisser le temps de la surprise et la joie, comme si on s'était vus pas plus tard que l'avant-veille, je te jure, il se met à insulter l'affiche de *Nabucco* : « Non mais, tu as vu ? Désormais c'est à bas la culture et vive le carnaval ! À quand *La Traviata on Ice* au Palais des Sports ? »

Depuis plusieurs mois, Grand Magistral vacillait aux lisières de la clochardisation. Il ne me fut pas simple, quand je réussis à le faire parler, de recoller dans l'ordre les épisodes de sa déroute qui débuta un soir où il s'enfuit de chez lui pour toujours, laissant grande ouverte la porte de la minuscule piaule où il créchait du côté de Romainville, abandonnant toute sa bibliothèque, toute son inestimable collection de vieux disques et CD, ainsi que le reste de ses biens. Il n'avait emporté qu'un énorme amas de papiers écrits de sa main : tous ses cours, quatre ans de réflexions et exégèses, de *L'Art de la fugue* aux *Gurre-Lieder*. Sans en avoir jamais pu lire une ligne, j'ai toujours pensé qu'il y avait là une irremplaçable somme. Sur le pont au Change, vers trois heures du matin, sous la pluie, il enveloppa son monceau d'écrits dans un papier cadeau, traça dessus en grosses lettres au feutre noir « *In memoriam* Élodie » et balança le tout dans la Seine. Il resta trois jours et trois nuits assis sur un banc public entre Denfert et Alésia, puis se mit à errer dans Paris, craignant par-dessus tout de nous rencontrer. Enfin, poussant dans d'inédits retranchements son expérience pourtant déjà copieuse de l'indifférence des passants et des portes se fermant devant lui, faisant l'apprentissage de l'insondable besoin de survivre et du nomadisme forcé, découvrant que pire que trouver à boire et manger, se dégoter où pisser et chier peut devenir effroyablement problématique, materné durant la nuit par la chaleur empuantie de quelque salvatrice grille d'aération, Grand Magistral s'en vint ajouter son corps et son destin à l'errante légion des répudiés de tous acabits dont les rues sont le dortoir, l'asphalte la litière, et qu'un jour, avec le regard et le verbe sublimes du poète, Louis Aragon baptisa « rois tombés de leur char ». Nous le retrouvâmes tel qu'en lui-même et, à l'inverse de tout ce que nous redoutions, aucunement diminué par sa vie de miséreux. Il était au contraire, et ça, c'était nouveau, assez fréquemment de bonne humeur. Imaginez Buster Keaton devenu presque enjoué. Véritable paradoxe monté sur pattes, là où un autre à sa place aurait fait naufrage dans l'oubli de soi-même et la désocialisation, il s'était construit au sein même de sa mouise un semblant de petite vie organisée, avait copiné avec pas mal de gens à la rue comme lui, à certains avait rendu de menus services, faisant l'écrivain public, donnant tuyaux et conseils pour des démarches administratives qu'il se refusait à entreprendre pour lui-même. Il ressentit alors le bonheur inconnu de lui jusque-là de se rendre utile et d'aider son semblable. Ses coups de gueule intempestifs et péroraisons dont personne n'avait voulu dans le monde des gens « normaux » avaient trouvé, dans les entrées de RER et sur les parkings de centres commerciaux, à s'épanouir en pure perte peut-être mais sans retenue ni censure. Il haranguait à propos de Nietzsche ou *Parsifal* des auditoires croates, maliens, srilankais qui, ne comprenant pas une broque de ce qu'il racontait, se foutaient de sa gueule et le chambraient copieusement, mais sans haine et sans mépris, qui même en redemandaient, et il en vint à se sentir consolé de tout ce qu'il avait enduré aux Tournelles. Fréquentant les cantines de l'Armée du Salut et les Restos du Cœur, il y découvrit le plaisir de manger avec appétit et la convivialité tapageuse des repas pris en commun. Et quand nous lui proposâmes de l'aider à se remettre sur pied, il nous envoya vertement paître, nous déclarant d'un ton prêt à mordre que si c'était pour rééditer l'aventure des Tournelles, merci bien, et que nous en déplaise, il se trouvait fort satisfait de la vie qu'il menait et n'en souhaitait aucune autre. Nous en prîmes acte et il redevint tout de go le copain d'avant ; joutes et empoignades entre Moïse Chant-d'Amour et lui reprirent avec une vigueur et à une fréquence décuplées.

Tel était celui que nous venions d'élire partenaire de notre projet fou. Je balançai donc quelques instants entre ce qu'il convenait de dénicher en priorité : un pote zonant j'ignorais où ou un fauteuil roulant à pas plus de cinquante euros ? À court d'idées pour le fauteuil, je me mis en quête de Grand Magistral, fis la tournée de divers coins de Paris avant de le débusquer sur le marché de la rue Ordener à l'heure de la fermeture. Fouinant entre les étalages, il remplissait un grand sac plastique de tout ce qu'il pouvait ramasser de comestible sur le trottoir et dans le caniveau. Le moment n'était hélas guère optimal pour lui toucher deux mots du projet. Car le nouveau semblant de plaisir de vivre de notre camarade n'avait pas que les causes ci-dessus mentionnées : dans son quotidien, la bibine avait supplanté le Nescafé. Il buvait plus que de raison et, s'il avait le vin généralement enjoué, il ne l'avait pas tous les jours, loin s'en fallait, affable ou bienveillant. Et quand je l'accostai, occupé qu'il était à jeter son dévolu sur un demi-poireau et deux carottes pas trop avariées dans le caniveau, il me parut bancal plus que de raison.

– Ce n'est pas pour moi tu penses bien. Moi les légumes, je suis comme Glenn Gould, ça n'a jamais été mon truc, me fit-il d'une voix érudite et pâteuse en foutant le poireau sous mon nez. C'est pour des potes, ils ont de quoi cuisiner là où ils dorment, tu me payes un coup ?

La raison eût voulu que non, mais il me fallait l'amadouer. Tandis qu'il tâchait de ne point trop vaciller devant son demi, ne sachant comment lui présenter le pharaonique projet de Moïse Chant-d'Amour, j'eus l'inspiration de prendre la question par un autre bout :

– Tu ne sais pas où je pourrais trouver un fauteuil roulant pour pas cher ? Je t'expliquerai plus tard pour quoi faire.

– Mais fallait me demander plus tôt, me fit-il avec cette voix exagérément altruiste et sentimentale qu'occasionnent quelques verres de trop.

Aux puces de Montreuil, il connaissait « un vrai prix Nobel de la récup' et du vide-grenier ». Moins de deux heures plus tard, j'avais le fauteuil et en chemin, j'avais pu tout à loisir exposer les grandes lignes de notre projet. Comme je m'y étais préparé, Grand Magistral réfuta d'abord tout en bloc. Son esprit de contradiction trouvant idéalement là matière à s'ébattre, il avait commencé par m'affirmer, rien moins que ça, que la musique et l'œuvre de Wagner étaient dépourvues d'intérêt.

– Franchement il faut ouvrir les yeux et arrêter ! Wagner, oui je te l'accorde, c'est pas mal foutu et plutôt bien écrit, encore que… C'était quoi, Wagner, finalement ? Un mégalo caractériel, et puis excuse-moi mais, le frère et la sœur qui couchent ensemble pour sauver la pureté de la race, merci ! Sûr que les nazis ne pouvaient pas louper ce coche-là, Thomas Mann explique très bien tout ça. Oui, bon, si ça peut faire plaisir à Boulez, y a eu Mahler et Schoenberg pour extirper quelque chose d'intelligent de Wagner.

De même le projet de parc d'attractions se vit méthodiquement dézingué tout le temps du trajet en métro et dans les allées des puces de Montreuil. Mais quand je repartis inespérément nanti d'un majestueux vieux fauteuil roulant en chêne sombre avec de larges roues en cuivre et un siège de vieux cuir anglais, le tout pour quarante-huit euros, Grand Magistral s'était autoproclamé maître d'œuvre adjoint du projet de Moïse Chant-d'Amour, non sans me faire remarquer :

– Il a de la chance de m'avoir ! Mais regarde-le un peu, tout seul il serait foutu !

À ma très vive contrariété, Moïse Chant-d'Amour fut introuvable, il me fallut trimballer le fauteuil toute la soirée et le monter chez moi. Le lendemain matin, mon portable sonna, c'était mon acolyte. Il n'était que sanglots, hurlements et désespoir :

– Arrive immédiatement, je t'en supplie ! C'est effroyable ! C'est foutu. Foutu, tout est foutu, je suis foutu. Foutu, tu entends ! Rapplique tout de suite, je t'en supplie !

Que pouvait-il bien s'être passé ? Du très grave, du gravissime à n'en pas douter, car il venait de me dire « Je t'en supplie ! » Lui… Me supplier !

CHAPITRE CINQUIÈME

Où le narrateur et son acolyte font dans les rues de Paris une promenade instructive et riche de conséquences quant à la suite de cette histoire.

Ce n'était point chez André Mahmoud mais sur un banc public du square Montholon qu'il m'attendait. Très mauvais signe. Mais qu'avait-il donc bien pu arriver ? Mais attends donc de savoir, m'intimais-je sur le trottoir de la rue Lafayette en poussant le fauteuil roulant, car aussi tragiques que vinssent à s'avérer les événements, je comptais bien me débarrasser de ce fort encombrant petit véhicule. Sa gigantesque silhouette lamentablement échouée sur un banc, Moïse Chant-d'Amour fondit en larmes dès qu'il me vit. Pendant dix minutes, je ne pus rien apprendre de plus, tordu et secoué qu'il était par de violents et déchirants sanglots, sous le regard discrètement compatissant de quelques promeneurs de chiens et de nounous voiturant des nourrissons. Je ne découvris rien d'autre, entre hoquets douloureux et rugissements de détresse, que ce que je connaissais déjà, à savoir que « c'était foutu, tout était foutu, je suis foutu ».

– Tu ne veux pas m'en dire un petit peu plus ? suggérai-je d'une petite voix affectueuse.

Après les pleurs, j'eus droit à un pesant silence muré avant d'enfin être informé du catastrophique fin mot de l'affaire : la municipalité de Garges-en-Buy venait de mettre en vente tous les terrains où se trouvait le Vieil Entrepôt ; l'affaire paraissait même engagée assez avant et la terre promise nous passait *ipso facto* sous le nez.

La veille, Moïse Chant-d'Amour était retourné comme prévu au Vieil Entrepôt. Seul dans ce taudis, son adoration du lieu n'avait plus connu de limites. Sous le coup de l'extase, il avait foncé jusqu'à la mairie de Garges-en-Buy, faisant un tel forcing qu'un conseiller municipal de permanence avait fini par le recevoir mais pour mieux l'éconduire et l'informer au passage d'un vaste et ambitieux projet de réhabilitation de ce territoire à l'abandon.

– Tout ça pour construire une zone industrielle de merde avec un pôle d'attraction commerciale de mon cul.

La fureur et le désespoir lui faisaient grincer des dents d'animal féroce et pleurnicher comme un marmot. Stupidement démuni, j'alignai les crétines banalités qu'une impuissante compassion dicte en pareil cas :

– Te mets pas dans un état pareil. Tu devrais aller te reposer. Allons, allons, pleure pas, ça va s'arranger.

Sur ces derniers mots, il eut un regard noir meurtrier. Ses yeux eussent été deux kalachnikovs, j'étais mort.

– Et c'est vraiment sûr, cette histoire ? Il n'y a vraiment aucun moyen de…

– Mais oui, c'est sûr, larmoya-t-il avec agacement, le conseil municipal a voté le projet, ils viennent même de créer une société d'économie mixte pour « échafauder l'opération », comme il m'a dit, l'autre enfoiré de maire adjoint, tout juste s'il bandait pas en me sortant tout ça.

– Mais on va se dégoter un autre endroit. Il y a tout plein d'autres terrains à l'abandon et de vieux entrepôts autour de Paris.

Là, je venais de dire la grosse connerie. Il bondit comme si je l'avais insulté.

– Non ! Il n'y en a pas plein d'autres ! C'est mon lieu, le seul, l'unique, hurla-t-il. À Siegfried, tu proposerais une autre forêt avec d'autres murmures ? À Tristan une autre Isolde ? Il y a vraiment des fois où je me demande si t'es pas complètement con.

S'ensuivit une bordée d'injures autant ordurières qu'imméritées, mais que circonstances et amitié me commandèrent de recevoir en pleine poire sans m'en formaliser. Je ne sus que m'affaler sur le banc à côté de mon compère. Nous stagnâmes dans un long mutisme. À un moment, du fin fond de son drame, Moïse Chant-d'Amour nota l'existence du fauteuil roulant et d'une voix exsangue de grand blessé qui sort du coma :

– Il faut que tu me rendes un grand service.

– Oui ? fis-je en me crispant sur le banc.

– Le fauteuil, là. Moi je n'ai jamais manipulé ce genre de truc, il faut que je m'exerce un peu. Parce que quand il va s'agir de voiturer l'autre vieille merde de ses chiottes à sa télé, j'ai intérêt à être au point.

– Oui, d'accord. Eh bien ?

– Le fauteuil, tu voudrais pas te mettre dedans ? Comme ça je pourrai me faire la main en te poussant. Tu ne peux pas me refuser ça ! Pas aujourd'hui, me fit-il d'une voix déchirée, larmes et sanglots menaçant de repartir de plus belle.

Au point où j'en étais, j'obtempérai, et Moïse Chant-d'Amour me promena comme un infirme dans les allées du square Montholon sous l'œil ému de quelques flâneurs. Dans mon dos, sa voix débitait des litanies vengeresses et des lamentations révoltées. Il me décrivit une ultime fois sur un ton d'oraison funèbre ce jardin enchanté qui ne verrait jamais le jour. Puis ce fut une suite assez incohérente de récriminations et pour finir :

– J'en ai ras le cul de ce square, on se casse, décida-t-il.

Et afin de s'exercer au maniement de l'engin dans toutes les situations possibles, Moïse Chant-d'Amour m'emmena faire une promenade sur les trottoirs de Paris.

– Mais, lui demandai-je tandis que nous remontions la rue du Faubourg-Saint-Denis et qu'il peinait quelque peu à me pousser, est-ce que ça vaut toujours le coup de continuer à te ronger le moral et la santé à Savigny-le-Coteau ?

– Ce serait quand même trop con de laisser tomber tout ce fric. Imagine que le vieux crève dans huit jours. Ah, si seulement il pouvait claquer demain d'un seul coup, cette vieille saloperie ! Pour sûr, là il y aurait peut-être une solution avec tout son magot en poche, un moyen de rattraper le coup à Garges-en-Buy.

À cette idée trop belle pour être vraie, ses larmes repartirent, la révolte et la tristesse lui extirpèrent un spasme de furieux chagrin qui le fit lâcher le fauteuil roulant. L'engin se mit alors à dévaler le trottoir en pente. Tentant vainement de freiner avec mes pieds le bolide qui prenait dangereusement de la vitesse, je ne parvins qu'à le faire zigzaguer, à éviter par miracle d'aller verser sur la chaussée, avant de nous emplafonner, le fauteuil et moi, dans les cageots de fruits et légumes d'un épicier tamoul. L'aimable commerçant poussa des cris en se ruant à mon secours et celui de son fonds de commerce. À quatre pattes sur le trottoir, je l'aidai à récupérer ses légumes et réinstaller au mieux sa devanture.

Sans un mot et le masque fermé, Moïse Chant-d'Amour me releva autoritairement pour me rasseoir sans ménagement dans le fauteuil qu'il empoigna avec une vigueur presque brutale et, abandonnant l'épicier tamoul à ses tracas, nous repartîmes. Notre excursion sur les trottoirs parisiens prit alors une allure et une vigueur nettement plus dynamiques et soutenues.

– Tu viens de me donner une idée, fit dans mon dos une voix caverneuse en même temps que curieusement ragaillardie et pas vraiment rassurante.

Accélérant brutalement sa marche, Moïse Chant-d'Amour imprima une puissante poussée au fauteuil roulant, le faisant aller trop vite. Je me cramponnai aux accoudoirs. Lui semblait au contraire s'être découvert un consolant défouloir à faire virer le fauteuil au tout dernier moment pour éviter les passants venant à contre-courant, à le faire slalomer entre les gens que nous dépassions. Je ne sais de quelle bête il reprenait décidément du poil mais ce n'était pas un animal inoffensif.

– Oui, tu viens de me donner une idée, réitéra dans mon dos la même voix caverneuse et torve.

– Une idée, moi ?

– Eh ben oui ! Comme tu viens d'en faire l'expérience, un accident de fauteuil roulant, ça n'arrive pas qu'aux autres.

– C'est-à-dire ?

– Eh bien, réfléchis. Il suffirait de les aider, le vieux et ce trône à roulettes, à se ramasser la gueule au bon endroit et au bon moment.

– Comment ça ?

Je me tournai vers Moïse Chant-d'Amour : un affreux sourire errait sur son visage fripé de malheur.

– Le fauteuil roulant qui dégringole du haut d'un escalier, ou qui verse sur la chaussée au passage d'un autobus, l'accident trop con et regrettable. Plausible ? Jouable, non ? Que t'en semble ?

Il avait une expression blafarde. J'eus fugitivement sous les yeux John Wayne damant le pion à Jack Nicholson dans *Shining*.

– Tu rigoles ? objectai-je sottement.

– Non je ne rigole pas. Je ne sais pas si tu as remarqué, mais depuis ce matin je ne rigole pas beaucoup. J'ai même rarement eu le boyau de la rigolade à ce point hors service.

Le fauteuil roulant virevoltait à travers la population fourmillante des abords de la gare du Nord, traversait à fond la caisse et sans grand souci des feux rouges ni des voitures les carrefours attenants. Nous descendîmes ou plutôt dévalâmes la rue de Maubeuge. Je me crispais aux accoudoirs du vieux siège, les cahots répétés me martyrisaient le coccyx, je voyais le bitume me défiler entre les pieds, l'expression « à tombeau ouvert » se mit à me concerner au premier chef.

– Un peu moins vite, quand même, suggérai-je à plusieurs reprises au conducteur.

Il faisait celui qui refuse d'entendre, nous évitâmes de justesse une vieille dame.

– Moins vite, je t'ai dit, criai-je.

Il accéléra. Ma parole, il était en train de m'utiliser comme cobaye pour son crime parfait. Sa voix d'outre-tombe vint me rechercher dans le dos :

– Je crois t'avoir posé une question tout à l'heure. On répond à une question quand on a du savoir-vivre. Alors je te la repose : que t'en semble ?

J'eus un sursaut de révolte et de panique.

– M'en semble que tu deviens complètement cinglé. Tu ne vas pas faire ça, c'est de la démence. Et c'est de la démence aussi de me trimballer comme ça, ralentis nom de Dieu. C'est un fauteuil d'infirme, pas une Porsche !

Nous traversions à cet instant la rue Rochechouart, au feu rouge et dans les clous. Brutalement, Moïse Chant-d'Amour immobilisa le fauteuil au beau milieu de la chaussée, j'en profitai pour vite m'extirper de cet engin de mort. En rade, sur le passage clouté, mon acolyte redevint tout d'un coup lamentable, épaules en berne et tête vaincue, il s'écroula lourdement dans le fauteuil.

– Tu as raison, me dit-il alors qu'une ou deux bagnoles klaxonnaient pour nous demander de dégager. Assassin, j'aimerais bien mais je ne m'y vois pas. Pas du tout. Je n'ai pas le talent de mes ambitions, c'est tout. Je suis un lâche, un minable, un pauvre type. Faire foirer tout ce que je touche, je suis bon à rien d'autre.

Et il se mit à sangloter.

– Promène-moi un peu, j'en peux plus, me fit Moïse Chant-d'Amour tandis que les voitures nous contournaient à coups de klaxons furibards.

– Va par-là, m'ordonna-t-il entre deux snif, désignant le bout lointain de la rue Rochechouart tout en haut là-bas. Je connais un bistro pas mal, j'ai besoin de boire un coup.

La rue Rochechouart, ami lecteur, est fort convenablement pentue et Sisyphe n'y ayant jamais trimé, je comblai cet oubli en poussant le fauteuil. Chargé de Moïse Chant-d'Amour, le véhicule n'avait guère plus de maniabilité qu'un douze-tonnes sur une route de montagne ; il me fallait m'arc-bouter pour faire grimper cet engin où mon acolyte vautré se laissait aller sans retenue à des sanglots beuglants. Ses cris de brontosaure ameutèrent tout le quartier, des habitants s'étaient mis aux fenêtres, se demandant si on égorgeait quelqu'un sur le trottoir. Serrant les dents et sentant fondre la commisération que j'avais su préserver jusqu'à maintenant, je poussais. Il sanglotait et je poussais. Moïse Chant-d'Amour hurla :

– Merde mais c'est trop con, c'est trop con. Perdre la terre de mes rêves, l'œuvre de ma vie. Et tout ça parce qu'un conclave municipal d'obtus rétrécis fait des rêves de grandeur et qu'un vieux facho centenaire refuse de crever.

Ce fut alors que, désespérant d'atteindre le haut de la rue Rochechouart, n'en pouvant plus de pousser ce fardeau à roulettes et l'autre animal braillard, ne sachant plus si je jouais présentement les confidents de tragédie, les aides-soignants ou les manutentionnaires, prêt à tout pour que ça finisse, ce fut alors que j'immobilisai le fauteuil et lâchai étourdiment trois mots. Trois mots à qui j'eusse rigoureusement interdit de me sortir du gosier si j'avais pu imaginer. Saurai-je jamais qui me souffla ces trois mots ?

« On devrait squatter » furent ces trois mots.

– Comment ça ? me fit Moïse Chant-d'Amour interrompant sa tragédie d'un air stupéfait.

– Ben oui, on n'a qu'à squatter. Squatter le Vieil Entrepôt. Les opérateurs et promoteurs immobiliers ont horreur de ce genre de truc. Ça va les refroidir, peut-être même les dissuader, qui sait ?

– Je ne vois pas, je comprends rien, me fit-il d'un air crétin en se mouchant.

– Fais un effort, bon sang. On s'installe sur le lieu. On y campe, on n'en déloge plus. L'endroit est presque à nous pour de bon. C'est jamais simple de virer des squatteurs. Procédures, injonction de vider les lieux, réquisition de la force publique, ça prend du temps, ces conneries. On s'installe et on squatte dès demain, sûr et certain qu'avant les six mois qui viennent, ils ne peuvent rien enclencher, le conseil municipal se retrouve contraint de geler les appels d'offres. Au bas mot, un an de délai et sans doute plus. Entre-temps ton oncle a dix fois le temps de faire ses valises.

L'immédiat heureux effet de cet argumentaire fut que Moïse Chant-d'Amour suspendit son mélodrame et quitta le fauteuil.

Entre autres incommensurables talents, il possédait celui de piquer les idées des autres pour en tirer gloire et profit comme si c'étaient les siennes. Les mots « on devrait squatter » lui agirent dessus mieux qu'une pilule miracle et la seule voix dûment autorisée en matière d'occupation illégale des lieux publics ou privés fut désormais la sienne. Sans y réfléchir, je m'étais rassis dans le fauteuil ; sans y réfléchir et oubliant son envie de bistro, Moïse Chant-d'Amour avait recommencé de me voiturer. Ses afflictions transmuées en hargne fulminante, il faisait aller le fauteuil d'une poigne guerrière, on aurait dit qu'il pilotait désormais un char d'assaut, tandis qu'alternaient dans mon dos les accents haineux d'un complot terroriste et l'emphase de préparatifs d'une révolution. Conseillers municipaux, maire, maire adjoint et leurs affidés corrompus, tous en prenaient pour leur grade. Ah ils avaient cru l'écraser comme un moucheron ! Ils allaient voir ! Il verrait le jour, le jardin musical enchanté, il finirait par se dresser triomphalement là, devant leur groin d'incultes gagne-petit !

Notre périple nous avait conduits jusqu'aux Grands Boulevards et une question s'était mise à obnubiler mon acolyte : squatter, oui bien sûr, mais avec qui ? Nous accostâmes l'angle de la rue Halévy et du boulevard des Italiens, face à ce palais Garnier où Moïse Chant-d'Amour aimait à se vanter de n'avoir jamais foutu les pieds. Notre esquif à roulettes peinait quelque peu à se frayer un chemin parmi la population fourmillante et pressée de rentrer chez soi, les risques de bousculades voire collision se multipliaient. Moïse Chant-d'Amour n'en avait cure et avait retrouvé en même temps que sa pugnacité le goût de m'asticoter jusqu'au harcèlement :

– Squatter, avec qui ? m'enfonçait-il comme une épingle dans le dos tous les trois pas, sur un ton d'instituteur qui torture le mauvais élève jusqu'à obtenir la bonne réponse au problème.

Un seul nom me vint :

– Grand Magistral, bien sûr.

Dans mon dos pas de réponse. Il me fallut développer.

– Oui, je sais ce que tu vas me dire, faire du camping dans un taudis avec un pareil emmerdeur, bonjour ! Mais vu le style de vie qui est devenu le sien, Grand Magistral pourrait s'avérer utile : parmi ses relations de galère sur le pavé il doit connaître pas mal de gens ayant le bon profil.

Dans mon dos Moïse Chant-d'Amour rétorqua de ce ton brutal et odieux qu'il savait sortir de son arrière-boutique :

– Grand Magistral, eh bien alors grouille-toi d'aller le trouver, je te rappelle qu'on a pas de temps à perdre si on veut brûler la politesse aux engins de démolition. Parce que quand il s'agit de passer à l'action, ton Grand Magistral, bonjour comme tu viens de le dire ! Parler, ça, il sait faire, mais tremper les paluches dans l'huile de coude… C'est un plan d'urgence qu'on veut mettre sur pied, pas un colloque. Ton Grand Magistral, il y a des fois où je me demande ce que tu lui trouves. Il ne faut pas squatter avec n'importe qui. Si le Vieil Entrepôt se transforme en campement de gens du voyage, on ne sera pas dans la merde, et si on se retrouve phagocyté dans un réseau mafieux d'immigration clandestine, alors là ce sera le pompon. Tu y as pensé à tout ça ? Non, bien sûr que non, tu penses à rien. À part te prélasser le cul dans ce fauteuil depuis le début de l'après-midi, je me demande vraiment ce que t'es venu foutre.

J'allais m'insurger quand il fit effectuer un furibond demi-tour au fauteuil roulant ; nous butâmes sans ménagement dans un groupe de trois personnes. Je crois bien qu'il y eut des cris injurieux et je ne compris pas tout de suite ce qui m'arrivait : quelque chose de gigotant, griffu, tout blanc et frisotté m'avait sauté sur les genoux et m'agonissait de protestations aboyantes. C'était un caniche nain, blanc comme neige et fraîchement toiletté. Un instinctif et stupide amour des bêtes me fit aventurer vers la bestiole une main caressante et je poussai un cri de douleur : cette espèce de petite saleté m'avait planté ses crocs minuscules dans la paume. J'empoignai furieusement la toison hargneuse qui se débattit en jappant et la balançai sans égard loin de moi sur le trottoir. Mais une longue laisse à laquelle était relié l'odieux roquet s'était coincée puis enroulée à l'une des roues du fauteuil. Moïse Chant-d'Amour n'avait rien remarqué ni du chien, ni de la morsure, ni même apparemment de la collision et continuait de pousser comme un bulldozer le fauteuil auquel l'affreux tout petit clébard était retenu prisonnier. Ce fut en vain que je hurlai « Stop ! », notre véhicule passa sur le corps de la bête. Il me sembla entendre un bruit d'os broyés et de viscères écrasés. Il y eut un effroyable hurlement. C'était celui d'une dame, membre du trio que nous venions de heurter et qui, si j'en croyais la blondeur choucroutée de ses abondantes frisettes, sortait de chez le même toiletteur que son animal de compagnie gisant probablement sans vie :

– Sardanapale ! Sardanapale, non ! Non, non. Mon Bichou, je ne veux pas ! entendit-on jusqu'à l'autre bout de la place.

Puis elle parut hésiter, comme si elle ne trouvait pas la porte d'entrée de cette imprévisible tragédie, entre cris, pleurs ou anéantissement, avant de se précipiter sur son petit chien. Mais Moïse Chant-d'Amour, qui avait enfin réalisé l'ampleur du drame, fit barrage de son corps.

– Non, cria-t-il d'un ton pathétique, ne le touchez pas ! Ne jamais toucher un accidenté sur la voie publique avant l'arrivée des secours. Prenez courage et patience, ma commère.

Moïse Chant-d'Amour s'était illico improvisé secouriste et, agenouillé près de la bête, secouait une tête douloureusement sceptique quant aux chances de survie du blessé.

– Sardanapale, Sardanapale, mon Bichou, pleurnichait la dame.

Puis elle apostropha d'une voix de poissarde l'un des deux autres membres du trio, à savoir un gringalet falot avec une timide moustache et un air dépassé.

– Mais enfin, Jean-Maurice, fais quelque chose pour une fois ! Non mais regardez-le, mais qu'est-ce qu'il fait ? Qu'est-ce que tu fais ? Regardez-le : il téléphone. Mon Bichou est en train de mourir et lui, il téléphone.

Jean-Maurice avait en effet son portable à la main.

– Ben, j'annule le restaurant, s'empêtra-t-il d'un ton penaud.

– Le restaurant. Mon Bichou va crever et toi tu... Toujours pareil avec toi. Pas étonnant qu'ils aient plus voulu de toi dans ta boîte, c'est même un miracle qu'ils t'aient gardé si longtemps.

– Soyez donc clémente, ma commère, intervint Moïse Chant-d'Amour toujours à genoux près du chien.

Puis d'un ton visité de prédicateur, il héla les passants :

– Approchez-vous, frères et sœurs, et joignez vos prières pour l'innocente pauvre petite victime. Prions Celui qui est là-haut et connaît nos cœurs dans Son infinie et redoutable bonté.

Et à genoux près de l'animal inerte, il joignit pieusement les mains en marmonnant un Notre Père, tandis qu'autour du fauteuil, du chien mourant et du trio, un attroupement de curieux se formait. Moïse Chant-d'Amour apostropha les badauds avec une ferveur dévote :

– Croyons, frères et sœurs ! Et vous aussi, ma commère, croyez ! Croyons en Sa miséricorde !

Les gens se demandaient s'il fallait rire ou non, certains crurent à du théâtre de rue. Une voix de grosse brute explosa :

– Non, mais c'est quoi, ce rigolo ? Il se fout de notre gueule ?

C'était le troisième larron du trio, un ventru en costard dont la turgescente chevalière en or arrimée à un annulaire courtaud disait tout sur son raffinement.

– Ça tue notre chien et ça se fout de notre gueule, s'indigna-t-il.

Moïse Chant-d'Amour leva le nez de sa prière :

– C'était à vous, cette horreur ? Eh bien quand on tient à ses affaires on les surveille.

Et il replongea dans ses oraisons avec un surcroît de ferveur.

Le type s'empourpra, ébauchant trois pas menaçants vers Moïse Chant-d'Amour. Jean-Maurice essaya de le calmer avec de pusillanimes :

– Allons, Fabrice, allons.

Mais le Fabrice en question tenait à jouer les gros bras.

– Modérez tant d'impétuosité, pansu cravaté, mon frère, lui fit Moïse Chant-d'Amour, le bénissant d'une main et la voix débordant de componction doucereuse. Consentez dans votre cœur à cette épreuve, rentrez en vous-même, pansu cravaté, et communions avec la douleur de ma commère.

Puis de nouveau à l'adresse des badauds :

– Joignez, mes bien chers frères et sœurs, vos prières à celles de mon frère pansu cravaté.

– Sardanapale. Mon Bichou… Mon Bichou… Sardanapale, geignit à nouveau la dame, puis repartant à l'attaque contre Jean-Maurice : c'est de ta faute. Je le savais bien que je n'aurais jamais dû te laisser le tenir en laisse. Et vous, laissez-le tranquille. Vous me l'avez tué. Ne le touchez pas, cria-t-elle à Moïse Chant-d'Amour qui multipliait au-dessus du corps de Sardanapale passes magnétiques et gestes d'extrême-onction.

– Laisse, Marie-Cécile, laisse, fit le gros Fabrice, je vais m'en occuper de ce Charlot.

Fou furieux, il fonça sur Moïse Chant-d'Amour qui n'eut que le temps de sauter se réfugier derrière le fauteuil roulant dont je n'avais toujours pas bougé. Je me retrouvai faisant fort périlleusement tampon entre les deux belligérants. Le pansu cravaté contourna le fauteuil, je ne donnai en cet instant vraiment pas cher de mon camarade face à cette brute aux poings énormes. Je sautai du fauteuil pour aller m'interposer, révélant du même coup à toute l'assistance que celui qu'ils avaient jusqu'à présent pris pour un infortuné paralytique n'était qu'un imposteur, sans doute l'un de ces vils arnaqueurs comme il en pullule sur la voie publique. Il y eut un « Oh ! » d'indignation mais aussi de francs éclats de rire accompagnés d'applaudissements. Le pansu cravaté m'empoigna par le collet.

– Et l'autre, là, c'est quoi ce petit pédé ?

Et je fus envoyé valdinguer à côté de Sardanapale toujours inerte. De sa poigne gauche, le pansu cravaté s'était saisi de Moïse Chant-d'Amour et le tenait enserré. Je vis avec effroi scintiller la chevalière comme une étoile funeste au milieu de l'énorme poing droit prêt à s'écraser sur la fragile tronche de mon compère. Comment Moïse Chant-d'Amour parvint-il à se dégager ? Lui-même ne le sut jamais. Il y a des moments comme ça, me dit-il quelques jours après, où Dieu existe, je ne vois pas d'autre explication. Extirpé de justesse et miraculeusement, donc, il se jeta sur le fauteuil roulant qu'il souleva par-dessus sa tête à bout de bras. Dans cette posture digne de son homonyme brandissant les tables de la Loi, sous l'œil admiratif et médusé de la foule, il entonna le thème de *Siegfried* d'une voix splendidement tonitruante à rendre jaloux tous les artistes de cet Opéra de Paris qui se trouvait sur le trottoir d'en face. Et sur la note finale et longuement tenue de son chant, mon compère fracassa le fauteuil sur le pansu cravaté qui s'écroula dans le caniveau. L'attroupement eut un cri de frayeur.

– Mon chéri ! Fabrice, mon amour, hurla, sans se rendre compte de ce qu'elle disait, Marie-Cécile, sous le nez de Jean-Maurice qui n'eut sous sa gentille moustache, en entendant cet adultérin cri du cœur, qu'un triste sourire pas vraiment surpris.

Sonné mais intact, le pansu cravaté gigotait faiblement sous les débris du fauteuil roulant. Une terrible voix de jugement dernier couvrit la scène :

– Adultère ! Flagrant délit ! Flagrant délit ! Adultère, tonnait Moïse Chant-d'Amour, puis à l'adresse des badauds : un huissier de justice ! Y a-t-il un huissier de justice dans l'assistance ? Il y a flagrant délit d'adultère, là, sous nos yeux. Stupre ! Adultère ! Débauche ! Ah mais nom de Dieu, qu'est-ce que c'est que ça ?

L'anathème de mon acolyte se termina par un cri de surprise : une bestiole toute blanche et frétillant d'aise joyeuse avait sauté dans ses bras en poussant d'affectueux glapissements et lui couvrait le visage de coups de langue pleins de tendresse. C'était Sardanapale, miraculeusement indemne et revenu de son évanouissement.

– Tenez, ma commère, je vous le rends. La honte sur vous, Messaline, reprenez votre fauve, fit Moïse Chant-d'Amour en jetant Sardanapale comme un déchet dans les bras de Marie-Cécile.

Le petit chien fut aussitôt pris de grognements haineux à l'intention du pansu cravaté qui, s'étant relevé entre-temps, attrapa gauchement Marie-Cécile ; tous deux s'en furent d'un pas gêné, tandis que Sardanapale adressait de grands yeux chargés d'adoration et des aboiements déchirants à Moïse Chant-d'Amour. Le groupe des badauds s'était dispersé, nous nous occupâmes de récupérer et examiner les morceaux du fauteuil.

– Ça doit pouvoir se réparer, pas de problème, pour citer notre tavernier préféré, dit Moïse Chant-d'Amour, redevenu tout optimisme et confiant en les joyeusetés de la vie.

– Je voudrais vous remercier, fit une voix gênée dans notre dos.

Nous nous retournâmes. C'était Jean-Maurice, abandonné sur le trottoir.

– Nous remercier ? fit Moïse Chant-d'Amour un peu bête.

– Mais nous remercier pourquoi ? ajoutai-je.

– Pour ça. Pour tout. Vous voulez bien que je vous offre un verre ?

Et dans la tiédeur cossue d'un bar de la rue Daunou, une coupe de Mumm Cordon Rouge à la main, nous trinquâmes avec notre tout premier squatteur.

CHAPITRE SIXIÈME

Dont le narrateur eut tort de croire que c'était peut-être bien le dernier de cette histoire.

Quittant la place de l'Opéra pour la porte de Saint-Ouen lesté d'excellent champagne, je ne doutai pas une seconde que ce projet de squat fût voué à un piteux fiasco. Comme à notre habitude, me disais-je, nous allions remuer pendant quelques jours ciels fictifs et terres d'illusions sur la banquette d'André Mahmoud, puis le soufflé retomberait et nous passerions bien vite à un autre rêve. D'ailleurs, si rue Rochechouart j'avais lâché ces trois mots fatidiques, « on devrait squatter », c'était uniquement pour abréger un saoulant mélodrame, l'effective mise en œuvre d'une semblable idée ne pouvant à mes yeux que relever du croquignolesque et de l'invraisemblable. C'était compter sans Grand Magistral.

Notre première réunion avec lui fut un désastre. Comme il fallait s'y attendre, au mot de « squat », Grand Magistral ne manqua pas de nous rire au nez ou plutôt, ayant juste avant de nous rejoindre consenti quelques amabilités à je ne sais quelle bibine, de nous qualifier fort agressivement de « ridicules vieux gauchistes en culottes courtes ». Moïse Chant-d'Amour rétorqua qu'il n'avait aucune leçon de sociopolitique à recevoir d'un « intello-clodo-alcoolo ». Des abominations furent échangées, Grand Magistral s'en alla et cette fois-ci pour toujours, affirma-t-il. Moïse Chant-d'Amour me planta là en me lâchant à titre d'information et du ton qu'on réserve au dernier des derniers : « Je vais retrouver ma bien-aimée ! » Car, ainsi qu'il a déjà été mentionné, Moïse Chant-d'Amour avait une bien-aimée. Suite à cette contre-productive réunion, notre trio de choc fut pendant deux trois jours officiellement dissous. Loin de m'en soucier, je me laissai bercer par une douceur désœuvrée. Car pendant que Grand Magistral éclusait et pérorait sur je ne sais quel trottoir et que l'autre exalté vaquait à ses amours, j'étais censé assister

Karim, le neveu d'André Mahmoud, dans la réparation du fauteuil roulant. Mais vu que je ne savais pas tenir un clou et que Karim manipulait le tournevis aussi miraculeusement qu'une fée sa baguette, j'en fus réduit à jouer les inspecteurs de travaux finis sur la banquette aux vieux ressorts, m'y berçant de la tranquillisante certitude que c'en était terminé de nos velléités de camping sauvage dans les bas-fonds et que je ne retournerais pas de sitôt m'enivrer les bronches au bon air de Garges-en-Buy. Hélas ! Karim achevait d'ajuster les roues du fauteuil que mon portable sonna. Moïse Chant-d'Amour et Grand Magistral s'étaient revus, ré-engueulés, réconciliés, et les affaires reprenaient. J'étais convoqué séance tenante au jardin du Luxembourg où Moïse Chant-d'Amour était en train de prendre langoureusement congé de sa bien-aimée. Car, donc, Moïse Chant-d'Amour avait une bien-aimée.

CHAPITRE SEPTIÈME

Où le narrateur rencontre la bien-aimée
de son décidément singulier acolyte.

Sous son apparence hirsute, Moïse Chant-d'Amour était ce qu'il est convenu d'appeler un très beau mec, mais il n'avait rien d'un séducteur. Le souci de plaire semblait inexistant chez lui, et une jolie femme qui passait ne le faisait jamais se retourner dans la rue. Aux premiers temps de notre compagnonnage, je me questionnai sur la place que pouvaient bien tenir dans sa vie les choses du cœur et de la chair, ce sujet ne faisant jamais partie de sa conversation, au point que je me demandai si ce nouvel ami n'avait point fait vœu de chasteté. Pendant plusieurs années je ne sus rien de sa vie amoureuse. En avait-il seulement une ? Un jour tout changea.

Ce fut un beau matin où, le retrouvant chez André Mahmoud, j'eus presque peine à le reconnaître. On lui aurait donné quatre ans et demi malgré sa carcasse de presque quinquagénaire. Au lieu de son emblématique whisky d'onze heures du matin, il souriait gentiment devant une tasse de chocolat chaud. André Mahmoud et moi échangeâmes un regard interrogateur tandis que Moïse Chant-d'Amour arborait le plus irradiant visage de bonheur qu'il me fut donné de lui voir et m'annonça d'une voix virginale qu'il venait de rencontrer le grand amour de sa vie. Me jetant dans ses bras, je voulus savoir. Qui était-elle, où, quand, comment s'étaient-ils rencontrés ? Il me répéta deux heures d'horloge durant qu'elle était « l'être le plus sublime qu'il rencontrerait jamais », « qu'aucune autre femme ne lui donnerait en mille vies ce qu'elle lui donnait d'un seul regard et rien qu'en laissant sa main aller dans la sienne », me déclina sur tous les tons et modes l'envoûtante présence d'un corps et la splendeur d'une âme. Je ne pus rien apprendre de précis, ni son prénom, ni son âge, ni rien de qui elle était, de ce qu'elle faisait dans la vie, d'où elle habitait, rien… Il tarda à me la faire rencontrer, différant plusieurs fois au tout dernier moment le jour et l'heure des présentations. Un air rêveur et un sourire liquéfié ne le quittaient plus. Sa conversation était entrecoupée de brusques apnées ou soupirs de trop de bonheur. Au bout d'environ deux mois, il se décida enfin à me faire rencontrer sa belle. Je me hâtai d'un cœur impatient vers le lieu du rendez-vous, un café de la rue Caulaincourt qui s'appelait, ça ne s'invente pas, La Bonne Surprise. J'avais fait les frais d'un fort joli bouquet de pavots rouges et ocre à l'intention de celle que j'allais enfin découvrir et entrai donc, ponctuel et de bonne humeur, dans le café. Moïse Chant-d'Amour agita joyeusement sa grande main en me voyant. À côté de lui sur la banquette était assise une grosse pochtronne à peu près obèse, à la mine dépressive et renfrognée devant son ballon de rouge. J'eus un recul de doute tandis que Moïse Chant-d'Amour me désignait une chaise avec un geste hospitalier de nabab impatient de partager ses trésors. Je m'approchai avec un sourire plaqué. Moïse Chant-d'Amour fit les présentations d'une voix confuse et minaudante. Il bafouilla mon nom et me présenta Kundry. À ce nom, celle qui était censée le porter haussa des épaules exaspérées. J'appris par la suite qu'elle se prénommait en réalité Josette mais que dès leurs premiers moments, Moïse Chant-d'Amour l'avait baptisée de ce prénom wagnérien. Kundry n'avait manifesté aucun intérêt ni réaction à mon arrivée. Je lui tendis galamment le bouquet de pavots, elle me regarda en sursautant comme si je la dérangeais et m'arracha les fleurs pour s'en débarrasser sur la banquette. Moïse Chant-d'Amour semblait aux anges, m'aspergeait de sourires d'affectueuse connivence, mais n'en avait en fait que pour Kundry, avec cette attitude si délicieusement caractéristique des amants à l'orée d'une liaison partie pour durer, cette aérienne timidité mêlée de pudique exultation, ce combinat miraculeux de prévenance et d'adoration nimbées de discrète sensualité qu'expriment jusqu'aux plus simples gestes ou paroles.

– Tu n'as pas froid, mon amour ? demanda-t-il à Kundry d'un ton que même Tristan n'eut pas pour Isolde.

– Fous-moi la paix, lui fit-elle sèchement.

Ce furent ses seules paroles au cours de la rencontre. Moïse Chant-d'Amour me prit à témoin d'un air fondant. Il voulut lui enlacer amoureusement l'épaule, elle se refusa avec une brusquerie énervée. Celle que je découvrais enfin s'absentait dans un regard vide et le silence retranché qu'on a dans les salles d'attente. J'affichai un air le plus content d'être là possible, Moïse Chant-d'Amour s'exclama :

– Ça me fait tellement plaisir que vous fassiez enfin connaissance.

Et moi, sentant venu le moment où il fallait absolument que je dise quelque chose :

– Vous… Tu… On peut se tutoyer, non ? Tu… habites dans le quartier ? demandai-je avec une amabilité contrainte.

Kundry sursauta comme si je l'avais insultée, me toisa avec une défiance hostile, parut m'oublier et vida son ballon de rouge. Le serveur passait par là, Kundry lui désigna d'un geste entendu son verre vide qui fut aussitôt rempli et demeura silencieuse, mâchoires serrées devant son Côtes-du-Rhône, comme si nous n'étions pas là.

Quel âge pouvait-elle avoir ? Quarante ? Cinquante ? Les grandes baffes de la vie et la boisson lui avaient au fil des ans façonné un masque à la fois bouffi et affaissé auquel le jaunissement hépatique de la peau et l'invasion de la couperose avaient fini par donner un teint de sanguine aux couleurs passées, où la tristesse n'affleurait presque plus sous une persistante expression de rancune furibonde et de résignation exténuée. Sous un vaste front curieusement sans une ride, une main d'enfant semblait être passée par là pour y modeler grossièrement deux épaisses et curieuses paupières plissées en lesquelles, comme deux astres frappés d'inutilité, un couple de grands yeux gris ne trouvait depuis belle lurette plus rien d'intéressant à reluquer dans la vie. Les abondants cheveux gris qui se souvenaient vaguement d'avoir été d'un beau châtain roux encadraient le visage à la manière d'une perruque de clown, dégringolant en une cascade affligée qui initiait l'affaissement irrémédiable de tout le reste du corps – larges épaules tombantes, monumentale poitrine luttant contre l'effondrement, ventre énorme parodiant la grossesse – et qu'attifaient non sans un certain reste poussif de souci d'élégance des vêtements bon marché aux couleurs éteintes.

Moïse Chant-d'Amour assaillait Kundry de regards énamourés et sourires éperdus ; elle fixait on ne savait quoi devant elle au-delà de son verre. Fouillant de toute urgence dans ma réserve de banalités, je lançai du ton le plus enjoué qui m'était possible :

– En tout cas, je suis vraiment heureux de vous… de te rencontrer. Depuis le temps que Moïse me parle de toi.

Kundry tourna un œil suspicieux vers Moïse Chant-d'Amour. Son verre fini, elle se leva brusquement pour partir.

– Tu t'en vas, mon amour ? lui demanda Moïse Chant-d'Amour sur ce ton, typique des grands amoureux, de sollicitude et admiration mêlées.

Kundry enfilait son manteau sans répondre ni regarder. Moïse Chant-d'Amour voulut l'aider, elle le repoussa avec agacement. Puis quand elle fut vers la sortie :

– On se retrouve ce soir, mon ange ? lui héla-t-il avec flamme.

– Évidemment, lui aboya-t-elle en sortant.

Comme souvent au sortir d'un grand événement, il y eut un long silence encombré de retombées d'émotion solennelle. Moïse Chant-d'Amour me souriait avec bienveillance, ayant à cœur de me laisser revenir de mon émerveillement. Ses yeux chargés d'amour se déportaient sans cesse vers la porte par où était partie Kundry.

– Elle va travailler, me dit-il avec une admirative gravité comme il eût dit d'une grande actrice courant rejoindre son public.

Kundry travaillait à mi-temps dans une petite superette du quartier. Puis le moment vint, je ne pouvais y couper, de l'inévitable « Alors ? » qu'on vous adresse en pareil cas. Déjà les yeux de Moïse Chant-d'Amour m'interrogeaient avec une impatiente gourmandise. Cela dut se voir que je cherchais des mots qui refusaient de venir car :

– Non, ne me dis rien, me fit-il du ton dont on soulage amicalement quelqu'un d'une corvée, ne me dis rien, répéta-t-il, cette fois-ci du ton dont on dispense quelqu'un de dire son émotion au sortir d'un opéra de Mozart ou devant la *Saskia* de Rembrandt.

Je me sentais exprimer malgré moi cette impuissance affreusement gênée qu'on voudrait dissimuler à une maîtresse de maison toute fière du plat immangeable qu'elle vient de servir et me crus obligé de bafouiller :

– En tout cas… C'est… C'est bien de vous voir ensemble, vraiment, c'est bien.

La réponse de mon acolyte fut un geste lyrique vers les cieux.

Puis d'un air désolé de couper court à un si beau moment :

– Il faut que j'y aille si je ne veux pas la faire attendre ce soir. Salut on s'appelle, à plus.

Je le regardai s'en aller sur des nuages. M'étant commandé un Jack Daniel's pour me remettre, j'avisai et récupérai précieusement le bouquet de pavots dédaigné par Kundry sur la banquette de La Bonne Surprise.

CHAPITRE HUITIÈME

Où sont relatés l'idylle entre le dénommé Moïse Chant-d'Amour et sa bien-aimée, ainsi que les déboires occasionnés par l'idylle en question dans la vie du narrateur.

Avais-je rêvé ? Les pavots dans leur vase près de ma fenêtre certifiaient que non. L'avais-je vraiment bien vue ? À force d'avoir imaginé cette femme plus de deux mois durant sous tant d'apparences possibles, petite, grande, blonde, rousse, intello, new-yorkaise, kabyle, en robe du soir, mes facultés de perceptions s'étaient-elles gravement brouillées jusqu'à m'égarer dans une espèce de bouffée délirante ? Je les revis ensemble à plusieurs reprises, ce fut à chaque fois peu ou prou la même scène qu'à La Bonne Surprise. Moïse Chant-d'Amour se faisait flaque d'adoration devant cette massive mégère qui le rembarrait sans presque jamais desserrer les dents. Et il baissait une tête éprise, levant vers elle des yeux de vermisseau révérant sa déesse. Il me fallut un certain temps pour me rendre à cette inconcevable évidence : tous deux s'aimaient d'un amour torrentiel autant qu'insensé. Les témoignages se multiplièrent. Plusieurs fois j'aperçus, tandis qu'ils tiraient, elle une gueule revêche, lui une tête penaude, leurs mains convulsivement entrelacées sous la table de La Bonne Surprise. Un soir, les ayant quittés quelques instants pour téléphoner, je les surpris, sans qu'ils me vissent, éperdument étreints à se caresser et se peloter sans souci des regards, leurs bouches voracement agglutinées et leurs joues remuant du va-et-vient glouton des langues entremêlées.

Quand nous nous retrouvions rien que tous les deux, Moïse Chant-d'Amour prit l'habitude de m'imposer ses confidences, allant jusqu'à m'offrir la primeur d'informations pleines de détails qui ne me regardaient pas. Il me fallut l'écouter me chanter la renversante saveur de fruit exotique qu'avait sa langue durant leurs baisers, la toute-puissance caressante de cette même langue à d'autres moments qui vraiment ne me concernaient en rien, et la douceur sans égale du fin fond des plis de ses bourrelets.

– Les dieux de l'Olympe ne se sont jamais prélassés sur une couche aussi délicieuse, murmurait-il.

Puis commença cette période éprouvante au-delà de tout pour moi. Un soir, Moïse Chant-d'Amour me supplia, de ce ton de chien perdu par lequel je me laissais trop souvent vaincre, de les héberger quelques jours. Kundry avait un gros souci d'appartement, on ne m'en dit pas plus, et aller chez lui, c'était loin, c'était compliqué, enfin bon tu comprends. Non, je ne comprenais pas vraiment, mais mon endémique difficulté à oser dire non et deux grands yeux d'animal implorant me rendirent bien plus hospitalier que je n'aurais dû. Pendant deux longues semaines, ma chambre fut leur domaine, j'hésitais à y entrer et devais presque m'excuser quand j'avais besoin d'aller y chercher des affaires. Il me fallut m'exiler dans la deuxième pièce de mon petit appartement pour y dormir sur un minuscule divan. Enfin, dormir quand loisir m'en était laissé car, envoyant paître tout souci de discrétion, Moïse Chant-d'Amour et Kundry ne m'épargnaient rien de leurs ébats, oubliant peut-être en ces instants que j'étais là, juste à côté, et que j'entendais tout. Rien ne me fut épargné. Semblables aux introductions lentes d'un premier mouvement de symphonie tel qu'édicté par les plus purs canons du classicisme, c'étaient d'abord de sourds et profonds soupirs prolongés, puis ne tardaient pas à surgir grognements et ébauches de cris. Un silence s'ensuivait, qui pouvait fallacieusement me laisser croire que la chose s'était vue expédiée vite et bien, qu'on en resterait là. Mais alors, tels ces fortissimos, imprévus qui saisissent l'auditeur chez Anton Bruckner, tous deux se mettaient à pousser des cris à l'unisson. Et la folle partie dont tout ce qui précédait n'avait été qu'un préliminaire contenu commençait pour de bon. C'était jusque vers trois heures du matin un duo de rugissements et de geignardises alternés. Moïse Chant-d'Amour passait des hurlements aux pleurnicheries, en même temps que me parvenait, accompagné du froissement de la couette et des plaintes de la literie, un bruit de furieux corps à corps évoquant, plutôt que les câlines retrouvailles de l'amour, je ne sais quel match de catch ou combat d'animaux. Moïse Chant-d'Amour, usine à mots même dans ces moments-là, explosait et se répandait. C'était un déversoir de paroles sans suite alternant petits mots doux, pires obscénités et louanges célestes ; on reconnaissait au passage de frénétiques citations du *Cantique des cantiques* ou des *Amours* de Ronsard. Et, *last but not least*, son obsession wagnérienne le poursuivant jusqu'en ces intimes recoins, Moïse Chant-d'Amour parachevait ses coups de boutoirs de fragments entonnés de *Siegfried* et la *Walkyrie*. Le sommier de mon lit couinait et grinçait en cadence pour accompagner de lascifs et virulents « *Notung! Notung!* », ainsi que des « *Hoho! Hoho! Hohei! Hohei!* » chantés ou plutôt rugis sur le très germanique et viril air de la Forge de Siegfried. Et quand arrivait le déversement extatique et suprême, je me bouchais les oreilles pour ne pas entendre le fornicateur exulter sans retenue de deux tonitruants et prolongés « *Wälse! Wälse!* » auxquels, quand le paroxysme se prolongeait, il ajoutait l'exclamation de Parsifal après le baiser de Kundry (celle de l'opéra) « *Die Wunde!* ». Un effondrement essoufflé où retombaient decrescendo quelques bribes de *Tristan* ou *Lohengrin* concluait l'impudique opéra de chambre. Kundry de son côté ne quittait pas ses habitudes et, même dans le plaisir, engueulait Moïse Chant-d'Amour :

– Mais continue, bon Dieu, continue, je t'ai dit de pas arrêter, pourquoi t'arrêtes ? rugissait-elle sur un ton de mégère juste avant que sa voix ne se teignît d'inattendues couleurs sensuelles et vibrantes, révélant un organe de mezzo qui aurait pu lui ouvrir les portes du Metropolitan Opera mais dont je craignais qu'à plus immédiate échéance, il ne me mît à dos tout le voisinage.

– Continue, t'arrête pas, ordonnait-elle avec une autorité de contremaître, le gratifiant en prime de sobriquets affectueux mêlés d'insultes. Mon prince ! Mon prince ! Mon plus beau

prince, hurlait-elle jusqu'à l'étranglement avant de s'abîmer dans une torpeur essoufflée que venait conclure cette citation de la Kundry de *Parsifal*, et que Moïse Chant-d'Amour avait su obtenir de sa bien-aimée qu'elle la lui murmurât à l'oreille du fin fond de son paradisiaque anéantissement d'amante comblée : « *Ich bin müde* », exhalait-elle d'une voix éprise et rauque.

Quand venaient le matin et l'heure pour chacun de vaquer, je me sentais indésirable dans ma propre demeure. Kundry ne m'avait pas adressé une seule parole le jour de nos présentations et si peu qu'aucune depuis. Et voilà que, ma cafetière à la main, elle trimballait dans mon propre domicile ses opulences acariâtres sous sa nuisette en nylon, me tirant une trombine exaspérée comme à un intrus qui n'avait rien à foutre ici, tandis que Moïse Chant-d'Amour aux petits soins pour sa dulcinée évitait lâchement mes regards. C'est bien simple, j'étais carrément de trop chez moi, un couple de coucous luxurieux ayant pris possession de ma demeure. En pleine après-midi parfois, Kundry débarquait à l'improviste chargée d'un cabas plein de victuailles rapportées de sa superette dont, sans daigner remarquer que j'étais là, elle remplissait mon petit frigo. Souvent alors, Moïse Chant-d'Amour débarquait tout fringant et, la libido en pole position, se jetait bestialement sur sa dulcinée. Je n'avais d'autre choix alors que de m'en aller (j'en fus plusieurs fois réduit à courir implorer l'hospitalité de mon beau-frère). Quand enfin les soucis immobiliers de Kundry parurent s'arranger, ce fut avec un indicible soulagement que je les vis un matin plier bagage et partir s'entre-besogner et s'adorer sous d'autres toits. Car donc ces deux-là s'adoraient d'un extravagant et indicible amour.

À l'époque où commence notre récit, cela faisait un peu moins de trois ans qu'ils se fréquentaient. De leur vie de couple je ne connaissais plus grand-chose car après leur villégiature en ma demeure, je ne revis presque plus Kundry. Telle était donc, la bien-aimée dont Moïse Chant-d'Amour se disposait à prendre tendrement congé tandis qu'il m'avait enjoint de courir les rejoindre toutes affaires cessantes, Grand Magistral et lui, à l'ombre des platanes de la fontaine Médicis.

CHAPITRE NEUVIÈME

À la fin duquel le dénommé Grand Magistral confirme n'être certes pas le dernier dans l'art de surprendre son entourage.

La silhouette alourdie de griefs de Kundry s'éloignait parmi les fleurs et les statues du Luxembourg, le long du très rectangulaire bassin de la fontaine Médicis, celle de Moïse Chant-d'Amour additionnait d'impatients va-et-vient :

– Ah, tout de même, pas trop tôt, fut son unique hommage à mon ponctuel empressement après ces quelques jours teintés de fâcherie. Et l'Autre, qu'est-ce qu'il fout ? fulmina-t-il comme si j'en savais ou y pouvais quelque chose. Monsieur se fait prier pour être enfin des nôtres ? Et il est encore bourré, je suis sûr.

À cet instant précis, Grand Magistral apparut déboulant des jardins du Sénat et courant presque pour nous rejoindre, mais d'une course aléatoire et titubante, slalomant entre les promeneurs, chacun de ses pas laissant craindre qu'au suivant notre indispensable camarade allât mordre la poussière des allées du Luxembourg. Assisté sans doute de ce dieu qui, dit-on, veille sur les ivrognes, Grand Magistral parvint jusqu'à nous et s'immobilisa, l'air chiffonné.

Moïse Chant-d'Amour avait donc prédit juste et notre précieux cher camarade avait tâté en route de quelque boisson fermentée un peu plus qu'il n'eût convenu avant la réunion d'importance qui allait s'ouvrir. J'entendis Moïse Chant-d'Amour grincer des dents pour se retenir de mordre. Grand Magistral persista quelques instants dans une incertitude vacillante, nous défiant de ce regard hautain et piteux typique de certains poivrots cherchant à dissimuler leur ébriété, puis il s'en alla, tel un boxeur dans les cordes, dégringoler sur l'une de ces lourdaudes chaises en fer qui récemment encore alimentaient les subsides de revêches veuves de guerre. Je jetai un œil sur Moïse Chant-d'Amour pour m'assurer qu'il n'omettrait pas en cet instant de ressembler à John T. Chance face à Dean Martin au début de *Rio Bravo*. Mais si l'on avait à toute force voulu constater en cette occasion quelque parenté entre mon acolyte et une figure du septième art, c'est plutôt, nonobstant une absolue dissemblance physique, du côté de Louis de Funès qu'il aurait fallu chercher : Moïse Chant-d'Amour trépignait avec des gestes contenus signifiant l'envie de tuer quelqu'un. Puis comme si tout était de ma faute :

– Hein ? Qu'est-ce que je t'avais dit ? me fusilla-t-il en désignant le pochetron hors service sur sa chaise de jardin.

– Je déclare la séance ouverte, proclama Grand Magistral d'une voix pâteuse et officielle.

Après avoir tenté, puis finalement renoncé, de se lever de sa chaise, il se lança dans une harangue :

– Bien bons amis, ayant pris connaissance de vos projets, croyant en avoir saisi les grandes lignes, je ne perdrai pas mon temps ni ne galvauderai le vôtre. Alors qu'est-ce qu'on fout ici?

Dès ses premières paroles, il parut, étonnamment, retrouver ses esprits et se dégriser en même temps que lui revenait, malgré des accidents d'élocution, sa tribunicienne faconde.

– Pardonnez une insistance imputable au seul et unique souci de la cause qui nous rassemble, je vous redemande : qu'est-ce qu'on fout ici ?

Parvenu sur ces derniers mots à quitter sa chaise, il se tourna vers l'allégorique composition statuaire de Louis Ottin qui surplombe le bassin et lui adressa un virulent bras d'honneur.

– Polyphème, Acis et Galathée ne font pas partie du projet, que je sache ! C'est pas le jardin du Luxembourg, c'est pas le Sénat qu'on veut squatter, on veut pas réoccuper l'Odéon ? Il est où votre squat ? À Garges-en-Buy ? Eh bien qu'attendons-nous pour y courir ?

Il y eut une brève indécision entre Moïse Chant-d'Amour et moi ; Grand Magistral nous considérait avec une condescendante supériorité.

– Il n'a pas tort et je dirais même qu'il a raison, le bougre, n'attendons pas, courons, s'exclama enfin Moïse Chant-d'Amour que tout prétexte à rejoindre sa terre d'élection suffisait à revigorer et dont, du coup, l'odieuse humeur fondit sous le joli soleil qui caressait le jardin du Luxembourg.

Un peu plus d'une heure et demie plus tard, Grand Magistral ayant mis à profit la durée du trajet pour finir de dessoûler, nous nous baguenaudions tous trois dans les décombres et la boue du Vieil Entrepôt, que pour l'heure, ami lecteur, aucune imminente rénovation urbanistique ne semblait menacer. Pas la moindre pelleteuse ou excavatrice à l'horizon, pas davantage l'ombre d'un démolisseur ou du costume-cravate d'un promoteur. Les décombres continuaient de couler leurs jours d'impavide néant.

Si Moïse Chant-d'Amour ne pouvait se défendre à chacune de ses visites en ces ruines de spasmodiques remontées d'adoration, si aussitôt le pied posé dans cet endroit je n'attendais, moi, que d'en repartir au plus vite, Grand Magistral, lui, jeta sur ces lieux qu'il découvrait un regard dubitatif et négligemment affligé. Un haussement d'épaules et un vague rictus furent son unique commentaire. Puis il s'en alla. Nous crûmes qu'il reprenait sans nous le chemin de Paris.

– Il se fout de notre gueule, là ? Il nous lâche ? Il nous laisse tomber ? me fit Moïse Chant-d'Amour avec un désarroi de général déserté par ses troupes.

Une longue minute de pantoise indécision s'ensuivit. Moïse Chant-d'Amour tournait sur place, questionnant avidement des yeux « son » Vieil Entrepôt. Pour la première fois, je le vis saisi par le doute. Une voix moqueuse nous héla de loin :

– Alors ? C'est bon ? Vous êtes parés ? On squatte ?

C'était Grand Magistral réapparaissant à l'exact opposé, de par où il avait disparu. Il s'était allé cacher un peu plus loin derrière un éboulis où foisonnait la mauvaise herbe, peut-être pour un petit besoin, peut-être pour y réfléchir à son aise, peut-être les deux.

– Allez, ne perdons pas de temps, puisqu'il faut camper, campons ! Au fait, vous avez bien pensé à apporter vos gamelles et vos couchages ? Ben voyons, on prend possession des lieux, oui ou non ? Ne restez pas avec des yeux ronds. Qu'est-ce qu'on attend ? Eh ben, allons-y, squattons !

Grand Magistral avait gagné le milieu du terrain et nous narguait, mi sérieux mi hilare :

– Squatter, belle idée, très joli rêve qui fleure bon la romantique inexpérience, non ? Sérieusement… Vous nous voyez squatter ici ?

Moïse Chant-d'Amour et moi restions plantés comme deux pauvres ânes. Il avait raison, nous ne pouvions que nous rendre à l'évidence. Moïse Chant-d'Amour baissait des yeux butés de gamin refusant de lâcher son jouet. Moi, je me retenais de courir embrasser Grand Magistral et lorgnais délicieusement vers l'arrêt du bus de retour. Un lourd silence pesa. Moïse Chant-d'Amour, défait, semblait avoir décidé de se laisser enliser tout debout dans la boue du Vieil Entrepôt. Grand Magistral nous narguait, campé au beau milieu du terrain vague avec un demi-sourire de fausse indulgence :

– Répondez-moi au moins quelque chose. D'ailleurs non, ne vous donnez pas cette peine. Vous comprenez, maintenant. Alors je vous pose une ultime fois la question : franchement, vous nous imaginez deux secondes faire du camping ici, entre des vieilles murailles à moitié pourries sur un lopin de terre avariée ?

– Non, plus maintenant, fit Moïse Chant-d'Amour avec une voix brisée de vaincu signant l'acte de reddition.

– Plus maintenant, non, concédai-je avec une parfaitement hypocrite affliction.

– Eh bien, vous avez tort, fit Grand Magistral d'une voix tonnante fort inattendue dans un tel corps déglingué.

Moïse Chant-d'Amour m'interrogea du regard, Grand Magistral nous bravait avec un air de petit caporal en train de réussir son putsch :

– Je déclare le squat ouvert, proclama-t-il,

Nous ne fûmes pas certains de très bien entendre.

– Demain, je rapplique ici avec plusieurs personnes et on s'installe.

Sans un mot ni explication de plus, il nous tourna le dos et repartit tout seul vers Paris, nous abandonnant, Moïse Chant-d'Amour et moi, aux bons soins de l'insalubre Vieil Entrepôt sur lequel commençait à descendre un soir paisible et confiant.

DIGRESSION UNE

– Je vous salue connasse.

La Sainte Vierge ne répondit pas tout de suite. Kundry avait l'habitude, mais c'était à chaque fois la petite incertitude. La Sainte Vierge allait-elle répondre présent ? Oui. Fidèle au poste, il y eut l'horripilant « Hi, hi, hi, hi », puis la petite voix piaillante :

– Alors, c'est quoi encore, ma pauv' fille ? Comme d'habitude, tu t'es fait mettre le mauvais manche dans pas le bon trou ? Non mais t'y prends goût ou quoi ? C'est pas possible.

– Vas-y, te gêne pas, Sainte Patronne de mon fion, qu'est-ce que ça te fout, tout ça, dans ton royaume des cieux ? Et puis t'aimes ça, t'en redemande, moins moi ça va, plus toi ça baigne. Si tu crois que depuis le temps j'ai pas compris.

La Sainte Vierge pouffa sur un ton blasé.

– Ouffff. Moi, tu sais ce que j'en dis ou ce que j'en dis pas. C'est tes conneries à toi, c'est toi qui les fais toute seule comme une grande, personne t'oblige, c'est ton libre arbitre, ma pauv' fille. Un don du Seigneur, j'te rappelle, le libre arbitre, hi, hi, hi, hi. Remarque bien, ma pauv' fille, t'es pas la première à piquer dans la caisse de son patron et tu seras pas la dernière qui se fait gauler. Alors je te répands dessus mon amour céleste. Tu voudrais quoi en plus ? Ah… Et puis c'est encore pas du Vittel-menthe ou de l'eau de fleur d'oranger que tu t'es sifflé ce matin, je sais pas à quel tonneau tu la puises, ta bibine, mais tu schlingues, merci.

– Picole ton eau bénite, et fous la paix à mon pinard, connasse.

Depuis deux trois ans maintenant, la Sainte Vierge et Kundry se retrouvaient à peu près chaque semaine pour bavarder un moment. La toute première fois, ç'avait été suite à un esclandre de Kundry dans les bureaux de la Sécu où, plus tout à fait à jeun, elle s'était accrochée avec une employée. Une explosion de grossièretés et imprécations porno-coprologiques s'en était suivie, le sbire badgé avait fini par utiliser ses muscles, et la perturbatrice s'était retrouvée sans ménagements sur le trottoir. Trois verres coup sur coup suite à ça n'avaient point apaisé sa fureur. Alors sans trop savoir ce qu'elle faisait, Kundry était entrée en titubant dans une église pour s'effondrer sur une vieille chaise de paille, devant une statue bien souriante et niaiseuse de la Vierge Marie. Assommée de picrate, elle avait alors déchargé muettement un trop-plein d'imprécations sur la première créature à sa portée, en l'occurrence cette saint-sulpicienne représentation de la Mère des Affligés, dont l'impassible stupidité statufiée faisait parfaitement l'affaire. Et, comme on improvise en soi-même griefs et anathèmes quand la personne qu'on rêve d'engueuler n'est pas là, Kundry s'était lancée dans un furieux dialogue entre elle-même et la Sainte Vierge. Le ton s'était immédiatement trouvé entre les duettistes, échanges d'horreurs et invectives avaient aussitôt fusé. Derrière sa doucereuse façade en plâtre, la Sainte Vierge se révéla rapidement sale teigne persifleuse et malveillante. Cela convint on ne pouvait mieux à Kundry, qui revint la semaine suivante, puis celle d'après, et l'habitude s'instaura. Sitôt affaissée sur la vieille chaise, Kundry établissait la communication avec un invariable « Je vous salue connasse », auquel, quelques secondes plus tard, ne manquait jamais de rétorquer un suraigu petit rire horripilant, et la conversation s'engageait. La teneur des entretiens était variable ; Kundry n'avait jamais été une parleuse émérite et, ayant généralement sifflé plusieurs verres avant de se poser sur la chaise, ses idées n'étaient plus forcément très claires : elle se trouvait donc souvent prise de court devant les saillies de la Sainte Vierge. Par contre, avec sa petite voix de vieille pie, la volubile Bonne Mère n'était jamais en reste de reparties. Peu à peu ce fut elle qui prit l'initiative des sujets de conversation ; tenant certains jours presque tout le crachoir, Kundry repartait sans avoir sorti deux phrases. Dans les premiers temps, ces échanges muets avaient été comme une espèce de jeu, puis ces séances devinrent plus qu'une habitude, un automatisme, puis un besoin. Kundry n'avait jamais su si toutes ces saletés et paroles pas franchement d'évangile dégoisées par la Sainte Vierge étaient le produit d'une affabulation intérieure ou si c'était bien cette gentillette statue de la Consolatrice des Affligés qui lui parlait pour de bon.

Ce jour-là, elle était d'humeur rebiffée, ça lui arrivait de temps en temps :

– Si tu crois que même bien bourrée, je vois pas tout ça, connasse. Mais c'est comme ça. Peux pas m'en empêcher, ça me plaît de faire ça pour lui.

– Ouhhh mais moi, ce que j'en dis, ma pauv' fille. Et puis si t'es pas contente, va-t'en revoir ta Normandie. Le jour où tu seras cul nul sans le saint-frusquin, on fêtera ça ensemble, hi, hi, hi, hi. Entre nous franchement, j'arrive vraiment pas à voir ce que tu peux lui trouver, à ton grand dépendeur d'andouilles, bon, d'accord toute la douce nuit il te fait danser la saint-glinglin, mais de là à chourer dans la caisse de ta superette pour lui offrir une cravate en soie qu'il mettra jamais. Hi, hi, hi, hi, j'arrive pas à comprendre.

Cet échange avait lieu dans l'une de ces benoîtes églises de quartier qui jonchent Paris. Passé le bénitier, on y respirait le confiné plutôt que le céleste, la bigoterie recluse plutôt que les envolées mystiques. Kundry n'aurait pu trouver mieux que ce lieu peu ou prou désert en semaine pour y affaisser son gros corps et ses états d'âme avinés, se croyant remarquée de personne – en quoi elle se trompait quelque peu. La tranquillité du lieu saint se voyait en effet ponctuée par les allées venues discrètement affairées d'une paroissienne missionnée pour changer l'eau des fleurs et les napperons de l'autel, et à qui l'assiduité de Kundry aux pieds de la Vierge n'avait point échappé. Émue par tant de ferveur, la dévote bénévole avait un jour pris sur elle d'aborder Kundry et, de ce ton de voix tout en amabilité chuchotée qu'on emploie dans les églises, l'avait invitée à rejoindre le groupe de prières et à participer à la récitation du chapelet. Mais la paroissienne devint de la couleur des cierges quand Kundry, pourtant si touchante quand elle priait, lui répondit :

– Je t'en demande, moi, des nouvelles de ton cul ?

CHAPITRE DIXIÈME

Ou le chant de la nuit.

Mais comment diable avait-il fait ? C'était à n'y pas croire, mais le fait était là : Le lendemain soir, nonobstant une perfide et glaciale pluie fine, car le temps s'était renfrogné, huit vaillants occupants dûment racolés par Grand Magistral colonisaient le Vieil Entrepôt. Huit personnes dont notre camarade répondait comme de lui-même, huit personnes par lui triées sur le plus sélectif de ses volets parmi les nécessiteux de ses relations, huit personnes que Moïse Chant-d'Amour et moi considérâmes avec une amicale et pantoise incrédulité. Où Grand Magistral les avait-il dénichées ? Comment avait-il su les convaincre de venir jouer les envahisseurs dans un morceau d'endroit où même les chiens perdus refusaient d'aller ? Il évita de s'en expliquer, nous envoyant presque paître d'un évasif et grognon :

– C'est bien ce que vous vouliez, non ?

Ainsi donc, en l'une des parcelles de France les moins adéquates à toute velléité de caravansérail, une horde fortuite s'en vint établir ses campements : Pandolphe, les quatre Apatrides, le Belge et enfin les Deux, ainsi se nommaient ceux rameutés par Grand Magistral, à qui s'ajoutait Jean-Maurice, notre recrue à nous, rencontrée place de l'Opéra. Pandolphe, anar et grande gueule de son état. Les Apatrides, deux frères et une sœur avec leur vieille mère – nous les baptisâmes ainsi car personne ne put jamais deviner quel morceau d'invivable Europe centrale ou infernal Moyen-Orient ils avaient un jour laissé choir pour s'en venir échouer chez nous ; le Belge n'était pas belge mais de Meudon ; les Deux, un père et son fils attardé mental, indiens, sri-lankais ou bangladais, mélanésiens peut-être, ainsi nommés les Deux car jamais distants de moins d'un mètre – en voir un et pas l'autre était proprement impensable.

Les préparatifs de cette journée avaient été un haut moment d'activité clandestine. Grand Magistral et Moïse Chant-d'Amour affichaient des masques fermés de comploteurs, le premier se gargarisant du caractère illégal et subversif de l'opération, le second multipliant poses et attitudes que j'eusse juré copiées sur John Wayne partant défendre Fort Alamo. L'on jouait très sérieusement à se croire fliqué et Grand Magistral, dans le rôle si longtemps rêvé par lui de chef révolutionnaire, avait interdit jusqu'à nouvel ordre de prononcer à voix haute les mots « Garges-en-Buy » ou « Vieil Entrepôt ». Il fallait dire « là-bas » ou « les lieux » et de préférence ne rien dire du tout. Rendez-vous avait été donné aux troupes en haut de l'escalier mécanique du métro Marx-Dormoy. Par précaution et pour n'éveiller aucun soupçon, les ordres de Grand Magistral furent que le voyage et l'arrivée « là-bas » s'effectueraient par petits groupes : Pandolphe et le Belge arriveraient par leurs propres moyens, Moïse Chant-d'Amour viendrait avec Jean-Maurice et les Deux, Grand Magistral emmènerait l'un des frères Apatrides et la sœur ; moi, la tâche m'avait échu d'être le cicérone de l'autre frère et de leur vieille mère. Ce qui n'alla pas sans difficulté car, famille unie s'il en était, les Apatrides refusèrent catégoriquement dans leur langue que personne ne comprenait de voyager séparément. Il fallut beaucoup parlementer pour qu'ils se rendissent, mais à contrecœur, aux pantomimes et onomatopées qui tinrent lieu d'arguments, Moïse Chant-d'Amour se révélant en la circonstance parfait émule de Marcel Marceau pour mimer brièveté de la séparation, joie des retrouvailles et à l'inverse menace de la police embarquant tout le monde. Sous le périph', dans l'affreux et perpétuel boucan de bagnoles au-dessus de nos têtes, frères, vieille mère et sœur s'étreignirent longuement, de poignantes recommandations furent échangées dans leur dialecte et, enfin, je pus traîner mes deux Apatrides jusqu'au premier des trois autobus qu'il allait falloir se farcir pour gagner Garges-en-Buy. Grand Magistral avait proscrit le RER parce que trop voyant et risqué. En quoi donc trois autobus l'étaient-ils moins qu'un RER ? Je ne comprenais pas bien, mais les us de l'action clandestine m'étant, ami lecteur, chose fort inédite, je ne discutai pas. Notre voyage se passa sans grand encombre à ceci près que la consigne de discrétion fut quelque peu mise à mal, car durant les presque deux heures trente du trajet, rien ni personne, en tout cas pas moi, ne put dissuader le frère de jouer haut et fort de son accordéon, instrument dont il ne se séparait jamais, même pas pour dormir. Serrant un énorme baluchon comme son enfant chéri, la vieille mère, par contre, se tint jusqu'à l'arrivée recluse dans un mutisme qui lui donnait un peu l'air de communiquer avec un autre monde. Au son de l'intarissable accordéon égrenant une mélopée possiblement afghane ou monténégrine, nous touchâmes donc aux abords de la jachère du Vieil Entrepôt.

Moïse Chant-d'Amour et sa petite escouade étaient déjà arrivés de leur côté. Comme d'autres ne supportent pas les araignées ou l'odeur de cigarette, Moïse Chant-d'Amour détestait l'accordéon. La vue de l'instrument et de l'instrumentiste lui déclencha un sursaut comme si son pire ennemi s'invitait à squatter avec nous. Il m'ordonna d'un geste furibond de faire taire le musicien des rues.

– Tu veux vraiment nous faire repérer ? fulmina-t-il.

– Eh bien vas-y, toi, si tu es si malin, ça dure depuis la Plaine Saint-Denis.

– Oui, eh bien, quand on ne sait pas tenir ses troupes ! me rétorqua-t-il sur un ton odieux, peut-être bien imité de son oncle l'adjudant.

La musique continua. La vieille mère, toujours muette, avait immédiatement trouvé à s'asseoir sur un genre de plot en béton qui devint sa place, dont elle ne bougea quasiment plus tout le temps qu'elle séjourna au Vieil Entrepôt. Jean-Maurice, en costume cravate et une petite valise à la main, considérait les ruines et le précaire des lieux avec sous, sa timide moustache, le sourire de gêne reconnaissante qu'il aurait eu sous les lambris d'un palace. Les Deux semblaient trouver comme allant de soi d'avoir débarqué ici. Deux le Père hochait la tête avec approbation, tout semblait lui convenir, les vieilles briques, la froidure pluvieuse, la gadoue, l'accordéon. Son fils restait affectueusement collé à lui. Son papa avait l'air content, alors il était content, un franc sourire dessinait un croissant de lune béat sur son visage tout rond.

– Ça roule tout comme il faut, les jeunes ? nous interpella une voix puissante à l'autre bout du terrain.

C'était Pandolphe qui arrivait, suivi du Belge. Le Belge était un dadais efflanqué à qui on n'aurait su donner vingt-cinq ou cinquante ans. Était-il déjà vieux et paraissant encore jeune, ou le contraire ? Le temps semblait l'avoir laissé choir au bord de la route. C'est sans doute ça qui lui faisait cet air toujours aimablement perdu. Il parlait peu et quand il parlait, c'était immanquablement de son unique et grande passion : les pommes de terre et principalement les frites. La seule vraie souffrance de sa vie était d'en manger trop rarement. En matière de patates et de bains de friture, il était incollable, ce qui lui avait valu dans les divers centres d'accueil et sur les trottoirs du boulevard de l'Hôpital où il aimait traîner son surnom, le Belge. Sa cordialité rêveuse et la rousseur toute flamande de son visage auraient d'ailleurs pu faire croire qu'il arrivait de Bruges ou de Namur. Pandolphe, Marcel de son vrai prénom, mais interdiction était signifiée aux *happy few* dans la confidence de son état-civil de l'appeler ainsi, était un vénérable et râblé gaillard de pas plus d'un mètre soixante. Des épaules de colosse assorties à une silhouette courtaude, presque pas de cou et une tête de vieux forban au sommet de laquelle triomphait une tignasse grise invariablement divisée à gauche par une raie impeccable. Son visage était fait de renfoncements et encoignures burinées où se tenait tout au fond une paire d'intenses petits yeux noirs qui avaient l'air d'avoir tout vu. Personne ne savait son âge, pas même lui, prétendait-il. On pouvait lui supposer dans les soixante-dix ans. Le soir des élections législatives de 1968, il avait déchiré menu sa carte d'identité pour la confier aux grands vents de ses rêves à jamais envolés. Depuis, il n'avait plus cotisé à rien ni payé d'impôts, vivant de combines, entourloupes et travaux au noir. Pandolphe savait tout faire – bricoler, réparer, construire. Et à ses moments perdus, il était sculpteur : caillou, sac plastique, bout de ficelle, de ferraille ou épluchure, il faisait statue de tout. « Ça me réconcilie ! », rigolait-il quand on voyait de ses courtes mais herculéennes pattes calleuses émerger un pot de yaourt métamorphosé en bateau à voile ou une Bigouden en mie de pain. Mais la France en marche, celle qui gagne et sait ce qu'elle veut, les avait rattrapés, lui et sa marginalité. Grand Magistral avait fait sa connaissance à l'entrée d'un centre d'accueil, une fin d'après-midi que Pandolphe, tombé bien bas, faisait selon ses propres mots l'amère expérience, que « quand les bas de la vie sont vraiment très bas, ils sont pas spécialement hauts ». Le pléonasme était, après la sculpture, son autre violon d'Ingres.

Sous les auspices d'un crachin pervers, la troupe fut rapidement au complet. Le point d'orgue de la jonction des effectifs, quand arriva Grand Magistral flanqué des Apatrides frère et sœur, fut la recomposition de cette famille si cruellement séparée trois heures plus tôt porte de la Chapelle. Les adieux avaient été poignants, les retrouvailles furent bouleversantes. Quand l'accordéoniste vit déboucher son frère à l'angle du terrain, un cri de joie sortit de lui. Mi riant mi sanglotant, la sœur traversa en courant tout le terrain, pour venir s'écraser dans les bras de son musicien de frère qui, même pour l'embrasser, ne lâcha pas son instrument. Tous quatre riaient, s'exclamaient, pleuraient comme après une séparation de trente ans. L'accordéoniste faisait tourner avec admiration sa sœur autour de lui pour voir si elle avait beaucoup changé ; sans bouger de son plot, la vieille mère leva des bras reconnaissants et baisa plusieurs fois une amulette qu'elle avait autour du cou. L'autre frère bégayait en leur dialecte des sons qu'on devinait signifier le bonheur après l'épreuve. Enfin tous trois vinrent chacun son tour s'agenouiller devant leur vieille mère pour recevoir sa bénédiction. La joie d'être à nouveau ensemble refusant d'en rester là, le frère empoigna son accordéon et les décombres du Vieil Entrepôt retentirent alors d'un succédané de czardas jubilatoire et sans retenue. L'autre frère se mit à chanter, la sœur à tournoyer dans une ronde éperdue sur le sol boueux. Deux le Fils, la bouille rayonnante, courut danser avec la sœur. Du coup tout le monde se mit à battre des mains en chantant n'importe quoi sur la musique. Résolument muette sur son plot, la vieille mère acquiesçait de la tête à toute cette liesse et, par moments, un surprenant mouvement faisait jaillir ses deux bras vers les cieux pour leur faire offrande de la musique. Pandolphe et le Belge chantaient sans se gêner, je m'y étais mis moi aussi, Deux le Père se dandinait gauchement et approuvait avec force hochements ravis. Deux le Fils s'était étalé par terre dès son deuxième tour de valse et applaudissait joyeusement, le cul écrasé dans la boue. Envoyées au diable, les consignes de discrétion ! Pour la première fois de sa vie peut-être, Jean-Maurice braillait d'allégresse, une allégresse qui avait gagné tout le monde. Tout le monde sauf Grand Magistral et Moïse Chant-d'Amour, que sa répulsion pour le piano à bretelles tenait à l'écart avec un air étrangement absent. Quant à Grand Magistral, il observait d'un visage froncé tout ce qui se passait sans en rien perdre, piaffant sur place et n'arrêtant pas de se gratter. Cette bougeotte m'était bien connue et je la savais depuis longtemps être le signe que d'intenses réflexions travaillaient mon camarade. Tout à coup, il se tapa le front dans un grand cri :

il venait d'accoucher d'une idée. Quand la musique enfin cessa, tous échangèrent congratulations, bourrades et poignées de main. La vieille mère dénoua son baluchon dont l'épais tissu déployé sur le sol se fit nappe de pique-nique, des boîtes de conserve et autres victuailles s'en déversèrent ainsi qu'un petit camping gaz. Chacun fit cercle et déposa les chiches en-cas qu'il avait emportés. Et nous festoyâmes. Sous la direction de la vieille mère obstinément muette, la sœur touilla dans une casserole sur le camping gaz un mélange de haricots en boîte et de corned-beef agrémenté d'oignons émincés vite fait. Il y avait des maquereaux en conserve, des cacahuètes, un sachet de chips, un fromage ramolli et férocement puant, d'origine et d'appellation aussi incontrôlée que l'idiome jargonné par les Apatrides. Je puis bien, ami lecteur, vous certifier que le jour où je me verrai d'aventure attablé en l'une des gargotes les mieux étoilées par les revues gastronomiques, rien de ce qui s'offrira dans mon assiette n'éclipsera le bonheur que j'eus à piocher dans la casserole qui passa ce soir-là de main en main – car dans l'urgence fébrile du plan d'occupation, les couverts et la vaisselle n'avaient pas été prévus, ceci n'était du reste qu'un futile prélude au surgissement, les jours suivants, de toutes les questions d'intendance par nous omises ou ignorées. Au moment du dessert, le frère apatride non-accordéoniste extirpa de sa poche un petit flacon ventru que chacun se vit en demeure d'honorer d'au moins une lampée. Des « Prozit ! » et des « Santé ! » fusèrent. Le digestif était, à en juger par la petite lichette qui vint m'incendier les muqueuses buccales et le gosier, l'une de ces gnôles tout autant interdites de territoire français que le bougre qui nous en faisait les honneurs. Quand le flacon parvint à Grand Magistral, j'eus très peur : conscient de ses responsabilités, il avait depuis bientôt vingt-quatre heures consenti l'admirable effort de rester sobre. Je le savais capable, n'y tenant plus, de vider tout de go la bouteille au nez des autres et gare à ce qui adviendrait alors. Je l'adjurai du regard quand le goulot toucha ses lèvres. Remarqua-t-il ma supplique ? Il se contenta de recueillir aristocratiquement en bouche une infime goulée de l'énigmatique tord-boyaux, de promener celle-ci sur ses papilles et de tout recracher d'un air œnologue sur la boue du Vieil Entrepôt. Il n'était plus tout à fait le même depuis la musique et la danse de tout à l'heure. Qu'avait-il bien pu lui débarquer dans la tête ? Quant à Moïse Chant-d'Amour, grande et insolite première, il n'avait quasi pas dit un mot de la soirée se tenant en retrait de tout et de tous, et lorsque l'intraitable bibine lui débarqua entre les mains, il s'en enfila une goinfre et taciturne rasade avant de passer la bouteille à son voisin, sans trinquer avec personne.

Le repas terminé, vint le moment pour chacun de s'installer pour notre première nuit de squat. Le crachin se faisait avec le déclin du jour davantage pernicieux et glaçant. Je me mis à grelotter, prenant brutalement conscience que ce n'était pas une blague : il allait vraiment falloir dormir dans ce cambouis et ces brisures de parpaings. Et pour tout arranger, la bousculade et l'exaltation ne m'avaient pas laissé le temps de repasser chez moi récupérer le paquetage que je m'étais prévu pour la nuit ; une vague d'appréhensions s'empara de moi, pauvre squatteur novice et bien peu fier. Mon regard questionna mes compagnons de nuitée. Ils allaient, venaient, vaquaient. Qui sait ?

Peut-être qu'eux aussi, l'inquiétude, la détresse et le froid les tourmentaient ? Peut-être que sans en rien laisser paraître, Jean-Maurice se sentait en grand désarroi, exilé de son pavillon de Pontault-Combault, peut-être que même Pandolphe, qui pourtant avait plus souvent couché partout et nulle part que dans un vrai lit, n'en menait pas si large qu'il en avait l'air ? Ces questionnements s'arrêtèrent aux Apatrides qui, par contre, se montraient champions hors catégorie en l'art et la science du campement n'importe où n'importe quand. Après avoir été sac de voyage puis nappe du festin, l'épais tissu du baluchon devint literie sur laquelle tous les quatre formèrent bien vite un tas emmitouflé, psalmodiant à mi-voix sous la direction de la vieille mère une obligatoire prière du soir. Pandolphe avait pris Jean-Maurice et le Belge sous sa coupe pour explorer les recoins du Vieil Entrepôt. Avec une sûreté de vieux chef de meute qui sait reconnaître dans quel fourré ou remblai se creuser une tanière, il avait repéré une espèce d'abri partiellement éboulé, peut-être autrefois four en briques ou quelque chose du genre. Trois morceaux de planches ramassées pas loin avaient été promus acceptable grabat, au moins pour une première nuit. Quant aux Deux, après moult courbettes à tout le monde en guise de bonsoir, ils s'en étaient allés coucher à même un coin de sol en ciment et, enroulés dans leurs manteaux, pionçaient côte à côte avec un air d'heureux acquiescement à toutes choses.

Je cherchai des yeux mes deux acolytes. Il m'allait naïvement de soi qu'en cette inaugurale nuit d'occupation, nous ferions cause et couche commune, l'événement nous offrant l'occasion de sceller encore un peu plus une si belle amitié. Moïse Chant-d'Amour évita mon regard en me tournant presque le dos, et du ton déplaisant qu'il prenait souvent pour éviter d'avoir l'air gêné, il lança :

– Là, je suis obligé, il faut vraiment que j'y aille. L'autre vieille ordure m'attend à Savigny-le-Coteau, il a besoin de moi.

Et il s'en alla, fuyant presque son Vieil Entrepôt chéri. Je n'eus pas le temps d'en rester soufflé que Grand Magistral s'approcha d'un air tout merdeux :

– Ça tombe mal, ça tombe tellement mal, déplora-t-il, vraiment mal. C'est justement mon soir de consultation.

Ah oui, ses consultations, tiens donc, comme par hasard ! Car en effet, deux à trois fois par semaine, monsieur Grand Magistral donnait des consultations. Au contact de la mouise et de ses camarades de la rue, il avait découvert, j'en ai déjà touché deux mots, le grand bonheur d'aider son prochain, ce qui l'avait conduit à s'auto-instituer assistante sociale et conseiller juridique. L'un de ses points de chute était l'ancien garage à vélos d'un crapoteux immeuble à l'abandon au bout de la rue Riquet. Il s'y était aménagé une manière de bureau. Et dans ce gourbi, quand il ne réinventait pas *L'Art de la Fugue* ou la dictature du prolétariat, Grand Magistral recevait les laissés pour compte, leur prodiguant éclaircissements ou conseils, mettant également sa parfaite maîtrise du français épistolaire au service de l'altruiste fonction d'écrivain public. Les honoraires, à la discrétion des consultants, consistaient généralement en canettes de bière ou kils de rouge, les démêlés avec le fisc ou la CAF procurant au passage une occasion bénie de se torcher le museau. Ce soir-là, donc, monsieur donnait ses consultations.

– Ils m'attendent, je suis obligé, tu comprends, il faut vraiment que j'y aille, merdoya-t-il, avant de renchérir, démagogique et pressé de partir, mais c'est tellement génial que tu sois là ! Puisque tu es là, tout ira bien. De toute façon, demain, conseil de crise et réunion d'urgence : je crois que j'ai une idée.

– Eh bien, vas-y, dis-la-moi maintenant. C'est quoi ? fis-je, espérant ainsi le retenir et bien curieux de cette illumination que j'avais vu lui surgir pendant la petite fête improvisée.

– Non, non, pas maintenant, j'ai besoin d'y repenser. À demain, salut.

Et il détala à fuyardes enjambées. Je n'y croyais pas. Ils ne m'abandonnaient quand même pas dans cet endroit pourri avec cette sympathique smala d'égarés ? Il fallut me rendre à cette consternante évidence : je me retrouvais comme un crétin floué à devoir passer la nuit sous un crachin venteux, dont les tôles éventrées de la toiture du Vieil Entrepôt n'abritaient que pour la forme. L'obscurité avait presque entièrement pris possession de ces ruines et des friches à la ronde. Je m'agitais pour tâcher d'avoir le moins froid possible, tournai stérilement sur place, travaillant à me faire à l'idée d'attendre debout la venue du jour. Je n'avais rien pour dormir, eh bien après tout tant pis, on poireauterait. La flamme d'un briquet éclaira soudain une portion de ténèbres. J'entendis une interpellation bougonne et ensommeillée, dont je compris qu'elle m'était destinée. C'était le frère accordéoniste. Il me balança quelques paroles grognées ainsi qu'un paquet que je reçus dans les bras. C'était une épaisse et large couverture. Le briquet s'éteignit, l'accordéoniste se rendormit en ronchonnant. Enveloppé dans la couverture providentielle, je hasardai quelques pas dans la noirceur pour me trouver un coin où tenir jusqu'au matin. Mais le sommeil ne vint point. Ramassé au pied d'un pilier, j'employai ma première demi-heure à rager en moi-même contre la bruine glaciale et contre une haïssable sensation d'être le gogo de service, gogo qui trouva en cet instant un circonscrit mais indéniable réconfort à déchoir les sieurs Grand Magistral et Moïse Chant-d'Amour du titre habituel de « mes meilleurs potes » au profit de celui présentement plus approprié de « gros enfoirés merdeux ».

Le pilier de fer, avec ses boulonnages et ses aspérités, me faisait mal dans le dos. Quelle heure pouvait-il être ? Vingt-trois heures ? Minuit ? Je n'avais pas de montre et mon portable était déchargé. L'insomniaque épuisement aidant, minutes et heures me semblaient jouer à s'étirer. Le crachin ayant enfin consenti à décroître, je quittai ma poutrelle pour déambuler prudemment à travers les décombres. En plein jour, le lieu m'avait toujours semblé affreux, en pleine nuit, il devenait effrayant. Au fantomatique de ces délabrements venaient de partout se joindre tout plein de petits bruits – grincements, souffles et frottements. Les vieilles tôles de la toiture se plaignaient avec un bruit de rouille. Un infime mais tenace vent léger faisait à travers brèches et écroulements chuinter un feulement spectral. Une décharge d'épouvante me figea sur place : un visage hideux avec de grands yeux fixes avait surgi sous mon nez. C'était la vieille mère Apatride. Assise sur son plot de béton avec ses trois enfants pionçant à ses pieds, elle ne dormait pas ; ignorant ma présence, ses yeux intensément fixes décryptaient les ténèbres. La voir surveiller ainsi la nuit après l'avoir vue quelques heures plus tôt nous mitonner un festin magique me fit soupçonner qu'il y avait peut-être bien de la sorcière chez cette brave dame. Je m'éloignai précautionneusement. D'où j'étais me parvenaient les ronflements résolus et, je dois dire, bien réconfortants de Pandolphe. Il y eut un machin qui tomba quelque part dans un vague bruit amorti. Le feulement venteux continuait sa caresse lugubre et de là-bas, de tout là-bas, ailleurs chez les humains dans la ville, parvint un minuscule et tout assourdi pin-pon d'ambulance ou de police. Je regrettai l'absence de ce gros enfoiré merdeux de Grand Magistral qui n'aurait pas manqué de m'éclairer utilement à propos de la renversante assertion de John Cage, selon qui « le silence n'existe pas ». Alors, un son m'arrêta, un son bien différent de tout le reste. C'était des paroles échangées à voix basse, tout près, à trois pas.

– *Vous expliquez ça, vous, monsieur le Belge ? Moi j'ai renoncé. Mais comment est-ce donc possible, ça ? Quand je repense à la jolie blondinette toute sautillante que j'avais rencontrée. Comment avec le temps s'est-elle changée en une espèce de cheftaine dont on craint les regards ? Et cet air d'attendre que ça se passe dès que j'étais à côté d'elle. Mais je vous ennuie avec tout ça…*

– *Oh pas du tout, monsieur Maurice, excusez-moi, Jean-Maurice je voulais dire, pas du tout, chuchota le Belge, ce que vous me racontez là, c'est l'impondérable de la vie, sa diversité, ça me fait penser, tenez, quand vous découpez les pommes de terre en cônes ou en bâtonnets, tout le miracle tient à peu de chose : la différence de taille des morceaux. C'est ça, entre autres, qui vous donne des frites réussies : des bouts plus ou moins gros donc forcément plus ou moins frits, certains carrément croquants, d'autres où le moelleux et le croustillant rivalisent. Si vous saviez, monsieur Maurice, excusez-moi, Jean-Maurice je voulais dire, le jour où on m'en a servi dans un fast-food, j'en aurais pleuré ou renversé les tables si elles n'avaient pas été fixées au sol. Des frites, ça ? Même taille, même forme, la dictature du calibrage et du rendement qu'on prétendait me faire bouffer de bon cœur. Ah évidemment, uniformité des morceaux, donc du temps de cuisson, économiquement indiscutable. Alors que c'est toute la part d'imprévu qui fait chanter le bain de friture quand les morceaux sont tailladés comme ça vous vient selon la grosseur et la forme du tubercule. Le hasard, monsieur Maurice, excusez-moi, Jean-Maurice je voulais dire, pas de bonheur sans hasard, c'est le prix à payer, notre risque à courir ici-bas, le hasard. C'est les patates qui m'ont appris ça. Vous devez me trouver idiot, non.*

– Oh, monsieur le Belge, j'ai surtout pas dit ça !

– Le hasard, on devrait jamais oublier le hasard, monsieur Maurice, excusez-moi, Jean-Maurice je voulais dire. Le hasard qui fait les choses. Ni bien ni mal, contrairement à ce que nous assène le proverbe. Vous connaissez Hubert Reeves ? Dans un de ses livres, il parle de ça : le rôle primordial du hasard comme donnée scientifique. Les frites de ma grand-mère l'illustraient au plus haut point. Les patates industrielles assassinent le hasard. Votre dame et vous, vous vous êtes rencontrés, puis éloignés, puis perdus, un peu comme deux pauvres petites frites dans le même bain de friture mais qui finalement n'atterrissent pas dans la même assiette.

– Oui, monsieur le Belge, j'entends bien. Mais là je me cogne la tête contre un mystère. Quand je repense à nos débuts, en être arrivés là ! Peut-être que je paie de m'être avoué trop tard ce que je voyais pourtant depuis longtemps. Un soir que j'y allais de mes

bougeottes d'amour en lui gémissant des « Comme je t'aime » à son oreille que je lui mordillais car je croyais que ça lui plaisait, je n'avais pas voulu remarquer son air d'attendre que ça finisse. « Elle est fatiguée, c'est normal et puis les femmes n'ont pas le même rythme », ces fausses bonnes raisons rassurantes qui viennent paver l'enfer du couple. Y repenser maintenant, monsieur le Belge, quelle rigolade ! Plus j'essayais de retrouver la petite jeunette qui m'avait tellement chamboulé, plus je voyais une bonne femme avec son toutou et sa fausse élégance, sa mine plus jamais contente de rien. Ce n'était quand même pas moi qui l'avais rendue comme ça ? C'était quand même pas mon œuvre, monsieur le Belge ? Dès qu'elle a eu le chien, j'aurais dû comprendre. Tant d'amour pour une bestiole, c'était pas normal. Tous les mots doux qu'elle ne me disait plus depuis bien longtemps, voilà qu'elle les ressortait à son petit roquet. Pour un peu, son clebs serait devenu le patron dans la maison. Le jour où, parce que je l'avais descendu faire pisser un peu trop tard, le petit prince consort à quatre pattes, elle m'avait dit « Finalement ça vaut mieux qu'on n'ait pas eu de mômes, quand je vois comment tu t'occupes de ce pauvre petit bout », j'ai compris que c'était vraiment foutu. Alors quand peu de temps après ma boîte m'a viré, il fallait vraiment être bouché comme j'ai voulu le rester pour ni voir ni entendre que la messe était dite. Le pire, c'étaient ses efforts pour me consoler, ses revenez-y de tendresse qui puaient le contraint. Je vous raconte tout ça, monsieur le Belge.

– Vous faites bien, vous faites très bien, monsieur Jean, euh, Maurice, Jean-Maurice, j'y suis arrivé. Vous savez, les patates dans un champ, elles ont l'air toutes semblables quand vous les déter-

rez. Toutes de même forme, de même couleur que la terre qui les enfouissait. Pourtant elles sont uniques. Chacune d'elle, aussi unique qu'une œuvre d'art, aussi unique que vous et moi. J'en ai ramassé une un jour, toute joufflue, on aurait dit une paire de fesses miniatures. Pourquoi elle, ici, là, dans ce champ et pas en Hollande ou au Bénin ? Nous, moi, vous et votre dame, c'est pareil. C'est les patates qui m'ont appris ça, ça peut sembler bête.

– Vous avez l'air d'en connaître un sacré rayon en pomme de terre, monsieur le Belge, vous devriez écrire un livre.

– Oui, je connais un peu la question mais bon, il y en a c'est les timbres, d'autres la musique comme monsieur Grand Magistral, c'est un vrai cerveau, vous savez, monsieur Grand Magistral. Moi, c'est les patates, on va pas déranger la terre entière pour ça.

– Peut-être bien que grâce à vous, monsieur le Belge, je commence à y comprendre quelque chose. Quelque chose de pas bien agréable mais bon. C'est sans doute ça : je ne pouvais que la décevoir à la longue.

– Je ne crois pas, je ne suis pas d'accord avec vous, monsieur Maurice, excusez-moi, Jean-Maurice je voulais dire, je ne crois pas. Évidemment votre part d'erreur et de fausse route, comme tout un chacun, vous n'y avez pas coupé. C'est comme moi le jour où j'avais complètement foiré le bain de friture : je croyais que l'huile était chaude, elle était à peine tiédasse, deux kilos de bintjes foutues, je me suis mis à insulter l'huile et la bassine. Votre dame, je ne dis pas que vous l'avez pas déçue, mais à travers tout ce que vous me dites je crois – sans doute qu'elle ne le sait même pas – que c'est à elle qu'elle en veut. En fait, c'est par elle-même qu'elle est déçue.

– Alors en ce cas, il vaut mieux qu'elle continue à s'en prendre à moi, qu'elle reste à se raconter que tout est de ma faute, si cette erreur peut lui servir à se croire heureuse. Dans un sens ça me soulage qu'on se soit quittés, tant pis si ça me fait mal mais au moins c'est réel. Pas comme le Prozac qu'elle s'enfilait tous les soirs avant de me tourner le dos dans le lit. C'est l'autre, là, son Fabrice, qui me tracasse. S'ils sont heureux ensemble, eh bien tant mieux, je m'en fous, enfin je m'en fous… Mais elle, je lui donne pas un an pour se retrouver déçue par lui comme elle l'a été par moi. Et lui, le Fabrice, ce n'est pas un compréhensif. Elle risque de déchanter avec lui, gravement, et il serait bien capable de lui faire du mal, de l'abîmer, l'abîmer pour de vrai, l'abîmer définitivement, la petite jeunette qui m'avait chamboulé.

Il y eut un silence puis des soupirs profonds et des reniflements. C'était Jean-Maurice qui sanglotait aussi discrètement que possible.

– Oh ben non, monsieur Maurice, Jean-Maurice je voulais dire, le secourut le Belge, allons, allons, pleurez pas. Ça sert à rien de se mettre dans un état pareil, il faut pas pleurer, allons, il faut pas. Mais qu'est-ce que je raconte ? J'suis con ou quoi ? Mais si. Si, il faut. Excusez-moi, monsieur. Monsieur Maurice, non, Jean-Maurice… Excusez-moi, je dis des conneries. Bien sûr que si, ça sert. Vous avez, raison, pleurez, monsieur Maur… Jean-Maurice, allez-y, pleurez aussi longtemps que vous voulez, c'est vous qui avez raison, attendez je crois que j'ai un mouchoir, pleurez, c'est bien. Mon oncle, quand j'étais petit et que je pleurais, tout ce qu'il savait dire, c'était : « Chiale donc, tu pisseras moins. » C'était un con, mon oncle, il avait tout faux, rien compris. Les larmes, c'est pas de la pisse, c'est

de l'eau. De l'eau de source. Et la source, c'est vous, monsieur Maurice, ah zut, excusez-moi, Jean-Maurice je voulais dire. On se prend pour des réservoirs ou des placards à rangements alors qu'on est des sources, monsieur… Jean-Maurice. Ah tout de même je l'ai dit! Les patates aussi sont des sources, c'est elles qui me l'ont appris un jour. Vous en ramassez une, toute grise, toute couleur de cette terre où elle a germé, vous la coupez en deux et à l'intérieur, elle est jaune, mais jaune. Certaines variétés sont pas moins jaunes que les tournesols de Van Gogh ; pas étonnant qu'un de ses premiers tableaux soit Les Mangeurs de pommes de terre, *du soleil, du jaune qui a fait le voyage jusque sous terre pour que la patate y reçoive cette couleur de lumière. Même qu'elles m'ont suggéré l'idée, les patates, que peut-être bien, c'est sans doute idiot ce que je vais vous dire, que tout n'est que source, partout, source. Allez-y, pleurez, m'sieur, ah zut, Jean-Maurice.*

Les ténèbres avaient changé. D'imprécises velléités d'aube rappliquaient. Je toisai comme un ennemi qu'on se surprend à détester bien moins qu'on aurait cru les poutrelles et les gravats, les vieilles tôles tordues là-haut où le ciel bleuissait-blanchissait à travers les déchiquetures. Le tas humain des Apatrides s'était mis à remuer et envisagerait certainement sous peu de lever le camp. Statufiée sur son plot, la vieille mère avec ses grands yeux fixes paraissait ordonner la venue du jour. Jean-Maurice et le Belge avaient piqué du nez et dormaient côte à côte. Pandolphe s'était levé sans bruit comme un vieux chat pour effectuer un tour d'inspection au cas où. Au cas où quoi ? Au cas où rien. Pandolphe questionnait le monde. Il n'espérait depuis longtemps plus aucune réponse ni du monde ni des humains, il n'en persistait pas moins à interroger. Les Deux Père et Fils dormaient toujours, campant à même le sol dans des limbes de tranquillité sereine. Je m'étais écarté vers un pan de muret qui me paraissait propice au soulagement d'un humble besoin matinal, et là m'en attendait une bien bonne : s'ajoutant à notre petit groupe de vaillants squatteurs, sommeillait consciencieusement un onzième larron, tout recroquevillé et disparaissant sous un duvet bleu bien épais. Qui pouvait bien être ce passager clandestin ? Au bruit que je fis en m'approchant, le gros sac indigo remua et une tête s'en extirpa qui n'était autre, et je n'avais hélas avec moi personne à qui le donner en mille, que celle de Moïse Chant-d'Amour ! Ainsi donc, en cachette de tout le monde, il était finalement resté pioncer ici, l'animal. L'air bien content de me voir, il me fit cadeau d'un sourire mal réveillé.

– Tu… Tu étais ici cette nuit ? Mais et le vieux ? Ton oncle…

– Il n'avait plus besoin de moi, il a bien voulu m'accorder une permission. Donc, je suis revenu. Pour être ici, avec vous tous, pour être avec toi, ça me fait tellement plaisir d'être avec toi ce matin, tu sais.

– Gros enfoiré merdeux quand même, maugréai-je entre mes dents.

CHAPITRE ONZIÈME

Où le dénommé Grand Magistral entretient à plaisir le mystère sur son idée mais harangue longuement le narrateur ainsi que le dénommé Moïse Chant-d'Amour en son repaire sis dans un coin de la rue Riquet.

– J'ai eu une idée. Il faut absolument que je vous en cause, il faut absolument.

Combien de fois l'avait-il répété ? Alors allait-il enfin nous la cracher, son idée ? Et cesser de nous faire marner, nous promener d'argumentaires en périphrases ? Soupirant et grognant, Moïse Chant-d'Amour s'efforçait à une patience contrevenant à ses plus basiques us et habitudes. Depuis onze heures du matin, sur convocation de Grand Magistral, nous tenions un conseil extraordinaire. L'ordre du jour en était : comment diable continuer à squatter le Vieil Entrepôt dans les jours à venir ? Relater, ami lecteur, par le détail et le menu ce moment, ô combien décisif parce que charnière de toute notre histoire, me serait fort problématique : pour cause de nuit blanche dans la froidure et les déchets du Vieil Entrepôt, je passai les trois heures quarante-cinq que dura peu ou prou la séance dans un état d'embourbement vaseux, luttant contre le sommeil et même y succombant par brèves et discrètes intermittences. Exceptionnellement cette réunion ne se tint point chez André Mahmoud, c'était trop loin du Vieil Entrepôt, mais dans le galetas de la rue Riquet où Grand Magistral donnait habituellement audience. J'avais souvent entendu évoquer l'endroit mais n'y étais jamais venu, et en faire ce matin-là connaissance amplifia la sensation d'onirique irréalité qui m'enlisa pendant tout notre conclave. Il régnait une imprescriptible senteur de cave – moisi pugnace, vieille vinasse et tabac froid. Avec les moyens du bord et l'aide inespérée de Pandolphe, Grand Magistral avait grosso modo réussi à agencer l'endroit d'une manière certes inconfortable mais en débarquant là, et si l'on était bien disposé, on pouvait délaisser le mot « taudis » pour celui plus euphémistique d'« abri de fortune ». Il y avait l'électricité, grâces en devaient une fois encore être rendues à ce souverain pontife de la démerde nommé Pandolphe, parvenu, lui seul savait comment, à bricoler une installation convenable. Outre une vaste planche en bois s'arrogeant l'appellation de « bureau » sous prétexte qu'elle tanguait sur deux tréteaux précaires et que l'encombraient amoncellements de bouquins et paperasses, vestiges de beuveries et cendriers remplis, le mobilier était minimal : une vieille chaise bancale et un vétuste cageot à bouteilles. Enfin, totem et fierté de Grand Magistral, un petit buste farouchement songeur de Ludwig van Beethoven, auquel manquaient un bout de nez et un morceau de crâne, trônait sur le « bureau » instable et surchargé.

– Alors ? Cette idée, tu nous l'accouches ? demanda Moïse Chant-d'Amour dont la patience donnait des signes d'inquiétant effritement.

Grand Magistral eut une hésitation.

– C'est trop tôt, pas tout de suite, je vous demande d'attendre encore un peu, bafouilla-t-il d'un ton gêné, mais oui, je vous la dirai, mon idée. Mais patientez, et lâchez-moi un peu avec ça.

Puis se tournant vers moi :

– Et je t'avais dit de ne pas lui en parler pour l'instant.

Il ne m'avait jamais rien dit de semblable mais l'épuisement me rendait incapable de protester.

– Comment ça, de ne pas m'en parler ? s'indigna Moïse Chant-d'Amour, on me fait des cachotteries ? On me tient à l'écart ? On cherche à m'évincer peut-être ? Mais dites-le si je vous gêne ! Oh et puis démerdez-vous sans moi après tout, je m'en fous de votre histoire.

Furieux et offensé il se leva pour ficher le camp, bousculant le « bureau » dans son emportement. Montagne de paperasses, canettes et bouquins tremblèrent, Ludwig van Beethoven impassible vacilla ; Grand Magistral en empoignant la planche parvint de justesse à prévenir un désastre ; Moïse Chant-d'Amour outragé beuglait. Puisqu'on le mettait sur la touche qu'on se démerde tous seuls, squat et tout le reste, et cette grande idée mystérieuse qui ne valait certainement pas tripette et puis, tiens, même le parc enchanté, tout wagnérien qu'il fût, finalement ce n'était plus son affaire, démerdez-vous sans moi, salut.

– Mais tu ne peux pas nous quitter comme ça, nous ne sommes rien sans toi, tu le sais bien ! l'implora Grand Magistral, presque à ses pieds.

Imitant alors Dieu consentant miséricordieusement à ne point abandonner son peuple, Moïse Chant-d'Amour se laissa retomber sur le cageot à bouteilles. Et à partir de cet instant, images et souvenirs en moi se désordonnent. Je revois Grand Magistral et Moïse Chant-d'Amour, ma tête peinant à se tenir droite, sortant mes yeux de leurs trous pour qu'ils ne se fermassent pas, je les revois, dis-je, arborant une suffisance de vétérans de l'action illicite, dressant avantageusement le bilan de cette première nuit de squat, comme s'ils n'en avaient pas une seule seconde déserté les avant-postes. L'appellation de « gros enfoirés merdeux » me remonta du fond de mes brumes dans toute sa pertinence et son actualité.

– Vous ne me semblez pas, avait commencé Grand Magistral de son timbre le plus doctrinaire, bien réaliser dans quoi vous avez posé les pieds. Squatter n'est pas se vautrer. Si on se contente d'aller poser là-bas nos culs dans la gadoue, en deux jours l'affaire est terminée, et ce n'est même pas la peine d'y retourner.

L'épuisement m'ankylosait inexorablement, je me sentis piquer du nez, un gueulement scandalisé me fit redresser. Moïse Chant-d'Amour me secouait sur ma chaise avec une rudesse de soudard.

– Oh ? Tu es un peu avec nous là ? Ça te concerne, il me semble, ce qui se passe ici. On n'est pas là pour faire la sieste mais pour agir ! Agir, ça t'évoque quelque chose, ce mot ?

Grand Magistral opina de derrière son bureau en me dardant, comme au temps béni des Soviets, du regard d'acier de l'un de ces commissaires du peuple qu'il avait sans doute été dans une vie précédente. L'appellation « gros enfoirés merdeux » me remonta une fois encore ; seuls l'exténuation et un vieux fond de lâcheté me retinrent de la cracher à la gueule des deux concernés et de rentrer me coucher.

– Squatter n'est pas se vautrer, reprit Grand Magistral d'un ton vibrant à la Saint-Just, Non, notre projet ne sera viable et certain d'aboutir que s'il se positionne et s'enracine dans une perspective – et je vous adjure de bien noter le mot qui va venir, il est crucial, il est essentiel, il est fondateur – dans une perspective de phalanstère ! Puisse donc ce vocable vous tenir à la fois lieu de viatique et de guide : phalanstère ! Oui, mes amis, continua-t-il avec une voix presque de fausset qui lui surgissait dans les moments d'importance, nous voici les continuateurs d'un haut épisode de l'histoire de l'émancipation humaine.

Et une heure de grosse horloge durant, nous essuyâmes les envolées d'un dithyrambe improvisé à la gloire de ces socialismes utopiques et phalanstériens dont Grand Magistral venait de nous adouber continuateurs et héritiers. Par instants, le sommeil m'engloutissait et des propos du harangueur ne me parvenaient qu'une surexcitation de palabres lointaines. À d'autres moments, je me retrouvai par j'ignore quel sortilège parfaitement réveillé et alors chaque mot me dégringolait tout au fond de l'âme comme parole d'irréfutable évangile. Moïse Chant-d'Amour acquiesçait au prix d'un torturant effort sur lui-même, tant laisser autrui monopoliser le crachoir lui était contre nature. Grand Magistral nous embarqua dans un carrousel de concepts et principes révolutionnaires. Un cortège de revenants s'en vint défiler, aux noms qui n'évoquent plus rien à personne sauf dans le meilleur des cas une rue en banlieue ou un arrêt de bus. Pierre-Joseph Proudhon, Charles Fourier, Étienne Cabet, Saint-Simon, Victor Considérant, Pierre Leroux, Louis Blanc, Robert Owen, Mikhaïl Petrachevski, Philippe Buchez, Saint-Amand Bazard, et aussi Claire Bazard et Louise Michel et Gracchus Babeuf.

– Qui donc aujourd'hui se souvient, glapissait Grand Magistral d'une voix de ténor enfiévré, qu'en juin 1848, Victor Considérant fut le seul député à proposer le droit de vote pour les femmes ? Que la Commune de Paris a brûlé la guillotine en place publique et accordé pleine et entière citoyenneté à tous les étrangers ?

– Oui, alors, et nous… Qu'est-ce qu'on fait ? demanda Moïse Chant-d'Amour, profitant d'un silence du prédicateur.

Un long hochement condescendant fut la réponse de Grand Magistral, puis ré-embrayant de plus belle, il fit montre, en paroles tout au moins, d'un sens de l'organisation et de dons de logisticien insoupçonnables chez lui jusqu'à ce matin, et qui m'eussent laissé autant admiratif que pantois si je n'avais pas été comateux. Aussi bornerai-je ici, ami lecteur, le récit de notre conclave en ce gourbi, dont la puanteur conjointe de renfermé, vieille vinasse et tabac froid avait aggravé mon assoupissement migraineux de courbatures nauséeuses. Voici ce qu'étaient, succinctement résumés, les commandements de Grand Magistral : tout d'abord nous n'étions pas assez nombreux pour occuper le Vieil Entrepôt. Il fallait sans tarder se mettre en chasse, rameuter d'autres compagnons. Des gens fiables, c'était crucial, et motivés, ça allait de soi. À nous de nous démerder, mais c'était urgent et décisif. De celles et ceux qu'il avait dégotés, Grand Magistral répondait comme de lui-même, mais chacun devant vaquer, il était impératif que le Vieil Entrepôt ne se retrouvât en aucun cas déserté une seule des quarante-huit demi-heures que compte une journée. D'où nécessité de grossir sans tarder les troupes, d'établir et planifier un roulement des présences. Il importait par ailleurs de s'atteler sans retard aux questions d'intendance pour, en tout premier lieu, rendre l'endroit habitable ou à tout le moins vivable. Sur ce point, Grand Magistral fondait presque tous ses espoirs sur Pandolphe. Et il y avait aussi la question de la nourriture. La prise en commun des repas marque l'acte fondateur d'une collectivité humaine, nous fut-il été proclamé. À partir de ce soir, le Vieil Entrepôt serait notre unique et seule cantine.

– Les occupants viennent d'horizons différents, ils ne se connaissent pas, ne parlent même pas tous la même langue, nous fut-il avancé, ils n'ont a priori rien à se dire ou à faire ensemble, d'où l'importance de cet acte éminemment unificateur : bouffer tous ensemble !

La feuille de route du jour était donc simple : faire les courses pour ce soir et partir dare-dare à la chasse au squatteur. Notre trio de phalanstériens frais émoulus s'égailla dans trois directions différentes. J'ignore vers où s'en furent mes deux acolytes ; pour ma part, j'employai mes ultimes et titubantes forces à rejoindre mon lit.

DIGRESSION DEUX

– Mais, ma pauv' fille, qu'est-ce tu t'imaginais ? T'as entendu comment tu lui causes ? Et la tronche que tu lui tires, tu l'as regardée ? Déjà que le miroir magique risque pas de venir te raconter que c'est toi la plus belle, hi, hi, hi, hi. En plus t'aggraves les choses. Viens pas pleurer après ça s'il est allé danser la saint-glinglin avec la voisine du dessous, hi, hi, hi, hi. Et puis d'abord, t'en sais rien. Tu les as vus ? Tu y étais ? Bon d'accord, tout plutôt que le perdre, qu'il aille se permettre tous les hop la youpi qu'il voudra pourvu qu'il te largue pas. Mais t'en sais rien, ça sera peut-être toi qui te feras la valoche. Jamais ? Mais oui, c'est ça, jamais. On dit ça. En attendant, ma pauv' fille, continue à picorer comme ça dans la caisse enregistreuse et je te donne pas longtemps pour aller revoir ta Normandie. Une montre… Sainte ma Pomme Mère de l'Autre ! Une montre, rien que ça ! Et pas du bas de gamme, le petit bibelot. Non là franchement, hosanna ! Enfin si ça t'amuse de croire qu'en te fendant d'une toquante, il sera moins en retard à vos rancards ou te posera plus de lapins. Pourquoi alors ? Pour chronométrer vos parties de saint-glinglin ? Oui c'est ça, mais oui c'est ça, t'auras tout remis dans la caisse avant que monsieur Omar s'aperçoive de rien, c'est ça. Ah ma pauv' fille, toi, comme championne de la tractation financière, il y a des *Magnificat* qui se perdent. En même temps, tu me la joues sans chichi, je dois te reconnaître ça. Parce qu'avant toi sur cette chaise, il s'en est posé des fions, de tous âges et toutes tailles de culottes, et qu'étaient pas si souvent que ça du dernier propre, les culottes. Tiens par exemple, il y a eu mademoiselle Chabignous. Ça, comme immaculé popotin, y a pas eu plus vertueux sur ta chaise. Soixante-cinq ans de vertu sans tache, encore plus vierge et pure que moi, la photo du Maréchal au-dessus de sa cheminée, et un neveu dans la milice dont elle était fière comme de l'amant que jamais de sa vie elle n'avait eu. La seule danse de joie qu'on lui ait jamais vue, ça a été en 1945 devant les femmes tondues. Et pourtant, elle aussi avait trouvé à s'occuper pendant… l'Occupation, hi, hi, hi, hi, son violon d'Ingres et son archet à elle, c'était sa plume sergent-major et l'encrier. Tout le courrier qu'elle a pu envoyer de 1940 à 1944, t'imagines pas, ma pauv' fille, une vraie madame de Sévigné de la lettre de dénonciation. Eh ben ça me je vous saluait tous les jours, ça implorait Sainte ma Pomme Mère de l'Autre, ça quémandait son billet d'entrée au Royaume des Cieux. Toi, ma pauv' fille, c'est pas pareil, avec toi j'essaie, je tâche mon petit possible de guérisseuse des inconsolés, t'as pas l'air de vouloir le remarquer, mais elle se décarcasse ta Sainte Mère, elle trime dru ! Mais professeur d'économie, chère ouaille, alors là je sais pas faire. Pas la peine que je me fatigue à te refaire Lourdes ou Fatima dans l'arrière-boutique de ta superette, ça changerait quoi ? Alors continue comme ça, chipe des euros, chaparde un litron de rouge par-ci, un petit whisky par-là, mais compte pas sur ta Bonne Mère pour venir pleurer sur le quai quand t'iras revoir ta Normandie hi, hi, hi, hi.

CHAPITRE DOUZIÈME

En conclusion duquel le narrateur, déconfit, mécontent, en est pour ses frais d'avoir tenu un rôle déterminant quant à la suite de cette histoire.

Parmi nombre de ratures et gribouillis biffés, se languissaient sans protester sur mon agenda numéros, adresses et patronymes de gens que je ne voyais plus depuis des années, peuple oublié d'où surnageaient quelques relations entraperçues de temps à autre. À tout ce monde-là je ne trouvai qu'un seul mais irréductible point commun : aucun ne distrairait jamais la plus inutile petite minute de sa vie pour venir squatter le Vieil Entrepôt.

Comment faire, donc, et qui embaucher ? Moi-même ne me rendant jamais à ce Vieil Entrepôt qu'à contrecœur et à reculons, je me sentais bien peu compétent pour le rôle de sergent recruteur. Au sortir du conclave en l'officine rance de Grand Magistral et sitôt retrouvée ma bien chère chambrette, je m'étais effondré pour ne rouvrir les yeux qu'à la nuit tombée. C'était foutu, la seconde nuit de squat aurait lieu sans moi. Tant pis, ou plutôt tant mieux, avait été ma première réaction, presque aussitôt chassée par l'image de deux faciès de peloton d'exécution nommés Grand Magistral et Moïse Chant-d'Amour qu'il me faudrait affronter quand je reparaîtrais sans avoir rien rempli de ma mission. La tentation me traversa, qui me visitait de temps à autre, de déserter pour de bon, de prendre le large et ne plus jamais les revoir, eux et leur Vieil Entrepôt, quand me survint l'idée de téléphoner à Bankara, dont le numéro plié en quatre traînait encore au fond de ma poche.

– Mais comment ça va, Cousin-mon Frère Saturnien ? me répondit une voix débordante. Tu le croiras ? Il y a pas dix minutes, j'étais tout juste en train de te rêvasser ! Ça se baptise pas la providence, ça ? Alors arrive donc là maintenant, qu'on aille festoyer comme des frères !

Moins de trente minutes plus tard, on se boustifaillait de concert une merguez-frites en une gargote des recoins de Château-Rouge. Les mauvaises nouvelles que Bankara me donna faisaient on ne pouvait mieux mes affaires. Le marchand de sommeil qui leur extorquait déjà plus de la moitié de leur très peu, à lui et sa Princesse du Paradis, prétextait depuis quelque temps tout et son contraire pour envisager de les transbahuter à l'étage du dessus dans encore moins bien et beaucoup plus petit mais carrément plus cher.

– Déménager, Cousin-mon Frère Saturnien ! On n'a pas d'autre solution miracle pour échapper à ce Tenancier des Ténèbres. Mais j'ai déjà remarqué, tu sais, Cousin-mon Frère Saturnien : les palaces ou les résidences dorées foisonnent pas souvent sous mes doigts de pieds et c'est jamais dans le caniveau qu'on en trouve les clefs. Il nous tient avec encore mieux que des chaînes pour esclaves, le Tenancier des Ténèbres. Et on n'est pas les seuls : dix personnes que je connais qu'il a comme nous dans ses tenailles.

– Eh bien peut-être que j'ai quelque chose pour toi, lançai-je timidement.

Il fut aussitôt enthousiaste :

– Sûr. J'en étais sûr. Un frère, c'est jamais là pour rien !

Je piquai un fard discret. Sans m'encombrer à lui expliquer par le menu l'opération Vieil Entrepôt, je lui dis pour commencer que je ne jurais de rien, mais enfin, j'avais peut-être une solution à son problème, pas idéale, mais qui leur permettrait, à lui et sa petite famille, d'au moins faire face. J'attrapai au vol tous les mots qui me venaient pour évoquer ce Vieil Entrepôt, dont ordinairement la seule pensée me rebutait, je ne dirai pas sous les couleurs d'une coquette résidence, mais comme un vivable espace d'habitation et entièrement gratuit de surcroît. De fil en aiguille, je m'entendis lui proposer la solution miracle qu'il n'espérait pas deux minutes plus tôt et me découvrais, non sans surprise, d'indéniables dons de baratineur professionnel. Bankara éclata de rire.

– Garges-en-Buy ! Dis donc, Cousin-mon Frère Saturnien, ta villégiature de rechange, c'est pas exactement une plage aux Seychelles.

Zut, allait-il refuser ? J'en rajoutai une louche et lui servis tout ce qui me tombait sous la main, je me surpris à parler comme un dépliant publicitaire. Pendant que je faisais ainsi l'article pour un des plus inhabitables endroits de la verdoyante Île-de-France, le sentiment me gagnait sourdement de ne valoir guère mieux que l'affreux marchand de sommeil que Bankara et sa petite famille cherchaient à fuir. J'essayais d'égarer quatre exilés dans un endroit invivable uniquement pour ne pas me faire trop engueuler par mes acolytes. Quand je n'eus plus rien à lui dégoiser, Bankara resta quelques instants silencieux, le visage sérieux et appliqué. Moi, je regardai ailleurs, la place du Château-Rouge, les rares passants, affichant une fausse nonchalance. La voix de Bankara m'extirpa de mon abstraction de façade :

– Cousin-mon Frère Saturnien, vous êtes combien là-bas pour l'instant ? Et Garges-en-Buy, je me rappelle, c'était bien les plans que tu cherchais sur le Web l'autre jour, quand la Providence a ficelé nos destinées. Réponds-moi, Cousin-mon Frère Saturnien. Là-bas, il y aurait de la place pour huit ou même dix personnes ?

Je ne fus pas sûr d'avoir bien entendu.

– Non, pour l'instant on va dire, plutôt huit, continua Bankara, l'air de compter dans sa tête et de réfléchir à plein de choses en même temps. Si on s'organise pour débarquer à huit, c'est possible ?

Une fois encore, je ne fus pas certain d'avoir bien entendu. Et alors je faillis me raviser et me jeter aux pieds de Bankara sur le pavage huileux de la gargote pour le supplier d'oublier, lui avouer que c'était une blague, une honteuse entourloupe, qu'il ne fallait surtout pas aller là-bas. Une panique m'avait saisi à la vision des progénitures grelottant et manquant de tout dans la nuit du Vieil Entrepôt. Et à ce moment, les longs bras noueux de Bankara vinrent m'attraper et m'entourer en me secouant. Son grand sourire me fit tout de suite comprendre qu'il ne s'était pas une seule seconde leurré sur ma proposition, qu'il avait tout de suite saisi et que c'était aussi rapidement que dûment pesé qu'il prenait devant moi la décision de venir avec sa petite famille additionnée d'autres compères squatter au Vieil Entrepôt.

– Cousin-mon Frère Saturnien, il y a urgence et là tu me vois en partance pour aller rameuter les autres et anéantir le chiffre d'affaires du Tenancier des Ténèbres. Alors je te quitte. Demain,

Cousin-mon Frère Saturnien, à huit heures et quart rue Labat, scribouille-toi bien le rendez-vous dans tes méninges : huit heures et quart…

J'eus un ultime et bredouillant scrupule :

– Mais, tu es sûr que… Avec les enfants… Tu crois que vous serez bien ?

– Tu sais, Cousin-mon Frère Saturnien, mon oncle qui s'est fait saucissonner en je me rappelle plus combien de morceaux sur la route qui va du bureau de poste à la gare, moi depuis tout petit je le voyais comme le vieux sage du patelin. Un jour je l'ai entendu dire : habiter sur le tas de fumier, ça peut t'arriver. Mais si le royaume de tes rêves tu l'as pour de vrai avec toi, mais vraiment pour de vrai hein, là, bien là (pour que je comprenne bien, Bankara m'empoigna le ventre de sa longue main osseuse et me massa vigoureusement les tripes), alors le royaume de tes rêves, personne pourra t'empêcher d'en construire au moins rien qu'un petit bout, même sur le tas de fumier.

Et le lendemain matin vers les neuf heures quarante-cinq, un minibus bronchitique, brinquebalant, poussif et jaune canari se garait à l'entrée du Vieil Entrepôt pour y décharger un contingent d'une huitaine de tous nouveaux squatteurs chaperonnés, ami lecteur, par votre fidèle et dévoué narrateur.

Dès huit heures moins dix, je m'étais consciencieusement posté au coin de la rue Labat. Sitôt arrivé, j'avais remarqué sur le trottoir d'en face, parmi la petite foule matinale et bigarrée, une espèce de colosse eurasien avec une vraie gueule d'assassin qui m'avait l'air d'attendre ou de chercher quelque chose. Ce n'était certes pas le seul humanoïde peu avenant à traîner dans le coin, sauf que celui-là, sitôt mon arrivée, s'était mis à m'observer. Que me voulait donc ce glauque ? Je regardai ailleurs d'un air faussement à l'aise, sortis mon portable et fis semblant d'y lire des messages en tripotant les touches. À ce moment, « l'assassin » traversa la rue pour s'immobiliser à deux centimètres de moi, comme pour me braquer ou, mieux, me faire la peau.

– C'est toi, Saturne ?

La voix allait avec le reste, un bronchement de grosse bête à ne surtout pas contrarier.

– Euh, oui, Saturnin.

– Moi, c'est Guitou.

Il écrasa son énorme poing fermé contre les phalanges de ma main droite que par instinctive urbanité j'avais timidement approchée.

– C'est par là, on y va, fit-il en désignant l'autre bout de la rue Labat d'un geste lourdingue.

Non sans un zeste d'appréhension, je lui emboîtai le pas. Il m'avait appelé Saturne, indice que c'était bien Bankara qui l'envoyait. Histoire de m'en assurer quand même :

– Alors, vous êtes un ami de Bankara ? demandai-je d'une voix flûtée.

Un marmonnement rogue fut la réponse :

– Ben ça se voit pas, non ? Tiens, c'est là on y est.

Un gourdin musculeux et tatoué tenant lieu d'avant-bras pointa un vieux minibus plus jaune qu'un poussin et garé de traviole. Perché sur le toit, Bankara achevait de ficeler et sangler un Annapurna de sacs, valises et paquets. Tout un petit groupe de voyageurs attendait sur un bout de trottoir le signal du départ et l'ordre d'embarquer. Bankara agita tout grand ses bras de là-haut.

– Gloire à toi, Cousin-mon Providentiel Frère Saturnien. Je parachève l'attelage du carrosse et en route pour un purgatoire pas plus méchant que l'enfer qu'on laisse ici.

Et du toit du « carrosse », il me fit les honneurs et les présentations de la petite équipe, tous locataires, comme lui, des insalubres trous à rats dont le Tenancier des Ténèbres faisait commerce, et qui n'avaient point barguigné devant l'occasion de tirer leur révérence. À côté d'un jeune homme timidement efflanqué à la mine maladive, au visage envahi d'acné et que l'adolescence semblait refuser de lâcher, attendait debout un couple de vieux Maghrébins hors d'âge. Lui avec sa djellaba et son bonnet de berger, accoté à un bâton aussi long et droit que son corps que les ans s'étaient refusé à voûter, elle enturbannée et en cafetan brodé, rapetassée et devenue presque naine avec le temps, la face parcheminée de ridules aussi inchiffrables que ses années, on les eût cru tous deux sortis d'un de ces daguerréotypes des premiers temps de l'ère coloniale. Juste à gauche de ce couple d'ancêtres, une splendide Africaine tenait ses deux enfants par la main. Je n'eus aucun mal à reconnaître les deux progénitures et la Princesse du Paradis. Qui mieux qu'elle aurait mérité ce surnom ? Elle s'appelait en réalité Hadiya. À sa vue, la Reine de Saba et le *Cantique des cantiques* me visitèrent irrésistiblement. Elle était parée de ce magnifique et ample chiffonnement de couleurs que seuls savent habiter les corps d'Afrique et une dégringolade de tresses noires déferlait autour d'un visage en perpétuel éveil où, sous l'égide d'une paire de grands yeux couleur de nuit, sourires et souffrances engrangés s'harmonisaient vaille que vaille. La petite fille d'environ une dizaine d'années était une rêveuse et primesautière miniature de sa maman, si ce n'était l'époustouflante ressemblance de sa frimousse de toute petite reine avec le visage philosophe et joueur de son Bankara de père. Et quand elle vint droit sur moi pour m'annoncer : « Moi, c'est Aurélie ! », je me sentis fondre devant cette figure curieuse de tout que glorifiait un joyeux hérissement, au sommet de la tête, de tresses bien droites enrubannées de couleurs multiples. Le petit garçon, appelé Sébastien, n'avait pas plus de sept ou huit ans ; casquette à l'envers, tennis aux pieds, il supportait que sa maman le tienne par la main comme si on lui avait passé les menottes et tirait une gueule furibonde au monde entier.

– Il voulait monter aider sur le toit et papa a dit non, alors il a grave la haine, m'expliqua la petite fille.

Et le malheur de son frère la fit pouffer de rire.

– Pauvre naze, t'es rien qu'une nulle, explosa le petit frère.

L'affaire voulut en venir aux mains mais une injonction descendue en langue africaine du toit du minibus anéantit le conflit dans l'œuf. Le chargement fait, on s'entassa, et le « carrosse » se mit en route. J'étais assis à l'avant, « l'assassin » tenait le volant. Il fit cahoter le minibus dans un dédale de petites rues de la Goutte-d'Or, se jouant des sens interdits et des encombrements ; nous déboulâmes porte de Clignancourt en moins d'un claquement de doigts et bientôt nous roulions sur le périphérique. Entre les mains de son conducteur, le vieux minibus tentait poussivement de satisfaire, au mépris d'une boîte de vitesses arthritique et d'un système de carburation hors d'âge, une vocation rentrée de bolide. Et moi qui ne savais pas conduire, je ne pus qu'admirer chez « l'assassin » la sûreté virtuose de ses freinages, coups de volant et accélérations qui probablement n'avaient d'égal que la prestesse de ses coups de surin quand on lui cherchait noise. Sa voix rogue m'ordonna :

– Après le périph', tu m'indiqueras.

– Ah bon, il faut que…

– Ben, qu'est-ce tu crois ? Je peux pas deviner le chemin.

J'avais eu l'heureuse idée d'emporter mon plan des banlieues de Paris et me mis en devoir de bachoter rues, boulevards et artères. Nous longeâmes d'impavides barres de HLM constellées d'antennes paraboliques, flétries de tags récriminants ; le minibus vrombissait.

– Il affronte les vents comme un vrai navire de Sindbad, notre véhicule. Un carrosse de roi, un incontestable carrosse, plaisanta Bankara.

À ce moment, une main toute joyeuse derrière moi me grattouilla l'épaule, tandis que j'étais absorbé à décrypter les recoins de Garges-en-Buy sur le plan. La main insista, je me retournai : c'était le vieux Berbère qui agitait son bâton comme un hochet.

– Carrosse. Connais ? Carrosse. Ivi Maton. Ivi. Maton.

Qu'est-ce qu'il me racontait ? Il me lorgnait d'un air tout content, je lui répondis d'un sourire tout idiot. Et voilà-t-il pas que de sa vieille voix toute déglinguée, il se mit à chanter en me tapotant l'épaule :

« *A rouli la bosse i rouli un carrosse, a plomé plein du pijon*
Le marin divison… »

– On va par où, là ? À droite ou à gauche ? me demanda « l'assassin » avec une amabilité de fusil-mitrailleur.

À droite ou à gauche, je n'en savais rien, je n'arrivais pas à nous repérer sur le plan.

– À gauche.

– T'es sûr ? fit-il d'un ton signifiant « Gare à tes fesses en cas d'erreur ».

– Ivi Maton. Ivi Maton, entendis-je encore derrière mon dos.

Décidément il y tenait, le pépé, alors que les tapes du bâton devenaient carrément des coups.

« *A rouli la bosse i rouli un carrosse, a plomé plein du pijon*
Le marin divison. »

Mais c'est qu'il me faisait mal, Papy, et ça l'amusait en plus ! Alors ce patagon chevroté sur un air de comptine s'éclaira en moi : pour sûr que je la connaissais sa chanson, elle était même de celles qui avaient bercé mon enfance. Et sous le regard torve et surpris de « l'assassin », je me mis à faire chorus avec l'ancêtre dont le visage devint radieux :

« *Elle a roulé sa bosse, elle a roulé carrosse,*
Elle a plumé plus d'un pigeon, la Marie-Vison. »

Les coups de bâton devinrent enthousiastes, je venais de me faire un ami pour la vie.

– Ivi Maton ! Ivi Maton, glapissait le vieux.

Mais oui, Yves Montand, bien sûr !

– Chanson, encore le chanson, me fit l'ancêtre.

Je ne pus que m'exécuter :

« *Elle a roulé sa bosse, elle a roulé carrosse,*
Elle a plumé plus d'un pigeon, la Marie-Vison. »

– Cousin-mon frère Saturnien, t'es un authentique ambianceur, je découvre ça, s'émerveilla Bankara.

Et à son invite, en écorchant les paroles et martyrisant la mélodie, la chanson fut reprise en chœur par tout le monde, excepté « l'assassin » que ses goûts portaient à l'évidence fort peu vers les épanchements de liesse collective. Pour consacrer l'événement Bankara proposa de baptiser Marie-Vison ce minibus canonique et brinquebalant.

– Cousin-mon Frère Guitou, c'est toi le maître et seigneur du carrosse, tu es d'accord ?

– Ce que vous voulez, j'm'en fous, moi, grommela le maître et seigneur du carrosse.

À l'enthousiaste unanimité des voix moins une abstention, le carrosse fut donc officiellement baptisé la Marie-Vison, carrosse qui peu après aborda en ronchonnant les abords du Vieil Entrepôt. Point peu fier de la pêche miraculeuse que je ramenais au squat, certain de produire mon petit effet auprès de mes deux comparses, il me tardait de savoir comment s'était passée la nuit. Je compris au premier coup d'œil que ça n'avait pas été simple ; une soucieuse ambiance de chantier improvisé régnait parmi les gravats. Tous considéraient un entassement de planches et de briques rouges ainsi que trois sacs de ciment, chacun semblant se demander quoi faire de tout ce bazar dégoté et rapporté au petit matin par l'infailliblement démerdard Pandolphe. Ça discutait et se concertait. Les frères Apatrides défendaient véhémentement dans leur langue inconnue des suggestions qu'hélas personne ne comprenait. Pandolphe s'accrochait à vouloir conserver la haute main sur une opération qui d'évidence lui échappait, le Belge opinait, Jean-Maurice agrémentait le tableau d'une touche d'optimisme gestionnaire en prenant des notes sur un calepin. Juste à côté, la vieille mère Apatride et sa fille, aidées par Deux le Père, repliaient nappes et ustensiles de cuisine dans un baluchon, Deux le Fils se baguenaudait comme à une kermesse. Quant à Moïse Chant-d'Amour et Grand Magistral, ils me parurent en bien piètre situation : dépenaillés, plantés comme deux hérons en exil au milieu de ce terrain vague, John Wayne et Buster Keaton semblaient attendre Godot.

L'arrivée de la Marie-Vison fut un coup de théâtre plutôt réussi. Un ovni se posant au milieu des gravats n'eût pas, ami lecteur, produit meilleur effet que l'incongru petit autocar jaune s'immobilisant dans un crachement de fumée opaque. Toutes les têtes se tournèrent en même temps, j'eus de mon siège l'intense et fugace bonheur d'apprécier la trombine incrédule de Grand Magistral et les mâchoires tombantes de Moïse Chant-d'Amour. Sitôt les voyageurs débarqués, la réunion de chantier problématique se transforma en un effervescent comité d'accueil. Les bagages furent déchargés, l'Apatride musicien déploya son accordéon pour improviser un air de bienvenue, et ainsi accueillies en musique, les deux progénitures se crurent dans un conte de fées. Un café préparé par la vieille mère Apatride fut aussitôt servi aux nouveaux arrivants. Comment s'y était-elle pris ? Par quel sortilège avait-elle en un rien de temps fait sortir de son baluchon deux pleines cafetières bien fumantes ? Mes soupçons de l'autre nuit quant à ses dons de sorcière se renforçaient.

Et tout de suite on s'activa. D'un commun accord, l'urgence fut d'édifier un logis pour les progénitures. L'arrivée des nouveaux paracheva l'âme du groupe, insufflant comme par magie les ressources d'inventivité pragmatique qui, trois minutes plus tôt, faisaient si fâcheusement défaut. Bankara, le Belge, Pandolphe et Jean-Maurice, comme s'ils étaient collègues depuis toujours, se mirent à aussitôt décider. J'ignorais que Bankara avait entre autres errances entamé des études d'ingénieur du bâtiment : sous sa férule, briques, planches et ciment passèrent du statut d'inutilisable tas à celui de précieux matériaux de construction. Surpuissant, taciturne et, en fin de compte, pas plus assassin que moi (encore que la suite de notre histoire montrera que le plus assassin des deux n'était justement pas, ami lecteur, celui que j'ai laissé croire), Guitou entra en action : il s'empara des planches à bout de bras comme d'un paquet de broutilles, les soupesa et les tria avec la même véloce légèreté que s'il battait des cartes sur un tapis de casino. Tous s'y mirent, même moi qui, aussi peu mouche du coche que possible, aidai de mon mieux à transbahuter, soufflant, craignant le tour de reins, peinant en silence.

Tous s'y mirent, ai-je dit, à deux notables exceptions près : je ne parle pas du couple d'ancêtres que leur grand âge dispensait de toute besogne, mais de messieurs Grand Magistral et Moïse Chant-d'Amour. Ce dernier, passé son ébahissement de la première minute, s'était empressé de retrouver sa grande gueule hâbleuse pour accueillir les nouveaux venus, déclamant force paroles de bienvenue dans son verbe exultant. Il avait tout de suite dit « mon frère » à Bankara, subjugué les progénitures en les esbroufant du seul numéro d'illusionniste qu'il connaissait, à savoir faire surgir un carré de sucre de derrière l'oreille de la petite Aurélie, s'était prosterné devant la Princesse du Paradis, avait attrapé le Jeunot Maladif pour l'entraîner dans trois pas de tango sur les gravats. Avec mille courbettes et prévenances, il avait conduit le couple d'ancêtres jusqu'au plot en béton de la vieille mère Apatride qui, d'elle-même, l'avait quitté pour le leur prêter ; il n'y avait guère que de Guitou qu'instinctivement il n'avait point trop osé s'approcher. Et toute la journée, tandis que tous s'employaient et s'activaient, il ne cessa d'aller tantôt vers l'un tantôt vers l'autre, gratifiant chacun d'une parole revigorante et rigolote. Les nouvellement débarqués se laissèrent volontiers séduire et moi-même subissais une fois encore cet inexplicable et pour tout dire insupportable ascendant. S'il y avait quelqu'un qui n'en foutait pas une, c'était bien lui, et pourtant le Vieil Entrepôt n'avait en cet instant qu'un seul seigneur et maître : Moïse Chant-d'Amour.

Les travaux avançaient, planches et briques s'agençaient. Guitou, Bankara, Pandolphe, les Frères Apatrides et le Jeunot, maladif peut-être mais bien moins qu'il n'y paraissait : un sextuor de bâtisseurs œuvrait et une petite baraque s'élevait lentement ; ce soir les progénitures auraient un toit.

Concédant à son camarade le terrain de la faconde et du claironnement, Grand Magistral, lui, s'était replié dans le rôle d'intendant réservé, sillonnant le Vieil Entrepôt d'une mine soucieuse et inspirée, tournant avec une discrétion de chat autour des ouvriers. Puis en toute fin de matinée, saisi par l'irrépressible besoin de haranguer ses frères humains, il rassembla ceux que ne requéraient pas les travaux, à savoir les deux ancêtres, la Princesse du Paradis, les Apatrides mère et fille ainsi que Deux le Fils et, sous prétexte d'informer les nouveaux arrivants des us et règlements du lieu, il se lança dans une conférence fiévreuse, citant au petit bonheur des bribes de ses théories phalanstériennes. N'y comprenant à peu près pas un mot, l'attroupement écouta avec une respectueuse attention célébrer au son des coups de marteaux et grincements de scie les noms de Proudhon, Jules Vallès et Charles Fourier.

Les délais de construction furent tenus : vers l'après-midi finissant, Guitou perché sur la bicoque assénait les deux ultimes et victorieux coups de marteau proclamant la construction de la petite baraque menée à terme. Une aimable cahute en forme de petit chalet biscornu avait poussé à l'ombre terrible mais consentante du haut vieux mur en briques. On s'assembla autour du tout nouveau petit bâtiment dans une agitation mêlant ferveur sacrée et joie de bambins devant leur château de sable. Chacun y alla de son couplet ou hochement admiratif, l'accordéon se mit à chanter et la sœur Apatride entraîna les deux progénitures dans une danse de cabris autour du joli cabanon tout neuf. La cérémonie fut débordante mais brève, car il fallait aménager le logis. Des bagages on extirpa rapidement couvertures, couchages, et même un beau tapis pour recouvrir le plancher de fortune. En moins d'une heure, un véritable intérieur de maison de poupée fut agencé, une table et deux chaises minuscules bricolées par Pandolphe meublaient la petite demeure.

Trois coups de klaxon péremptoires et catarrheux retentirent. C'était Guitou au volant de la Marie-Vison. Sitôt donnés ses deux derniers coups de marteau, il s'était discrètement éclipsé et revenait, son cahotant véhicule chargé de tout plein de victuailles.

D'où rapportait-il donc tout cela ? Il m'envoya bouler quand je posai la question. Bankara m'expliqua que tard hier soir, un deal avait été passé avec un cousin de Guitou qui gérait une épicerie de banlieue et que nous étions pour l'instant assurés de ne manquer de rien. La vieille mère Apatride ne voulait abandonner à personne le rôle de cantinière en chef. Sous sa direction muette, une batterie de cuisine se mit en branle, des boîtes de conserve furent éventrées, des sacs de nouille déversés, deux marmites et un poêlon rissolèrent d'un bien alléchant fricot. Le repas fut recueilli et silencieux, même Moïse Chant-d'Amour se montra avare de galéjades et des vagues de mélancolie inexplicables passaient sur son visage. Grand Magistral était allé manger tout seul à l'autre bout des décombres. Je le voyais de loin picorer nerveusement dans son assiette, secoué de tressautements préoccupés. Était-ce son « idée » qui le travaillait, cette fameuse idée qu'on connaîtrait peut-être un jour ? Bankara et sa petite famille s'étaient retirés dans le manoir des progénitures, les autres s'étaient disséminés un peu partout. On se prépara pour la nuit. Échaudé par l'expérience, j'avais emporté un paquetage et même un matelas gonflable retrouvé au fond de mes placards. Du reste, l'ordinaire s'était spectaculairement amélioré pour tout le monde : à une heure où il était certain de n'y point rencontrer son ingrate infidèle ou l'abominable Fabrice, Jean-Maurice avait fait un aller-retour éclair à Pontaut-Combault pour en rapporter une grande tente de camping de cinq ou six places. Pandolphe avait embauché le Jeunot Maladif pour bricoler avec les bouts de planches et les briques qui restaient un abri aussi peu de fortune que possible. Les deux Ancêtres coucheraient dans la

Marie-Vison. Un coup de bâton sur mon échine me fit retourner. Le vieux me regardait d'un air hilare :

– Tu viens. Si, si, tu viens avec… Dans auto pour chanson… Tu viens.

Pourquoi pas si le vieil Ancêtre y tenait ? Mais avant d'établir mes quartiers de nuit dans l'accueillante guimbarde de Guitou, j'eus à cœur d'aller souhaiter la bonne nuit à chacun, y compris mes deux acolytes.

À ce sujet, j'ai omis un détail éminemment savoureux de cette journée. Tout fier d'avoir mieux que rempli ma mission, j'avais, en débarquant de la Marie-Vison, espéré au moins quelques compliments de la part de mes deux chers potes et grands maîtres du Vieil Entrepôt. J'en fus cruellement pour mes frais. Dès mon arrivée, Grand Magistral et Moïse Chant-d'Amour firent ostensiblement mine de ne pas me voir. Et au milieu de leurs courbettes et discours de bienvenue aux nouveaux arrivants, tout se passa comme si je n'étais pas là. La nuit était venue sans que je fusse de tout le jour parvenu à capter un seul de leurs regards ou à obtenir un petit mot. Ils conversaient assis dans les gravats quand je les rejoignis pour leur présenter mes salutations vespérales et continuèrent sans daigner me remarquer. Je me plantai sous leur nez. Allaient-ils enfin bien vouloir cesser d'oublier que j'existais ? Ils m'ignorèrent encore pendant cinq bonnes minutes, et enfin me consentirent un coup d'œil évasivement dégoûté.

– On t'a attendu, hier soir, me lâcha Moïse Chant-d'Amour en me tournant le dos

– Tu aurais pu donner des nouvelles, renchérit Grand Magistral avec un dédain rancunier.

Et tous deux partirent se mettre au chaud sous la tente dressée en plein centre du Vieil Entrepôt de par la grâce toute en prévenance de Jean-Maurice.

« Décidément et au risque de me répéter, me dis-je en regagnant la Marie-Vison, décidément gros enfoirés merdeux. Oui. Je persiste et signe : gros enfoirés merdeux ! »

LIVRE 2

LES VIGILES DE L'IMPROBABLE

Un jour pourtant ta solitude te fatiguera… Un jour tu crieras : « Je suis seul ! » Un jour tu ne verras plus ta hauteur. Et ta bassesse sera trop près de toi. Ton sublime même te fera peur comme un fantôme. Un jour tu crieras : « Tout est faux ! »

FRIEDRICH NIETZSCHE, *Ainsi parlait Zarathoustra*

CHAPITRE PREMIER

Ou la danse d'Azucena, titre qui trouve sa justification dans le ci-après récit.

Et maintenant, ami lecteur, notre histoire s'affole et s'emballe. Sous nos yeux ébaubis, l'inhabitable Vieil Entrepôt devenait terre d'élection ! En même pas un mois, les lieux furent méconnaissables, de la vie se construisit et s'agença, certes non sans contretemps ni labeur. Deux difficultés majeures avaient bien vite surgi : l'eau et l'électricité. On ne pouvait indéfiniment s'éclairer à la bougie ou avec des lampes-torches, ni se laver ou faire la cuisine avec des packs d'eau de source qui finiraient à la longue par mettre à mal le fort chiche budget de la communauté. Bankara, Pandolphe et Jean-Maurice passèrent de longues heures à examiner le sol et les gravats, à explorer les alentours, et un matin Pandolphe poussa un rugissement de triomphe :

– J'ai trouvé, ça valait quand même le coup de chercher !

Guidé par son flair de vieil animal obstiné, il avait longuement fouiné trois matinées de suite à quatre pattes et le nez dans la tourbe graisseuse du Vieil Entrepôt ; on aurait dit une truie cherchant des truffes. Personne ne comprit d'abord, il refusa obstinément de s'expliquer et l'on s'amusa bien, en tout premier lieu les progénitures, de le voir ainsi jouer au quadrupède. Hadiya eut d'ailleurs du mal à empêcher son fiston de courir assister Pandolphe dans ses recherches – car s'il en fut un, ami lecteur, qui tout de suite en y posant le pied reconnut le Vieil Entrepôt comme le terrain de jeux et de chahuts enfin conforme à ses plus secrets désirs, c'était bien le jeune Sébastien ; dès le premier matin et à peine sauté de la Marie-Vison, il était allé courir prendre possession des lieux comme si le Vieil Entrepôt n'étalait ses gravats et ne persistait à dresser ses débris de murs et poutrelles qu'à son exclusive destination. Doté d'un irrépressible goût pour l'escalade et surdoué pour la grimpette, ce turbulent bambin avait entrepris sans délai l'ascension d'un vieux bout de muraille mais Pandolphe, un œil toujours aux aguets, avait illico presto capturé l'aventurier par son fond de culotte :

– Quand on pourrait tomber, c'est vraiment un coup à se casser la gueule. Viens donc plutôt par ici, Sapajou-Ouistiti. Le saut de la mort, ce sera pour un autre jour : promis, juré, je te l'apprendrai, mais plus tard !

Pandolphe, qui avait entre autres jadis travaillé dans un cirque comme garçon de piste et machino, reconnut immédiatement le funambule en herbe en Sébastien, lequel fut en extase de s'entendre baptiser Sapajou-Ouistiti, et dès ce moment refusa d'être appelé par un autre nom.

En jouant au quadrupède fouineur, Pandolphe avait donc fini par trouver ce qu'il ne doutait pas de dégoter tôt ou tard. À son cri, nous accourûmes tous. Le vieux forban râblé jubilait, ses deux pognes calleuses creusaient frénétiquement le sol. Le coude d'une énorme canalisation en fonte apparut. Pandolphe n'en avait jamais démordu : une conduite d'eau devait obligatoirement passer dans les parages. Nous connûmes la joie des assoiffés trouvant une source en plein désert. Guitou fendit la foule en grognant, se pencha pour ausculter l'énorme vieux tuyau ; il le palpa, cogna dessus, avant d'annoncer laconiquement :

– Je reviens.

On le vit partir au volant de la Marie-Vison, et revenir deux heures plus tard avec tout un arsenal approprié à de gros travaux de plomberie. Un énorme chalumeau cracha des flammes comme un dragon et chuinta furieusement des heures durant. Pandolphe, le Belge et Bankara prêtaient assistance à Guitou et le Jeunot Maladif, qui voulait en être, étonna tout le monde par son maniement de la scie à métaux. Il s'agissait d'adjoindre au gros tuyau une canalisation secondaire pour détourner l'eau à notre profit. L'opération eut la haletante incertitude d'une greffe d'organe. On crut à un moment rencontrer le désastre, quand dans un bruit de trombe jaillit un crachement torrentiel et vertical comme celui d'un geyser. Peu s'en fallut à ce moment que l'énorme conduit ne transformât le Vieil Entrepôt en lac artificiel et que le projet de pièce d'eau wagnérienne de Moïse Chant-d'Amour ne se trouvât malencontreusement anticipé. Les officiants furent inondés de la tête aux pieds, Deux le Fils accourut en battant des mains pour se faire arroser avec les autres. On peina longuement à subjuguer puissance des eaux, fonte et cuivre des tuyauteries. Mais à la nuit presque tombante, nous pûmes crier victoire et les ouvriers courir se sécher : notre squat était nanti d'un point d'eau.

La question de l'électricité fut autrement délicate. Une première solution nous vint d'André Mahmoud qui possédait au fond de sa remise un petit groupe électrogène inutilisé depuis perpète.

– Mais pas de problème, faut bien que ça rende service, allez-y, prenez-le, allez, avait-il dit sans cérémonie à Moïse Chant-d'Amour venu, dans l'espoir de lui emprunter l'engin, régler son ardoise en se fendant de courbettes et ébauches de suppliques.

Pandolphe et Guitou tendirent une guirlande d'ampoules aux abords de la cahute des progénitures et, au son des pétarades de la vieille machine nimbant les lieux d'intermittentes et âcres puanteurs, nous pûmes jouir d'un éclairage sympathique mais bien précaire. Régulièrement le vieux moteur s'étranglait et les lumières vacillaient. Ce vieil engin qui faisait teuf-teuf en tressautant comme un parkinsonien ne convainquait pas Jean-Maurice : il y avait, il devait y avoir un système pour pirater une des lignes de courant qui passaient par là. Ou alors à quoi donc auraient servi toutes ses études d'ingénieur électronicien ? La chose vira chez Jean-Maurice à l'idée fixe et au point d'honneur, il s'en entretenait dès qu'il pouvait avec Pandolphe et Bankara, tous trois débattaient à voix basse comme des conjurés dans le coin le plus reculé du Vieil Entrepôt. Et un soir, Jean-Maurice nous annonça avec son habituelle politesse vaguement apeurée et sa voix fissurée d'incertitudes qu'il nous quittait pour deux jours. Je le vis échanger un discret clin d'œil entendu avec Pandolphe et Bankara puis, impeccablement costumé, s'en aller rejoindre l'arrêt d'autobus.

Avec toutes ces histoires, les doigts de Pandolphe qui n'avaient rien sculpté depuis trop longtemps commencèrent à furieusement lui démanger. Histoire de s'entretenir la main il avait bien transformé, à l'intention des progénitures, une boîte de conserve en rhinocéros et des restes de papier d'emballage en caravane de chameaux, mais sa créativité n'y avait pas trouvé son compte. Or, le lendemain matin, ô surprise, une peuplade de nains de jardin d'un genre un peu spécial avait envahi le Vieil Entrepôt. Tout ce qui restait de bouteilles et sacs en plastique, de cartons et cageots en bois, débris, embouts de ferrailles et tuyauterie, tout cela, comme touché par la baguette d'une fée tandis que nous dormions, s'était transformé en gnomes et kobolds, en énormes fleurs d'espèces fantasques et inconnues. Les âmes de Calder, Giacometti et Marcel Duchamp s'en étaient-elles venues danser ici pendant la nuit ? Le Vieil Entrepôt, ami lecteur, prenait vie et âme.

Comme promis, Jean-Maurice revint deux jours plus tard. Il rapportait un ordinateur portable et une mallette gavée de logiciels et CD, et réunit Pandolphe et Bankara dans ce coin du Vieil Entrepôt où désormais tous trois se plaisaient à ourdir. Réunions secrètes alternèrent avec explorations minutieuses des alentours. Le reste du temps, Jean-Maurice s'exilait dans un coin, ne connaissant plus rien ni personne que son ordinateur dont il pianotait le clavier jusqu'à pas d'heures. Enfin il rameuta Pandolphe et Bankara. Tous trois, suivis de Guitou paré d'un gros rouleau de câble sous le bras, s'évadèrent quelque part, revinrent peu après, déroulant précautionneusement et enfouissant au fur et à mesure le câble sous terre. Celui-ci fut connecté à une mystérieuse petite boîte qu'avec mille soins on enterra dans le sol du Vieil Entrepôt. Nous ne sûmes jamais les exacts tenants et aboutissants de ces magouilles technologiques, toujours est-il qu'un soir, les sculptures de Pandolphe sourirent sous une seconde guirlande d'ampoules : nous étions reliés au réseau électrique et ce, Jean-Maurice nous en fit un serment digne des chevaliers de la Table ronde, sans risque aucun de flagrant délit d'infraction.

Nous avions l'eau et l'éclairage, chacun avait pris ses marques et, pour autant qu'il était possible, son confort. Le mien, de confort, flirtait avec l'idéal : je dormais sur une banquette de la Marie-Vison en compagnie des deux ancêtres qui m'avaient adopté comme leur fils. Mais si mon confort était idéal, mon sommeil l'était un peu moins. Monsieur l'Ancêtre ne m'avait pas seulement pris en affection, il se réjouissait d'avoir trouvé le parfait comparse avec qui partager toutes ces chansons et rengaines de presque jadis qu'il affectionnait tant et, au son chevrotant de *Non, rien de rien* et du *Jour où la pluie viendra,* je fus associé aux insomnies du vieux bonhomme. Et si durant ces nuits je ne trouvai pas mon content de sommeil, ma culture en matière de variété française se vit en revanche notoirement remise à niveau.

La vie du squat s'installa bien vite dans un semblant de routine. Dès potron-minet, les enfants Apatrides disparaissaient pour ne réapparaître qu'à la tombée du soir. La vieille mère restait seule, statufiée sur son plot de béton, ses yeux fixement ouverts ayant l'air d'attendre ou de veiller. Mais sitôt ses deux fils et sa fille de retour, elle se mettait à vaquer comme une abeille, remplir et installer casseroles ou chaudrons, déplacer presque à bout de bras gros sacs de patates et d'oignons, les ingrédients de base de sa cuisine, révélant ainsi sous sa frêle carcasse une puissance de fort des halles qui en remontrait au costaud Pandolphe et même à l'herculéen Guitou. Il y avait décidément de la sorcière chez cette femme et, en souvenir de la Bohémienne du *Trovatore* qu'elle lui rappelait irrésistiblement, Moïse Chant-d'Amour la baptisa Azucena. Chaque matin, la Marie-Vison emmenait les progénitures à l'école et les ramenait vers dix-sept heures. Bien obligé de redevenir Sébastien le temps des heures de classe, Sapajou-Ouistiti ne prenait jamais congé du Vieil Entrepôt sans contrecœur, sa joie s'en trouvant décuplée quand, de retour, il sautait de la Marie-Vison pour gambader partout. Aurélie paraissait invariablement heureuse, autant de partir que de rentrer le soir. Hadiya devait souvent rallier en pleine nuit ces bureaux éloignés qu'il lui faudrait bichonner pour moins que le smic. Afin d'assurer ces multiples va et vient, Guitou et Bankara sc relayaient au volant de la poussive mais increvable Marie-Vison. Avec mes deux acolytes avait été convenu qu'au minimum l'un de nous resterait en permanence sur les lieux. Des habitudes de vie se prirent. Deux le Père allait partout et vers tous avec son sourire de perpétuelle approbation, apportant mine de rien aux plus menues tâches une aide autant discrète qu'appréciable. Deux le Fils avait jeté un affectueux dévolu sur le Jeunot Maladif ; le nouvel arrivant n'avait pas refusé cette amitié et, stationnant côte à côte devant les briques du haut vieux mur ou déambulant parmi les créatures de Pandolphe, tous deux passaient leurs journées ensemble, sans rien comprendre des paroles de l'autre. De plus le Jeunot Maladif avait entrepris à sa manière, absente et perdue, de rendre un bien estimable service à la communauté. Dès le premier matin, il avait en effet entamé un méthodique et patient déblayage de tous les déchets qui encroûtaient le sol du Vieil Entrepôt – ceci devint sa principale activité. Évacuant un à un morceaux de pneus, restants de câbles, parpaings, ferrailles et caillasses multiples, il entassait tout ça dans un coin et le résultat de cet opiniâtre déblaiement fut une montagne de débris qui devint son domaine à lui. Quand il ne s'occupait pas à le grossir morceaux par morceaux, il restait silencieux en haut de ce monticule, souvent rejoint par Deux le Fils venu béatement s'asseoir à ses côtés. Ce souffreteux jeune homme allait plus d'une fois par la suite, et sans jamais la ramener, nous prouver qu'il n'y avait en réalité de maladif en sa personne que sa famélique silhouette et ce visage acnéique dont on ne savait si sa pâleur procédait d'une congénitale anémie ou d'une endémique tristesse épandue sur fond de peurs enfouies et de souffrances inoubliées. Lorsqu'on lui adressait la parole, il détournait une tête contrariée, ne prononçant au mieux que quatre ou cinq mots inaudibles et, tout le temps que dura cette histoire, ni moi ni personne ne parvint jamais à savoir son nom. Pandolphe avait pris Sapajou-Ouistiti sous sa coupe et au retour de l'école, après les devoirs et le goûter, il lui tenait sa promesse : en attendant le saut de la mort qui serait pour plus tard, il avait entrepris de l'initier aux arcanes du funambulisme et de la haute voltige. D'où diable ce bonhomme lourdingue aux gros panards à ce point arrimés au sol pouvait-il bien tenir cette science de l'envol et cet art du défi à la pesanteur ? Toujours est-il qu'en peu de temps Sapajou-Ouistiti se mit à marcher plus souvent sur les mains que sur ses deux pieds et qu'Hadiya ou Bankara devaient souvent menacer de sévir pour qu'à l'heure du coucher leur gamin consentît à descendre du fil que Pandolphe avait tendu pour lui à cinquante centimètres du sol et sur lequel il trottinait avec autant d'aisance, ami lecteur, que votre dévoué narrateur descendant l'avenue des Gobelins.

Le Vieil Entrepôt et ses occupants se mirent donc à vivre une vie de tous les jours et pour un peu on aurait pu en venir à parler d'encroûtement. L'urgence et la précarité des tout premiers jours d'installation avaient soudé les cœurs et les énergies. Quand Guitou avait actionné pour la première fois le robinet du point d'eau sous les bravos de tous, quand Pandolphe, à côté de Jean-Maurice qui retenait ses larmes, avait abaissé le levier du disjoncteur et que la lumière jaillissant de la guirlande d'ampoules nous avait arraché un cri digne du « *Licht!* » de *La Création* de Haydn, on aurait pu croire à une indéfectible fraternité dans ces gravats de Garges-en-Buy.

Mais le quotidien pollué de ses menues adversités eut vite fait de changer tout ça. Passée l'unanimité joyeuse des premiers jours, une sourde indifférence s'installa on ne sait comment. D'abord on se parla moins puis presque plus pendant les repas, chacun se retirant à l'écart avec sa gamelle et ses couverts. À travers mille petits riens et agacements furtifs, on ne tarda pas à donner l'impression de se supporter plutôt que de vivre ensemble. Il n'y avait pas d'animosité mais l'on sentait une lourde ambiance de prémisses soit d'orage, soit de déliquescence. L'esprit communautaire qui s'était de soi-même instauré, donnant au Vieil Entrepôt des airs de miséreux mais réjouissant camp de vacances, se délitait, les squatteurs paraissant de plus en plus rester ici faute d'ailleurs où aller. Bref, à voir Jean-Maurice semblant se demander ce qu'il faisait là, à voir le Belge et lui ne plus s'adresser la parole, à voir Pandolphe errer sans rien foutre et ne plus émettre aucun pléonasme, à voir qu'en dehors de sa petite famille Bankara avait peu à peu mis sa faconde en veilleuse, à voir que les Apatrides se repliaient sur eux-mêmes, à voir le Jeunot Maladif répondre une diphtongue hargneuse à une de mes tentatives d'enfin connaître son prénom, s'agacer des chatteries de Deux le Fils et lui refuser l'accès de « sa montagne », j'en vins à ne plus donner très cher de notre opération néo-phalanstérienne. Quant à Grand Magistral et Moïse Chant-d'Amour, ils affichaient au milieu de tous une satisfaction de façade mais dès qu'ils se croyaient à l'abri des regards, je remarquais la déconfiture et la consternation leur affliger le visage. Il n'était pas douteux que les choses allaient bien vite mal tourner, soit qu'un clash brutal couperait court à tout, soit que, la capilotade faisant tranquillement son œuvre, on verrait les occupants peu à peu déserter les ruines de Garges-en-Buy et repartir chacun dans son coin. Et c'est bien certainement ce qui serait advenu quand une tragédie dont le Vieil Entrepôt fut le décor éminemment approprié s'en vint tout bouleverser.

C'était la fin d'après-midi, Guitou venait de garer la Marie-Vison remplie des victuailles et denrées dont son cousin continuait à nous pourvoir. Il fallait décharger le véhicule et entreposer les provisions dans une espèce de petit clapier bricolé par Pandolphe. Paquets et cageots passaient de mains en mains sans une parole échangée. Qu'était devenu ce temps où le déchargement des marchandises était un moment joyeux? Où étaient donc passées rigolades et bourrades partagées en faisant la chaîne pour acheminer un sac de riz et des bidons d'huile? Une pesanteur de corvée remplaçait tout ça.

Quand la tragédie débuta, j'étais occupé à rescaper de mon mieux un restant d'œufs frais que Deux le Fils avait laissé s'écraser sur le sol. Une féroce altercation démarrant entre les deux frères Apatrides me fit relever la tête. Ils s'invectivaient dans leur langue inconnue. La chose transpirait le règlement de compte et l'ancestral. Il y avait de l'Abel et du Caïn chez ces deux-là. Nonobstant leurs embrassades répétées, je les avais surpris à souvent se jalouser du regard. Nul ne pouvait connaître l'objet de la querelle, et le crescendo des paroles qu'ils s'aboyèrent n'en fut que plus effrayant. Même dans l'affrontement, l'Apatride accordéoniste gardait son instrument serré contre lui comme un trésor. Son frère vint se camper trop près avec un mauvais sourire tranquille, racla sa gorge en gonflant bruyamment ses joues comme on amorce une pompe, et un répugnant et haineux glaviot s'en vint flétrir l'accordéon. L'Apatride musicien se délesta de son instrument pour se jeter sur son frère. Il y eut d'abord un virulent échange de petits coups mesquins, puis une empoignade furieuse. Les deux corps s'agrippèrent pour ne plus se lâcher, car l'extrême haine et l'intense amour ont parfois en commun cette posture et ce geste : l'étreinte. Tous deux roulèrent accouplés. On les vit gigoter à terre, agglutinés et s'administrant des tapes furieuses, entrenoués comme dans une parodie de coït. Enfin l'Apatride musicien fut rejeté par son frère qui se remit debout avec une vigueur de singe et l'on vit surgir dans sa main la lame d'un couteau. À cette vue, l'Apatride musicien recula en rampant sur le dos. Des imprécations échappaient de sa gorge. Le surin luisant s'approchait par petits à-coups haineux, tel un cobra sautillant vers sa proie. Un sortilège de mort avait inversé les rôles : désormais l'arme commandait l'homme et non plus l'inverse. L'effroi nous tétanisait tous, Hadiya n'avait eu que le temps de courir soustraire et réfugier les progénitures dans la cahute. On vit le couteau reluire encore plus, s'élever haut, horriblement haut et foncer comme un missile en direction de l'Apatride musicien. Il y eut un hurlement effroyable. Un hurlement qui suspendit la frappe fatale, un hurlement venu d'ailleurs, une voix que personne jusqu'à ce jour n'avait entendue : celle de la vieille Azucena ! Dressée sur son plot, elle se tenait convulsivement le ventre et vacillait, suffocante, moribonde comme si elle avait reçu le coup de couteau. Et à ce moment heureusement qu'il y eut Guitou ! Guitou qui, s'il n'en était pas un, savait comment s'y prendre avec les assassins. On le vit bondir de toute sa puissance de fauve sur le frère meurtrier, saisir et tordre son bras et les envoyer, le fratricide et son schlass, valdinguer et s'aplatir à plusieurs mètres au beau milieu des statues de Pandolphe. La vieille Azucena râlait et souffrait affreusement, dévorant d'un regard d'agonisante ses deux fils étendus au sol. L'accordéoniste se releva hagard, tout surpris d'être intact et tituba vers sa sœur effondrée que secouait un séisme de sanglots muets. Sous le regard souriant d'un kobold et au pied d'une haute fleur surréaliste, l'autre frère gisait inerte, comme tué sur le coup par le crime qu'il avait voulu commettre. Instinctivement, tout le monde s'en était venu vers la vieille Azucena. Elle demeurait debout sur son piédestal en béton, les rares dents qui lui restaient s'entrechoquaient dans un bruit de castagnettes et ses yeux s'agrandirent invraisemblablement, devinrent rouges et sanglants, roulèrent follement. Son corps décharné fut pris de convulsions, tandis qu'une de ses jambes quasi squelettiques se soulevait presque à hauteur de sa tête. Ainsi figée sur un pied, sa bouche s'ouvrit démesurément comme un gouffre noir, sa langue sortit et vint pendre interminablement vers le bas de son menton. Le turban de couleurs vives dont on avait jusqu'à ce jour vu sa tête toujours enserrée se défit et tomba, libérant une magnifique déversée noire de cheveux ondulés qui l'entourèrent comme une robe. Puis de la caverne édentée qui lui tenait lieu de bouche sortit un long hululement rigolard. La jambe relevée s'agita furieusement pour chasser et cogner. Instinctivement nous reculâmes. Le fils meurtrier était revenu à lui. La vue de sa mère changée en gorgone le fit reculer. Il voulut se cacher les yeux mais un cri de la vieille le lui interdit, il voulut se relever mais ce lui fut impossible. Il essaya, essaya encore mais chaque fois retombait, comme si d'invisibles puissances lui refusaient la station debout. Une panique d'animal pris dans des filets s'empara de lui. Il se débattit, agitant des bras inutiles vers d'éventuels justiciers, leur adressant les regards implorants d'un enlisé qui s'enfonce. Il paraissait condamné pour l'éternité à vouloir se relever sans y parvenir, on aurait cru un damné de chez Dante, ce fut horrible. Il poussa de longues piailleries aiguës, se tortillant par terre comme si on le faisait cuire tout vivant dans une poêle. Hors du temps, mutiques, temporairement déchus de toute habituelle intelligence des choses, nous assistions, stupéfaits, au cauchemar. La transe de la vieille Azucena cessa brusquement, le fils meurtrier se figea dans une sorte de catalepsie tandis que sa mère se rasseyait sur son plot presque comme si rien ne s'était passé. D'un geste impérieux et agacé, elle fit venir la sœur et l'accordéoniste, saisit sa fille et la serra contre elle, lui murmurant d'indevinables paroles. L'accordéoniste zigzagua jusqu'à Azucena ; celle-ci empoigna d'une main la crinière bouclée de son fils, l'agenouilla autoritairement devant elle, l'étreignit abondamment à son tour, déversant dans son oreille nul ne savait quelles sentences, puis d'un regard l'envoya rejoindre l'accordéon qui gisait dans les caillasses, non loin du frère inerte et raidi. Le musicien eut du mal à ramasser son instrument et en glisser les bretelles à ses épaules, les longs et puissants doigts hésitèrent à se poser sur les touches. Il y eut d'abord des accords plaqués de mauvaise grâce, des disharmonies mécontentes ; instrumentiste et instrument peinaient à refaire connaissance. Enfin, après une suite de sons indécis, une petite mélopée convalescente et déchirée parvint à se frayer un fragile chemin. Peu à peu la petite mélodie s'affirma, des inflexions joyeuses traversant parfois son initiale et persistante mélancolie. Puis sans prévenir, un vagissement démentiel fit trembler le haut vieux mur et les vénérables restes du Vieil Entrepôt : un immense cri exhalé par l'accordéon venait de redire le hurlement de la vieille Azucena au moment du coup de couteau. À cet instant, l'autre frère se releva. Bras ballants, mine butée et regard fuyant, il ramassa son couteau qui traînait pas loin de ses pieds, le rangea négligemment dans sa poche et fit mine de prendre le chemin de la sortie. Alors l'accordéon fit entendre à nouveau et triple fortissimo ce brame imitant le cri de la vieille Azucena, et le frère coupable courut s'effondrer aux pieds de sa mère. La petite mélopée initiale revint, enrichie d'arpèges et modulations, tandis que de silencieuses larmes consentaient à ruisseler sur la figure du fils aux pieds de sa génitrice. Les sonorités de l'accordéon enrobèrent alors le lieu et ceux qui s'y trouvaient d'une toute-puissance de grandes orgues, le Vieil Entrepôt eut en cet instant-là des allures de cathédrale. Car, ami lecteur, en sus de tout ce qui venait d'advenir, quelque chose de tout à fait inouï se produisit.

Sans qu'aucun de nous ne se fût concerté ni même regardé, sans que nous réalisassions ce que nous étions en train de faire, tous, Jean-Maurice, Pandolphe et les deux ancêtres, même Grand Magistral, même Moïse Chant-d'Amour, et le Belge, Guitou, le Jeunot Maladif et aussi Bankara avec les progénitures qu'Hadiya avait ramenées, les Deux Père et Fils, tous, dis-je, nous nous étions silencieusement mis en file indienne pour recevoir, nous aussi, l'étreinte de la vieille Azucena. À tour de rôle, donc, nous nous agenouillâmes devant elle ; comme si la chose allait de soi, elle nous câlina les uns après les autres comme ses enfants chéris. Je serais bien en peine de vous dire quelle puissance issue du tréfonds de moi-même m'enjoignit d'aller me faire dorloter par cette vieille sorcière qui, jusqu'alors, n'avait pas été sans m'inspirer horreur et dégoût mêlés. Faisant la queue juste derrière les deux ancêtres et Deux le Fils qui piaffait en attendant son tour, je voyais comme à travers un brouillard les autres s'agenouiller, les bras de la vieille les entourer, puis ils se relevaient, et s'en allaient l'air content et groggy. Je renonce, ami lecteur, à vous décrire la sensation que j'eus de me noyer dans un lac d'ambroisie quand les deux bras décharnés de la vieille m'enserrèrent, que sa bouche me combla le creux de l'oreille d'une dégringolée de syllabes rauques. L'accordéon joua toute la soirée. Ce fut paisible et vaguement songeur. On se parla peu, voire pas du tout. Sitôt administrée sa dernière étreinte, la vieille Azucena s'était jetée sur sa batterie de cuisine. Pour la première fois depuis plusieurs jours, le repas fut pris en commun. Un puissant silence régnait, qu'un esprit peu subtil aurait pu interpréter comme de la gêne après tout ça, mais que je ressentis comme l'apaisement et la réconciliation accomplissant leur ouvrage. Pour tout arranger, la nuit était douce et le ciel exceptionnellement étoilé faisait scintiller ses plus belles galaxies au-dessus du Vieil Entrepôt et des créatures de Pandolphe. Cela me fit chaud au cœur de voir Jean-Maurice s'en venir rejoindre le Belge, le Jeunot Maladif et Deux le Fils reprendre leurs dialogues mutiques, tandis que les deux frères Apatrides échangeaient les regards d'un chien et d'un chat bien obligés de se réconcilier. Grand Magistral et Moïse Chant-d'Amour s'épuisaient en efforts pour ne pas sembler trop impressionnés par tout ça. Après quelques grognements pour lui-même, Moïse Chant-d'Amour bougonna :

– Finalement, c'est pas si mal, l'accordéon. Même que des fois, c'est vachement bien.

Par la suite et préférant crever sur place plutôt que convenir devant autrui d'une conversion en matière de goûts musicaux, il n'eut de cesse de nous soutenir, et avec le plus bel aplomb, que peu d'instruments avaient été de tout temps plus chers à son âme et son ouïe que le piano du pauvre.

Grand Magistral avait cette face emberlificotée qui préludait souvent à ses proclamations. Il se racla la gorge, parut hésiter, puis d'une petite voix étrangement émue et éraillée :

– Je vous avais dit, l'autre jour, que j'avais une idée. J'aimerais bien vous en parler, je crois que le moment est venu.

Enfin, il allait donc enfin nous l'accoucher, sa grande idée. Mais il se ravisa aussitôt :

– Non, pas ici. Demain, ce serait bien si on se retrouvait, rien que nous trois, chez André Mahmoud, demain matin.

CHAPITRE DEUXIÈME

Où le dénommé Grand Magistral expose enfin sa grande idée.

À l'énoncé de son projet, je ne fus d'abord pas certain d'avoir bien entendu. Il fallait vraiment s'appeler Grand Magistral pour avoir concocté sans rire un truc pareil. Mobilisant son plus impayable esprit de contradiction, notre camarade nous expliqua pour commencer que tout était foutu et qu'il se demandait bien ce qui nous retenait de fuir à jamais Garges-en-Buy. Ce préambule horripila Moïse Chant-d'Amour.

– Bon alors on fait quoi ? On laisse tout tomber et on ouvre une épicerie de quartier, c'était ça ton idée ? lança-t-il d'un ton furax.

Grand Magistral ne releva pas et continua un raisonnement qui, ma foi, ne manquait pas de pertinence. Le Vieil Entrepôt, soutint-il, ne pouvait pas continuer comme ça. Il fallait que l'endroit devînt un authentique foyer de vie et non un aléatoire centre d'hébergement. Les repas en commun, ça ne suffisait plus. Il importait de fédérer cœurs et énergies dans une action épanouissante pour tous et emblématique du lieu et de ses occupants. Alors nous fut enfin dévoilée cette grande idée que Moïse Chant-d'Amour et moi brûlions de connaître : notre camarade se proposait de constituer une chorale avec tous les occupants du Vieil Entrepôt. Oui, ami lecteur, une chorale ! Mais attention, avait aussitôt prévenu l'initiateur de cette grande idée : pas une chorale neuneue pour chanter *Le Petit Vin blanc* ! Un authentique ensemble vocal auquel lui, Grand Magistral, ferait don de sa personne. Si ça, ce n'était pas du phalanstère, avait-il tapé du poing sur le formica de la table et dans une posture à la Trotski des grands jours !

L'image de Pandolphe, des ancêtres, de Guitou, des Deux Père et Fils et de tous les autres en choristes me parut si délicieusement loufoque que je ne misai pas un centime d'euro sur cette idée. Eh bien j'avais tort ! Quand cette proposition fut soumise aux squatteurs, elle rallia tous les suffrages et chacun voulut en être. Plutôt que s'aventurer dans un discours dont la moitié des ouailles, ne parlant pas ou très peu le français, n'aurait compris qu'un mot sur dix, Grand Magistral eut l'excellente idée d'envoyer en première ligne Moïse Chant-d'Amour qui avait allègrement adhéré au projet, non sans avoir d'abord fait la fine bouche et discutaillé pour le principe, comme toujours quand une bonne idée ne venait pas de lui. Le soir même, donc, et suivant un plan mitonné entre eux, Grand Magistral se tint à l'écart et Moïse Chant-d'Amour vint plus encore que de coutume blaguer parmi les squatteurs, et faire bruyamment chorus avec la bonne humeur retrouvée. Car après les événements de la veille, le vent de la réconciliation avait soufflé dans les âmes, balayé nuages et griefs, et les cœurs ne demandaient qu'à être en joie. La soirée fut joyeuse, et Moïse Chant-d'Amour en fut l'inénarrable maître d'œuvre. Ce fut d'abord un festival de frasques et clowneries durant tout le repas pour lequel la vieille Azucena avait déployé ses pouvoirs de magicienne de la gastronomie. Mais comment diable des raviolis en boîte et des patates et oignons en salade pouvaient-ils avoir une saveur à ce point paradisiaque ? Moïse Chant-d'Amour circula parmi les mangeurs à la manière d'un artiste de cabaret, exécutant la danse du ventre en roulant des yeux de femme fatale, puis mimant un joueur de violon tsigane, instrument dont il savait de sa voix hors du commun imiter les sonorités et trémolos si exactement qu'en fermant les yeux on se serait cru dans quelque taverne de Bohème. Toutes les bouches étaient hilares et béantes d'émerveillement. À la fin du repas, Moïse Chant-d'Amour sauta sur le plot de béton que la vieille Azucena consentit à lui abandonner, et sur ce piédestal improvisé offrit un récital de tirades. Ovations, rires et bravos furent sans doute entendus jusqu'à la mairie de Garges-en-Buy où, ne l'oublions pas, sommeillait au fond d'un tiroir ou sur un disque dur le dossier de mise en vente du Vieil Entrepôt. Il y eut la tirade des Nez de *Cyrano de Bergerac,* Moïse Chant-d'Amour y fut d'un burlesque achevé, John Wayne concurrença Charlie Chaplin. Tous en redemandèrent et, fait aussi ébahissant que le rire de Greta Garbo dans *Ninotchka,* Guitou gloussa. Après *Le Chêne et le Roseau,* Moïse Chant-d'Amour changea de registre en se mettant à chanter et ce fut l'apothéose. L'Apatride musicien n'attendait que ça et son accordéon sut trouver seul comme un grand le chemin de mélodies inconnues de lui. Il y eut *Le Bal chez Temporel, Les Feuilles mortes* et *Que je t'aime*. L'Ancêtre fut aux anges. Puis le chanteur entraîna l'assistance vers un tout autre répertoire en entonnant l'air de Papageno que suivirent les adieux de Wotan, car c'était là que mes deux acolytes voulaient en venir : inviter tout le monde à reprendre en chœur en faisant « la la la » le thème de Siegfried par lequel se concluent les adieux de Wotan à sa Walkyrie de fille préférée. Euphoriques, galvanisés, tous entonnèrent à pleine et enthousiaste voix ce motif emblématique qui jamais, à Bayreuth ou ailleurs, n'avait eu à ce point des accents de chanson à boire. Cela ressembla plus à l'hymne national d'une basse-cour qu'à un chœur d'opéra, mais peu importait : la chorale du Vieil Entrepôt venait de pousser son premier cri.

CHAPITRE TROISIÈME

Qui apporte une preuve de plus qu'invraisemblable ne rime pas toujours avec impossible.

Son vagissement initial fut donc pure proclamation du bonheur d'exister, mais les premiers pas et vocalises de la chorale nouvellement née s'avérèrent autrement trébuchants. Dans l'immédiate et euphorique foulée du grand show de Moïse Chant-d'Amour, Grand Magistral avait rassemblé tout le monde, et proposition avait été faite de se retrouver plusieurs soirs par semaine pour chanter tous en chœur. Les francophones comprirent tout de suite, aux autres il fallut traduire en gestes, l'adhésion fut unanime. Pandolphe et Bankara exultaient, Jean-Maurice prit en main l'organisation des plannings.

Le lundi suivant, à seize heures, s'était tenue la première répétition. Les Apatrides étaient arrivés en retard, au contraire de Jean-Maurice et le Belge, ponctuels et sérieux. Les Deux Père et Fils étaient là eux aussi, contents comme d'habitude, mais il n'était pas certain qu'ils eussent bien compris de quoi il retournait. Tout le reste de la bande s'était pointé au compte-gouttes. Grand Magistral était fébrile et empêtré, un indicible trac lui blêmissait le visage, il allait et venait avec une énorme partition qu'il ouvrait nerveusement de temps en temps.

– Ça va aller? lui demandai-je sur un ton d'encouragement.

– Et pourquoi ça n'irait pas? me rétorqua-t-il d'une voix blanche et fanatisée qu'avaient peut-être eue certains kamikazes nippons avant de grimper dans leur avion.

Quand tous furent présents, il eut le plus grand mal à rassembler ses choristes face à lui. Moïse Chant-d'Amour, d'excellente composition ce jour-là, vint à sa rescousse et nous aligna sur deux files face au maestro. Seul Guitou, qui n'avait jamais chanté de sa vie et se refusait à commencer aujourd'hui, avait déclaré forfait. Quant à la vieille Azucena, il alla de soi qu'elle était dispensée de se joindre à la chorale. Nous étions donc tous là, plantés et tout sourire face à Grand Magistral. Je lus une totale panique dans son regard et crus qu'il allait se sauver en courant. Il avait tant attendu ce moment, tant ressassé, tant ruminé les choses que, tel un acteur anéanti par un trou de mémoire au moment d'enfin jouer le rôle de sa vie, il ne sut plus quoi dire ou faire. Il se racla dix fois la gorge en se tortillant sur place, ouvrit sa grosse partition qu'il compulsa fébrilement comme pour y retrouver son chemin. C'était celle de *Tannhäuser*, rien que ça ! Grand Magistral avait en effet décidé de nous embarquer dans le grand chœur du deuxième acte. Il se risqua enfin à nous fredonner le thème triomphal et rutilant du chœur des dames, chevaliers et seigneurs de la Wartburg, mais d'une pauvre petite voix qui me fit pitié. La complaisance de tout le groupe fut admirable. Ce chantonnement apeuré fut accueilli par des mouvements de tête approbateurs et alléchés. Le salut vint une fois encore de Moïse Chant-d'Amour. Connaissant son Wagner sur le bout des phalanges, il avait bien plus d'une fois sous sa douche entonné ce chœur de *Tannhäuser* et se fit un plaisir d'en tonitruer le motif à l'intention de toute la troupe qui lui emboîta la voix. Le thème fut vaillamment repris trois fois de suite. Personne ne connaissant les paroles allemandes, chacun plaquait sur la mélodie des onomatopées plus ou moins adéquates. Le Belge et Jean-Maurice faisaient « lalala » avec application, le Jeunot Maladif exhalait des sons asthmatiques, Pandolphe assénait de volontaires « pom pom badam tatsouin », Deux le Fils émettait de béates geignardises où ne subsistait qu'un douteux souvenir du verbe chanter, son père remuait des lèvres souriantes d'où ne sortait aucun son, l'Ancêtre tout joyeux derrière moi battait la cadence avec son bâton sur mon épaule en m'écorchant l'oreille gauche de ses bêlements, tandis que l'enthousiaste belle voix de Bankara transformait Wagner en gospel. Censé conduire les troupes et la musique, Grand Magistral faisait à l'adresse des chanteurs de grands gestes incompréhensibles. Quand ce fut fini tout le monde était ravi et l'on se congratula. Grand Magistral, splendide d'emprise sur soi-même, adressa ses félicitations aux artistes et se déclara enchanté, nonobstant au fond de son œil une lueur de détresse aperçue par moi seul.

La répétition suivante était prévue pour le surlendemain. Cette fois-ci tout le monde fut à l'heure, à la regrettable exception de Moïse Chant-d'Amour, impérieusement réclamé par son vieil oncle. Son énorme *Tannhäuser* sous le bras, Grand Magistral était arrivé en courant, la mine pugnace et avec ce regard froncé de commissaire du peuple qui me faisait toujours redouter le pire. Reprenant autoritairement les choses en main et bien déterminé à faire sortir la musique de Wagner de nos gosiers, le maestro entreprit tout d'abord de nous répartir par pupitres et par voix. Moïse Chant-d'Amour, quand il reviendrait, Bankara, Pandolphe et le Belge – pourquoi lui ? – chanteraient les basses, l'Ancêtre, Jean-Maurice, l'un des frères apatrides et moi nous retrouvâmes barytons, le reste des hommes se vit promu ténors. Les femmes n'étaient que trois, ce qui compromettait l'équilibre de tout l'ensemble : Hadiya possédait tout naturellement une bien belle voix de mezzo et était d'ailleurs la seule du groupe à chanter juste avec Moïse Chant-d'Amour, la sœur apatride ne savait en fait de chant qu'alterner glapissements ou plaintes de jeune louve, quant à madame l'Ancêtre, pouvait-on sérieusement qualifier de soprano le chevrotement ténu qui consentait à échapper de sa minuscule personne ? Il fut convenu que les deux progénitures viendraient de temps à autre renforcer l'assemblage précaire des voix du dessus. Près de deux heures durant, Grand Magistral s'évertua à nous inculquer à tous notre ligne de chant. De cette voix étonnamment souple et étendue que recelait son corps déglingué, il émettait une suite de notes que chacun essayait pathétiquement de reproduire. On chanta et rechanta, enfin on tentait. Cela devint très vite assommant et en lieu et place de l'hymne de joie vaillante voulu par Richard Wagner, le Vieil Entrepôt retentissait de l'appel au secours d'un cheptel en perdition. Grand Magistral vacilla soudain en se prenant la tête comme si la congestion cérébrale était la seule réponse à l'événement. Il ne m'était pas malaisé de deviner ce qu'il souffrait là devant nous, rempli de cette musique qu'il connaissait comme s'il l'eût composée lui-même et qu'il s'était mis en tête de faire s'élever des casseroles percées qui nous tenaient lieu de gosiers. Après plusieurs tentatives héroïques et poignantes, quelque chose se fit enfin entendre, à quoi l'on pouvait avec une superficielle indulgence trouver un nombre acceptable de points communs avec la partition de *Tannhäuser*. Grand Magistral complimenta chaleureusement tout le monde et partit très vite, car il donnait ce soir-là audience en son gourbi. Le groupe se dispersa pensivement et je donnai fort peu cher en cet instant des prochaines répétitions. Fourbu et vidé, je n'avais plus qu'une envie : fuir le Vieil Entrepôt ainsi que ses apprentis rossignols et regagner au plus vite mon chez-moi. Car outre l'épreuve de cette répétition, je sentais avoir épuisé les charmes de la Marie-Vison et des sérénades nocturnes de l'insomniaque monsieur l'Ancêtre. La nuit était tombée depuis peu quand je sortis du Vieil Entrepôt. Un *no man's land* de ténèbres était à traverser avant les premières et lointaines lumières de Garges-en-Buy. J'avais à peine fait trois pas dans la noirceur qu'une silhouette colossale se jeta sur moi. Je ne fus plus qu'adrénaline et trouille. L'assaillant m'avait saisi la gorge, qu'il serra d'une poigne invincible tout en me secouant. Pendant les vingt-cinq ou trente plus interminables secondes de mon existence, je me crus fini pour de bon. Renonçant à me stranguler, l'agresseur me repoussa furieusement en arrière. Je le reconnus : c'était Moïse Chant-d'Amour. Mais oui, ami lecteur, mon pittoresque meilleur pote en personne, comme frappé de démence et faisant un affreux effort sur lui-même pour dissuader ses vastes paluches de revenir m'étrangler. Son visage était effrayant, presque défiguré par une affreuse tremblote. Il était comme frappé d'aphasie. Seule une épave de sanglot sortit de lui et, dans une brutale volte-face, il s'enfuit en courant dans la nuit. Pomme d'Adam broyée, estomac tête bêche et membres tremblants, je me sentis couler à pic dans un cloaque de tristesse obscure. Hors d'état de m'aventurer dans le noir, renonçant à regagner mon chez-moi, je m'en fus passer une inconfortable et chansonnière nuit de plus dans la Marie-Vison.

CHAPITRE QUATRIÈME

Qui voit, entre autres, le dénommé Moïse Chant-d'Amour se prétendre architecte.

Je ne donnais décidément pas cher de l'avenir de notre chorale. Les répétitions se succédèrent, désolantes. Deux semaines que cela durait et je n'en pouvais plus de ces trihebdomadaires séances d'ânonnements psalmodiés. Grand Magistral se dilapidait en efforts pathétiques pour ne pas perdre patience devant son petit troupeau de choristes. Je le sentis plus d'une fois au bord du crime. Agitant d'inutiles bras de chef d'orchestre, il s'échinait à vouloir galvaniser ses ouailles en leur chantant :

– *Freudig begrüßen wir die edle Halle, wo Kunst und Frieden immer nur verweil, wo lange noch der frohe Ruf erschalle.*

Les choses, me répétais-je, ne pouvaient que tristement capoter sur les gravats du Vieil Entrepôt, la question étant de savoir qui craquerait le premier des choristes ou du maestro.

Pour l'instant, inexplicablement, les deux parties tenaient bon. Les troupes ne se plaignaient pas, mieux même : elles consentaient. À l'heure dite, tous étaient là, ponctuels et de bonne volonté, ces répétitions du chœur de *Tannhäuser* semblant aller de soi au même titre que le déchargement de la Marie-Vison ou l'entretien des lieux. Inexplicablement encore, de répétition en répétition, et au déni absolu de l'enfer que je le voyais endurer sous mes yeux, Grand Magistral affichait un optimisme croissant. Et un soir, tandis que les choristes se dispersaient en silence, tête basse :

– On y est presque. On y arrive. Ça vient, c'est presque là. Là, s'exclama-t-il en m'attrapant par le bras.

Il rayonnait, et en disant « là », il écrasa un index victorieux sur sa partition de *Tannhäuser*.

– Ça vient, ça vient, me répéta-t-il plusieurs fois d'un ton illuminé.

Sans doute me vit-il douter, car :

– Vous y arrivez, tu le vois bien, non ? Vous allez y arriver, vous y êtes presque, ajouta-t-il avec une brisure émue dans la voix.

Le maestro ayant pris le pli de ne jamais s'attarder au Vieil Entrepôt après les répétitions, il s'en alla, le contentement rendant aérienne, presque gracieuse, sa bancale silhouette d'épouvantail en cavale. Était-il à ce point aveugle et inconscient ? Voilà qui m'embourbait un peu plus dans l'incompréhensible où je pataugeais déjà du fait d'une tout autre énigme nommée, celle-là, Chant-d'Amour, Moïse de son prénom.

Car le lendemain de cette agression nocturne dont l'image de cauchemar ne me lâchait pas, monsieur Moïse Chant-d'Amour reparut au Vieil Entrepôt de bonne humeur et comme si de rien n'était. Il ne fit aucune allusion à cet affreux incident, en agissant avec moi comme dans ses plus excellents jours, me taquinant de ses bons mots, me câlinant de son amitié, au point que je ne sus que faire de mon besoin de lui extorquer des explications, me demandant presque si c'était bien lui que j'avais vu me sauter dessus dans les ténèbres, s'il n'avait pas un sosie qui rôdait du côté de Garges-en-Buy, ou alors si je n'avais pas tout bonnement affabulé. À cent insouciantes lieues de toutes mes interrogations, Moïse Chant-d'Amour paradait et folâtrait. Car joyeux, Moïse Chant-d'Amour ne me le parut jamais, ami lecteur, autant qu'en cette période où nous voici rendus dans notre récit. Et comme il avait la joie contagieuse, le hideux souvenir de notre rencontre nocturne en vint à relâcher son emprise en moi. Tout souriait dans la vie de mon acolyte, c'est en tout cas l'impression qu'il s'attachait à donner. Quand je m'enquérais de l'évolution des choses à Savigny-le-Coteau, « Ça va, ça suit son chemin, le vieux schnock sait se rendre supportable » me répondait-il d'un ton amusé. Après l'épisode du fauteuil roulant, il m'avait peu reparlé de son oncle, m'informant seulement que le trône à roulettes avait rencontré l'agrément du vieil atrabilaire et pour sûr embelli le climat de Savigny-le-Coteau. Heureux comme jamais, donc, Moïse Chant-d'Amour n'en jouait que plus admirablement son rôle sur mesure – et contesté par personne – de maître et seigneur du Vieil Entrepôt, lequel Vieil Entrepôt semblait goûter de fort bon gré son nouveau sort. Car les choses changeaient, et changeaient à vue d'œil. Chanter, enfin essayer de chanter *Tannhäuser*, n'était pas loin s'en fallait la seule occupation des squatteurs. Jean-Maurice s'était de lui-même dévoué à la gestion et tenue des comptes. Chacun y allait de son obole en fonction de ses moyens, Jean-Maurice recueillant les fonds et tenant un scrupuleux état des dépenses et recettes. La collecte était hebdomadaire et avait lieu le mardi en début de soirée. Pandolphe n'avait jamais grand-chose mais ne manquait pas de retourner ostensiblement ses poches des fois qu'un magot s'y serait égaré. Et il mettait un point d'honneur à donner le peu qu'il possédait, souvent une pièce de vingt centimes que notre intendant trésorier avait scrupule à percevoir :

– Vous êtes sûr, monsieur Pandolphe ? Ce n'est pas grave, ça ira pour cette semaine, vous contribuerez la prochaine fois.

Mais le vieux forban ne voulait rien entendre et, comme s'il faisait donation d'un napoléon, jetait sa piécette dans la boîte en fer servant de caisse commune en affirmant :

– Pas grand-chose, c'est mieux que rien et moins pire que pas du tout !

De même Jean-Maurice avait fort à faire pour empêcher Bankara de participer au nom de toute sa petite famille plus que de raison.

– Mais le paradis sur terre, mon frère monsieur Jean-Maurice, ça n'a pas de prix, plaisantait-il.

Et « mon frère monsieur Jean-Maurice » devait faire montre d'une fermeté à lui fort peu habituelle pour empêcher Bankara de se délester au-delà du raisonnable. Bien entendu mes deux acolytes et moi versions notre écot, Moïse Chant-d'Amour ne manquant pas de me servir un mardi sur deux, la mine implorante prévue pour ces cas-là :

– Dis, tu peux m'avancer la participation aux frais, je te rembourse demain ?

Cette caisse de solidarité au principe de laquelle personne ne dérogeait souda le groupe, créant un sentiment de commune fierté chez les habitants du Vieil Entrepôt. Autrement brûlante fut bientôt la question du confort et de la salubrité des lieux. Une nuit de violente averse ininterrompue mit tout le monde devant l'urgence du problème. Ç'avait été de minuit à cinq heures une implacable et diluvienne pluie de mousson et au petit matin le Vieil Entrepôt s'était réveillé avec des airs de lagune affligée. Très tôt, un comité de crise avait parlementé, allant et venant jusqu'à mi mollet dans la flotte, parmi la population sinistrée des sculptures de Pandolphe.

– Coucher sous la tente et pioncer dans la Marie-Vison, ça le fait plus, là. Et si ça le fait plus, c'est qu'il faut faire autre chose, avait répété Pandolphe six fois de suite.

Répéter les choses autant de fois qu'il y avait de personnes était sa manière de s'assurer que chacun, lui inclus, recevait le message.

– Monsieur Bankara, vous m'avez dit qu'il avait plu dans la petite cabane en bois, intervint Jean-Maurice d'un ton désolé comme si tout cela était un peu de sa faute.

– Pas exactement le déluge, mon frère monsieur Jean-Maurice, mais ça pissotait quand même sincère et dru. Si c'était la Lune qui versait des larmes, alors elle avait bien du chagrin, confirma Bankara.

– Étanchéifier le toit, voilà ce qu'il faut faire, et rapidement, opina le Belge.

– En attendant, on pourrait trouver un moyen de bâcher, proposa Pandolphe.

– Des tôles et du goudron, voilà ce qu'il faut. Je peux trouver ça, lâcha Guitou, sinistre comme si l'on manquait de kalachnikov.

Il tourna les talons vers la Marie-Vison, qui démarra peu après.

Le « comité de crise » débattit longuement. Comment pourvoir les squatteurs d'un hébergement décent ? Pandolphe secoua une tête sentencieuse et préoccupée :

– Construire une autre cabane, une grande, genre dortoir. Je vois que ça.

Tous approuvèrent mais chacun mesurant l'irréalisable de l'idée. Comment dégoter l'outillage et les matériaux ? L'outillage, encore, on pouvait faire confiance à l'un des tours que Guitou avait certainement dans son sac, mais les matériaux ? Parpaings, ciment, bois de charpente, visserie, boulonnage, serrurerie etc. ?

Les compères, penchant au bord du pessimisme mais refusant d'y verser, déambulaient. Deux le Père, dont c'était l'heure de flânerie matinale, s'était joint au groupe : il ne servait à rien sinon à secourir de ses indéfectibles oui de la tête une confiance en l'avenir quelque peu à la dérive. Une grosse voix moqueuse les cueillit dans le dos :

– C'est quand même pas Versailles qu'il s'agit de faire sortir du marécage !

C'était Moïse Chant-d'Amour, arrivé là sans se faire remarquer.

Bankara eut un grand rire :

– Viens-t'en donc avec nous, mon frère Bonimenteur suprême (il l'appelait ainsi depuis cette mémorable soirée qui avait vu naître la chorale), vous ne serez pas de trop, toi et ta mirobolante parlote.

Le parleur mirobolant ne se fit pas prier, dispensa d'abord plusieurs bons mots sans rapport avec les graves questions du moment puis, revêtant sa plus charismatique livrée :

– L'urgence le commande et les éléments l'exigent, eh bien, soit ! On va te la sortir de terre, la cambuse. Même que, et j'en réponds, ce sera joliment monumental. Que la cambuse soit ! Je le veux.

Moïse ordonnant aux eaux de la mer Rouge de s'écarter dut ressembler à ça. Je n'étais point présent ce matin-là mais les choses me furent si souvent relatées que j'aurais à peine l'impression de mentir en disant : « J'y étais, j'ai tout vu ! » Moïse Chant-d'Amour réfléchit un long instant en silence devant tout le monde, puis une joie flamboyante irradia sa personne et il courut sauter à pieds joints dans une flaque. Penché religieusement vers l'eau de pluie pour la recueillir dans ses paumes, on le vit se livrer à de successives aspersions, s'arrosant tout habillé, inondant son corps à la manière des yogis pratiquant leurs ablutions sur les rives du Gange. Puis agitant ses interminables grands bras, il commença d'aller et venir à grandes enjambées éclaboussantes dans la flotte et la gadoue, bredouillant un fouillis de paroles dont on ne percevait qu'une sur trois.

– La tour de Babel, pas du tout, voyons. Personne ici ne parle la même langue. On se comprend d'autant mieux. Pas besoin d'aller au ciel. Son élévation est ailleurs, à la cambuse ! Les âmes sont ascensionnelles, pas les murs.

Tous le regardaient, passablement atterrés.

– Il se paie notre tronche ou quoi ? grogna Pandolphe.

De sans suite et désordonnés, ses gestes devinrent amples. Insensiblement, la gesticulation se fit pantomime. Ce qui avait été loufoque et consternant devint d'une inattendue beauté. Les squatteurs passèrent de l'atterrement à la fascination. Les gigotements stupides devinrent narration, hiéroglyphes et idéogrammes dansés dans la gadoue. Que mimait-il ? Après encore quelques gestes et postures intraduisibles, Moïse Chant-d'Amour fit choir tout soudain son cul dans la bouillasse, apostrophant d'un joyeux regard les lieux et l'assemblée. Alors tous comprirent : il leur avait mimé la cambuse, l'avait fait apparaître sous leurs yeux ! Et maintenant ils la voyaient, là, virtuellement édifiée, comme si l'agencement de ses planches, solives et parquets n'était désormais qu'une formalité récréative.

Un conseil de guerre se fit à la hâte dont Moïse Chant-d'Amour s'improvisa le général en chef. Le quintette de bâtisseurs était parfait : Moïse Chant-d'Amour jouait à plein son rôle de visionnaire initiateur ; Bankara, fort de ses pas si lointaines études en ingénierie du bâtiment, ramenait les choses sur terre pour les soumettre à l'examen de la faisabilité ; Pandolphe reprenait tout ça sous l'angle du démerdage et de la débrouille ; le Belge s'obsédait sur les détails – la taille des vis, la nomenclature des boulons et du fraisage, la mensuration des planches et de toute la boiserie, l'outillage ; enfin Jean-Maurice réévaluait tout ça d'un point de vue gestionnaire et s'offrait même le luxe de tenter l'établissement d'un devis. Devis d'accord, semblèrent se dire les autres, mais où étaient les euros ? La pantomime de Moïse Chant-d'Amour, tout magiquement qu'elle eût opéré sur les esprits, n'avait pas transformé en lingots les caillasses du Vieil Entrepôt. L'embarras fut de courte durée car :

– Je crois que j'ai une idée, s'exclamèrent en même temps Pandolphe et Moïse Chant-d'Amour.

Les autres furent tout ouïe ; ces derniers se mirent à faire de grands mystères.

– Je préfère courir attraper le bon bout avant de me vanter de le tenir, déclara l'un.

– Je veux pas promettre des fausses promesses, je préfère vous surprendre avec la surprise, fit l'autre.

Sollicitant la confiance des troupes, ils décanillèrent en toute hâte. Et moins de huit jours plus tard la cambuse était construite ! Comment et par quel prodige ? Voici…

Le soir même, un laconique appel de Moïse Chant-d'Amour sur le portable de Bankara annonça que les travaux commenceraient dès le lendemain et que les résidents du Vieil Entrepôt étaient convoqués pour le début d'après-midi. Il était également promulgué que tous participeraient, même madame et monsieur l'Ancêtre, ainsi que les progénitures : tous les bras, toutes les mains, énergies et bonnes volontés étaient réquisitionnés, il y aurait de la besogne selon les capacités de chacun. Je fus pour ma part modérément enchanté de devoir m'initier aux travaux de terrassement et de maçonnerie ; quant à Grand Magistral, il comptait bien se dérober à la mobilisation générale en faisant valoir le surcroît de besogne à quoi l'obligeait la chorale. Mais un bref et péremptoire message de Moïse Chant-d'Amour sur mon portable me commanda de faire savoir au « grand génie de la musique » (*sic*) qu'aussi longtemps que l'exigerait la bonne marche des travaux, Wagner et *Tannhäuser* auraient l'obligeance de rester sur la touche et que les répétitions de la chorale étaient suspendues. Grand Magistral s'étrangla, tourna sur place comme une toupie outragée, m'annonça que cette fois c'était fini, qu'il foutait le camp pour toujours, maugréa plusieurs heures en tirant sa pire tête des « Abus de pouvoir, diktat, oligarchie » et finalement capitula devant « cet inadmissible et scandaleux oukaz ».

Le lendemain en début d'après-midi, nous étions donc tous là, et avec moins de trois minutes de retard sur l'heure notifiée, un bruit de moteur grognasse et catarrheux se fit entendre. D'un même élan, nous nous portâmes pour accueillir notre bénéfique Marie-Vison, qui arrivait, ô surprise, accompagnée d'un second vieux tacot lui ressemblant comme une bonne copine rencontrée en route. Je reconnus tout de suite la brave vieille fourgonnette d'André Mahmoud pilotée par son neveu Karim. Les deux camionnettes étaient remplies de matériaux et d'outillages variés ainsi que de pas mal d'accessoires et produits à l'usage et au nom fort inconnus de moi. À l'estafette d'André Mahmoud était attelée une petite remorque branlante et surchargée d'un amoncellement de vieilles planches croupies, de morceaux de bois plus ou moins vermoulus près desquels Pandolphe vint fièrement se poster : ce monumental tas était sa conquête, sa pierre personnelle à la construction de l'édifice. Car tout de suite après la pantomime de Moïse Chant-d'Amour, une invivable obsession l'avait colonisé : « Pour la cambuse, il faut des planches, des bouts de bois et des planches, puis encore du bois et des planches ! » Se retournant ça dans la tête, ses pas l'avaient conduit vers l'une de ses promenades favorites, le long de voies de chemin de fer où s'emberlificotait un vaste imbroglio de rails et d'aiguillages, à l'écart duquel n'en finissaient pas de se mourir cinq ou six vieux wagons de marchandises crapoteux et oubliés. Pandolphe avait eu un coup au cœur : ces vieux wagons étaient ce qu'il lui fallait ! Alors il s'était mis à fouiner, zoner, s'enquérant de qui, de comment, il avait finalement copiné avec un vieux cheminot sorti de *La Bête humaine* ou peut-être de *La Bataille du rail* qui connaissait tout et tout le monde. En deux verres au bistro, « la combine avait tout de suite été combinée ». Entre minuit et cinq heures, sous la houlette complice du vieil employé des chemins de fer, Guitou, Moïse Chant-d'Amour et Pandolphe avaient improvisé une opération nocturne pour désosser clandestinement les wagons et promettre leurs charpentes et boiseries à un tout nouveau destin. À côté de la remorque, donc, Pandolphe couvait goulûment des yeux ces planches partout tatouées au pochoir d'incompréhensibles nomenclatures et de l'impérial sigle SNCF.

La horde des squatteurs se jeta sur les deux véhicules comme pour les éviscérer, tout fut déchargé, aligné, répertorié, outils d'un côté, matériaux de l'autre, la construction commença sans attendre et la cambuse sortit de terre.

Ce fut, ami lecteur, une décade de labeurs forcenés et d'exaltations conjointes. On scia, piocha, cloua, empila, s'engueula aussi parfois, discutant le comment, évaluant le pourquoi, décidant ceci, modifiant cela. Sans que la chose ait été en rien préméditée par nos chefs de chantier – à savoir Pandolphe et Bankara –, sous les mouvements de scie et les coups de marteau, les vieilles planches et bouts de bois retrouvèrent comme d'eux-mêmes leurs formes d'antan : se refusant peut-être à perdre mémoire de leur passé ferroviaire, ces vénérables boiseries se réassemblèrent comme selon leur propre bon vouloir et reprirent leur silhouette de wagons. Si bien que quand les travaux furent près d'être achevés, ce ne fut pas une mais, à la surprise générale, trois cambuses qui avaient été construites. Pandolphe s'exclama :

– On croyait faire un môme, on accouche de triplés.

Et tout le monde se dit que, puisqu'il en était ainsi, tant pis, ou plus exactement tant mieux. Il faut dire que si manœuvres et ouvriers s'étaient montrés ardemment coopératifs, l'entreprise avait sérieusement manqué d'un architecte en chef. Moïse Chant-d'Amour avait bien postulé à cette fonction mais dut vite reconnaître que ses compétences en la matière n'allaient guère au-delà de sa pantomime visionnaire de l'autre jour. L'édification des cambuses s'était donc faite au jour le jour et à vue de nez, sans aucune prospective ni vision d'ensemble. Pandolphe était certes la débrouillardise faite homme mais l'esprit d'organisation lui faisait tragiquement défaut, décrétant une chose au moment d'entreprendre, prenant l'instant d'après une décision inverse, puis ne s'obstinant pas moins à vouloir mener les deux choses de front. Bankara, lui, ne connaissait d'autres lois que celles de l'improvisation et s'en portait fort bien. Mû et habité par une intangible confiance en les choses et les circonstances, il ne savait jamais à l'avance s'il allait s'emparer d'un tournevis ou se saisir d'une scie égoïne mais n'en donnait pas moins l'impression de comprendre parfaitement pourquoi et dans quel but il entreprenait ceci ou cela. Si bien que la confiance qu'il inspira fut totale, et ainsi se retrouva-t-il à la tête d'une petite armée prête à le suivre où qu'il irait. De plus, sa navigation au petit bonheur et le pataugeage désorganisé de Pandolphe ne s'accordaient finalement pas si mal que ça, la débrouillarde habileté de l'un se nourrissant des idées impromptues de l'autre et inversement, la grande et belle entente qui régnait entre les deux hommes faisant le reste. Et le chantier crut ainsi œuvrer sous la houlette d'un infaillible duumvirat, alors qu'en réalité la plus totale inorganisation présidait à la conduite des travaux. Quand tous reposèrent marteaux et outils, on se sentit une exaltation de colons foulant une terre bénie. Des yeux s'humectèrent à la vue des trois bâtisses ressemblant à un bout de vieux train de marchandises ayant perdu ses roues, la cabane des progénitures accrochée à un bout comme une minuscule succursale. Le Belge eut la gorge nouée en désignant à Jean-Maurice un espace entre les trois baraques :

– Là, je vais pouvoir faire pousser des légumes, et aussi des patates, murmura-t-il à son compère.

On retrouvait l'ambiance des caravanes de westerns et la dégaine de Moïse Chant-d'Amour paradant au milieu de tout ça consolait quiconque aurait à ce moment-là déploré l'absence de John Wayne dans *Le Convoi des braves*. Car, si pendant ces quelque dix jours de chantier l'entente et le climat furent mieux que sans nuage, si la communauté en fut encore plus unie qu'auparavant, Moïse Chant-d'Amour n'y contribua pas pour peu, et je m'avoue défaillant quant aux mots qui dépeindraient la drôlerie dont il fit montre envers tous et chacun tout le temps des travaux, l'encourageante et joyeuse ardeur dont pas une seule seconde il ne se départit, même aux heures où la charge et l'abondance de la besogne menaçaient d'épuisement les corps et de fléchissement le moral des ouvriers. Lui, grande feignasse devant l'Éternel, qui d'ordinaire se défilait au moindre boulot pointant le bout du nez, il se donna corps et âme au gros œuvre et fignolages, n'eut de cesse ces dix jours durant de mettre le premier la main à l'ouvrage et d'être de toutes les besognes. Voulait-il racheter en une décade près de quarante ans de flemme et procrastination ? De plus il révéla, ô stupeur, un savoir-faire et une habileté que jamais je ne lui avais soupçonnés, qui extirpèrent des sifflements d'admiration même à Pandolphe :

– Gaucher, peut-être, mais certainement pas gauche !

Jean-Maurice, probablement la seule personne un peu organisée de tout le groupe, avait établi des équipes de roulement. Même pendant ses plages de repos, Moïse Chant-d'Amour restait sur le chantier pour y encourager et divertir ceux qui trimaient. La vieille Azucena était notre cantinière magicienne et muette ; quant aux progénitures, elles ne pouvaient croire qu'existât plus belle récréation qu'aider aux travaux. Pour ma part, j'avais bien quelque peu rechigné au tout début en saisissant ma pioche, mais au bout de trois jours, j'avais étrangement pris goût à tout ce gros œuvre. Il faut dire qu'une aide me tomba du ciel en la personne de monsieur l'Ancêtre qui s'institua mon contremaître et m'adouba son apprenti :

– Construire baraque, connais. Nanterre bidonvilles, tout temps sans arrêt fallait construire encore, i pleuvait fallait construire, hiver aussi, tout le temps i fallait.

Et je fus aux premières loges pour constater qu'en effet, construire et bricoler, il savait ! Car sans cesser de me chaperonner, il allait prêter assistance et conseil à tout le monde. Lui qu'on croyait rendu presque impotent par le grand âge nous prouva que ses verdeurs n'étaient point tant révolues et je fus effaré par la sûreté demeurée intacte de tous ses gestes et tours de main. Si l'ouvrage parvint à tenir debout sans aussitôt s'effondrer, ce fut pour une non négligeable part à l'Ancêtre qu'il convenait d'en être redevable.

L'ambiance perdura donc au beau fixe jusqu'à la fin des travaux. Un seul paraissait vouloir opposer sa mauvaise tête et faire à lui tout seul contrepoids à cette unanime excellente atmosphère : Grand Magistral. Lui qui avait passé sa vie à glorifier la classe ouvrière mais voyait pour la première fois un tournevis lui débarquer dans les mains demeura boudeur et fermé tout le temps du chantier. Il faisait son travail avec application mais sans adresser la parole à personne ni regarder quiconque, restant sourd notamment aux vannes de Moïse Chant-d'Amour qui se faisait comme un devoir de venir l'asticoter toutes les deux heures. N'ayant recueilli pour ma part, après deux ou trois tentatives de conversation, qu'un détournement de tête buté, je renonçai à dérider mon teigneux camarade, qui ne digérait décidément pas l'arrêt de la chorale, « mesure outrageante et dictatoriale », avait-il fulminé plusieurs fois.

Les Apatrides, dont on aurait pu craindre qu'ils ne se comportassent en électrons par trop incontrôlables, étonnèrent tout le monde par leur discipline et leur ponctualité. Toute trace d'animosité semblant effacée, les deux frères paraissaient à nouveau s'entendre comme cochons, mettant au service des travaux leur inappréciable inventivité en matière de bricolages et bidouillages variés ; la sœur aidait comme elle pouvait, faisant allègrement la navette entre les différents postes de travail, elle apportait les outils en sautillant, remportait les matériaux en riant ; quant à la vieille Azucena, elle démultipliait ses insondables facultés de mère nourricière. À toute heure, il y avait du café et du thé, toujours quelque chose à manger, on la voyait éplucher, émincer et fricasser, touillant et retournant on ne savait jamais trop quoi dans ses poêlons et casseroles, et tandis que rissolait la bouffetance, elle restait sur son plot de béton à couver les travaux de ses grands yeux de chouette.

Chronomètre en main, Jean-Maurice veillait à la scrupuleuse observance des changements d'équipe. Dès que venait son temps de pause, l'Apatride musicien se jetait sur son accordéon. Sa musique alors envahissait le chantier, et les tintamarres du travail – couinements de scies, râles et gémissements de limes ou du rabot, continuel boucan des coups de marteaux – semblaient faire chorus à l'instrument qui ne connaissait ni pause ni suspens. Diverses et contrastées, se succédaient les mélodies inconnues de nous, puisées par l'Apatride dans un répertoire de son indevinable pays ou jaillies, improvisées, de ses doigts. Et voilà qu'un après-midi, sans crier gare, un air sortit de l'accordéon, un air qu'il ne fallut pas trois secondes pour reconnaître, et qui n'était autre que le chœur des dames, chevaliers et seigneurs de la Wartburg ! Il y eut tout d'abord une suspension devant cette bonne vieille connaissance débarquée par surprise, puis d'un seul élan et à pleins poumons résolus, tous entonnèrent ce chœur de *Tannhäuser* qui avait refusé jusque-là de leur sortir du gosier. Les dames, chevaliers et seigneurs de la Wartburg fleurissaient et triomphaient, victoire dont la voix de basse splendide et beuglante de Moïse Chant-d'Amour se faisait le porte-drapeau.

À chaque mesure, la vieille Azucena jetait au ciel ses bras ouverts en offrande, et quand je réalisai que moi-même m'étais mis à chanter avec tout le monde, l'évidence me dansa sous le nez que la chorale ne demandait qu'à reprendre dès que possible du service. Je cherchai des yeux Grand Magistral : absorbé dans le frottage d'une lime à bois sur une planche gondolée, il feignait d'être absent à tout ça. Mais quand musique et chant cessèrent et que les choristes s'adressèrent une bourrasque de congratulations, je le vis sursauter comme s'il s'extirpait d'un sale rêve. Il me regarda d'un air indécis, puis désigna l'Apatride musicien ou plus exactement son accordéon :

– Évidemment ! Mais évidemment, me fit-il, mais suis-je con ! Comment n'y ai-je pas pensé plus tôt ?

Une fois achevée la construction de la cambuse, les répétitions de la chorale reprirent donc et, au son de l'accordéon, le chœur des dames, chevaliers et seigneurs de la Wartburg devint quasiment l'hymne national d'une minuscule France dans la France nommée le Vieil Entrepôt, avec sa cabane des progénitures et ses trois wagons involontaires composant une ébauche de petit hameau aux pieds du revêche haut vieux mur. Et je demeurai bien pensif en me redisant les paroles du chœur des dames, chevaliers et seigneurs de la Wartburg auxquelles je n'avais jamais, jusqu'alors, vraiment prêté attention :

Joyeuse soit notre louange à ce haut lieu
Où de l'art et de la paix qui veulent perdurer
Longtemps résonnera le cri de joie ! Louange, louange, louange.

CHAPITRE CINQUIÈME

Dans lequel réapparaît un être que Jean-Maurice espérait bien ne jamais revoir.

Ce fut avec une émotion bien spéciale que chacun s'installa pour sa première nuit dans la cambuse. Franchissant la porte qui coinçait un tout petit peu sur ses gonds, posant le pied sur le plancher solide quoique approximativement horizontal, levant la tête vers le plafond délectablement empuanti d'un torchis dont l'avait englué monsieur l'Ancêtre, chacun reconnaissait avec un doux serrement de cœur le clou que son coup de marteau avait planté, le bout de planche ajusté par le voisin, une diffuse fierté d'artiste se surajoutant à un sentiment collectif de légitime propriété. Je m'étais fait un devoir d'être présent pour cette nuit inaugurale, ce qui n'allait pas franchement de soi pour moi. Exempté du service militaire, j'avais eu la chance d'échapper aux joies de la vie de chambrée ; dans l'enfance, m'avaient été épargnées les chagrinantes pénibilités de l'internat, je redoutais donc quelque peu l'inconfort et la promiscuité d'un sommeil collectif en dortoir. Ces réticences s'évanouirent à peine franchi le seuil de l'accueillant wagon sans roues. À la notable exception de Jean-Maurice et, ami lecteur, de votre dévoué narrateur, les autres pensionnaires étaient de longue date rompus aux us et aléas du sommeil en asile de nuit, centre d'urgence ou autres foyers d'hébergement, ainsi qu'à l'incommodité qu'on s'y coltine, aux rencontres et côtoiements parfois peu agréables qu'on y subit, mais aussi aux irremplaçables simples gestes que sont une couverture prêtée, une clope offerte, un journal cédé. Point ne fut donc besoin de règles édictées quant à l'occupation du lieu : sans léser personne ni empiéter sur autrui, chacun trouva ses marques et n'en changea plus. Le Belge se servait de son sac à dos comme d'un oreiller après en avoir extrait le matelas gonflable dans lequel il lui fallait souffler quinze bonnes minutes avant de se glisser sous une couverture. Tout à côté de lui, Jean-Maurice s'était agencé un coin dont l'ordonnancement démontrait qu'après vingt ans de vie pavillonnaire, notre superintendant avait su en transplanter la quintessence du meilleur entre ces murs de bois grossier. Les Deux Père et Fils étendaient sur le plancher l'unique bien meuble en leur possession – une natte en paille de riz – et s'y allongeaient côte à côte en chien de fusil. Pandolphe, à la manière de ces animaux marquant leur nouveau territoire, s'était allé lover dans un angle, affirmant à qui s'inquiétait de voir un manteau d'hiver fort usé lui tenir lieu de sommier et couchage qu'il ne souhaitait pas « confort plus confortable ». Guitou, protecteur et sentinelle dans l'âme, campait tout près de la porte et ressemblait plus à un gros bouledogue gardant la maison qu'à un dormeur goûtant le repos. Un paravent bricolé par Pandolphe occultait un autre angle où madame et monsieur l'Ancêtre avaient pu s'aménager une presque intime chambrette. Dédaignant, quant à eux, tout ce douillet, les Apatrides s'obstinèrent à priser la belle étoile autour du plot de la mère. Grand Magistral s'allongeait sans cérémonie tout habillé à même le plancher là où il restait de la place. Il n'installa jamais ses quartiers de façon définitive dans la grande chambre commune, lui préférant régulièrement son gourbi de la rue Riquet ou, de temps en temps, un banc public ou un escalier de métro. Moïse Chant-d'Amour, lui, mit rarement les pieds dans le dortoir, n'y dormit que peu de fois, et toujours avec une avenante condescendance de bon roi consentant à descendre auprès de son peuple. L'ambiance était, selon les soirs, bavarde et enjouée ou paisiblement taiseuse et je prenais un authentique plaisir à ces nuitées collectives qui compensaient l'impénitente solitude de mon petit deux-pièces de la porte de Saint-Ouen.

Un matin, aux alentours de cinq heures, un bruit m'éveilla, qui venait du dehors. Des gigotements, des petits pas, des grattements à la porte : c'était un animal, peut-être plusieurs. Une invasion de rats ? Les alentours du Vieil Entrepôt ne devaient pas manquer de ce genre de bestioles. Bien trop couard pour aller voir, j'hésitai sur lequel de mes compagnons réveiller. Il se trouvait que Moïse Chant-d'Amour honorait cette nuit-là le dortoir de sa présence, pionçant près de la sortie avec un contentement poupin qui me donna au passage une idée de la bouille qu'avait eue John Wayne à quatre ans et demi. J'écartai l'idée de réveiller mon acolyte pour me rabattre sur Guitou, d'évidence bien mieux homme de la situation que Moïse Chant-d'Amour, autant sinon plus pétochard que moi. Même endormi Guitou semblait aux aguets. Je n'eus qu'à lui effleurer l'épaule, il répondit un grognement interrogatif et, à mon signe que ce n'était pas normal dehors, il fut illico debout, entrouvrit avec prudence la porte du dortoir. Celle-ci à peine écartée, quelque chose de quadrupède et tout frétillant nous fila entre les guibolles avec des petits jappements déchirés et se précipita sur Moïse Chant-d'Amour. Mon acolyte poussa un hurlement d'épouvante qui réveilla tout le dortoir. On fit la lumière dans la cambuse et je reconnus Sardanapale ! Le caniche nain jappait de bonheur et se tordait d'adoration devant Moïse Chant-d'Amour, lequel de son côté peinait fort à se protéger des rafales de petits coups de langue. Comment le petit clébard avait-il trouvé son chemin jusqu'ici ? Il paraît que les bêtes sont parfois comme ça. Sans doute errait-il depuis pas mal de temps et avait fait trempette dans tous les caniveaux ou flaques d'eaux sales de Paris ou alentour, car le joli toutou bichonné que nous avions pensé écrabouiller place de l'Opéra ressemblait désormais à une serpillière usagée montée sur pattes, sa coquette toison blanche devenue un fouillis dépenaillé de longs poils crasseux. Mais à l'évidence,

Sardanapale se plaisait infiniment mieux à ce nouvel état de chien des rues qu'en la prison dorée de son précédent statut d'animal d'agrément à Pontault-Combault.

– Enfin, fais quelque chose ! me hurla Moïse Chant-d'Amour, essayant de se défaire de l'affectueux roquet qui ne voulait pas le lâcher.

Faire quelque chose ! J'approchai bien la main pour tenter de délivrer mon acolyte, mais le petit bestiau gronda en montrant des crocs dont ma paume droite gardait parfaitement le souvenir, puis redoubla de léchantes effusions sur le museau de mon camarade pour lui bien signifier que c'était à la vie à la mort et que rien désormais ne saurait les séparer. Que Moïse Chant-d'Amour fût un grand ami des bêtes ne m'avait jamais sauté aux yeux, la gent animale m'ayant toujours paru lui indifférer plus encore que la presque totalité de l'espèce humaine : aussi, Sardanapale ne fut-il aucunement remercié par ce maître d'élection d'avoir traversé toute l'Île-de-France pour venir le retrouver, ni, si peu que ce fût, payé de retour dans ses déversées de tendresse. Par contre, en dehors de Jean-Maurice qui goûtait peu cette réapparition du toutou de son ingrate bien-aimée, tout le dortoir fut en réjouissance à l'apparition de ce petit chien. Il manquait une mascotte au Vieil Entrepôt et cette lacune se voyait on ne pouvait mieux comblée.

Dès le lendemain matin, Sardanapale fut donc au Vieil Entrepôt comme dans un idéal chez-lui, il y gambadait, trottinait en flairant partout comme s'il avait toujours folâtré parmi les squatteurs. Sans lui demander son avis, le chien avait élu Moïse Chant-d'Amour maître absolu et prioritaire objet de ses débordements affectueux. Sale bête hargneuse dans sa précédente vie (dixit Jean-Maurice), Sardanapale faisait maintenant fête à quiconque passait, mais quand Moïse Chant-d'Amour était là, il n'y en avait que pour lui. Le petit animal le suivait partout, jamais à moins d'un mètre de son presque dieu, lui sautant sur les genoux quand il s'asseyait, lui emboîtant le pas s'il s'éloignait. Tout le temps que je les vis ensemble, Moïse Chant-d'Amour n'exprima strictement rien envers ce chien, rien ! Pas la moindre gêne ni once de rejet, pas davantage une quelconque esquisse de contentement, rien, ami lecteur. Il paraissait ne même pas savoir qu'un chien était là. S'il en fut un en revanche qui ne marchanda ni ses cris de joies ni ses démonstrations d'amitié en rencontrant Sardanapale, ce fut bien Sapajou-Ouistiti. Entre l'animal et le bambin, l'entente fut immédiate. Quand Moïse Chant-d'Amour n'était pas là, ils gambadaient, inséparables, entre les baraques de la cambuse, ou bien le petit chien assistait avec un sérieux admiratif aux exercices du gamin sur son fil. Moïse Chant-d'Amour se retrouva donc affublé bien malgré lui d'un animal de compagnie au pelage hirsute et rétif à tout toilettage, l'homme et la bête corroborant pour l'occasion l'adage ressassé quant à la ressemblance entre les chiens et leurs maîtres. Et je réalise aujourd'hui que ces jappements de joyeux chien tout fou n'étaient pas, ami lecteur, de moins sinistre augure que si quelque criard oiseau de malheur se fût perché sur le toit de la cambuse.

CHAPITRE SIXIÈME

Dont l'arbitre pourrait bien être le dénommé Jean-Sébastien Bach.

Surcroît de fierté pour Pandolphe et Bankara, avec tout ce qu'on avait de restant de planches et surplus de bric et autres brocs, une cabine w.-c. fut installée à l'écart du haut vieux mur. Pandolphe baptisa Petit Paradis le nouvel et indispensable édifice, Bankara entérina. On agença également un tortueux bout à bout de panneaux, morceaux de tôles zigzagant, et notre territoire se vit ainsi pourvu de ruelles et d'avenues. Bonne surprise en prime, on se trouvait disposer avec la triple cambuse de plus de place qu'il n'en fallait; Grand Magistral obtint donc pour les répétitions de la chorale l'usufruit de l'un des wagons qu'il baptisa non sans lyrique fierté Salon de Musique. Et pour célébrer l'inauguration des nouveaux locaux, le maestro décida d'enrichir le répertoire d'un second morceau et varier ainsi le plaisir des troupes que, dans un accès d'affection, il avait au sortir d'une répétition baptisées les Impétrants – désormais il ne manquait jamais de débuter chacune de ses adresses à la chorale par un sévère ou affectueux « mes chers Impétrants ». Soucieux donc de leur ouvrir d'autres horizons que ceux du chœur des dames, chevaliers et seigneurs de la Wartburg, que beaucoup fredonnaient ou chantaient allègrement d'eux-mêmes, son choix se porta, pour une raison connue de lui seul sur le choral *Lass dein' Engel mit mir fahren* de la cantate BWV 19 de Jean-Sébastien Bach. Et c'est là que les choses faillirent se gâter.

Pandolphe, pourtant ordinairement d'une systématique bonne composition, commença de ronchonner dès la deuxième répétition et demanda si « vraiment on pouvait pas chanter autre chose que des bondieuseries ». Il est vrai que l'austérité de ce choral au demeurant magnifique déconcerta quelque peu les squatteurs, et après Wagner, tous auraient préféré quelque chose de plus récréatif. Mais sitôt la fin des travaux, Grand Magistral avait recouvré son vindicatif entêtement et « ce sommet de l'art musical valait vraiment le coup », affirmait-il. L'argument était un peu court mais les Impétrants s'en satisfirent à l'exception, donc, de Pandolphe, dont les ronchonnements du coup se firent plus audibles. En même temps, le vieux libre-penseur répugnait à passer pour un fouteur de merde :

– Ou alors, je veux bien, moi, mais on a qu'à changer les paroles, proposa-t-il, en réponse à quoi Grand Magistral se rétracta dans un niet catégorique.

Moïse Chant-d'Amour, suivi de Sardanapale et fin conciliateur pour une fois, effectua une navette empressée entre les deux et suggéra qu'on mît *La Butte rouge* au répertoire de la chorale en sus de ce cantique dont au reste peu importaient les paroles sacrées vu que personne ne savait les chanter et que tout le monde faisait « la la la ». Grand Magistral consentit, le début de crise fut résolu et le récalcitrant amadoué. Autrement difficultueux fut un autre aspect des répétitions. En l'entendant jouer *Tannhäuser* à l'accordéon, Grand Magistral avait fondé d'enthousiastes mais irréalistes espoirs sur l'Apatride musicien. Persuadé de tenir l'oiseau rare dont avait besoin la chorale, il se l'était figuré accompagnant de son instrument toutes les pièces que, pas tout de suite mais bientôt, il comptait bien faire chanter aux Impétrants. La rencontre entre Jean-Sébastien Bach et l'accordéon de l'Apatride porta un furieux coup à l'engouement de notre maestro. Musicien d'un rare talent, l'Apatride l'était peut-être, mais à sa façon. À peine lui fredonnait-on un thème ou chantonnait-on une esquisse de mélodie que ses doigts s'en saisissaient pour les faire ressurgir de son accordéon, mais le plus souvent fort transformés. Des tonalités, modes ou rythmes d'origine ne restait le plus souvent pas grand-chose, une simple réminiscence de la musique de départ à laquelle était ajoutés force accélérandos, rubatos et appogiatures variés procédant des seuls bons plaisirs et inspiration de l'instrumentiste, le tout dans une insolente inconnaissance d'une quelconque doxa musicologique. En un mot, l'Apatride et son accordéon n'en faisaient qu'à leur tête. À entêté, entêté et demi, quand Grand Magistral s'était fourré une idée dans la cervelle rien ni personne ne l'en pouvait détourner. Il ne dérogea pas à ce travers avec l'Apatride et s'ensuivit entre eux deux une pittoresque relation d'amour-haine. Partition en main, Grand Magistral voulut initier le musicien au choral *Lass dein' Engel mit mir fahren* et lui chanta les diverses lignes de mélodie. Presque aussitôt l'accordéon métamorphosa Jean-Sébastien Bach en quelque chose qui tenait tout à la fois de certains chants de bergers d'Europe centrale, de plaintes byzantines, le tout assaisonné d'une touche d'allégresse et d'un zeste de bal de campagne. Grand Magistral commença par se montrer patient, diplomate et pédagogue, faisant aimablement mine de ne pas réfuter tant que ça le Bach revu et corrigé par l'Apatride. Cela ne fit que stimuler l'accordéoniste, et le choral *Lass dein'*

Engel mit mir fahren n'eut bientôt plus rien d'un chant sacré mais tout d'un hymne d'encouragement à l'équipe sportive locale de quelqu'une de ces insituables contrées où l'on ne sait pas trop si l'Occident y finit ou si l'Orient y commence. À l'ecclésiale sérénité que Bach a déployée dans ce choral, l'accordéon et son accordéoniste avaient impulsé des variantes et modulations qui l'entraînaient sans retour vers quelque chose d'irrésistiblement festif, ce qui eut l'heur d'enchanter les choristes mais d'horripiler Grand Magistral. Celui-ci bondit vers le musicien, lui mit sous le nez la partition du Kantor de Leipzig, l'Apatride haussa les épaules comme devant une broutille et reprit son instrument. Étant irrémédiablement séparés par l'obstacle de la langue, le dialogue entre eux procédait par onomatopées et gestes excités. Moïse Chant-d'Amour et moi dûmes à deux ou trois reprises calmer Grand Magistral tandis que l'Apatride le toisait de loin et, rien que pour le faire bisquer, arpégeait sur son instrument une ou deux mesures de Bach accommodées selon ses goûts. Vint rapidement s'ajouter un autre problème : ce choral de Bach n'enchantait pas du tout les troupes, l'ennui chez certains se faisant palpable, les bâillements chez d'autres bien visibles – du coup les Impétrants se rangèrent ouvertement dans le camp de l'Apatride, trouvant que la sauce joyeuse à laquelle son instrument et lui accommodaient Bach rendait le morceau bien moins rébarbatif et carrément plus rigolo. Grand Magistral nous prit finalement à part pour nous avouer, presque larmoyant, qu'il sentait lui échapper sans retour la chorale et les choristes. Quand fantaisie lui en venait, Moïse Chant-d'Amour savait être le réconfortant ami à qui Montaigne et La Boétie eussent de grand cœur décerné le tableau d'honneur. Damant à Grand Magistral un imprévisible pion en matière d'esprit de contradiction, il prit fait et cause pour l'Apatride et son accordéon sacrilège :

– Tu es bien gentil avec ton intégrisme musical mais regarde les un peu, tous. Tu espères quoi ? Fais-les chanter comme ils en ont envie, pas selon tes dogmes à la mords-moi ce que je pense. Et ça, les faire chanter comme ils en ont envie, non seulement tu le peux mais je ne connais que toi pour les y amener.

Grand Magistral s'enferma dans un air de tête de mule mais me raconta, beaucoup plus tard, qu'à ce moment-là une lumière s'était faite en lui. Fut-ce l'effet de cette dernière qui le fit bondir comme un ressort quelques instants après, tandis que nous arpentions tous trois pensivement les allées en bois et en tôles ?

– Il nous faut un piano, s'exclama-t-il.

Moïse Chant-d'Amour et moi ne comprîmes pas.

– Oui, un piano, insista notre camarade, piano plus accordéon, là je le sens, je le sens bien.

– V'là du nouveau ! Et où trouveras-tu un piano ? demanda Moïse Chant-d'Amour commençant de tirer la gueule à cette idée qu'il aurait voulu avoir le premier.

– Je crois que je peux nous dégoter ça, intervins-je.

Je pensais à un vieux piano droit qui se morfondait, silencieux depuis des décennies, sous les livres et la poussière de l'arrière-boutique de mon beau-frère. Moïse Chant-d'Amour prit son air railleur :

– Vous me faites marrer, tiens ! Un piano pour en faire quoi ? On ne sait pas jouer quatre notes à nous trois.

– Justement, je pense à quelqu'un, fit Grand Magistral.

Moïse Chant-d'Amour eut un sursaut de défiance :

– Quelqu'un ? Qui ça quelqu'un ? grogna-t-il.

Grand Magistral avait son air allumé des grands moments :

– Quelqu'un qui sait jouer du piano, justement, quelqu'un qui pourrait nous filer un de ces coups de main, vous n'imaginez pas. J'y vais !

– Tu y vas… Tu vas où ? fit Moïse Chant-d'Amour sur un ton de moquerie sceptique.

Grand Magistral courait déjà.

– Je vais… J'y vais tout de suite. Je vais la chercher, nous lança notre camarade en se sauvant.

Et il nous ramena Thérèse-Bethsabée.

CHAPITRE SEPTIÈME

Ou Thérèse-Bethsabée.

Grand Magistral l'avait connue sur le terre-plein central du boulevard Richard-Lenoir. C'était au temps où il faisait profession de dégringoler chaque jour un peu plus bas que la veille. Elle, active bénévole aux Restos du Cœur, servait les dîners dans la rue ; Grand Magistral, lui, faisait la queue parmi ses frères d'armes, les disqualifiés, attendant avec eux de recevoir sa pitance. Une corpulente dégaine joyeuse, perpétuellement bavarde et affairée, une bille de clown et de grands yeux aussi bleus que ronds, une trombine joufflue de pierrot ébahi entourée d'épaisses tresses auburn nouées au sommet de la tête ou roulées en macarons quelque part du côté des occiputs selon les jours, voilà la première image qu'offrait Thérèse-Bethsabée. À force de recevoir de sa main des barquettes de saucisses-purée ou de spaghettis bolognaise à la saveur succulemment rehaussée parce que c'était elle qui les distribuait, Grand Magistral avait fini par se prendre d'amitié pour Thérèse-Bethsabée et elle, insatiablement curieuse du genre humain, avait eu envie de lier connaissance avec cet olibrius qui la dévorait avec des yeux inhabituels, à mille lieues de ce reluquement bien compréhensible que lui posaient dessus tant d'égarés de la rue manquant au bout du compte peut-être moins de saucisses-purée que de présences féminines. Ils se connaissaient depuis maintenant trois ou quatre ans et il avait fallu bien du temps à Grand Magistral pour lier contact avec cette jeune femme qui ne se laissait pas déchiffrer comme ça. Volubile et communicative à l'excès, ayant toujours une bonne parole toute prête pour qui lui traversait le champ de vision, parlant sur un perpétuel ton d'affectueuse mitraillette, les mots lui jaillissaient sans prévenir et elle vous les administrait sans compter, mais Thérèse-Bethsabée ne livrait à peu près rien sur elle et bien rares sont ceux pouvant affirmer la connaître vraiment. Grand Magistral était l'un de ces *happy few*. La rencontre avait mis du temps à se faire entre ces deux constitutions indociles et aussi rétives l'une que l'autre à tout apprivoisement, mais quelques années plus tard, s'ils ne se voyaient plus que rarement, ils n'en étaient pas moins devenus comme frère et sœur. Si ce n'avait pas été lui, si ce n'avait pas été elle, ils seraient peut-être devenus franchement autre chose que frère et sœur, seulement voilà, c'était elle et c'était lui.

La vie de Thérèse-Bethsabée aurait bien pu n'être qu'un destin brisé, une existence foutue. Toute petite fille, et sitôt qu'elle avait su marcher, une passion s'était élevée en elle : celle de la danse. Passion exclusive et dévorante. Dès l'adolescence, personne ne doutait qu'elle fut en passe de devenir une admirable ballerine. Un accident de ski vint briser tout cela. Sa jambe gauche fut fracturée net en trois endroits, de la hanche à la cheville, et s'était de plus déboîtée et retournée pendant l'interminable glissade qui avait suivi la chute. Opérations, soins et rééducations, rien n'y avait fait, Thérèse-Bethsabée était devenue irrémédiablement claudicante. Personne ne peut imaginer ses acharnements de plusieurs années pour parvenir un jour à remarcher sans le secours d'une canne. Dès lors, elle ne connut plus la danse, chassa de sa vie tout ce qui pouvait la lui rappeler, entreprit des études de droit et de sociologie, et dans le plus grand secret apprit le piano. Devenue avocate, il ne lui avait pas fallu de longs mois pour constater une irrévocable incompatibilité entre dossiers, bureaux, prétoires, greffes et l'intempestif désordre de son verbe, l'incorrigible coq à l'âne de ses pensées se prêtant aussi peu à l'argumentaire dûment pesé des plaidoiries que Vincent d'Indy à un joueur de free jazz. En revanche, à l'occasion de ses études, le côtoiement de la détresse humaine et des réprouvés avait attisé jusqu'à l'incendie une intraitable propension à défendre et secourir autrui. Rien ni personne ne pouvait empêcher Thérèse-Bethsabée de se hâter, fût-ce en pleine nuit, vers une vieille dame à soigner ou de porter une couverture ou un médicament à un SDF en perdition sur un coin de trottoir. Devant une photo qui m'est restée d'elle, ami lecteur, et que je contemple souvent, je me dis que son physique était décidément le récit muet de qui elle était. Car le corps de Thérèse-Bethsabée est l'un des plus invraisemblables corps humains que j'ai croisés. Ceux qui l'avaient fréquentée lors de sa vie d'avant n'eussent probablement pas reconnu la Thérèse-Bethsabée que j'ai connue, comme si bouleversements et réorientations avaient, en lui resculptant l'âme, à l'avenant remodelé le corps. Au fil des années, Thérèse-Bethsabée prit du poids, énormément de poids, devint boulotte et même râblée, ce qui n'avait été que finesse et minceur devint épaisseur et masse. Son fessier devint monumental. Le plus étrange est que cette transformation s'opéra sans cause apparente, aucun alcoolisme ni boulimie pour l'expliquer. Et ce qui frappait d'évidence était le consentement sans réserve que Thérèse-Bethsabée avait accordé à ce changement. Comme si ce corps qui jadis ne voulait tendre que vers le très haut avait renoncé à l'infiniment élevé pour le très bas, délaissé l'éther et les nuées pour le terrestre, l'humus, et le pavé des villes. Plus d'une autre n'aurait plus offert que la désolante image d'une espèce de grosse boiteuse. C'était le contraire absolu qui émanait de la corpulente et tanguante personne de Thérèse-Bethsabée. Grand Magistral, un soir, la regardant colporter sa prodigalité virevoltante parmi tous et chacun, armée d'une louche et d'une marmite, affirma :

– Je suis absolument sûr et certain qu'elle est aujourd'hui plus belle qu'avant !

Je ne doutai presque pas qu'il avait raison, tant il était vrai qu'on ne se lassait pas de la regarder aller et venir. Car, fait troublant et bien incongru, ce qu'on se surprenait à adorer chez elle était sa claudication. Toute sa grâce d'antan s'était comme exilée dans sa jambe estropiée pour mieux se diffuser à tout le reste de son être. Sa parole était à l'avenant : une parole qui lui sortait comme un torrent de phrases et de mots sans points ni virgules, proférés par une voix bizarrement très grave et suraiguë en même temps, une voix au timbre de laquelle le boitement semblait avoir apposé l'audible empreinte de ses arythmies et problématiques enjambées. Une voix qu'on pouvait trouver franchement rebutante la première fois, criarde, toujours trop haut ou trop bas perchée. Cette voix ne m'a jamais quitté et aujourd'hui encore, il me croit l'entendre, comme si Thérèse-Bethsabée était là, sa machine à rouler des clopes, son sachet de tabac et son papier à cigarettes toujours entre les doigts. Car elle n'arrêtait pas de se rouler clope sur clope à l'avance, celles qui pourvoyaient à sa fort importante consommation personnelle et la mettait en mesure d'en offrir à qui lui en demandait.

– Ça m'occupe les doigts et peut-être, après tout, que je fus cigarière dans une autre vie et que si ça se trouve, c'est moi l'arrière-petite-nièce de Carmen. J'ai besoin de les avoir toujours avec moi, mes calumets de la paix. Je suis pas encore tout à fait au point pour multiplier les pains et les poissons, j'y arrive pas encore, alors en attendant, je multiplie mes petits calumets, toi qui fumes pas, tu peux comprendre ça oui ou non, Gentil Pépère ?

C'était son truc à elle, sa marque d'affection, d'attribuer un petit nom aux gens qu'elle adoptait et pour elle, je fus presqu'aussitôt Gentil Pépère ; Grand Magistral, peu après qu'elle eut appris ses véritables nom et prénom – Abraham Goulu –, était devenu, lui, Glouton Joli. Je viens d'évoquer la bille de clown de Thérèse-

Bethsabée, il y avait aussi en elle quelque chose d'une très antique et impérissable petite fille. Et si elle reste la moins immature des personnes que j'ai croisées c'est, j'en jurerais, parce que cette extrême et analphabète intelligence de l'enfance, que personne ne célébra mieux que Victor Hugo dans toute son œuvre et Ingmar Bergman dans son *Fanny et Alexandre,* ne cessa jamais d'éclairer d'une lumière d'omnisciente incrédulité la rondeur de son visage de Pierrot.

CHAPITRE HUITIÈME

Qui voit l'entrée en scène du piano appelé de ses vœux par le dénommé Grand Magistral, que suivront des péripéties diverses et contrastées.

Saint-Louis Blues, Le Chat de la voisine ou la *Marche turque,* Thérèse-Bethsabée vous pianotait tout ça avec la négligente facilité d'un croque-note de piano bar, mais il y avait une œuvre qu'elle travaillait, fouillait, mettait à la question, une œuvre dont elle jouait l'adagio a minima une fois par jour, une œuvre qu'elle visitait seule et pour elle-même, loin de tout auditeur ou témoin : c'était la sonate *Hammerklavier* de Beethoven. Personne ne savait que cette musique était son vaste jardin secret. Personne jusqu'au jour où, Grand Magistral s'étant invité à boire un coup chez elle, peut-être au nom du très platonique lien qui les unissait, Thérèse-Bethsabée lui joua la *Hammerklavier* sur le chétif piano d'étude engoncé parmi les étagères de son minuscule studio. Quand Grand Magistral eut entendu cela, une gêne presque pudibonde le parcourut. Thérèse-Bethsabée lui avait bien dit qu'elle tâtait joliment du clavier, mais de là à se retrouver chez Clara Haskil ou Martha Argerich ! Autrefois promise à une flamboyante carrière de danseuse, elle aurait peut-être pu triompher comme concertiste mais avait choisi de cultiver dans le secret cet intime trésor, et Grand Magistral fut le seul à l'avoir entendue jouer cette sonate opus 106. Elle ne se mettait donc au piano que pour son seul plaisir, à l'occasion de fêtes ou quand fantaisie lui en prenait, et ce fut au nom de ces seuls plaisirs et fantaisies qu'elle arriva en compagnie de Grand Magistral au Vieil Entrepôt.

Le matin même, tel un très vieil animal quittant sa caverne après plusieurs décennies d'hibernation, le piano droit de mon beau-frère était sorti de l'obscure arrière-boutique où il se croyait oublié à jamais, pour prendre dans la camionnette d'André Mahmoud le chemin du Vieil Entrepôt et d'une nouvelle vie. L'antique Érard pesait sacrément son poids et ce ne fut pas de trop de tous les gros et moins gros bras disponibles au Vieil Entrepôt pour soulever ce piano jusqu'au Salon de Musique. Moïse Chant-d'Amour et Grand Magistral tournèrent autour de l'instrument avec une moue un peu dégoûtée, comme en présence d'un produit pas frais :

– D'accord on ne te demandait pas un Steinway de concert, mais franchement t'aurais pas pu trouver mieux que ça ? ronchonna Moïse Chant-d'Amour.

À quoi Grand Magistral acquiesça avec un regard d'agent du KGB. Il ne fallait pas faire mauvaise impression devant Thérèse-

Bethsabée à qui je venais d'être présenté, aussi renonçai-je à signifier à mes deux compères qu'ils n'étaient et ne seraient décidément jamais que deux gros enfoirés merdeux. En arrivant à la répétition, les choristes ne furent point peu surpris de découvrir la pianiste et le piano. L'Apatride musicien ne put se défendre d'un regard méfiant à l'intention de l'intrus et l'intruse. Thérèse-Bethsabée, bien loin de sa volubilité coutumière, se tenait assise au piano, timidement silencieuse ; un sourire humble et gêné allait et venait sur sa bille de clown. Enfin, ses deux jolies mains s'élevèrent, les Impétrants retinrent leur souffle pour essayer de ne pas foirer l'attaque de *Lass dein' Engel mit mir fahren*, les deux mains se posèrent sur le clavier et le prodige fut immédiat.

Que se passa-t-il exactement ? Tout ce que je puis dire, ami lecteur, c'est que nous chantâmes, pour la première fois, nous nous sentîmes chanter tous ensemble. Le piano sonnait faux, les choristes ne chantaient pas juste, des lalalala et des oh oh oh oh remplaçaient les saintes paroles de la cantate, mais quelle importance ? Là où il était, le Kantor de Leipzig approuvait, rien ni personne ne m'en ôtera la conviction. Une surprise scotchée mêlée de ferveur se lisait sur les visages, même celui de Pandolphe à qui ses yeux recueillis et levés au ciel donnaient, comble de tout, des airs de prédicateur évangéliste. Nous étions tous comme visités, comme si le chant chantait en nous. Sur son plot, la vieille Azucena faisait oui de la tête et de ses bras envoyés vers tout là-haut. Et les mouvements de Grand Magistral n'étaient plus l'inopérante gesticulation des répétitions d'avant, ses mains n'exprimaient plus une supplique sans espoir mais une tranquille incitation. Au bout d'un moment, n'y tenant plus, l'Apatride accordéoniste empoigna son instrument et pour la plus grande joie de Jean-Sébastien Bach les geignements de l'accordéon s'accouplèrent aux hoquets de bastringue du vieux piano. Et ce fut en quelque sorte, ami lecteur, le chœur d'ouverture de la période la plus réjouie du Vieil Entrepôt.

Hormis prêter son talent et ses mains de pianiste à la chorale, Thérèse-Bethsabée prit aussitôt part à la vie de la communauté. On la vit aller, venir, circuler, être partout à la fois, avec chacun et tout le monde en même temps. On aurait dit que loin de l'entraver, sa claudication lui donnait des ailes, elle ne marchait pas, elle virevoltait. Elle aidait la mère et la fille Apatride à préparer les repas, assistait le Belge dans la surveillance et l'entretien de son potager (car le Belge avait mené à bien son plus cher souhait). Elle devint aussi la préceptrice et la nounou des progénitures, Sapajou-Ouistiti se prit pour elle d'une vénération, dont devenu adulte il dirait qu'elle fut son tout premier éveil à l'amour. Elle prêta main forte à Jean-Maurice dans la gestion des finances et l'administration du quotidien, elle aida, le mot est faible, l'ancêtre et sa dame à retrouver, rassembler et remplir des pléthores de paperasses pour qu'ils touchassent enfin les arriérés d'une retraite à laquelle ils ignoraient avoir droit. Elle convainquit Bankara de se laisser accompagner dans ses pérégrinations en préfecture et autres revêches organismes pour l'obtention d'un droit de séjour pour lui et sa petite famille. Il n'y a qu'à Moïse Chant-d'Amour qu'elle n'adressa jamais aucun regard ni une seule parole. Et celui-ci le lui rendit bien.

Moïse Chant-d'Amour qui exultait chaque jour un peu plus. Il me tomba dessus un matin, se retenant d'une joie dont j'eus bien du mal à lui faire dire la cause. Des fous rires le secouaient, il balançait de grands bras joyeux et m'attrapa comme pour me faire danser :

– Je crois que ça y est ! C'est pour bientôt, me fit-il avec des spasmes dans la voix. Avant-hier soir, le vieux m'a fait un début de malaise entre les mains, pendant un moment j'ai même cru que ça y était pour de bon. Il s'est remis mais je crois qu'on tient le bon bout, il en a vraiment plus pour longtemps. Tu penses bien que pour donner le change, tout ce que j'avais comme larmes de crocodile, j'en ai inondé sa baraque de Savigny-le-Coteau. C'est sûr, il en a plus pour longtemps !

Et m'oblitérant cette allégresse d'un coup de coude dans les côtes, il ajouta :

– Et ça tombe bien, ça tombe très bien, parce que admire-moi un peu ça.

Il me mit sous le nez un papier genre document officiel. C'était, frappé des armes de la ville de Garges-en-Buy, la convocation du prochain conseil municipal dont l'ordre du jour portait sur la mise en vente des parcelles attenantes à la rue Georges-Bernanos.

– De toute façon, ce sera un vote de pure forme, il y a pas le feu, ça nous laisse tout le temps. D'ici que la mise en vente devienne effective, le calendrier joue pour nous. En attendant, crois-moi, je ne gaspille pas mon temps, je potasse la question et pas qu'un peu !

Et il extirpa de son vieux cartable un gros document dactylographié qu'il me mit triomphalement dans les pattes.

– Hein ? Qu'est-ce que tu me dis de ça ?

C'était le très vieil exemplaire corné d'une soutenance de thèse de doctorat en droit datant d'on ne savait pas quand et intitulée : « Jurisprudence et préemption en matière d'occupation des sols dans le droit successoral et urbanistique. » Il répéta bien cinq ou six fois ce titre pour m'en décliner toutes les nuances et subtilités.

– Avec ça, on est paré, proclama-t-il d'un ton conquérant qu'approuvèrent plusieurs jappements et remuements de queue de Sardanapale.

Dans les jours qui suivirent, ce document ne le quitta plus, il m'en déclamait des pages entières comme si c'eût été du Sophocle. Puis il me fallut endurer des cours improvisés de droit successoral, je fus enseveli sous des pelletées d'indivisaires et d'indivis, d'usufruitiers et d'usufruit, de préemption publique et préemption commerciale, Moïse Chant-d'Amour me répétant tout cela en boucle comme si j'en redemandais. Il avait surtout pris en déraisonnable affection le mot « préemption » qu'il servait à tout bout de champ : le fait que nous squattions les lieux, me ressassait fiévreusement mon acolyte, nous donnait de facto un droit d'absolue préemption, et le mot lui déclenchait un trémoussement d'aise !

Puis il me sortait du vieux cartable des liasses de plans et croquis du futur parc wagnérien dont, m'assurait-il, même s'il en parlait moins, le rêve et la pensée n'avaient pas cessé de le travailler. Oui, il exultait, et tout semblait lui être devenu prétexte à joie : les tâches communes auxquelles, oublié le tire-au-flanc patenté des premiers jours, il était désormais le premier à prêter une rigolarde main forte, Sapajou-Ouistiti qu'il ne se lassait pas de venir encourager sur son fil, Pandolphe avec qui il se livrait à de rieurs et surexcités concours de pléonasmes mais à qui, surtout, il demanda de lui donner des leçons de sculpture (si seulement j'avais pu soupçonner le pourquoi de cette requête !), la vieille Azucena et la Fille Apatride qu'il s'obstinait à vouloir aider dans l'épluchage des légumes et la préparation de la tambouille malgré les injures et coups de torchon que lui valait son inopérance, les progénitures à qui, quand Thérèse-Bethsabée n'était pas là, il faisait faire leurs devoirs et racontait tout plein d'histoires le soir, le Belge qu'il abreuvait de recommandations pour l'entretien de son potager alors qu'il savait à peine différencier un poireau d'une courgette… Oui, Moïse Chant-d'Amour exultait et le Vieil Entrepôt, dont il ne s'éloignait plus que quand il lui fallait courir à Savigny-le-Coteau ou retrouver Kundry, était vraiment devenu son royaume. Pour parachever le tout, sa voix faisait merveille dans la chorale. Et pourtant…

Pourtant peu à peu, lors des répétitions, son exultation sembla sinon s'éteindre, du moins se mettre en veilleuse. Alors que les choristes continuaient de s'aligner sagement face au piano, il n'était tout d'un coup plus le même. Ce fut à l'arrivée de Thérèse-Bethsabée qu'il commença de se tenir un peu en retrait, occupant au milieu des autres chanteurs une place presque modeste, sans plus rien de ses envahissants cabotinages. Sa voix n'en faisait pas moins merveille dans le chœur, seulement, au fil des jours et des répétitions, cela parut presque le laisser indifférent, il participait sans déplaisir mais c'était tout. La venue de Thérèse-Bethsabée était-elle cause de ce changement ?

Aucune animosité ni gêne ne sévissaient entre Moïse Chant-d'Amour et Thérèse-Bethsabée, ils ne se fuyaient pas, ne s'évitaient pas non plus : ils avaient simplement l'air de ne pas se voir, de n'avoir nulle conscience l'un de l'autre. Mon acolyte ignorait la jeune femme tout comme il ignorait Sardanapale ! Quant à elle, elle paraissait voir tout le monde sauf lui. Au bout de quinze jours, donc, ils n'avaient toujours échangé ni parole ni regard. Leur point commun – ce jubilant acharnement qu'ils mettaient chacun à se donner corps et êtres à la vie du Vieil Entrepôt – aurait pu concourir à les faire se rencontrer : or, au contraire, il renforçait leur inconnaissance réciproque. On les vit plusieurs fois presque épaule contre épaule se passant les cageots lors du déchargement de la Marie-Vison : jamais un mot, jamais un coup d'œil même fortuitement échangé ! De même lors des repas et des rassemblements de la communauté, ils ne rivalisaient ni ne se repoussaient, ils s'ignoraient. Mais ce néant relationnel pesa bien peu de chose à côté de l'unanime adoration que les autres squatteurs avaient immédiatement voué à Thérèse-Bethsabée. À quoi vint s'ajouter un état de bien-être et même de bonheur collectif qui semblait à ce moment-là vouloir durablement prévaloir au Vieil Entrepôt.

En effet, plusieurs obstacles du quotidien ayant été aplanis, l'ordinaire s'améliora encore. Pandolphe rapporta un matin une vieille machine à laver, dénichée il refusa orgueilleusement de dire où, et passa des heures à charcuter l'engin pour le ramener à la vie. Le problème de la lessive demeuré sans solution jusqu'à ce jour fut ainsi résolu. Pour célébrer la chose et rendre hommage à son artisan, la chorale chanta *La Butte rouge* à Pandolphe qui se dandina de confusion. Car sous l'impulsion de Thérèse-Bethsabée et avec l'assentiment de Grand Magistral, le répertoire s'était enrichi de nouveaux morceaux, ce qui n'alla d'ailleurs pas sans vives discutailleries, vu que s'il y avait une chose que Grand Magistral et Thérèse-Bethsabée s'entendaient à mener à la perfection, c'était leurs engueulades. Il avait sa mauvaise tête et son incurable esprit de contradiction, elle avait son entêtement mâtiné d'un foutu caractère ; se prendre férocement le bec était leur manière de s'adorer.

Thérèse-Bethsabée avait suggéré de chanter du Josquin des Prés, Grand Magistral y opposa un niet sans réplique. Ils discutaillèrent ensuite sur les madrigaux de Monteverdi, s'entendant cette fois sur l'idée, mais quoi choisir parmi cette foison de joyaux tombés de la corne d'abondance du grand Claudio ? Ils s'agrippèrent également au sujet d'un chœur d'hommes de Schubert : tant pis pour les puristes, disait Thérèse-Bethsabée, les voix de femmes trouveraient bien à se caser mais Grand Magistral s'insurgea, on ne défigure pas Schubert ! Pas loin dans ces moments-là de se cracher dessus comme des chats, donnant l'impression de ne s'entendre sur rien, ils étaient en réalité d'accord sur tout, et Josquin des Prés, Monteverdi, Schubert furent mis au répertoire. Jean-Sébastien Bach, pourtant déjà dûment honoré, se vit réserver le morceau vedette, à savoir l'aria de la *Passion selon saint Matthieu, Erbarme dich, mein Gott*, dont Grand Magistral et Thérèse-Bethsabée avaient concocté une transcription à quatre voix.

Car avec l'arrivée du piano, les choristes apprirent à chanter à plusieurs voix. Cela ne se fit pas du premier coup mais on y arriva. Il faut dire qu'outre son charisme, Thérèse-Bethsabée possédait toutes les qualités du bon pédagogue, à commencer par celle qui faisait pathétiquement défaut à Grand Magistral : la patience. Quand ils s'entendirent chanter à plusieurs voix, les Impétrants eurent une joie d'enfant parvenant à faire de la bicyclette sans les petites roues. Une sensation d'émancipation et d'envolée souleva les troupes. Toutes ces voix entassées les unes sur les autres n'émettaient plus un rebutant bric-à-brac. Chacun entendit, puissante et multiple, une voix nouvelle qui était en même temps la sienne propre et celle de tout le monde : la voix de la chorale ! Elle n'était pas bien belle, elle avait ses éraillements et des pleurages de vieux phonographe, mais c'était la nôtre ! Et dans ce passage de l'ombre à la lumière sonore, la justesse du splendide baryton basse de Moïse Chant-d'Amour fut un irremplaçable guide pour les Impétrants. Pas une seule fois les modulations de mon acolyte ne semblèrent parvenir à Thérèse-Bethsabée. Moïse Chant-d'Amour était souvent présent lors des controverses et chamailleries entre Grand Magistral et Thérèse-Bethsabée. Dieu sait pourtant que le sujet qui y était débattu était celui par excellence où sa grande gueule infatuée aurait dû renvoyer les polémiqueurs à leurs chères études. Eh bien Moïse Chant-d'Amour restait silencieusement retiré dans ses notes et croquis du parc wagnérien, Sardanapale sommeillant à ses pieds.

Comme sous la poussée de vents décidément favorables, alors qu'on quittait la belle saison et que s'installait l'automne, à l'épanouissement de la chorale coïncidèrent tout plein de nouvelles améliorations grandes ou petites dans le quotidien de la communauté. D'une voix blanchie par l'émotion, le Belge nous annonça un matin qu'on pouvait commencer la récolte du potager. Malgré les efforts de Guitou, l'étanchéité du toit de la cambuse laissait à désirer et si on voulait passer l'hiver, la question du chauffage allait se faire insistante. Tout comme on l'avait vu jadis fouiner dans le sol pour y dénicher la canalisation, on vit toute une matinée Pandolphe le nez en l'air, questionnant de son regard de vieux rapace le haut vieux mur et les poutrelles. Il partit sans dire où et revint le soir même, sifflotant *La Butte rouge* en poussant une brouette surchargée de morceaux de vieilles bâches, bouts de cordages et bribes de câble. Suivant ses directives, tous ces lambeaux furent bidouillés pour donner une vaste bâche bleue égale à un bon tiers de la superficie du Vieil Entrepôt. Pandolphe toisa le haut des poutrelles puis, avec une sûreté du geste que lui eût jalousée Zorro, lança les cordages qui s'arrimèrent tout là-haut comme d'eux-mêmes. Placés aux angles de l'immense toile, Bankara, le Jeunot Maladif et le Belge tenaient l'autre extrémité de chacun de ces cordages. Pandolphe compta un, deux, trois, puis rugit un ordre, tous quatre s'arc-boutèrent et tirèrent, la toile s'éleva lentement. Il fallut ensuite tendre et nouer. La vaste protection planait désormais, faux ciel bleu sous le vrai ciel gris au-dessus de la cambuse ; on était à l'abri. Et sous cette voûte céleste aussi magnifique que de fortune, la vie continua son aléatoire train-train joyeux. Sapajou-Ouistiti passait décidément plus de temps sur son fil d'équilibriste que sur la terre ferme. Le câble tendu à cinquante centimètres du sol était quasi devenu son lieu de vie. Au retour de l'école, sitôt sauté de la Marie-Vison, il courait s'y jucher. Mais quand surgissait Pandolphe, le câble de funambule cessait d'être un jouet pour se transformer en objet d'étude et outil de travail. La leçon était quotidienne et, prenant sa plus grosse voix, le maître faisait semblant d'être terrible. Le bambin chahuteur et désinvolte devenait alors élève craintif et studieux. Sous l'implacable férule de Pandolphe, le gamin apprenait à faire demi-tour sur le fil en sautant, à trottiner d'un pied sur l'autre, à aller à reculons, à sautiller à cloche-pied, toutes choses en quoi il promettait d'exceller à brève échéance. Et tout le Vieil Entrepôt résonnait de préceptes et réprimandes prodigués avec une voix de dresseur de chevaux.

– Ton équilibre est pas assez équilibré. Regarde-moi ça comment tu lèves la jambe, on dirait Sardanapale qui va pisser!

Parfois le gamin tombait de son fil.

– Et oui, quand on se casse la margoulette, c'est qu'on tient pas debout.

Sapajou-Ouistiti pratiquait également ses acrobaties pendant les répétitions de la chorale, trottinant ou flânant sur le fil au son de Bach ou Schubert, et ses mouvements y gagnaient en grâce et fluidité. Thérèse-Bethsabée eut alors à cœur d'accompagner de son piano les pirouettes et virevoltes du petit bonhomme. Et s'échappant du Salon de Musique, on entendait des valses, polkas ou ragtimes faire ami-ami avec les mouvements du jeune acrobate. Sapajou-Ouistiti gagnait chaque jour en assurance et virtuosité, inventait des figures et mouvements de son cru, ce qui lui valait de la part de Pandolphe un faussement maussade :

– Mouais… Bon, admettons, pas encore au point, mais ça peut aller.

Le fil ne suffisant plus aux progrès de l'élève, Pandolphe avait bricolé une barre fixe et un trapèze avec quatre bouts de bois. Passant désormais du fil au trapèze et du trapèze au fil, Sapajou-Ouistiti goûta aux joies de la voltige et du cochon pendu en plus de celles de l'équilibrisme. Les progrès du petit bonhomme étaient spectaculaires et Pandolphe, expert à déguiser son infinie bienveillance en férocité de garde-chiourme, continuait néanmoins de prendre sa plus terrible voix de père Fouettard :

– Eh ben… Tout ce travail qu'il te reste à travailler, c'est pas demain le jour férié où t'iras te reposer, tu peux me croire.

Et il se détournait discrètement pour dissimuler au bambin sa face empourprée de bonheur. Mais comme un bon élève mérite une petite récompense, Pandolphe tint la promesse faite à Sapajou-Ouistiti le jour de leur toute première rencontre et décida de lui enseigner le fameux saut de la mort. Il commença par sculpter des figurines représentant une écuyère et un hercule des foires, bricola une maquette de piste de cirque avec fil tendu dans les airs et trapèzes. Et faisant virevolter les statuettes entre ses gros doigts avec une minutie d'horloger, Pandolphe simula le « saut de la mort ».

Pendant ce temps, Moïse Chant-d'Amour s'exaltait de plus en plus pour son parc wagnérien, accumulant et multipliant notes, brouillons, croquis et dessins. Son immense paluche gauche se démenait sur un épais cahier qui ne le quittait plus et dans lequel personne, pas même Grand Magistral ni moi, n'avait le droit d'aller regarder. Faisant fi de la moindre décence, il misait ouvertement sur l'imminent trépas de son oncle et, anticipant l'héritage, il s'était rendu dans une banque poser de préventifs jalons sur les possibilités de placement et de crédit. Lui, dont le seul rapport à l'argent connu de moi consistait à me demander de lui avancer ceci ou de le dépanner pour cela, voilà qu'il manifestait un presque mystique engouement pour les choses de la finance et du trading. Il me fallut m'extasier, comme devant une collection d'estampes rares, d'une pile de documents que lui avait remis la banque avec simulation de crédit, propositions de placement, etc. Pour un peu, Grand Magistral et moi aurions pu craindre de nous voir supplantés dans son amitié par monsieur Bouquart, le conseiller financier qui l'avait reçu et dont il prononçait le nom avec des larmoiements de reconnaissance, l'aimable banquier s'étant offert de l'assister dans le montage de son projet. Pas moins de deux fois par jour, il se retirait à l'écart du Vieil Entrepôt, le portable scotché à l'oreille, pour de longs entretiens avec monsieur Bouquart. Et je ne puis, ami lecteur, que redire ceci : jamais je ne le vis si heureux que durant cette période-là.

En une fin d'après-midi, j'eus la surprise de voir débouler Kundry.

– Y a une place pour moi ? aboya-t-elle

Sans attendre ma réponse, elle s'en fut déambuler dans le Vieil Entrepôt avec son air fumasse. Elle ne s'installa pas à demeure. Elle venait, repartait, revenait plusieurs jours après, puis repartait. Tirant la gueule et ne desserrant jamais les dents, autant muette que la vieille Azucena, personne à part Grand Magistral et moi ne sut jamais qui pouvait bien être cette revêche dondon ni ce qu'elle venait au juste faire ici, car devant les autres, Moïse Chant-d'Amour et elle faisaient mine de ne pas se connaître. Il ne me parut d'ailleurs pas certain que Moïse Chant-d'Amour appréciait complètement de la voir colporter sa lourdeur triste et renfrognée parmi les squatteurs. Je cessai de me questionner là-dessus un soir qu'à la nuit tombante je m'en allai rejoindre mon beau-frère et sa librairie. Comme je traversai pour gagner l'arrêt de bus ce même *no man's land* où Moïse Chant-d'Amour avait surgi quelque temps auparavant pour peut-être me trucider, il me sembla percevoir un bruit de murmure venant de derrière un remblai de béton. Une voix presque chuchotée chantait le plus discrètement possible quelque chose que je connaissais bien, à savoir l'air de la Forge de Siegfried. Je perçus distinctement des « *Notung! Notung!* » fougueux mais étouffés auxquels répondaient des gloussements d'extase, étouffés eux aussi, au milieu desquels, par instants, se déchaînaient difficilement contenus, les mots « Mon prince ! Oh mon prince, oui c'est toi, t'es mon prince ! ».

La chorale continuait de progresser. À bien y écouter, les Impétrants ne chantaient ni vraiment mieux ni franchement plus juste qu'avant, ils restaient tout aussi incapables de prononcer les paroles et continuaient avec leurs lalala lilili, mais quelque chose avait bougé, qui propulsait les troupes. Le tandem formé par Grand Magistral et Thérèse-Bethsabée faisait décidément merveille. Elle à son piano pilotant le chœur comme depuis une boîte à magie, sa bille de clown, selon les embûches de la musique, tour à tour grave et en attente, soucieuse et froncée, gourmande et taquine, hilare et rayonnante. Quant à Grand Magistral… Je ne remarquai pas tout de suite que les accès d'exaltation piaffante qui constituaient il y avait encore peu son ratiocinant ordinaire, je ne remarquai pas, dis-je, que ces surexcitations s'espaçaient de plus en plus pour dégager des plages de tranquillité songeuse. Sa gestique de maestro s'était assurée et il savait maintenant trouver pour s'adresser à la chorale trois mots qui faisaient mouche, là où peu auparavant il se fût fourvoyé en un filandreux laïus. Mine de rien, il acquerrait une tranquille autorité à laquelle faisait pendant l'accorte et joueuse présence de la pianiste. Il était le capitaine, elle tenait la barre. Ce fut Moïse Chant-d'Amour qui d'un coup de coude dans les côtes me fit voir tout ça pendant une répétition.

– T'as rien remarqué ? me maugréa-t-il entre ses dents.

– Remarqué quoi ?

– Mais enfin tu vois pas ?

– Ben… Voir quoi ?

– Mais bon Dieu regarde-le un peu, t'as pas vu ? Il devient beau, ce con.

Cette répétition avait été précédée de la cueillette des légumes du Belge, vacillant d'émotion comme devant l'œuvre de sa vie. Il y avait la bâche, les progrès de la chorale, les légumes fraîchement récoltés, on décréta qu'il fallait célébrer dignement tout ça et, or donc, il fut décidé d'organiser une grande fête. Elle aurait lieu le surlendemain.

CHAPITRE NEUVIÈME

Qui finit bien différemment qu'il a commencé.

J'arrivai fort en retard à la fête. Des piles d'ouvrages en souffrance m'avaient retenu en la bouquinerie de mon beau-frère et j'avais passé presque sans en sortir deux jours dans l'arrière-boutique à répertorier de vieux Jules Verne, Charles Péguy et Eugène Fromentin.

La fête promettait d'être réussie. Un reliquat de planches et boiseries avait servi à confectionner un parquet de danse sur lequel trônerait le vieux piano. Avec la complicité de Guitou et de la Marie-Vison, Jean-Maurice s'en était allé clandestinement vider sa cave de Pontault-Combault de ses meilleures bouteilles. Nul ne doutait que la vieille Azucena démultiplierait ses pouvoirs de grande prêtresse des agapes. Pandolphe et Bankara avaient installé des guirlandes et des lampions, la chorale peaufiné ses meilleurs morceaux, les progénitures donneraient un petit spectacle, chacun y avait mis de son mieux.

Sauté de l'autobus, je traversai à impatientes enjambées le *no man's land*, pensant trouver la réjouissance battant déjà son plein, tout le monde riant et trinquant. Or, un épais et presque sépulcral silence pesait sur les abords du Vieil Entrepôt. On eût pu croire l'endroit déserté. Un début d'inquiétude me retint quelques secondes à l'entrée, puis je me décidai à avancer. Ils étaient tous là, tous les squatteurs, groupés, presque tassés les uns contre les autres au pied du haut vieux mur. Tous en arrêt, muets et comme statufiés. Tous debout, les yeux effarés vers un même point quelque part là-haut, le visage figé dans une même stupéfaite épouvante. Grand Magistral m'aperçut et, d'un geste aussi furtif que terrible, m'intima le silence et l'immobilité. Je me rétractai sur place et levant la tête vers où regardaient les autres, ami lecteur, je vis…

Sapajou-Ouistiti paradait à près de vingt mètres, tout au sommet du haut vieux mur. Il s'était allé percher sur l'une des poutrelles métalliques et s'y adonnait à ses acrobaties avec la même désinvolte aisance que sur son fil au ras du sol. Comment avait-il réussi à grimper jusque-là ? Bien malin qui l'eût pu dire. Il s'amusait drôlement bien sur cette rambarde entre ciel et terre. L'événement avait l'inoffensive innocence d'un jeu de gamin dans un square. Sapajou-Ouistiti avait-il conscience du danger ? Apparemment pas, pas plus qu'il ne semblait faire le moindre cas de la quinzaine de paires d'yeux anxieusement rivés sur lui.

Personne pour l'heure ne savait quoi faire, sinon contempler avec impuissance le petit bonhomme. Sapajou-Ouistiti explorait et découvrait toutes les possibilités inédites de jeux et facéties que lui offrait son nouveau et aérien domaine. Les bras en croix, il fit quelques allers-retours sur la grosse poutre centrale. Sa silhouette d'adorable garnement se détachait, petit Cupidon africain effectuant une lutine balade du soir. Puis le petit corps agile se retourna tel un sablier en équilibre sur les mains, il agita joyeusement les pieds comme une moquerie aux cieux et peut-être aussi à ceux qui se liquéfiaient en bas. Il effectua quelques déplacements avant de se rétablir sur ses deux jambes avec une aisance de petit chat joueur. Le spectacle était magnifique et insoutenable, la contemplation tournait au supplice, jamais ne me serait venue l'idée qu'un tourment de l'enfer pût consister en l'admiration d'un numéro de cirque. Mais tant que nous parvenions à bâillonner notre épouvante, rien ne pouvait arriver. Moïse Chant-d'Amour affichait la même gravité bravache que John Wayne défendant fort Apache, mais en affreusement plus blême ; Sardanapale à ses pieds devait avoir mesuré la gravité de la situation et se tenait sagement assis, ses minuscules oreilles dressées en alerte. Grand Magistral avait le regard tendu de qui essaie de comprendre une peinture abstraite. Kundry tirait une gueule furibarde comme devant un très mauvais film. Plus immenses et ronds que jamais ses deux yeux faisaient à Thérèse-Bethsabée une tête ébahie d'idiote du village. Pandolphe à côté de moi transpirait d'affreuses grosses gouttes et murmurait :

– C'est ça. C'est bien, oui, t'es un chef. C'est ça. Exactement, cette exactitude-là. Prends bien ton temps, respire, tends et hop, rétablis ! Super ! T'es le meilleur, je l'ai tout de suite su ! C'est ça, oui, c'est bien, vas-y mon sagouin.

Serrés l'un contre l'autre et paralysés par l'attente, Hadiya et Bankara auraient presque parus confiants et sereins n'eussent été le tremblement qui leur agitait les mains et la perlée de sueur sur le large front de Bankara. À leurs pieds, Aurélie gardait ses grands beaux yeux levés vers son petit frère avec un rayonnant sourire d'adoration.

Et pendant ce temps-là, le petit funambule continuait de vivre sa vie dans les hauteurs. Peu lui importait décidément notre supplice à tous. Savait-il seulement que nous étions là ? C'était intenable, on s'enlisait dans le sans recours. Tout à coup, juste à côté de moi, Pandolphe eut un frémissement. Je l'entendis gémir en chuchotant :

– Nom de Dieu, ça y est j'ai pigé. Le petit salaud, il va le faire ! Il va le faire, je suis sûr. Je le sens, il va le faire.

Comme j'aurais aimé oser lui demander : « Mais faire quoi ? » Thérèse-Bethsabée, par contre, eut l'air de comprendre. Je la vis s'extirper de son ébahissement, Pandolphe et elle échangèrent un imperceptible oui de la tête. Avec une toute féline discrétion et le visage déterminé, elle s'écarta du groupe, se glissa sur le parquet de danse jusqu'au piano et tout doucement se mit à jouer. Ses doigts hasardèrent un succédané d'air de blues d'une infinie prudence. La musique dispensa une sensation d'air frais parmi nous. Après avoir joué sans trop y réfléchir un peu tout ce qui lui venait sous les doigts, Thérèse-Bethsabée risqua quelques-uns des morceaux dont elle accompagnait Sapajou-Ouistiti lors de ses séances d'entraînement, s'interdisant toutefois les airs trop entraînants de peur d'inciter le petit voyou à risquer une folie. Puis au milieu des plom plom plom un peu traînants d'une valse lente, elle hésita, la valse patina tel un vieux disque rayé puis se cassa net. Thérèse-Bethsabée prit une inspiration immense et profonde, et transgressant son intime secret, elle joua l'adagio de la *Hammerklavier*. Pandolphe devait me dire plus tard, beaucoup plus tard :

– À ce moment-là j'ai compris, je sais, c'est loufdingue de dire ça, mais j'ai compris que le gamin était sauvé. Qu'il allait le faire, mais qu'il pouvait le faire.

L'heure n'était certes pas aux délicatesses de mélomane, mais sur le moment, je me demandai ce que ce morceau d'anthologie venait foutre dans la situation présente. J'ignorais encore la place de la sonate opus 106 dans la vie de celle qui s'était mise à en jouer le troisième mouvement : *Adagio sostenuto*. Je croyais pourtant bien le connaître, ami lecteur, cet adagio, mais proféré par ce pauvre vieux piano sénile et exténué dont les touches et marteaux expectoraient Beethoven d'une voix d'agonisant, pour la première fois je l'entendis vraiment résonner en moi. Pendant un certain temps, hormis la musique, il nc sc passa rien, Sapajou-

Ouistiti resta tranquille debout sur sa poutrelle. Puis il se mit à faire les cent pas tout là-haut, quelque chose se préparait. Grand Magistral m'avait dit un jour à propos de Beethoven : « C'est toujours une musique en train d'aller, d'aller un chemin qui s'invente sous les pieds du marcheur. » Cet adagio est en effet une musique qui va. Et Sapajou-Ouistiti, donc, allait et venait avec une sautillante nonchalance. Nous arrivions au sortir de l'adagio qui jamais depuis qu'on le joue partout dans le monde n'avait autant que ce soir-là mérité son épithète de *sostenuto*. Les mains de Thérèse-Bethsabée commencèrent de façonner sur le vieux clavier cet hallucinant moment où le piano prélude à la grande fugue finale de la *Hammerklavier*.

Tandis que le piano émettait des grondements de volcan près de se réveiller, Sapajou-Ouistiti chercha une place bien précise sur la poutrelle, puis l'ayant trouvée s'immobilisa, semblant se recueillir profondément, autant minuscule que gigantesque, ancestral et tout petit mioche à la fois. Pandolphe étouffa un début de cri dans sa gorge :

– Il va le faire, ça y est, il le fait.

Entre l'instrument sénile et cacochyme qui fulminait et le minuscule acrobate au-dessus de nos têtes des fils d'acier semblaient s'être tendus. Arriva ce moment de la sonate où telle une digue qui se rompt, l'accord du piano sonna le déferlement de la fugue, et à cet instant précis l'enfant se jeta dans le vide. Il y eut un spasme de tout le monde mais aucun cri d'effroi. À peine se fut-il lancé qu'on vit Sapajou-Ouistiti cabrer tout son corps pour faire un looping dans les airs, effectuer un saut périlleux arrière, puis un saut périlleux avant, déployer ses bras comme des ailes en tendant tout le corps et aller s'aplatir sur la bâche qui recouvrait la cambuse. Le saut de la mort ! Il l'avait fait !

On fit précautionneusement descendre l'enfant, qui était indemne. Sonné mais indemne. Pandolphe avait des soufflements de phoque qui remonte de bien profond. La face hallucinée, Thérèse-Bethsabée continuait au piano, bien décidée à mener la *Hammerklavier* à son terme. On entoura le gamin, tout le monde se mit à parler très fort en même temps sans s'écouter. Sapajou-Ouistiti regardait sans paraître bien comprendre de quoi au juste il était le héros. Thérèse-Bethsabée acheva la sonate que plus personne n'écoutait mais qu'on ovationna néanmoins, puis tout le monde s'embrassa comme pour la nouvelle année, sauf Moïse Chant-d'Amour et Thérèse-Bethsabée qui échangèrent sans se regarder une évasive poignée de main. Le Jeunot Maladif m'était tombé dans les bras, tout haletant, l'occasion me parut providentielle d'enfin lui extorquer son prénom mais je n'obtins qu'un braiement hilare. Nous surabondions de cette euphorie qui enivre quand on vient d'échapper au pire, et spontanément nous nous retrouvâmes en file indienne pour recevoir l'étreinte de la vieille Azucena. Puis la fête commença. L'allégresse fut unanime et sans retenue, on vida les bouteilles de Jean-Maurice, il ne resta presque rien au fond des marmites de la vieille Azucena. L'Apatride accordéoniste et Thérèse-Bethsabée constituèrent le plus déchaîné des orchestres de danse. Deux le Fils caracola toute la soirée sur le parquet, se découvrant des dispositions pour les danses cosaques. Le seul à quelque peu peiner à se remettre du début de soirée fut Pandolphe. Comme je lui apportai un verre pour trinquer, il me désigna Sapajou-Ouistiti qui jouait à courir après sa sœur et me fondit presque en larmes dans les bras :

– Ce gosse, tu comprends, me dit-il dans un reniflement, ce gosse, je l'adore comme si c'était le mien. Tu comprends ?

Bien sûr que je comprenais. La nuit était déjà pas mal avancée, la fête ne voulait pas finir. J'étais occupé à trinquer jovialement de l'un à l'autre quand, au coin du haut vieux mur, j'aperçus une silhouette qui rôdait. Je crus d'abord à l'un d'entre nous qui se serait éloigné quelques instants, mais non : c'était un parfait inconnu qui musardait là. J'étais seul à l'avoir remarqué, ne voulant pas distraire pour si peu les autres, j'allai m'enquérir.

Me voyant venir l'inconnu fit quelques pas avenants vers moi comme si nous avions rendez-vous. Et je fus alors en présence, ami lecteur, du plus répugnant personnage que jamais j'avais rencontré. J'eus un recul comme devant un hideux reptile. Ce sursaut de répulsion n'échappa point, me parut-il, au visiteur qui loin de s'en formaliser hocha une tête habituée à ce genre de réaction et peut-être même s'en amusa. Un moment de gêne s'ensuivit. Quand je dis gêne, elle était toute de mon côté car l'inconnu affichait une presque insolente aisance, ne semblant même pas s'étonner d'une grande fiesta au milieu de la nuit en un lieu aussi improbable.

– Tout se passe bien ? me demanda-t-il d'une voix grinçante et flûtée, une authentique voix de cloporte.

– Oui, très bien, ça va très bien, répondis-je peu aimablement.

– C'est bien de s'amuser. Important ! Moi c'est vraiment pas mon truc les amusements comme ça, à beaucoup… La foule, ah non, merci bien. Enfin chacun fait comme il veut.

Une effarante neutralité émanait de ce type. Il devait mesurer à peine un mètre cinquante. Jeune ? Vieux ? Trente ? Quarante ? Soixante ans pourquoi pas ? Je n'aurais su dire. Le temps semblait n'avoir point eu de prise sur lui et un peu comme le Belge, mais de façon autrement repoussante, il me parut d'une vertigineuse absence d'âge. Avait-il été caméléon dans une précédente vie ? Je devinai tout de suite en lui cette faculté qui peut s'avérer redoutable, et qu'il se fit par la suite une joie de me confirmer, d'être de la couleur des murs et de se fondre au cœur de cette foule qu'il venait de me prétendre priser fort peu. Mon accueil peu avenant ne parut pas l'indisposer, il me fit cinq bonnes minutes durant l'honneur de monocordes lieux communs au cours desquels un éclat de rire le contraignit plusieurs fois à s'interrompre – un rire sans cause ni raison qui surgissait par imprévisibles spasmes ; un rire d'autant plus déconcertant que ce type n'avait à l'évidence aucune envie de se marrer, semblant même fort incommodé par ces surgissements d'intempestive rigolade. Et ma sensation de malaise se trouvait aggravée par un visage d'une inexpressivité presque fantomatique, mais où se serait éteint des dizaines d'années plus tôt, pour y persister aujourd'hui à l'état de stigmate, un sourire fossilisé qui conférait à ce faciès une bonhomie dévitalisée de citrouille d'Halloween. Une malhabile raie au milieu délimitant une platitude de cheveux filasse coupés courts, un costume bon marché et défraîchi parachevaient l'impression générale de suspecte insignifiance.

– Dites, je voulais vous demander, fit-il tout d'un coup, si ça vous dérangeait pas, j'ai eu le temps de rien prendre ce soir, alors comme je vois que… Si vous avez juste un petit truc, un truc à boire. Avec quelque chose d'un peu solide pour aller avec.

– Oui, bien sûr, bredouillai-je, pas de problème.

– Si ça vous dérange pas, hein, si ça vous dérange pas. Au fait, je vous ai pas dit : moi, c'est Raymond. Raymond Lacordeur.

Comme un stupide étourdi, je répondis sans y penser à la poignée de main qu'il m'offrait. Le malchanceux animal que saisissent les mâchoires d'un piège ne ressent pas autre chose, ami lecteur, que ce que j'éprouvai quand la main du dénommé Raymond Lacordeur captura la mienne comme pour ne plus jamais me la rendre. Ses airs faiblichons dissimulaient une force terrifiante, il me broya les os.

– Raymond Lacordeur, oui, Raymond Lacordeur, me redit-il avec un affable chuintement de cobra, et vous ? Vous, c'est ?

Je balbutiai mon nom et l'étau se desserra, je ne sentais plus ma pauvre main. Qu'est-ce qu'il me voulait déjà au juste, ce type ? Ah oui, se sustenter.

– Je… Je vais vous chercher quelque chose, lui fis-je, me reculant comme pour prendre poliment congé d'une hyène.

J'allai rejoindre la fête, avalai en vitesse un coup de vin pour me remettre, remplis un verre à l'intention de l'autre que je voyais attendre là-bas, versai dans une assiette une louchée du frichti concocté par la vieille Azucena.

Moïse Chant-d'Amour valsait sur le parquet de danse avec la petite Aurélie, Sardanapale gambadait autour d'eux.

– C'est qui le type là-bas ? me demanda-t-il au passage.

– Un gars qui s'est paumé, il veut juste un petit truc à bouffer.

– Eh ben va le chercher, dis-lui de venir.

Ramener ce chancre parmi nous, certainement pas!

– Non, non il va repartir tout de suite.

Raymond Lacordeur secoua une tête reconnaissante en me voyant revenir, m'arracha des mains le verre ainsi que l'assiette, eut un gloussement de contentement en goûtant le vin.

– Fameux! On se fout pas de la gueule du monde chez vous.

Puis il dévora ce que je lui avais apporté avec une consciencieuse voracité d'animal affamé, ensuite de quoi il vint se planter sous mon nez, trop près, levant vers le mien un visage de masque parcheminé.

– Si c'est pas trop pour vous, vous pourriez peut-être m'aider.

– Vous aider à quoi? fis-je sur un ton de rogue défensive.

– À prendre une décision. Je croyais trouver personne ici. Mais puisque vous êtes là. On se connaît pas, je vous dis mon histoire, vous, ce que vous en pensez, puis après fini bonsoir.

Mon premier réflexe fut de l'envoyer paître, mais je craignis qu'un refus ne l'incitât à s'aller chercher un autre confident là-bas, parmi les fêtards. Écouter son histoire me parut le meilleur moyen de vite en finir avec lui. Je n'avais même pas dit oui qu'il me remercia:

– Non mais ça me rend bien service, vraiment. On peut s'asseoir là?

Nous nous posâmes face à face chacun sur un morceau de parpaing et tandis que me parvenaient des effluves de rires et les joyeusetés débridées de l'accordéon et du piano, le dénommé Raymond Lacordeur commença…

CHAPITRE DIXIÈME

Récit du dénommé Raymond Lacordeur.

– Voilà, alors pour bien comprendre le truc, ça va nous ramener assez loin, ça vous embête pas ? Au milieu des années soixante.

Trois strangulations de rire suivirent son préambule. Et tout le temps que le sieur Lacordeur me déroula ses états de service, ce rire ne cessa pas de revenir lui couper la parole et d'affliger sa narration.

– Les années soixante, oui, pas hier. Figurez-vous que j'ai grandi dans un orphelinat. Une espèce de truc moitié couvent moitié caserne (rire long, puis rire plus bref) *: discipline, engueulades, punitions, je vous détaille pas le toutim. À l'âge de huit ou dix ans, marcher plus souvent en rang et au pas que trottiner joyeusement, ça vous configure forcément le système. En peu de temps vous filez tout doux mais dedans, vous imaginez pas comme ça pue. Y avait les pions, les maîtres et y avait les autres, les compagnons d'infortune* (rire bref) *et eux, les griffes leur poussent plus précocement que les dents. Y avait le règlement de l'orphelinat mais y avait aussi le règlement bis, écrit par personne et décidé on saura jamais par qui ; c'était la loi de tous ces mouflets entre eux. Y en a une de loi, il paraît qu'on la retrouve partout, qui exige un couillon de service. Eh ben c'était moi. J'ai eu droit à tout, punaises dans le lit, encrier renversé sur mes cahiers, morceau de savonnette* (rire très long) *dans mon assiette de soupe au réfectoire, les dérouillées pendant la récréation et alors le sommet de tout, le grand moment : la mise à l'air ! Les quarante qui te sautent dessus au dortoir tous en*

même temps pour t'arracher ton pyjama et te passer la bite au cirage, et obligé de te la nettoyer devant les autres, avec le pion qui fait semblant de pas être là et de rien voir. J'avais quand même un copain, un seul. Norbert Le Boniec. J'avais pas cherché à être son pote, j'ai jamais cherché à être pote avec personne, c'est lui qui est venu. Il était tout minus et parlait presque jamais, Norbert le Boniec. Les mômes dans ce genre d'endroit ont souvent un truc bien à eux, y en a c'est les timbres, y en a qu'écrivent des poèmes. Le Boniec, lui, c'était les nœuds. Il avait eu un grand-père ou grand-oncle bosco dans la marine à voile qui lui avait appris tous les nœuds de marin. Le Boniec avait fait une fixette là-dessus, il avait (rire) *toujours les poches remplies de bouts de ficelle et passait son temps* (rire) *à faire des nœuds, à me montrer les plus compliqués et même à en inventer. Il les connaissait tous, et comme j'étais son copain, il me les a appris : le nœud de chaise, les nœuds d'ajut, jambe chien, de calfat, et de vire, tous... On jouait à se poser des colles, à celui qui ferait et déferait le plus vite et on essayait d'en inventer de nouveaux. Y en a un qu'on a fini par mettre au point et qu'on avait appelé bourreau de Béthune. Bourreau de Béthune, c'était Ducroulon : le surgé* (rire très long). *Il paraît qu'il était de Béthune et comme terreur et bourreau, il se posait là. Pas un sur les trois cents qu'on était qui faisait pas dans son froc en face de lui. C'est comme ça qu'on a mis au point un nœud coulant qu'il fallait placer bien à plat grand ouvert sur le sol, le pied se posait au milieu et la corde se resserrait d'elle-même, sinon il suffisait de tirer, imparable dans les deux cas. On s'imaginait tendant le piège à Bourreau de Béthune dans l'escalier des dortoirs après l'appel, on l'aurait ensuite pendu par les pieds à la rampe au-dessus du vide d'escalier, la tête en bas pendant une heure ou deux, puis on coupait la corde et sa grosse gueule allait s'écraser huit mètres en dessous, et on imaginait la tronche éclatée, la flaque de sang.*

Vous devez savoir ça, monsieur Saturnin, y a des événements qui vous changent un homme, et c'est justement ce qui m'est arrivé un jeudi. C'est ce jour-là qu'il y avait pas classe à l'époque, vous vous rappelez ? Et le jeudi, il y avait les collés, les punis, et le matin sous le préau, il y avait la grande punition. On nous faisait mettre au garde-à-vous sous le préau, on faisait venir les punis pour faute grave, en général cinq ou six. Ils se mettaient en rang et devaient tenir leur chaussure droite à la main. Chacun à son tour baissait son froc et s'agenouillait cul nu devant Bourreau de Béthune qui prenait la godasse et y allait à grands coups sur les fesses du puni. Un jeudi, j'ai (rire long) *fait partie de la charrette. J'avais douze ans. En s'asseyant à son bureau, le prof s'était retrouvé avec une plume sergent-major plantée dans les fesses, et comme par hasard je n'avais pas retrouvé mon porte-plume. J'étais fait, j'étais bon. Je pétochais comme vous imaginez pas ce matin-là, en rang avec les autres. On était cinq, j'étais l'avant-dernier. Et voilà qu'il m'est arrivé le truc qu'a tout changé. Le premier puni, j'ai oublié son nom, mais je le revois quand son froc lui a dégringolé sur les mollets, la pétoche lui faisait un air embêté.* (Rire très long jusqu'à l'étouffement.) *Au premier claquement de grolle sur son cul, il s'est mis à pousser des cris, mais des cris… Et c'est ça qui a changé ma vie. Ses cris, le son de ses cris. Une haine m'est montée à ce moment pour ce moutard et pour ses cris, mais une haine ! J'en oubliais presque Bourreau de Béthune et la godasse. Chaque piaulement de ce petit con m'activait la haine comme une giclée d'huile sur du feu. Je sais pas si ma pétoche était partie mais je me sentais plus fort que tout ça, presque impatient que ça soit mon tour. Quand ça a été à moi, il y a eu des murmures de rires et des chuchotis impatients comme si j'étais la vedette de la séance. Dès les premiers coups, j'ai serré les dents, quand ça s'est mis à faire vraiment trop mal, je me suis obligé à ne pas desserrer les dents, j'en ai eu mal aux mâchoires plusieurs jours après, Bourreau de Béthune a eu beau me donner presque double ration de coups de grolle sur le fion, il en a été pour ses frais, pas un cri n'est sorti de moi. Et quand ça a été fini, j'avais vieilli de je ne sais pas combien. J'ai même l'impression d'avoir* (rire) *plus jamais vieilli depuis cette histoire-là. Ce que j'étais devenu à ce moment-là, je le suis resté. Dès l'âge de douze ans j'en ai eu cinquante. D'ailleurs, tiens, figurez-vous que depuis, pas versé une larme. Jamais. Chialer, connais pas. Ah oui… Je comprends. Oui, ça vous asticote, hein, que je me marre tout le temps comme ça ? Dites pas non, ça se voit bien. Tout à l'heure, je vous raconterai comment il est venu, ce boyau de la rigolade.*

À la fin de l'orphelinat, j'allais sur seize ans, je me suis, sans qu'on m'ait demandé mon avis, réveillé (rire) *un matin apprenti garagiste. Changement de décor. Me voilà placé-nourri-logé-blanchi en apprentissage chez monsieur Boisrobert, Claude de son prénom. Boisrobert était patron d'un garage station-service juste à la sortie de Saint-Maxime-en-Causse, un patelin entre le Morvan et l'Auxerrois. C'est là que j'ai passé environ un an et demi. À part son boulot de garagiste, Boisrobert savait faire qu'une chose : gueuler. Et il avait le corps qui allait avec, poitrail de taureau au-dessus d'une panse de vache laitière, bras comme des troncs d'arbre, pas loin d'un mètre quatre-vingt-dix, et surtout fier de ses rouflaquettes et des énormes bacchantes qui lui divisaient la gueule en deux. Le reste de la maisonnée se réglait sur ses gueulantes. Il y avait* (rire très long) *le fils aîné d'à peu près vingt ans qui s'entraînait à gueuler aussi bien que son père, et le neveu faux-jeton et fayot comme une carpette. Madame Boisrobert, Huguette, parlait presqu'aussi peu qu'une muette et tout le bonheur de sa vie se résumait à filer doux devant son mari. Quand il lui arrivait d'ouvrir le bec, c'était pour être d'accord avec son homme et pousser des cris de volaille à ses bonnes blagues salaces. Il y avait aussi leur fille qui tenait* (rire) *la caisse et s'occupait des papiers du garage. La première fois que je l'ai vue, j'ai failli tourner de l'œil et rien compris à l'état de panique et d'engourdissement bien doux dans lequel ça me mettait rien que de la voir. J'ai immédiatement fait partie de la famille. C'est-à-dire qu'il y avait une place restée libre pour le souffre-douleur de la tribu, et ça a tout de suite été la mienne. Pendant un an et demi, j'ai passé mes saintes journées les pattes dans le cambouis et l'huile de vidange, à faire des pleins de gasoil ou de super, m'exerçant à démonter des carburateurs, vérifier la pression des pneus, nettoyer des filtres à air et décalaminer des pots d'échappement, apprenant à réparer des chambres à air et changer des joints de culasse. Un coin du grenier m'était installé en guise de chambre, après le dortoir ça m'allait* (rire). *Le seul droit que j'avais, c'était de pas la ramener et d'être heureux de mon sort. Le sujet de conversation dans l'atelier, c'était le cul. On pouvait parler* (rire trois fois de suite) *de n'importe quoi, l'embrayage de la 2 CV du curé, la prochaine étape du tour de France ou l'orage de la nuit d'avant, tout ramenait toujours au cul. Moi, j'ai bien essayé au début de parler comme les hommes, j'y arrivais pas bien* (rire).

Et pourtant, comme vous verrez dans pas longtemps, cher monsieur Saturnin, c'est pas que la chose m'indifférait, oh que non! Si j'arrivais pas à faire équipe avec leurs grosses blagues, c'est justement que la chose m'occupait et m'obsédait trop. Et la fille Boisrobert, Nadège, qui me mettait la tête et le bas-ventre en feu quand elle passait près de moi, me compliquait diablement l'affaire, vu qu'en plus j'étais puceau. Alors ces cons, ils ont pris (rire long) *mes silences et bafouillages pour de la pudibonderie. Ils se sont mis à me chambrer, et jusqu'au jour où j'ai quitté cet endroit, ça s'est plus arrêté. Ma petite taille, ma voix qu'en finissait pas de muer, mon menton imberbe comme celui d'une jeune fille, faut dire que je les accumulais. Dès le matin, Boisrobert me gueulait dessus, pour les soi-disant conneries que j'avais faites la veille et celles que j'allais faire dans la journée. En réalité je ne faisais aucune connerie, il avait beau chercher, mon travail était irréprochable. J'avais pris goût à la mécanique. Je m'étais réfugié dans le copinage muet avec les pièces de moteur, les rivets, les clefs à bougie. Ne trouvant pas de fautes à me reprocher, ils s'arrangeaient pour en provoquer. Leur grand jeu était de cacher mes outils au moment où j'en avais besoin. Et Boisrobert me gueulait: « Évidemment, quand on range pas ses affaires! Et ta biroute, tu l'as pas perdue? » Il y en avait toujours un, Boisrobert, le fils ou le cousin, pour mettre au passage la main à ma braguette en me disant: « Dis donc, faudrait quand même t'en occuper un peu, elle va se rabougrir, déjà qu'elle est pas grosse. » Le fils Boisrobert adorait me faire tourner en bourrique, un de ses jeux préférés était de m'asperger par surprise l'entrejambe avec le jet d'eau de l'atelier. Devant ma réaction, il prenait l'air gentil : « Il faut l'arroser, autrement elle poussera jamais. » Et le père se bidonnait : « Il est trop con, celui-là vraiment trop con. » C'était leur refrain préféré, de chambrer la petite taille de mon engin.*

Mais comment ils avaient pu deviner ? Ça se voyait à ce point-là sur ma gueule ? Car en effet, monsieur Saturnin, à vous je peux bien avouer ça, elle est minuscule. Mais c'est pas ça qui l'a empêchée de me tyranniser, oh ça non ! Aussi goinfre que riquiqui, la bestiole, fureur de l'engin inversement proportionnelle à sa petite taille. Pour rigoler jusqu'au bout, Boisrobert s'était mis à m'appeler Raymonde au lieu de Raymond, et un jour, j'ai jamais compris comment, Raymonde est devenue Mauricette. Mon vrai prénom est passé à la trappe et dans le bourg tout le monde m'appelait Mauricette, je n'ai plus eu d'autre choix que de répondre à ce prénom. Un commis qu'ils avaient embauché a jamais su comment je m'appelais vraiment. Il était plutôt gentil, ce commis, pour un peu je me serais surpris à bien aimer quelqu'un dans cette taule s'il ne m'avait pas porté le coup de grâce. Un soir que je montais me coucher, voilà qu'entre une Juva 4 en réparation et la 203 de Boisrobert, je surprends le commis avec Nadège, tous les deux en train de (rire) *se bécoter et se tripatouiller les zones interdites. Nadège avait sursauté et voyant que c'était seulement moi, elle s'était moquée en rigolant : « Faut pas regarder, Mauricette, c'est pas des choses pour les petites filles. »*

Le dernier soleil qui me restait venait de s'éteindre. J'ai pas broyé du noir, non, je m'y suis installé, dans le noir, et j'en ai plus bougé. C'est pas longtemps après qu'est arrivé l'épisode qui m'a fait quit-

ter l'endroit pour toujours. Entre esclave et apprenti, Boisrobert s'emmerdait pas trop à bien faire la différence. Il était supposé me reverser, à titre d'argent de poche, une minime partie de ce que la République française lui allouait pour se charger de moi et mon éducation. Il m'en donnait bien un peu, du fric, mais je m'étais aperçu un jour qu'il gardait pour lui le plus gros de ma part. Ça plus l'image qui ne me lâchait plus de Nadège en train de se faire emballer, c'était trop. Un matin (rire long, silence, puis rire bref) *avant le travail, je suis allé trouver Boisrobert. Il était assis dans la cuisine encore en tricot de corps Marcel devant son bol de café. Je lui ai demandé de me rendre tout le fric qu'il m'avait piqué. Il m'a répondu par un rire con. Quatre fois je lui ai redemandé, le rire a cessé d'être con pour devenir menaçant :*

– Non mais tu veux pas que je te suce non plus ?

– Occupe-toi de ton zob et oublie le mien !

C'était la première fois que je me rebiffais. Je me suis senti assez fort pour ajouter :

– Mon fric ou je vais aux gendarmes !

La grosse pogne de Boisrobert s'est abattue sur ma gueule, je m'en suis retrouvé par terre, me suis relevé, suis sorti sans rien dire. D'habitude j'arrivais toujours le premier à l'atelier vu que c'était à moi de faire que tout soit prêt. Quand je suis entré ce matin-là, Boisrobert était accroupi près de la Juva 4 en réparation. La veille, j'avais remonté le maître-cylindre, me colleter toute cette mécanique était devenu un truc que j'adorais. Boisrobert ne m'avait pas entendu, pas vu non plus. Il avait l'air de se dépêcher. Je me demandais ce qu'il pouvait bien (rire) *trafiquer et j'ai entendu le bruit d'un tout petit filet de quelque chose qui coulait par terre, alors j'ai compris : il était en train de saboter le maître-cylindre. Il avait défait un des conduits et tout le liquide de freins se vidait au sol. Dix ans d'orphelinat m'avaient appris à être plus furtif qu'un chat, je me suis tiré à reculons.* (Rire bref.)

La journée de travail avait commencé normalement. Dans la matinée, Boisrobert a décidé qu'il fallait déplacer la Juva 4 qui gênait au milieu de l'atelier. Il s'était mis au volant, à peine la bagnole a commencé de reculer, qu'il y a eu un barouf pas possible et un énorme bruit de choc et d'objets qui dégringolaient. La Juva 4 s'était emplafonnée à reculons dans un des murs de l'atelier. Panique générale. Boisrobert s'est tout de suite penché pour examiner le maître-cylindre de l'auto. Puis il s'est retourné vers moi, tous les autres aussi en même temps. En trois secondes l'accusé, c'était moi. Boisrobert s'est approché, écarlate et les poings serrés :

– Et si le client était reparti au volant avec sa tire dans cet état-là ? Tu te rends compte que t'as failli tuer quelqu'un ? Et qu'est-ce que je vais lui dire tout à l'heure pour son auto ? Et ce qu'elle va me coûter maintenant, ta connerie, t'as une idée ?

Ça me démangeait bien de protester, casser le morceau devant tout le monde (rire), *mais l'orphelinat m'avait donné une bonne expérience des erreurs judiciaires et là, pas besoin de mesurer ma position de faiblesse. Le jour même j'étais viré. On voulait pas de moi une heure de plus dans la maison, fallait que je parte tout de suite.*

– En tout cas, tu peux te branler à t'en user le zob avant de l'avoir, ton CAP !

C'était les paroles d'adieu de Boisrobert. (Rire interminable.)

Éducateurs ou autres, personne ne savait plus trop quoi foutre de moi. Alors sans demander l'avis de personne, je me suis tourné vers l'armée, j'ai devancé l'appel et me suis même engagé pour trois ans. Après tout ce que j'avais connu, la vie de bidasse allait me faire l'effet d'une colonie de vacances. À Saint-Maxime-en-Causse j'avais pas seulement appris tout ce qu'il faut connaître comme expressions dégueu, j'étais devenu un mécanicien passablement hors pair et, ça, l'armée crache pas dessus. Du coup, pendant trois ans, j'ai eu la vie plutôt peinarde. À côté de Boisrobert, les gueulantes des adjudants ou les injures des sergents-chefs étaient des bêlements de mouton. Quant à mes collègues troufions, l'orphelinat et le garage me donnaient une putain d'avance sur eux, ils avaient vingt ans, moi dix-sept et demi mais je vous rappelle qu'au fond de moi, j'en avais déjà cinquante. Leurs blagues de bidasses, leurs tours de cons obsédés comme chez Boisrobert par la bite et les chattes me faisaient l'effet d'un jeu de gamins, j'y participais jamais, je copinais avec personne (long étranglement de rire). *Je m'étais dégoté une vie où je me sentais plutôt bien au service auto du régiment à charcuter des Jeep et à rafistoler des GMC, et les soirs de quartier libre j'allais me taper des putes. En trois ans, je me suis lié avec personne, pas de pote de chambrée, pas de copain de régiment, personne* (rire). *Après l'armée j'ai fait le garagiste et le pompiste à droite et à gauche, je changeais de ville autant que possible, je voulais pas me fixer quelque part, je restais pas plus d'un mois au même endroit. Le CAP délivré par l'armée valait largement celui que Boisrobert m'avait refusé, je trouvais facilement à me faire embaucher, presque partout où je travaillais, le patron voulait me garder mais je refusais* (rire), *j'amassais pas mal d'argent avec l'idée de monter un jour mon affaire. Ça a duré comme ça cinq ou six ans. Une fin de journée, je* (rire) *traînais du côté de la gare d'Auxerre. J'avais débarqué là par hasard, en général je prévoyais pas trop où j'allais m'arrêter, ça m'arrivait même de sauter du train sur un coup de* (rire) *tête. Je me mettais en chasse d'un boulot, si je trouvais pas je repartais, le plus souvent je trouvais. Quand je débarquais, mon premier souci* (trois rires brefs)*, c'était pas de trouver où crécher, c'était de voir si il y avait des putes. Ça se trouve souvent autour des gares, ces demoiselles-là. C'est pour ça que* (rire bref) *je zonais autour de celle d'Auxerre, mais j'ai vite compris que cette nuit-là, il faudrait être chaste ou me démerder tout seul. J'étais en rade sur la place de la gare quand j'ai remarqué un grand type qui entrait dans un bistrot. C'est alors que j'ai réalisé, j'y avais même pas pensé avant, qu'on était* (rire très long) *pas loin de Saint-Maxime-en-Causse. Je m'étais pas trompé, je l'avais bien reconnu, le grand type, c'était Boisrobert, le même, pas changé. À travers la vitre du bistrot, j'ai vu qu'il retrouvait des connaissances, je les ai vus commencer une partie de cartes. Ça me laissait du temps, sans savoir pourtant le temps de quoi au juste. J'ai vite cherché une quincaillerie, par chance j'en ai trouvé une pas loin et j'ai acheté un rouleau de corde et deux grosses lampes torches. J'ai planqué ça dans le sac où je trimballais mon petit nécessaire. Je suis revenu attendre à côté du bistro. La partie de belote continuait derrière la vitrine et je voyais d'où j'étais que Boisrobert avait pas perdu son énorme rire. J'ai attendu* (rire)*. Un peu avant dix heures du soir, lui et ses potes sont sortis du café, eux dans une direction, lui tout seul dans une autre. Exactement ce qu'il me fallait. J'ai pas eu à le suivre longtemps, sa* *bagnole était garée pas loin. Je l'ai vu sortir ses clefs, je l'ai dépassé de plusieurs mètres et me suis arrêté* (rire) *net en jouant la surprise et je suis revenu vers lui. Il s'apprêtait à monter dans sa bagnole. Je me suis approché tout gentil :*

– Mais… Mais c'est… Vous… Monsieur Boisrobert.

Il a comme sursauté puis sa trombine s'est illuminée :

– Ah ben ça, Mauricette !

Plus gentil que je me suis fait, je mets le monde entier au défi.

– Ça fait un bon bout de temps, maintenant, je lui ai fait sur un ton gêné.

Lui avait pas du tout l'air gêné, au contraire (rire très long), *tout content de me revoir, à croire qu'il avait oublié comment on s'était quitté. Il avait à peine vieilli, son bide avait encore enflé, ses bacchantes avaient grisonné. Il voulait me payer un coup à boire, mais* (rire très long) *j'ai refusé, il fallait pas qu'on nous voie ensemble.*

– Alors, raconte un peu ! Tu deviens quoi ? Tu fous quoi par ici ?

J'ai inventé que j'avais trouvé une place dans un garage à Pavilly, c'était un peu après Auxerre sur la route de Saint-Maxime-en-Causse. J'ai redit merci pour le verre une autre fois avec plaisir, mais pas ce soir, que demain matin (rire) *je commençais tôt, que je voulais pas rater le dernier car.*

– Mais nous pèle pas le jonc avec ton car, je t'emmène, c'est sur le chemin.

On est monté dans la voiture, en démarrant il m'a demandé avec un air bien dégueulasse :

– Tu fous quoi à Auxerre ? T'as une salope dans le coin ? Sacré Mauricette, va, ah ben tiens, ça me fait plaisir.

– Moi aussi monsieur Boisrobert, ça me fait plaisir.

En route ça a été un échange de tout et de riens, je demandais poliment des nouvelles de la famille, Nadège s'était mariée avec le commis, ils avaient deux (rire) *gosses. Puis j'ai plus beaucoup parlé, il meublait en répétant :*

– Sacré Mauricette ! Si je me serais attendu.

À peu près à mi-chemin, la route nationale traversait une forêt. Je connaissais le coin, dans le temps j'y avais souvent accompagné Boisrobert ou le commis avec la dépanneuse. La route faisait une assez longue ligne (rire) *droite, à ce moment-là j'ai annoncé une urgence d'aller pisser. Ça l'a fait rigoler, Boisrobert :*

– Toujours aussi chiant avec ton zob, toi ! Hein, tas pas changé. Ça tombe bien moi aussi, tiens.

Il a stoppé la bagnole sur le bas-côté. Je l'ai laissé descendre devant moi. J'ai discrètement ouvert mon sac que j'avais gardé près de moi et j'ai sorti le rouleau de corde, en ai coupé une bonne longueur avec mon opinel (rire long) *puis je suis allé le rejoindre. J'ai fait le geste d'ouvrir ma braguette. Il m'a envoyé une bourrade bien complice :*

– Seulement, pisser hein ? La petite crampe, on n'a pas le temps, y a encore de la route.

Je me suis un peu détourné et en faisant semblant de pisser, j'ai discrètement manipulé la cordelette comme je savais faire depuis Norbert Le Boniec (étranglement de rire). *Pendant que dos à moi Boisrobert chantonnait en se chassant vigoureusement les dernières gouttes, j'avais posé le grand cercle de corde sur le sol juste derrière lui. En se retournant il m'a dit :*

– C'est bon ? Monsieur est content ? La petite bête aussi ? Alors en voiture.

Il a voulu faire un pas et s'est écroulé par terre, les pieds prisonniers du bourreau de Béthune. Je tenais l'autre bout de la corde, j'ai commencé à le traîner au sol. Il a d'abord rien compris et faisait « Oh mais oh, ça va pas ? T'arrête tes conneries un peu ? » Il devait croire à une farce. Je l'ai tiré sur plusieurs (rire) *mètres, je voulais qu'on s'enfonce le plus possible dans le sous-bois. Je le traînais sans trop de difficultés et pourtant c'est rien de dire qu'il pesait son poids de barbaque, le Boisrobert. Entre-temps, il avait commencé à comprendre que c'était peut-être pas une blague. Il a voulu se débattre avec ses deux mains restées libres en s'agrippant au sol ou aux branchages. Ça me ralentissait mais ça m'arrêtait pas, je continuais. « Non mais t'es malade, qu'est-ce qui te prend là ? T'es complètement malade ! » était tout ce qu'il trouvait à dire et qu'il a répété pas mal de fois. Je me suis arrêté et penché vers lui, ai attrapé l'un de ses poignets que j'ai tordu et entouré d'un bout de corde* (très long rire).

– Arrête, bon Dieu arrête, qu'il gueulait.

J'ai ficelé les deux poignets ensemble et recommencé à tirer par les pieds. Il pouvait plus se défendre, c'était nettement plus facile et on s'est pas mal enfoncé dans le bois. La nuit était plutôt claire et j'y voyais à peu près. À un moment, le chemin qu'on suivait est devenu en pente, en bas ça faisait un petit ravin en forme de cuvette. J'ai lâché la corde et d'un coup de pied j'ai envoyé Boisrobert au fond du trou. Il a roulé comme un gros sac à patates, mais un sac à patates qui se tortillait et gueulait « Bordel mais c'est pas vrai, c'est pas possible ». Je l'ai rejoint. Couché sur le dos, il soufflait et poussait des râles, il avait dû se faire assez mal en roulant. Je suis resté à côté de lui sans rien dire, depuis l'arrêt pipi je l'avais pas ouverte. Il a soufflé péniblement un bon moment, il gigotait pour défaire ses liens (rire), *et avec une colère essoufflée m'a hurlé :*

– Non c'est quoi ton cirque, là ? Maintenant t'arrête tes conneries ou ça va chier pour toi.

J'ai rien répondu. J'ai sorti de mon sac les deux lampes torches que j'ai attachées à une branche d'arbre. Je les ai allumées, la scène était bien éclairée. Boisrobert avait la lumière en plein sur sa gueule et clignait des yeux en remuant la tête.

– Alors ça, mon petit pote, je vais te foutre les gendarmes au cul, tu vas voir.

– Non.

C'était mon premier mot depuis le début.

– Quoi non ?

– Vous porterez pas plainte.

J'ai sorti mon opinel et ouvert la lame. Ça l'a détendu tout d'un coup et la forme lui est revenue : il a cru que j'allais couper ses liens, ce con.

– Enfin ! Pas trop tôt. Eh ben, qu'est-ce t'attend ? Vas-y.

J'ai simplement fait un pas vers lui avec le couteau et je l'ai fixé. L'échange de regards a duré quelques secondes. Et à un tout petit vacillement dans le fond de son œil, je me suis dit ça y est ! Il essayait de chasser l'idée que le couteau, c'était peut-être pour autre chose que détacher ses liens.

Alors il a pris une (rire bref puis long) *voix de bon copain qui reconnaît qu'il a perdu :*

– Allez quoi, on va pas passer la nuit ici, allez, tu me détaches et on y va ?

J'ai continué à pas bouger et à pas répondre. Il y eut un assez long moment de silence. Boisrobert essayait de pas se laisser envahir par l'inquiétude. Ça se voyait sur sa gueule qu'il commençait à craindre d'avoir compris. Avec un petit rire bête, il m'a demandé :

– Tu ferais quand même pas ça ?

J'ai fait celui qui avait pas entendu. Je rendais le couteau anodin en le faisant jouer dans ma main. Je voyais dans ses yeux le trouillomètre grimper à toute berzingue et lui empourprer la gueule. Il avait commencé à machinalement faire non de la tête. Les choses se sont pas mal emballées après. Je (rire) tournais autour de Boisrobert qui quittait plus le couteau des yeux. Il s'est mis à parler sans arrêt. Je crois bien qu'il a pratiquement plus (rire) arrêté de parler jusqu'à la fin. D'abord ça a été (rire) un déversement du genre « Mais enfin, c'est trop con, tu peux pas faire ça ». J'allais et venais autour de lui. J'arrivais pas à me décider entre le coup de surin dans le bide et l'égorgement. J'avais jamais (rire) fait ni l'un ni l'autre, le choix était pas évident. Boisrobert continuait à dégoiser sur un ton de voix minable et gentil avec « Il faut pas faire ça » qui revenait en refrain (rire). Je me suis agenouillé près de lui à (rire) hauteur de son gros bide qui jouait aux montagnes russes pour cause d'essoufflement et panique. J'ai levé bien haut l'opinel et mon bras s'est abattu, Boisrobert a hurlé :

– Fais pas ça, nom de Dieu, fais pas ça !

Je sais pas au juste pourquoi, monsieur Saturnin (rire), la pointe de la lame s'est arrêtée à deux millimètres de la grosse panse. Boisrobert s'est mis à chialer comme un gosse :

– Mais pourquoi ? Ça veut dire quoi tout ce bazar ? Qu'est-ce que je t'ai fait ?

Y en a eu comme ça pendant peut-être un (rire) *quart d'heure et il a pris une voix de lavette :*

– C'est à cause de… Du maître-cylindre ?

J'ai fait celui qui entend pas, alors il a voulu inventer une porte de sortie :

– Écoute, je reconnais, des fois j'y suis allé un peu fort. Mais c'est pas trop tard, ça peut s'arranger non ? C'est vrai avec tes allocations, là j'ai joué au con. Mais tu me dis un chiffre et si je peux avec ce chiffre-là, je discute pas (rire).

Ma fausse envie de pisser de tout à l'heure était devenue vraie, ça faisait même un moment que je me retenais. J'ai rangé l'opinel dans ma poche, ouvert ma braguette et lui ai montré ma quéquette.

– Vous avez vu ? C'est vrai qu'elle est petite, hein, carrément minus.

Je me suis à peine détourné pour pisser, le jet lui éclaboussait la gueule. Il a fermé les yeux et la bouche, s'est retourné à plat ventre et frotté le visage dans la terre pour s'essuyer (rire). *D'un coup de pied, je l'ai remis sur le dos. J'ai eu ma ration d'insultes.*

– T'es un malade ! Faut les enfermer les types comme toi. Lopette ! Pédouse ! C'est pas une biroute que t'as, c'est un clito !

Les insultes ont duré, fumier, saloperie, ramassis de merde, trou du cul, raclure à pédés et j'en oublie. Ça s'était couvert, et sorti du cercle des lampes torches, on n'y voyait quasi plus. Boisrobert commençait à se répéter, les noms d'oiseaux tournaient au radotage. Et voilà que… Je me suis aperçu que je bandais. L'image de la jolie serveuse du restau où j'avais bouffé la veille m'a visité, ça m'avait mis dans un de ces ramdams quand elle était venue me chan-

ger mes couverts! Il fallait que j'expédie ça, normalement ça prendrait pas longtemps. Boisrobert risquait pas de se sauver, et comme il était hors de question qu'il me voie faire mon truc, je me suis éloigné dans l'obscurité. En m'entendant gravir la pente du (rire bref) *ravin, il a cru que je partais, il s'est cru sauvé. Pendant que je m'éloignais je l'ai entendu qui me gueulait: « C'est ça, fous le camp, mais tu perds rien pour attendre. Je savais bien que t'irais pas au bout, t'as pas les couilles, pauv' fiotte! »*

Je m'étais écarté assez loin et pendant que je m'auto-besognais, j'ai entendu Boisrobert qui se croyait abandonné dans la forêt:

– Oh! Y a quelqu'un? Y a quelqu'un?

Quand il m'a vu revenir, il s'est décomposé, son gros corps est devenu une vraie flaque. Il avait tout de suite vu dans ma main l'opinel que j'avais ressorti et compris que c'était pour de bon, pour tout de suite. Il m'a supplié d'un regard de gosse et s'est remis à faire non de la tête. J'ai appliqué la pointe du couteau sur son gros cou de taureau, un sifflement affreux lui échappait (rire) *de la gorge et des naseaux, il lui sortait une petite voix de gros oisillon:*

– T'as pas le droit, Raymond! T'as pas le droit. Pas le droit. Le droit… Pas… Le droit.

Je gardais le couteau enfoncé dans le triple menton pas loin de la pomme d'Adam. Éventration ou égorgement, il fallait quand même que je me décide. Il y avait une énorme pierre à côté de la tête de Boisrobert. J'ai rangé le couteau. Alors l'autre a eu un ultime espoir. Ça s'est entendu à son changement de respiration. J'ai soulevé la pierre, l'ai brandie au-dessus de la tête de Boisrobert. Il a levé des yeux affreux vers l'énorme caillou. À force de faire non de la tête, tout son corps s'était mis à se tortiller comme un asticot géant, il s'en est retrouvé assis sur le cul. La parole lui est revenue, et les hurlements :

– T'as pas le droit, c'est interdit ! Et le garage, il va devenir quoi le garage ?

Je tenais la pierre à deux mains, je la lui ai abattue sur le crâne et il a cessé de gueuler d'un seul coup. Il est resté assis, tout muet et les yeux grands ouverts qui regardaient ailleurs. Et son gros corps a chaviré sur le côté. Est-ce qu'il était mort ou seulement assommé ? Y avait bien du sang qui lui coulait du crâne mais ça prouvait rien. J'ai donné une bonne dizaine d'autres coups. J'ai pas regardé mais il me semblait que je lui avais pas mal massacré la tronche. J'ai récupéré les lampes, mon sac, les bouts de corde (rire long), *vérifié que j'abandonnais rien, balancé la grosse pierre dans un fourré, et je me suis enfoncé dans la forêt en direction opposée à la route où la bagnole attendait. Le bon Dieu était sans doute de mon côté car il s'est mis à pleuvoir. Diluvienne, l'averse. Excellent, ça. Effacées, nettoyées, les traces et les empreintes. Par prudence j'ai pas utilisé les lampes* (rire interminable), *du coup l'escapade a été pas facile.*

Il faisait presque jour quand j'ai atteint la sortie du bois. La pluie s'était calmée. J'ai suivi un petit chemin longeant un champ, je pensais à rien sauf que maintenant y avait quelque chose de plus : à intervalles impossibles à prévoir, allez donc savoir d'où ça venait, cher monsieur Saturnin, un drôle de rire venait me secouer sans raison.

La fête s'était assoupie depuis un bon moment, tout dormait dans le Vieil Entrepôt. Lacordeur avait fini par sortir de sa poche une lampe torche dont je me demandai en frissonnant si c'était celle qui quarante ans plus tôt avait éclairé l'immolation du patron dans la forêt. Posée entre nous, la loupiote émettait un halo jaunasse où planait devant moi la figure inexpressive du narrateur avec son perpétuel rictus fossile et ce rire absurde. Vite, il me fallait de l'air, je me levai d'un bond :

– Ça va, il me semble que ça suffit, fis-je avec une brusquerie hostile.

J'avais à peine tourné le dos pour le planter là que d'un saut de chat, Lacordeur vint se camper sous mon nez :

– Je vous ai pas encore tout dit. Il y a la suite. C'est important pour ma décision, me fit-il implorant et faux-cul, vous savez, ma décision... Important, je vous jure. Il faut qu'on se revoie, si vous voulez bien pas me refuser ça. Demain soir ici ? Dix-huit heures ça vous va ?

Et comme si mon oui allait de soi, il s'en alla secoué par l'un de ses rires, s'éclairant de sa lampe torche dont je vis le halo jaunâtre dépérir peu à peu dans la nuit. Je me sentais pris, piégé. J'avais pu jauger le bonhomme et il ne faisait pas de doute que Lacordeur serait là demain soir à dix-huit heures. Saoulé par ce roman noir, je titubai jusqu'à la cambuse, pris grand soin de n'éveiller aucun de mes compagnons tandis que je les enjambais dans le noir, puis dégringolai tout habillé au fond d'un gouffre d'opaque néant qui me tint lieu de sommeil réparateur.

DIGRESSION TROIS

– Sainte ma Pomme Mère de l'Autre ! Lâche surtout pas le pompon, ma pauv' fille, c'est toi qui le tiens. Tu voulais savoir, eh ben tu sais. Pourtant, pas faute de t'avoir dit, casse-cou !

– Fous-toi de ma gueule, connasse, j'm'en fous. J'suis finie, foutue, finie. Je voudrais qu'il soit crevé. De toute façon, c'est… Il a pas besoin d'être mort, comme s'il a jamais existé.

– Ah, je reconnais que dans le genre, il a fait assez fortiche. Sûr que la cravate rouge, la toquante et tout le reste du saint toutim comme placement à risques pour gogos, ma pauv' fille, pas de doute que t'avais pile sonné à la bonne porte.

– Foutue. De toute façon, j'm'en fous, j'suis finie, foutue, foutue.

– P'têt ben qu'oui. Hi, hi, hi, hi. Mais pt'êt ben qu'non, comme ils disent dans ta Normandie que tu ferais p'têt bien d'aller revoir vite fait. Parce que des saint-glinglin comme vous avez dansé, c'est des trucs qui refusent de s'oublier, hi, hi, hi, hi. Et dans tout ça, il y a aussi ta grosse ardoise. Gaz, EDF, ce que t'as chouré dans la caisse à monsieur Omar, un tout petit peu *Gloria in excelsis* tout ça, non ? Et combien de loyers en retard, déjà ? Et ton rappel des impôts ? C'est pas tout de jeter les mises en demeure à la poubelle ou de pas aller à la poste chercher les lettres recommandées, hi, hi, hi, hi. Avis de gros temps sur tout le pays, ma pauv' fille.

– Nom de Dieu, qu'est-ce qu'il fout là ? Le gus qu'est assis là-bas à côté de la chaire, faut pas qu'il me voie !

– Qui ça ? Le freluquet là-bas ? C'est quand même pas lui, ton jules, hi, hi, hi, hi ?

– Mais non connasse, c'est pas lui, mais ta gueule je te dis, faut pas qu'il me voie. Lui ! Lui ici.

CHAPITRE ONZIÈME

Récit du dénommé Raymond Lacordeur (suite),
précédé et suivi de divers incidents.

Extirpé d'un abyssal mais bref sommeil, je me rendis à la bouquinerie pour y expédier mon travail laissé en plan la veille. En fait d'expédier, m'étant éveillé trop à côté de mes sandales, je réduisis presque à néant mon labeur des jours précédents : rien ne correspondait plus sur les rayonnages à l'état que j'avais pourtant soigneusement dressé des ouvrages en stock, la plus bibliophile des chattes n'y eût pas retrouvé ses petits. Que faisaient donc les œuvres complètes d'Alfred de Musset entre deux splendides volumes en cuir abritant le grand œuvre d'un certain marquis Fulbert de Haute-Lande à la gloire des « *arts et préceptes de la vénerie au temps de sa majesté Louis le Treizième* » ? J'accumulai bourdes et erreurs au point que mon beau-frère eut un mouvement d'inhabituel mécontentement, ce qui se traduisit chez lui par un ton plus commisérant que vraiment fâché :

– Mais tu es sûr que ça va ? Qu'est-ce qui t'arrive aujourd'hui ?

Ce qui m'arrivait, c'était que l'horripilante trombine de Lacordeur me hantait, et de déraisonnables appréhensions me chamboulaient à l'approche de ce rendez-vous qu'il m'avait extorqué. En route pour le Vieil Entrepôt, j'avais autant hâte que crainte d'arriver. Hâte pour en terminer au plus vite, crainte car, en même temps que toute ma personne se rétractait rien qu'à l'idée du bonhomme, sa fumeuse histoire de décision me faisait redouter je ne savais quel traquenard. Hâte aussi, ami lecteur, pour une moins avouable raison : quelques dégoûts et indignations que m'inspirassent ce type et son thriller scabreux, je me surprenais, comme avec ces feuilletons dont l'épisode s'est arrêté au moment palpitant, à brûler de connaître la suite.

En vue du haut vieux mur, je pris une grande inspiration crispée avant de retrouver ce dangereux homuncule. Car, en dépit de son mètre cinquante, Lacordeur était le contraire d'un gringalet : de sa dégaine de freluquet douteux émanait une impression de force, de surpuissance même, et sa seule présence m'avait causé une sensation de péril comme si je m'étais étourdiment trop approché d'un ours ou d'un jaguar. Quand j'arrivai à dix-huit heures tapantes, monsieur n'était pas là.

– Pas ponctuel en plus, maugréai-je, en même temps que me visitait l'espoir qu'il m'eût posé un lapin, que reparti comme il était venu, je ne le reverrais peut-être jamais.

Mais à défaut de Lacordeur, je me heurtai à Kundry qui foutait le camp tête baissée, fulminante et la figure empourprée.

– C'est ça, mais vas-y, te gêne pas ! Tu seras pas déçu du voyage. Mais moi, j'me tire. Fini ! Rideau ! J'me casse, vociféra-t-elle en m'apercevant.

Repoussant brutalement ma tentative de geste amical, elle parut hésiter entre me gueuler une horreur et me cracher à la figure, et finalement partit d'un rire de poissarde en démence :

– Tu verras, tu seras pas déçu. Moi j'me tire ! Fini ! fit-elle en me secouant une tête bouffie de moquerie haineuse.

J'allais tenter une parole mais, se détournant brutalement de moi, souffrante et titubante, elle s'en alla. Ce n'était certes pas la première fois que je me retrouvais destinataire ou témoin d'amabilités façon Kundry et je ne crus pas devoir y accorder plus d'importance que ça, d'autant que me parvenait l'aimable et attirant bruit de mes camarades squatteurs vers qui je me hâtai de grand cœur. Mais ce que je vis à peine franchi l'angle du haut vieux mur me cloua d'effroi. Faisant circuler comme à l'accoutumée cageots et paquets, tous étaient en train d'allègrement décharger la Marie-Vison, et qui trouvai-je, ami lecteur, aidant au transbahutage comme s'il faisait depuis toujours partie de la tribu ? Raymond Lacordeur lui-même, bavardant tel qu'entre gens du meilleur monde avec Thérèse-Bethsabée. Et celle-ci riait de bon cœur avec lui, on aurait dit qu'il était devenu son meilleur pote. J'eus un frisson horrifié comme à la vue d'un petit enfant faisant d'innocentes amitiés à un caïman. Rire de Kundry, rire de Lacordeur, rire de Thérèse-Bethsabée, un festival d'hilarités contradictoires me confusionnait la tête. Ainsi, le bougre s'était-il immiscé chez nous. Tous l'accueillaient volontiers et je n'avais rien à redire à sa présence, il était convenu de recevoir toute personne souhaitant se joindre à nous. Sitôt qu'il m'aperçut, Lacordeur me gratifia d'un discret petit signe de tête entendu. Je n'eus d'autre choix que me joindre aux autres d'un air content et distribuer ci et là mes salutations. Entre-temps, Lacordeur avait délaissé Thérèse-Bethsabée pour Guitou qu'il avait pris à part et bonimentait avec une persuasive espèce d'agitation. Hiératique et muré comme à son habitude, Guitou répondait de temps en temps oui de la tête. Il était bien loin, ce jour où j'avais surnommé « l'assassin » notre irremplaçable camionneur, et heureusement que je savais désormais quel meilleur des types se dissimulait sous ce mastoc et patibulaire Eurasien sans quoi ce conciliabule que j'espionnais de trop loin pour en deviner un seul mot m'eût diablement alarmé. Dans quoi ce microbe à figure humaine voulait-il donc entraîner le placide Guitou ? Et à quoi donc celui-ci avait-il opiné plusieurs fois ? Jusqu'au surlendemain quand j'en connus le fin mot, cette double question me fut un souci de plus. Il ne me restait en attendant qu'à paraître savourer ma quote-part de la bonne humeur de ce soir-là. L'Apatride musicien déroulait une czardas pimpante et songeuse. Thérèse-Bethsabée avait improvisé une petite réunion avec Hadiya et Bankara, car elle s'était bien démenée pour faire avancer la demande d'asile de la petite famille. Elle était allée faire le pied de grue à la préfecture, avait rassemblé les papiers, le dossier se montait, un avocat copain à elle s'y était collé, elle était confiante, elle y croyait. Des mains de Pandolphe sortaient des figurines en épluchures de pomme de terre, cadeau spécial pour le Belge. Sapajou-Ouistiti avait réintégré son fil d'acier, sous serment prononcé devant le tribunal improvisé par ses parents et Pandolphe qu'il n'élèverait désormais ses acrobaties qu'à un mètre du sol. Sardanapale frétillant entre ses guiboles, Moïse Chant-d'Amour y allait de ses plaisanteries mais, comme chaque fois qu'il sortait d'une grosse engueulade avec Kundry, de manière un peu contrainte et son ton de fringant bateleur me parut sonner bien grinçant. Quant à Grand Magistral, il compulsait à l'écart ses partitions pour la répétition du lendemain. On avait peu dormi la veille, chacun voulut se coucher tôt et tandis que les troupes s'éparpillaient, une main anxieuse me cramponna l'épaule. C'était Moïse Chant-d'Amour. Son masque de galéjades avait disparu, des larmes roulaient sur son visage dévasté, et enfin d'une voix crayeuse :

– Elle m'a quitté, me lâcha-t-il avant de se liquéfier en silencieux sanglots.

Je revis dans toute sa violence la sortie de Kundry. En même temps combien de fois ne s'étaient-ils pas entre-tués puis rabibochés dans la demi-heure ou dans la nuit ?

– Mais… Vraiment ? Tu es sûr ? bafouillai-je pour la forme.

– Oui je suis sûr, me fit-il d'une voix sourde, cette fois-ci c'est vrai, ajouta-t-il avec un accent de souffrance incurable qui coupait court à toutes les commisérations stupides qui se tenaient prêtes à me sortir de la bouche.

Des sanglots muets l'essoraient sur place. Repensant à la scène de tout à l'heure et le voyant ainsi devant moi, je n'eus plus de doute, elle l'avait quitté pour de bon. John Wayne vaincu et les épaules affaissées, trouve-t-on cela dans l'un de ses films ? Comme pour compléter le tableau d'une touche d'innocence, Sardanapale avait sauté dans les bras de Moïse Chant-d'Amour, contemplant le désespoir de son maître adulé du regard qu'aurait eu un habitant de la Grèce antique voyant Zeus sangloter. Je posai une main chargée d'affection sur l'épaule de mon ami qui me répondit par un douloureux assentiment de la tête. Preuve qu'il atteignait un authentique désespoir, le bout de ses doigts s'en vint inconsciemment caresser la tête hirsute et minuscule de Sardanapale, et je fus saisi par une brusque secousse de malaise. Pourquoi ? J'étais bien infoutu de le dire, mais quelque chose clochait, un truc ne collait pas. Moïse Chant-d'Amour posa sur moi ses yeux rougis et toujours d'une voix anéantie :

– Mais c'est pas tout. Il faut absolument que je te parle, absolument. Demain… Maintenant, je vais retrouver le vieux. Justement, c'est de lui qu'il faut que je te parle, ça va très mal, c'est très grave, il faut absolument que je t'en parle. Demain, ici ? Tu veux bien ?

Certain de ma réponse et tandis que Sardanapale lui sautait des bras pour trottiner ailleurs, Moïse Chant-d'Amour s'en alla. Sa carcasse pathétique disparut à l'angle du haut vieux mur, frôlant presque Raymond Lacordeur, posté comme un majordome à la même place que la veille, et qui me fit signe qu'il se tenait à ma disposition. Je pris une brave inspiration et m'en fus rejoindre ce demi-gnome efflanqué. Il remua une tête satisfaite en m'accueillant, alluma sa lampe torche et se mit à en balader partout sur moi le faisceau de lumière pisseuse. Il opinait, visiblement content :

– Vous êtes bien, vous, chuinta-t-il enfin, si, si, vraiment bien. Même pas eu besoin de vous dire de fermer votre gueule sur tout ce que je vous ai raconté hier. Vous êtes bien, je le savais.

– Oui, bon, ça va et après ? fis-je exaspéré.

Il installa la lampe entre nous deux comme la veille puis :

– Ah oui ! Après... *Eh ben après* (rire), *je me suis cassé loin d'Auxerre. Montpellier. Je m'y suis fait embaucher dans un* (rire) *grand machin de remplacement de pièces autos, on était beaucoup d'employés, commode pour se faire discret, m'installer quelques jours dans une grande ville me semblait plus prudent. Allez pas vous imaginer, cher monsieur Saturnin, que le remords me torturait ni que j'avais peur de me faire prendre. Au contraire, si je vous disais même que j'y* (rire) *pensais presque plus, à tout ça, enfin pas plus qu'à autre chose ? À part ce rire qui m'était venu et qui continuait, ça changeait rien pour moi d'avoir bousillé*

Boisrobert. Je continuais comme depuis des années, changer un pot d'échappement, m'allonger à plat dos sous une bagnole pour vérifier l'arbre de direction, remplacer une batterie ou dévisser des (rire long) *enjoliveurs. Jusqu'au soir où dans une petite rue du centre-ville, j'ai remarqué une brunette fessue qui tenait boutique sur son mètre carré de bitume. Je suis allé lui tourner autour* (rire), *j'ai toujours bien aimé ce moment avant de vraiment se décider où on reluque, j'y vais-t'y, j'y vais-t'y pas, on met son excitation en regard de la courbure d'une croupe ou de la forme d'une paire de nibards. Et ce soir-là, rien. Que dalle. Pas pu, figurez-vous. Grève surprise de l'engin, en berne le petit étendard. Première fois que ça m'arrivait. Je revois la tête gentiment indifférente de la fille* (rire) *pendant que je me cassais de la piaule sans avoir rien pu faire. Et c'est à ce moment que la panique m'est tombée dessus, panique de me faire prendre, la trouille qu'on me retrouve* (rire). *Des réflexions qui m'étaient pas du tout venues après le sous-bois m'ont débarqué dans la tête. On va enquêter, il y aura des recoupements, sûr qu'ils remonteront jusqu'à moi. Tout d'un coup, grand festival de chocottes ; moi qui, depuis ce fameux jeudi matin de la grande punition, avais* (rire) *plus jamais eu peur, je me suis mis à pétocher comme pas possible. À l'atelier où je parlais déjà pour ainsi dire à personne, je me suis muré.* (Trois rires brefs.) *La trouille ne me lâchait plus qu'autour de moi tout le monde allait deviner, que ce que j'avais fait commençait peut-être à se voir sur ma gueule. Quand un collègue venait me demander un petit coup de main, j'avais des suées, quand un client entrait, je me disais « C'est un flic en civil ». Alors j'ai pas trouvé meilleure tenue de camouflage que le boulot, connaître rien d'autre que mes* (rire) *outils et mes pièces de moteur. Le cauchemar était le moment du vestiaire quand j'accrochais mon bleu de travail dans le placard métallique à côté des autres* (rire interminable). *J'avais vraiment l'impression d'enlever mon armure* (rire), *et pour couronner le tout, il y avait ce rire à la con, pas mieux pour se faire remarquer ! Je voyais ceux de l'atelier se demander ce que j'avais à me fendre la gueule dans mon coin. En sortant* (rire) *de la forêt, je m'étais pas trop inquiété, je m'étais dit ça doit être nerveux, ça va passer. Mais comme vous voyez, cher monsieur Saturnin, c'est pas passé. Et un matin, au bistro où j'allais prendre mon café, je suis tombé sur une première page de journal. On lisait en gros : « Horreur dans la forêt », avec juste en dessous la tronche de Boisrobert. La photo, je l'ai reconnue, c'était celle qui trônait dans un cadre sur le buffet de leur salon. C'était un ramasseur de champignons qui avait fait la « macabre découverte », comme ils écrivent toujours dans le journal. Ça faisait bien vingt jours qu'il était mort quand le dénicheur de bolets l'avait trouvé. L'important pour moi, c'était que « le travail des enquêteurs s'annonçait difficile en l'absence d'indices, les fortes pluies des derniers jours ayant effacé toutes les traces ». Heureusement pour ma pomme, cher monsieur Saturnin, qu'à cette époque-là les chromosomes et l'ADN étaient pas ce qu'ils sont devenus aujourd'hui. Le journal étalait le témoignage* (rire bref, puis rire interminable) *des proches et des voisins. Personne arrivait à y croire ni à comprendre, famille et voisinage étaient tous d'accord pour répéter que Boisrobert était le meilleur des hommes. A priori j'avais pas trop à craindre dans l'immédiat* (rire). *Ça m'a pas du tout rassuré. Ce journal me faisait l'effet d'un attrape-couillon. Il y a ce que dit la presse, il y a ce que disent pas les flics. Qu'est-ce qui me prouvait qu'ils étaient pas sur ma piste ? Sûr que ça, ils viendraient pas le chanter dans le poste. Sinon enfin bon, c'était quand même pas le président de la République qui était mort, c'était rien que Boisrobert. Ajoutez à ça une crise africaine juste après, la trombine de mon ex-patron n'a pas longtemps fait le poids sur la première page des journaux. Une semaine plus tard, à côté des petites annonces, un entrefilet admettait que « les recherches demeuraient infructueuses et que l'assassin courait toujours ». Justement je courais pas du tout. Je restais bien tranquille à Montpellier. Mon gros problème était que j'osais toujours pas retourner voir les putes. Rigolez pas, cher monsieur Saturnin, c'est sérieux.* (Je ne rigolais pas du tout, ami lecteur.) *Et puis quelque chose a fini par me dire que ça prenait son temps mais que lentement et sûrement c'était en train de se tasser, tout ça. Alors j'ai foutu le camp de Montpellier. J'ai multiplié les étapes et les zigzags, une vraie bête qui brouille les traces. Limoges, Quimper, Dijon, Cherbourg, Bar-le-Duc… Si je vous montrais une carte de France, on trouverait pas beaucoup de chefs-lieux de canton où j'ai pas mis les mains dans le cambouis. Éviter Auxerre dans un rayon de quatre-vingts kilomètres, c'était ma seule précaution. Dix ans se sont passés comme ça. Et probablement, cher monsieur Saturnin, que l'histoire se serait enterrée d'elle-même et jamais je ne serais venu vous la raconter si faute à pas de chance, l'enquête n'avait pas été rouverte. Je l'ai appris que* (rire) *plusieurs années après par hasard dans le journal : une espèce de maboul un peu sadique s'était fait prendre du côté de Montargis avec à son actif deux ou trois assassinats qui ressemblaient à celui de Boisrobert. Montargis est pas loin d'Auxerre, il y avait eu des rapprochements, le maboul s'était vu coller sur le dos le décès de mon ancien patron. Tout l'accusait mais il gueulait que c'était pas lui, enquêtes, contre-enquêtes et expertises, après je sais pas combien d'années le doute lui avait profité. Résultat, alors que je commençais à me croire tranquille voilà que l'affaire était plus classée, et aujourd'hui l'enquête continue.*

Il éteignit brutalement la lampe, nous fûmes dans un noir presque total.

– On est quelle date ? demanda-t-il à brûle-pourpoint.

Je n'en savais plus rien du tout, moi, quelle date.

– On est quelle date exactement aujourd'hui ? insista-t-il sur un ton presque mauvais.

– Le 7, je crois, peut-être le 8.

– 7 ou 8 octobre, oui, ça doit être ça. Et on est bien en 2005 ?

Il ralluma la lampe, sa tête de carnaval triste réapparut dans la noirceur.

Il s'approcha trop près, j'avais sa figure juste sous mon nez. Il leva le sien, de nez, vers moi.

– 2005 ! Vous comprenez pas ? Oui, c'est vrai vous pouvez pas comprendre : si je me goure pas, le 5 novembre, il y aura prescription.

– Eh bien tant mieux pour vous, tout va bien alors.

– Justement, pas si simple. C'est là qu'on arrive à ma décision, vous savez ? Ma décision.

Ses yeux désertiques me fixaient, je jetai un anxieux coup d'œil à mes pieds pour m'assurer qu'un bourreau de Béthune ne les avait pas capturés. Je n'aspirais plus qu'à une chose : que ce gnome me lâche la grappe et me laisse aller me coucher.

– Bon, alors, qu'on en finisse ! C'est quoi, votre décision ? fis-je d'un ton exténué.

Il me braqua sa lampe en pleine figure. Sa trombine figée me toisait à travers le faisceau.

– Je voulais vous demander autre chose avant. Pétochez pas, ça vous coûtera rien, c'est rien que deux petits trucs. J'ai personne à Paris, alors si je pouvais donner votre adresse pour le courrier, parce que faire la queue à la poste restante, merci j'en ai soupé. L'autre chose, ce serait pour me rendre service au cas où, ça m'aurait arrangé de vous signer une procuration sur mon compte aux chèques postaux.

Mon refus catégorique se lut sur ma figure, il eut un hochement sournoisement compréhensif.

– Non, je comprends, c'est pas grave, je m'arrangerai, je trouverai quelqu'un d'autre.

Quelqu'un d'autre ? J'eus peur. Qui ça, quelqu'un d'autre ? Thérèse-Bethsabée ? Avec son grand cœur humanitaire, elle dirait tout de suite oui. L'idée de la voir mêlée aux histoires de cet ostrogoth me révulsa comme s'il la tripotait devant moi.

– Non, attendez, c'est bon, c'est d'accord, fis-je d'un ton furibond.

Deux ou trois salves de rire tinrent lieu de merci. Il ajouta :

– Si aussi je pouvais avoir votre numéro de portable au cas où, ça vous embête pas ?

– Ce sera tout ? demandai-je avec une fureur contenue.

Son rire fut la seule réponse.

– Faudra juste qu'on aille ensemble à la poste pour la procuration. Mais, vous savez, procuration veut pas dire caution. Et comme il y a plutôt pas mal d'oseille sur mon compte, si risque il y avait ce serait plutôt de mon côté. Rien ne vous empêchera de piquer tout mon fric, c'est dire ma confiance en vous.

Saturation et épuisement me faisaient tanguer sur place.

– Bon, alors c'est quoi votre truc, là ? Qu'on en finisse ! Votre décision ?

Il s'approcha encore et m'attrapa par le collet.

– Alors voilà, au cas où vous auriez pas remarqué, je tiens pas plus que ça à la vie. Mais vraiment si peu que rien. C'est peut-être même pour ça que l'envie de me supprimer m'est jamais venue. Simplement je réfléchis à comment en finir. Dans un peu plus de trois semaines, il y aura prescription. Et si tout juste avant la date limite j'allais me dénoncer ? Terminer en taule, pas mal comme fin, non ? Eh ben la voilà ma décision. Dans trois semaines tout juste, je ferai ce que vous me direz de faire. Si vous me dites de me rendre, aussitôt ce sera fait. Sinon, eh ben je continuerai ma petite errance jusqu'à on verra bien quoi. Trois semaines ! Ce que vous me direz, je le ferai, parole, promis juré.

Abasourdi, je ne sus que demander :

– Pourquoi moi ?

– Je vous ai dit, y a en vous un quelque chose… que j'aime bien ! Attention, j'aime rien ni personne, moi, allez surtout pas vous prendre pour mon chouchou parmi le genre humain. Mais chez vous, y a ce côté puceau qui raconte des histoires de cul, ça me plaît bien, ça. Alors c'est bon ? Dans trois semaines au plus tard, j'aurai votre réponse ? Non, pas tout de suite, prenez votre temps.

Je cherchai une issue de secours à ce traquenard :

– Et d'abord, qu'est-ce qui me prouve que ce n'est pas rien que du flan, tout ça ?

Il me regarda l'air pris vaguement en faute. Allait-il m'avouer n'être pas plus garagiste qu'assassin et ne m'avoir raconté que des craques ? Je dus ravaler cet espoir car il me tendit un vieux bout de journal sorti de sa poche intérieure de veston. C'était la première page avec « Horreur dans la forêt » comme titre et une photo en dessous conforme au Boisrobert dépeint par son meurtrier, avec la gueule et les rouflaquettes. Pendant que j'examinais ce bout de journal, son rire vint horriblement secouer Lacordeur. Durant cinq bonnes minutes, on aurait pu croire à un début d'épilepsie. J'en avais presque mal pour lui de le voir secoué comme un pantin par cette hideuse rigolade qui exorbitait ses deux yeux en une expression grotesquement scandalisée.

– C'est quand même chiant, vous trouvez pas ? me fit-il entre deux rires d'une voix essoufflée. Rien à faire contre ça. Alors tant pis, je rigole.

On aurait pu en rester là pour cette nuit, mais une dernière question m'asticotait :

– Et ici ? Pourquoi ici justement ?

– Vous avez remarqué sur les hauteurs de Garges-en-Buy au bout de la grande rue qui monte ? Un gros bâtiment affreux ?

Je me souvins en effet avoir aperçu, lors de notre équipée à la recherche du cadastre avec Moïse Chant-d'Amour, une bâtisse assez antique et massive.

– Aujourd'hui, c'est un centre de réadaptation de je sais pas quoi mais… Eh ben dans le temps c'était l'orphelinat, me fit Lacordeur sur un ton satisfait de vieux gamin.

Un bruit de pas accompagné d'une voix toute joyeuse vint interrompre la conversation. C'était Thérèse-Bethsabée :

– Eh bien on dort pas encore, Gentil Pépère ? Et t'es toujours là, toi, Flandrin Gracieux ?

Baptiser Lacordeur « Flandrin Gracieux », il fallait s'appeler Thérèse-Bethsabée pour trouver ça. Ce me fut une bien salvatrice diversion que l'arrivée de cette accorte et massive dégaine réjouie. En même temps elle me troubla : je l'avais plusieurs fois remarqué, Thérèse-Bethsabée se relevait toujours vers la même heure au beau milieu de la nuit, comme pour une promenade ou un rendez-vous nocturne. Promenade où ? Et rendez-vous avec qui ? Je m'interrogeais. Lacordeur parut indifférent à cette visite inopinée. Thérèse-Bethsabée eut un recul comique à la vue de notre duo.

– Considérez-moi comme un rêve. C'est ça, oui ! Considérez-moi comme un rêve ! À bientôt, Gentil Pépère, *so long*, Flandrin Gracieux.

Elle s'éloigna dans la nuit, se retournant deux fois pour nous faire un joyeux au revoir de la main. Lacordeur braqua sa lampe avec insistance sur l'opulent fessier qu'on voyait s'en aller en chaloupant. Il s'amusa même à faire tanguer le faisceau de lumière pisseuse au gré des claudications de la noctambule et tourna vers moi une figure complice et blasonnée d'ignoble lubricité.

– Hein ? Franchement ? Vous appelez ça un cul ? Moi j'appelle ça une invitation, un ordre de mobilisation générale.

C'en était trop et ma main se leva pour enfin lui coller celle que je retenais depuis deux nuits. Mais Lacordeur me saisit l'avant-bras. Il serrait et tordait à m'en faire hurler, mes infortunés radius et cubitus ne furent plus que deux frêles brindilles. Ses grands yeux de poisson mort m'enveloppaient, avides et inexpressifs :

– Écoute-moi bien, connard, me fit-il dans un chuintement reptilien, de toi ni de qui que ce soit, j'en ai rien à foutre, ça, t'as quand même dû commencer à le comprendre, non ? Mais la belle grosse boiteuse, le premier qu'oserait rien qu'un peu la maltraiter, aussi sec je le tue ! Alors t'inquiète pas, jamais je l'approcherai trop près, et même, écoute bien ça, Ducon, je la regarderai le moins possible, elle se doutera de rien. De rien, t'entends, connard ? Et toi, ferme ta gueule.

Il me rejeta et s'en alla comme s'il fuyait. J'aperçus le morceau de journal tombé à mes pieds. Entre l'oublier là et le ramasser, je balançai, pour finalement le glisser dans ma poche. Tout dormait dans la cambuse et autour.

CHAPITRE DOUZIÈME

Qui voit le dénommé Moïse Chant-d'Amour en appeler à Emmanuel Kant.

Tant d'événements se bousculèrent au cours des trois semaines suivantes que la question de savoir s'il convenait que le sieur Raymond Lacordeur terminât ou non sa vie sur la fétide paille des cachots devint pour moi bien secondaire, pour ne pas dire vétille. À quoi s'ajoutait que je ne désirais rien tant (pour autant que la chose fût possible vu que Monsieur hantait désormais chaque soir le Vieil Entrepôt) qu'oublier cet ostrogoth, ses crimes, son rire et ses bouts de ficelle. Heureusement pour moi, la bonne ambiance qui s'acharnait à prévaloir parmi le reste de la communauté compensait la présence polluante de l'intrus. La chorale faisait de jour en jour d'époustouflants progrès. Les morceaux d'ores et déjà au répertoire gagnaient en justesse et en perfection et l'on y avait adjoint *Ce moys de may* de Clément Janequin, ainsi que, rien que ça, *Hor ch'el ciel e la terra* de Claudio Monteverdi et le lied *Nachtgesang im Walde*, dans lequel le piano de Thérèse-Bethsabée et l'instrument de l'Apatride semblaient nés pour faire équipe. L'accordéon faisait en effet merveille à la place des quatre cors voulus par Franz Schubert, lesquels, à mon humble avis, n'y perdaient aucunement de se retrouver – tel un prince en crapaud – métamorphosés en piano du pauvre. L'obstacle de la langue n'en était plus un pour les deux instrumentistes, car Thérèse-Bethsabée, experte en l'art de se jouer de certains écueils, avait inventé de répondre aux phonèmes abscons de l'Apatride musicien par des onomatopées de son cru à elle. Et grâce à cet insolite biais, tous deux parvenaient à communiquer en se lançant à la figure de véhémentes bordées de monosyllabes tenant davantage du cri de bête que de la parole civilisée.

Outre la chorale, mille et un petits détails embellissaient encore plus le quotidien : on avait mis des rideaux aux fenêtres de la cambuse et ciré les parquets ; pour la plus grande joie des progénitures, le Belge faisait des frites trois fois la semaine ; deux cabines de douche étaient en construction. Pour ma part je peinais fort, hélas, à goûter ce bonheur collectif et il me faut revenir au lendemain de ma deuxième nuit avec Lacordeur. Moïse

Chant-d'Amour m'avait donc enjoint de venir le retrouver pour m'entretenir de « bien plus grave » que son abandon par Kundry. Il n'y avait pas grand-monde quand, la tête chamboulée par les confessions de Lacordeur et le bras tout endolori de ce que lui avait fait subir cette brute épaisse dissimulée dans un corps de bacille, j'arrivais au Vieil Entrepôt. J'attendais depuis quelques minutes quand un bruit me fit dresser une oreille intriguée. On aurait dit le son d'un bolide. Oui, c'était bien ça, un bruit de voiture de sport qui s'intensifiait. À quelle Jaguar ou quelle Porsche prenait-il donc fantaisie de venir débouler ici ? Et je n'en crus pas mes yeux de voir la Marie-Vison arriver en trombe comme sur le circuit de Monza, ses teufs-teufs exténués remplacés par un rugissant vroum vroum de Formule 1. Guitou, plus sérieux que jamais au volant, Lacordeur assis à côté de lui, la camionnette s'immobilisa à l'entrée du Vieil Entrepôt dans un farouche dérapage contrôlé. Mais dans quelle fontaine de jouvence avait-on baigné l'hier encore cacochyme guimbarde ? En tout cas, le mystère du conciliabule de la veille au soir entre Guitou et Lacordeur se dissipait, et celui-ci m'apportait la preuve que, pas plus que sur son crime et sa force physique, il ne m'avait menti quant à ses compétences de garagiste. Quand tout le monde fut arrivé, Guitou fit accomplir à la Marie-Vison un vrombissant tour d'honneur dans le Vieil Entrepôt ; personne n'en crut ses yeux ni ses oreilles. Aux questions dont on le pressa, Guitou consentit à répondre par quelques bribes bougonnées. Lacordeur les avait entraînés, lui et la Marie-Vison, jusque chez un ferrailleur, dans les fins fonds de quelque part après Drancy. En quelques tours d'une clef à molette manipulée par les mains expertes de Lacordeur, les organes vitaux de la guimbarde avaient été démontés, nettoyés, abrasés, remontés pour certains d'entre eux, les autres jetés au rebut et avantageusement remplacés par des pièces dont cette caverne d'Ali Baba à ciel ouvert qu'était la ferraillerie offrait l'embarras du choix. Chacun s'émerveilla, on voulut féliciter Lacordeur mais de Lacordeur point. On eut beau le chercher, l'appeler, Thérèse-Bethsabée piailler plusieurs fois « Enfin, radine-toi, Flandrin Gracieux, on veut te porter en triomphe ! », Flandrin Gracieux, aussi expert en l'art de rajeunir les vieux tacots qu'en celui de disparaître ou surgir sans crier gare, s'était subrepticement volatilisé pour la plus grande déception de toute la communauté, à la notable et secrète exception, ami lecteur, de votre dévoué narrateur. Nantis d'un aussi fringant véhicule, on parla tout de suite d'organiser virées à la campagne et pique-niques le week-end, on se prit à rêver de la chorale en tournée sur les routes de France. La répétition fut un festival de bonne humeur et pour célébrer comme il se devait cette seconde jeunesse de la Marie-Vison, on ajouta séance tenante au répertoire cette chanson d'un autre temps et à laquelle notre emblématique camionnette avait dû son nom en quittant la rue Labat : *La Marie-Vison*. Chanson connue et chérie de monsieur l'Ancêtre, mais dont j'étais le seul à parfaitement connaître l'air et les paroles. Moi qui, de tous à n'en pas douter, étais le moins en humeur de chanter ce jour-là, mais à qui n'en incomba pas moins d'endosser la livrée de maestro. Et sous ma cafouilleuse conduite, s'élevèrent des gosiers en joie les paroles de Roger Varnay et la musique de Marc Heyral :

Elle a roulé sa bosse
Elle a roulé carrosse
Elle a plumé plus d'un pigeon la Marie-Vison
Du côté d'la Chapelle,
C'est comm' ça qu'on l'appelle…

Sous le contagieux effet de l'allégresse des autres, je me pris bien vite au jeu ; la bonne humeur et l'enjouement me gagnèrent. Je chantais et les ouailles reprenaient joyeusement. Monsieur l'Ancêtre me couvait d'un regard fier de père voyant son grand fils réussir sa soutenance de thèse, Thérèse-Bethsabée jubilait à son piano :

– Tu chantes trop bien, Gentil Pépère, il faudra qu'on te ménage un solo dans c'te complainte.

L'accordéon de l'Apatride acoquinait l'Europe centrale et les guinguettes des bords de Marne tandis qu'à chaque interruption, Bankara m'apostrophait :

– Dis, tout de suite je l'ai su, Cousin-mon Frère Saturnien, que t'étais un roi des ambianceurs.

Je me sentis revivre, tout le monde s'amusa de l'apprentissage de cette chanson de variété dont il faut dire qu'elle avait, après Wagner et Monteverdi, un délassant goût de friandise, et ce fut dans l'euphorie que nous glapîmes le final :

S'aimer d'amour
C'est ça qu'est bon,
Sacré nom de nom !

La vieille Azucena et sa fille s'attelèrent ensuite aux marmites et les brumes d'un succulent fumet embaumèrent le Vieil Entrepôt. L'on se rua vers la tambouille, moi le premier, car les histoires de Lacordeur m'avaient deux jours durant mis à mal un appétit que la chanson de Roger Varnay et Marc Heyral venait fort à propos de me restituer. Mais à ce moment, une poigne terrible me saisit l'épaule.

– Pas maintenant, m'ordonna une voix odieuse et sourde.

C'était Moïse Chant-d'Amour. Je tentai bien un geste affamé vers les gamelles mais :

– Tu boufferas plus tard, ça te fera pas de mal de jeûner un peu, fit-il en me traînant sans ménagement à l'écart.

La Marie-Vison transformée en bolide et cette répétition des plus joyeuses m'avaient complètement sorti de la tête Moïse Chant-d'Amour et ces choses soi-disant très graves dont il devait m'entretenir. Sardanapale à ses basques, il m'entraîna près du haut vieux mur. Il avait son air des pires moments.

– J'en peux plus, lâcha-t-il au bout d'un moment avec une lourdeur funèbre. Le vieux. J'en peux plus, me précisa-t-il sur un ton de reproche presque haineux, comme si c'était moi qui l'avais poussé dans les griffes de son oncle. Faut que ça s'arrête, faut faire quelque chose.

Puis il se mura dans un lourd abattement. Moi, je pédalais dans cette incapacité de parler proche de l'idiotie que Moïse Chant-d'Amour suscitait en moi dans les moments de crise grave. Enfin d'une voix de martyr, il me fit récit du cauchemar qu'il endurait depuis maintenant plusieurs mois. Mon acolyte m'avait à maintes reprises laissé croire que tout se passait plutôt bien avec le vieil oncle, la vérité pure était l'opposé. Dans un premier temps, il s'était naïvement cru adopté par le vieux. D'accord, il y avait ses accès d'humeurs et son caractère, mais aussi des périodes où, l'un dans l'autre, tout cela paraissait vivable. Mais peu à peu les choses avaient empiré. Les moments d'humeur détestable étaient devenus de plus en plus fréquents jusqu'à constituer la norme et présider au climat de la maison. Seuls des accès de sénilité pleurnicharde venaient compenser une ambiance de dictature domestique faite d'ordres contradictoires exigeant d'être satisfaits dans l'instant, d'injures, de hurlements et aussi de brimades, d'humiliations, de caprices qui d'inoffensifs dans les premiers temps avaient peu à peu basculé dans l'outrance, la perversion et la monstruosité. Il arrivait qu'avec un rire penaud et gâtifiant, le vieux se pissât accidentellement dessus dans son fauteuil – et il entrait alors dans les attributions de Moïse Chant-d'Amour de nettoyer son oncle et de le changer, il n'y avait malheureusement rien à redire à cela. Jusqu'au soir où s'apercevant que le vieux faisait exprès de s'abandonner, Moïse Chant-d'Amour se rebiffa. La scène qui s'ensuivit fut effroyable. Le vieux saisit sa canne pour la briser sur Moïse Chant-d'Amour qui avait couru se réfugier à l'étage du dessous. L'oncle brisa tous les objets, voulut renverser les meubles. D'où il s'était réfugié, Moïse Chant-d'Amour entendit le fauteuil roulant chavirer, le vieux s'étaler puis rugir à l'intention de son indigne neveu des bordées d'imprécations. Ce n'était là qu'une partie du tableau. Sans doute en mémoire du bon vieux temps où il martyrisait ses troufions, le vieux mêlait corvées et harcèlements, obligeant par exemple son neveu à lui nettoyer quatre fois de suite son dentier. Mais le pire était peut-être le soir quand, après avoir transbahuté l'oncle du fauteuil roulant au lit, Moïse Chant-d'Amour devait lui faire la lecture. Dans les premiers jours, ç'avait pourtant été un moment agréable. Moïse Chant-d'Amour lisait à l'oncle des polars ou des histoires de guerre, c'était somme toute assez amusant. Mais l'adjudant, ce n'est paraît-il pas rare chez certains très vieux, connaissait un intense et envahissant retour de libido, ne proférant plus que propos graveleux et grotesques immondices. Et un soir que Moïse Chant-d'Amour se disposait à endormir son oncle avec quelques pages d'un San Antonio, une voix de ganache en rut l'interrompit :

– J'en ai ras le zob de ces conneries, va chercher un bouquin de cul.

Et à dater de ce soir-là, Moïse Chant-d'Amour fut dans l'obligation de lire à son oncle des romans pornos dont il avait de plus la charge d'approvisionner la maison. Deux heures du matin sonnaient que l'oncle ne dormait pas et en redemandait. Tout en lisant, Moïse Chant-d'Amour se détournait pour ne pas remarquer le remuement affolé de la main de l'oncle sous le drap, secouant en pure perte un vieil engin affligé de péremption.

Mon pauvre ami fondit en larmes en me donnant ce détail.

– J'en peux plus, j'en peux plus, ça peut pas continuer comme ça, répéta-t-il plusieurs fois avec hébétude.

– Non, ça ne peut pas continuer, explosai-je, mais arrête tout, laisse-le tomber !

– Ah ça non, fit Moïse Chant-d'Amour dans un sursaut, pas question que j'aie enduré tout ça pour rien.

– Mais tu ne peux pas continuer, ce n'est pas possible ! fis-je.

– Non ce n'est pas possible, non je ne peux pas, alors j'ai une idée, mais il faut que tu m'aides.

Et les autres là-bas, qui finissaient leur dessert en chantant *La Marie-Vison*.

– Il faut que je t'aide ? fis-je sottement.

Moïse Chant-d'Amour avait troqué son abattement pour un masque résolu.

– Tu te souviens, il y a plusieurs mois, rue de Maubeuge ?

– Rue de Maubeuge, répétai-je toujours sottement.

– J'avais déjà eu l'idée ce jour-là. Mais je pensais que c'était pas possible, que je ne pourrais pas. Maintenant, je sais que c'est possible et que je peux. D'ailleurs même, plus j'y pense, non seulement je peux mais je dois. Parfaitement ! « Tu dois, donc tu peux. » C'est pas moi qui le dis, c'est Emmanuel Kant.

Je commençais à voir où il voulait en venir, les extravagances de la rue de Maubeuge m'étant parfaitement restées en mémoire.

– Tu ne penses tout de même pas sérieusement à..., fis-je d'une voix craintive.

– Très sérieusement, me rétorqua-t-il.

Et il ajouta, effrayant de calme neutralité :

– J'ai bien réfléchi, ça ne peut pas rater. Mais il faut que tu m'aides. L'escalier qui mène au premier est raide comme c'est pas permis, un vrai casse-gueule. J'en sais quelque chose, je monte et je descends cette vieille saloperie selon que monsieur veut faire chier le monde en haut ou en bas. Alors si on les pousse du haut de l'escalier, lui et son trône à roulettes, il peut pas s'en sortir, impossible. Et tout le monde croira à l'accident.

Je savais quand Moïse Chant-d'Amour blaguait et quand il ne blaguait pas. Là, il ne blaguait pas du tout. Il se planta encore un peu plus face à moi :

– Mais il faut que tu m'aides.

– Il faut que je t'aide, fis-je en écho crétin, mais à quoi ?

– Très facile, t'auras rien à faire. Il faut que tu sois là. Simplement que tu sois là. Pour prouver l'accident, c'est mieux s'il y a un témoin.

La panique me gagna, il fallait que je trouve quelque chose.

– Écoute, je vois bien, c'est normal. Là, t'es au bout du rouleau, tentai-je d'une voix affectueusement dissuasive.

Moïse Chant-d'Amour m'interrompit avec brutalité :

– Si tu crois que j'avais pas prévu tout ce que tu allais me sortir, tes bla-bla trouillards à la con.

– C'est pas ça, objectai-je avec un désarroi lamentable.

– Alors c'est quoi ? Te fatigue pas à essayer de me faire changer d'avis. C'est décidé. Si ce n'est pas avec toi, je le ferai sans toi. Je le ferai tout seul, tant pis. Et n'espère pas m'en empêcher.

Aux pieds du futur tueur, une carpette toute frisée nommée Sardanapale dormait d'un doux sommeil béat. J'explosai :

– Mais enfin, tu ne peux pas faire ça ! Tu n'es quand même pas devenu inconscient à ce point-là. Et moi ? Tu te rends compte de ce que tu me demandes ?

– Toi, toi, toi, toujours toi ! Non mais j'ai compris, d'ailleurs je m'en doutais. J'avais prévu toutes vos reculades, monsieur le pusillanime. Et je suis gentil, je te traite pas de lâche.

J'allais m'insurger mais soudain le criminel froid disparut et Moïse Chant-d'Amour redevint l'ami de toujours ; ses yeux s'embuèrent, il me regarda d'un air de regretter ce qu'il venait de me sortir :

– Je t'assure, si tu savais, si tu voyais pour de bon ce que j'endure. Là tu comprendrais, tu n'hésiterais plus. Je dois y retourner ce soir. Je t'en prie, viens avec moi. Là je suis sûr, sûr et certain que tu comprendras.

Je me sentis piégé, je bégayai :

– Ce soir ? T'accompagner… Là-bas ? Tu vas… Tu veux ce soir ?

– Mais non, il s'agit pas de le supprimer cette nuit. Je veux simplement que tu voies. Accompagne-moi cette nuit à Savigny-le-Coteau, je te le demande !

Pouvais-je faire autrement que d'accepter ? Et puis si je voulais empêcher cette hallucinante connerie, ne valait-il pas mieux paraître entrer dans son jeu ?

– D'accord, fis-je d'une voix vaincue, d'accord, je viens avec toi.

Il me serra dans ses bras à m'en étouffer, je crois bien qu'il pleurait.

– Merci, merci, merci, je le savais, fit-il en me gardant serré contre lui, je le savais bien que je pouvais compter sur toi. Je n'ai que toi. Qui d'autre ? Grand Magistral ? Il m'aurait décortiqué mes pulsions de mort ou récité la Déclaration des Droits de l'homme, mais toi, non, toi tu me comprends. Tu m'accompagnes, hein ? Pour de bon, vraiment ?

– Oui, vraiment, pour de bon, je t'aiderai, fis-je tout bas comme si j'avais peur de ma voix d'impétrant assassin.

– Ça ira, tu vas voir, ça se passera bien. Viens, on va un peu rejoindre les autres. Après, on ira, fit-il en lâchant son étreinte.

Et d'un joyeux cri de Sioux qui réveilla Sardanapale, il redevint en un tournemain le Moïse Chant-d'Amour jobardant et blagueur ; nul n'aurait pu soupçonner le noir complot dont à ma sourde honte je me retrouvais la seconde main. Nous ne restâmes pas longtemps. Moïse Chant-d'Amour engloutit de gargantuesque bon cœur un reste de repas que la vieille Azucena nous avait mis de côté. Mon nouvel état d'assistant criminel avait chassé mon bon appétit de tout à l'heure, je ne picorai que trois ou quatre fourchetées. Moïse Chant-d'Amour se pourlécha d'aise après avoir vidé sa gamelle et en guise de bonsoir à toute la compagnie, il attrapa Sapajou-Ouistiti et sa grande sœur pour les entraîner dans une espèce de valse en chantant :

Freudig begrüßen wir die edle Halle,
wo Kunst und Frieden immer nur verweil,
wo lange noch der frohe Ruf erschalle :
Thüringens Fürsten, Landgraf Hermann, Heil !

Puis il me fit un discret signe pour y aller. En sortant du Vieil Entrepôt, j'embrassai du regard l'assemblée et mes yeux tombèrent sur Lacordeur, arrivé là je ne savais pas quand. Il me considérait attentivement, hochant sa face de momie d'un air entendu et connaisseur.

CHAPITRE TREIZIÈME

Dont le vieil oncle du dénommé Moïse Chant-d'Amour est la vedette.

Un vétuste et revêche petit pavillon en pierres meulières cerné d'un étroit jardin presque redevenu forêt vierge : en tant que maison du crime, le 37 rue des Jonquilles à Savigny-le-Coteau présentait plutôt bien. Bus, métro, RER, encore bus et longue marche pour finir, il ne nous avait pas fallu moins d'une heure trois quarts pour arriver du Vieil Entrepôt jusqu'ici. Il faisait nuit noire quand Moïse Chant-d'Amour fit couiner la vieille grille d'entrée. Une lumière poussive se laissait deviner derrière les rideaux sales d'une fenêtre au premier.

– Tu restes là, m'ordonna Moïse Chant-d'Amour avant de passer la porte d'entrée. Tu ne me rejoins sous aucun prétexte, tu attends que je t'appelle, ok? Promis?

– Oui promis, fis-je dans un souffle.

Moïse Chant-d'Amour poussa la porte et m'abandonna au pied de cette maison sinistre, dans les ténèbres et au milieu d'une jungle de ronces et herbes folles.

Me faire traverser toute l'Île-de-France pour me laisser poireauter en pleine nuit devant une vieille baraque, ça, c'était du Moïse Chant-d'Amour pur jus! Au bout d'un long moment, je perçus un vague bruit dans la maison. L'oreille collée à la porte je ne distinguai d'abord qu'une confusion de paroles où je reconnus la voix de Moïse Chant-d'Amour à laquelle répondait quelque chose qui tenait du piaillement exténué. Quant à la teneur des propos échangés, j'étais incapable d'en rien deviner jusqu'au moment où le ton monta. Je finis par entendre l'adjudant qui répétait:

– Qu'est-ce tu foutais? Hein, qu'est-ce tu foutais?

Sans doute fallait-il payer hommage à la puissance d'évocation de Moïse Chant-d'Amour, car dès le premier « Qu'est-ce tu foutais? » du vieux, cette voix de mauvaise vieille bête me fut comme familière. Par contre, celle que j'entendis répondre à l'adjudant me surprit beaucoup : celle d'un Moïse Chant-d'Amour penaud et servile.

– Mais je vous avais dit mon oncle, j'étais avec des copains.

– Des copains, j't'en foutrai, moi, des copains. Tu serais pas plutôt allé aux putes ?

– Mais, mon oncle, vous savez bien, je vous avais dit.

– Tu m'avais rien dit. T'as vu l'heure ? Alors qu'est-ce t'attends ? Monte-moi.

– Oui, mon oncle, tout de suite.

Je restai ébahi par ce ton de pauvre petit esclave de huit ans et demi : John Wayne en Oliver Twist ! Les voix s'éloignèrent, il y eut un bruit de pas laborieux gravissant un escalier, puis un hurlement jappeur :

– Mais tiens-moi mieux que ça, tu veux me foutre en l'air ou quoi ?

J'eus une suée. Et si Moïse Chant-d'Amour bazardait, là maintenant, son oncle sur les marches abruptes ? Je collai mon nez au flou de la vitre dépolie, finis par deviner la silhouette colossale de mon acolyte montant lentement l'escalier, les bras encombrés d'une chose qui gigotait. L'obscurité se fit au rez-de-chaussée, remplacée par une assez vive lumière venant des deux fenêtres de l'étage. Je reculai précautionneusement et me postai dans l'emmêlement des ronces et arbustes, non loin de la grille, pour tenter d'apercevoir quelque chose à travers les fenêtres. Un éclat de gueulantes me parvint, le ton montait. Mon camarade reprenait du poil de la bête et, sans parvenir à distinguer les paroles, je l'entendais perdre sa voix d'inoffensif petit esclave et recouvrer son timbre puissant. Des jappements éraillés de vieux roquet objectaient. Le crescendo d'invectives ne tarda pas à exploser en une tempête de hurlements. En bonne logique, la tonitruante basse de Moïse Chant-d'Amour eût rapidement dû venir à bout du timbre souffreteux de l'adjudant, seulement celui-ci avait plus de ressources qu'il n'y paraissait et ses piailleries suraiguës tenaient bon face à la voix de stentor de mon ami. On aurait cru une vieille pie obligeant de ses coups de bec un fauve à céder le terrain. Il y eut un explosant et comminatoire hurlement de Moïse Chant-d'Amour, je vis sa large silhouette faire trois menaçantes enjambées vers le vieux, la main levée prête à lui foutre un coup. L'ombre chinoise du vieux bravait la menace, à demi dressée sur son fauteuil.

– De quoi, de quoi ? Insubordination ? Menaces envers un supérieur ? Ça va chier, moi je vous le dis.

L'adjudant avait saisi sa canne et en menaçait Moïse Chant-d'Amour. Celui-ci s'approcha-t-il trop près de son oncle ? La canne s'abattit sur la figure de mon ami qui s'effondra, se prenant la tête à deux mains. Il y eut un jappement triomphal du vieux. C'en était trop et tant pis pour la consigne de ne pas bouger, j'allais m'extirper de ma jungle et foncer au secours de mon camarade quand Moïse Chant-d'Amour entra dans une fureur que je classai aussitôt parmi les plus belles que je lui eusse connues :

– J'aurais tout supporté avec vous, tout, criait Moïse Chant-d'Amour d'une voix tremblante et hachée. Je vous materne, je vous bichonne, je vous paterne même, je suis votre nounou, votre larbin, votre paillasson, votre sex-shop même. Eh bien déshéritez-moi, mais je fous le camp, je fous le camp, c'est fini.

L'oncle se mit à piailler comme un dément. La canne s'était relevée pour frapper une seconde fois mais Moïse Chant-d'Amour l'arracha des mains du vieux, qu'il saisit par le col et se mit à secouer furieusement. Pas de doute, il était en train d'étrangler son oncle. Le vieux se débattait à peine, expectorant en guise de râles des espèces de cris de mouette ponctués d'appels au secours. Tous deux roulèrent soudain au sol, disparaissant du cadre de la fenêtre. Pendant presqu'une minute, je ne vis ni n'entendis rien. Enfin réapparut la silhouette de Moïse Chant-d'Amour portant dans ses bras le vieux inerte qu'il réinstalla dans le fauteuil. L'oncle ne bougeait plus, la tête vaguement chavirée. Une transpiration glaciale me dégoulina dans le dos. Moïse Chant-d'Amour « l'avait-il fait » ? Sa vaste silhouette se dandinait sur place avec indécision. Il pleurait à gros sanglots. Que signifiaient ces pleurs sinon un immédiat remord et la soudaine conscience de l'irréparable ? Je me sentis perdu, piégé, eus l'idée de m'enfuir vite fait pour plus tard, devant la Terre entière, nier mordicus être venu ici. Moïse Chant-d'Amour était tombé à genoux devant son oncle et pleurnichait lamentablement :

– Pardon, mon oncle, pardon, je vous demande pardon.

Revenant d'outre-tombe, la voix de l'adjudant résonna :

– T'as rien à demander. C'est pas toi qui commandes ici.

Qui eût dit que réentendre cette voix hideuse me soulagerait à ce point ? La silhouette de vieille momie s'agitait avec un contentement amusé :

– Non mais t'as cru me foutre la trouille ? J'ai jamais eu peur des Viêts, alors c'est pas une tarlouse comme toi… Va chercher ma gnole, j'veux une goutte.

Emberlificoté dans les ronces, caressé par des orties prospères et de cachectiques roses trémières, cet absurde théâtre d'ombres m'avait laissé tout loisir de vérifier que mon acolyte n'exagérait rien sur son oncle. À un moment, Moïse Chant-d'Amour poussa le fauteuil roulant et tous deux disparurent. J'attendis longtemps que mon ami réapparût et nous nous enfuîmes de cet affreux jardinet. Moïse Chant-d'Amour titubait.

– Alors t'as vu ? T'as compris maintenant ? me fit-il hagard et presque aphone.

Il insista :

– Non mais t'as vu, non ?

– Oui. Oui, j'ai vu, fis-je d'un ton bête.

– Alors t'as compris qu'il n'y a pas d'autre solution ? Pas d'autre que « ça », t'es d'accord ?

– Oui, je suis d'accord, murmurai-je.

Un « oui, je suis d'accord » qui me faisait peur.

DIGRESSION QUATRE

Alors attends, ma pauv' fille, je récapitule : avis d'expulsion, sommations d'huissier et perte d'emploi, tout ça la même semaine. Sainte ma Pomme Mère de l'Autre, comme décrocheuse de timbale, tu crains pas la concurrence, hi, hi, hi, hi. Pas de doute, ça t'a définitivement porté chance d'avoir glavioté sur le museau de ton chéri. Note bien qu'il a été gentil, monsieur Omar, il dépose pas plainte, il a préféré même pas savoir combien t'avais pris dans sa caisse ni ce que t'avais chapardé sur les rayonnages et il efface l'ardoise, bon, il te fout à la porte, il allait quand même pas te constituer une rente viagère. Enfin, même si tu me parais pas tout à fait sur le chemin des vertes prairies de l'allégresse, eh ben te v'là au moins prête à t'en aller revoir celles de ta Normandie. Hi, hi, hi, hi. Oh tu m'écoutes ? D'accord, t'as pas mal biberonné avant de venir saluer ta Douce Mère des Affligés, mais ma pauv' fille, hi, hi, hi, hi, le caniveau c'est pas que pour les chiens. Et ils et elles sont là, avis de passage, sommations de raquer et injonctions de faire ouste du balai. Mais oui, t'en as plus rien à cirer, je sais, on dit ça, hi, hi, hi, hi, on dit ça.

CHAPITRE QUATORZIÈME

Dont une fois encore l'arbitre pourrait bien être le dénommé Jean-Sébastien Bach.

– Regarde-le, ce con, il devient beau, m'avait un jour pris à témoin Moïse Chant-d'Amour en me désignant Grand Magistral.

Depuis ses premières ruades au Vieil Entrepôt, le bougre avait en effet diablement changé. Ce qui ne m'avait point échappé, c'est qu'au bout de quelque temps, il s'était mis à boire moins, puis peu, et finalement – cela coïncida peu ou prou avec la venue de Thérèse-Bethsabée – plus du tout. Diriger la chorale avait-il permis de faire advenir le beau musicien reclus au fond de lui ? Les premiers jours me semblaient loin où je le voyais pathétiquement agiter des bras de sémaphore en perdition pour tendre vers ce grand maestro qu'il n'arrivait pas à devenir. Je n'en revenais pas de voir la paisible assurance qu'il avait acquise devant les choristes : un simple mouvement de sa main suffisait à susciter l'accentuation juste, la bonne attaque dans le chœur des dames, chevaliers et seigneurs de la Wartburg ou *Hor ch'el ciel e la terra*. Lui que j'avais connu l'irritabilité et l'impatience faites homme, je le découvrais compréhensif, s'amusant pendant les répétitions de tels ou tels plantages des chanteurs qui en d'autres temps l'eussent mis en rage. C'en était fini de ces harangues logorrhéiques et meetings improvisés qui jadis constituaient son ordinaire mode d'approche du genre humain, il était devenu recueilli en même temps que chaque jour un peu plus ouvert à ses congénères. Oui, Grand Magistral devenait un autre homme. Lequel ? Je ne devais le savoir que bien plus tard, et suite aux cataclysmiques circonstances dont, ami lecteur, nous approchons à inexorables grands pas.

Ce me fut donc un baume bien doux, après cette virée sinistre à Savigny-le-Coteau, de me heurter à un Grand Magistral aux anges devant la porte du Petit Paradis. Mes affres devaient se laisser deviner sur mon faciès car :

– Tu as des problèmes ? me demanda-t-il.

– Non, non, ça va, éludai-je du ton dont on dit ça va quand ça ne va pas du tout. En tout cas toi, je ne sais pas ce que tu as, mais tu resplendis.

– Je ne suis pas trop mécontent, oui, me répondit-il et son visage s'illumina d'un franc sourire.

John Wayne m'avait joué Oliver Twist et maintenant Buster Keaton me souriait – mes habituels repères tanguaient.

– Ah bon ? Qu'est-ce qui t'arrive ? Raconte.

Grand Magistral secoua gentiment une tête de quelqu'un qui ne veut pas répondre.

– Moi je sais, fit dans mon dos une voix mystérieuse et coquine.

C'était Thérèse-Bethsabée qui passait par là. Je revins à la charge.

– Tu es amoureux ?

Il se mura encore un peu plus dans son aimable silence. Je me tournai vers Thérèse-Bethsabée :

– C'est ça ? J'ai deviné ? Il est amoureux ?

– Hum, hum, fit-elle avec un dandinement d'épaules qui voulait dire oui et non.

Je compris qu'insister ne servirait à rien.

– Par contre il y a aussi autre chose, me dit Grand Magistral. On en parlera tout à l'heure, devant les autres.

« On », c'était bien sûr lui et Thérèse-Bethsabée. Ponctuels et disponibles, tous les choristes furent bientôt réunis dans la cambuse. Grand Magistral et Thérèse-Bethsabée avaient décidé que la chorale était suffisamment prête et rodée et ils nous annoncèrent très officiellement qu'on allait organiser un grand concert. Ce furent des vivats et des youyous. Il n'y eut pas de répétition ce soir-là mais une bordélique assemblée générale qui se poursuivit tard dans la soirée. Armés d'une bêche, Pandolphe et Jean-Maurice allèrent déterrer dans un coin du Vieil Entrepôt trois bouteilles de champagne qu'ils avaient enfouies là en prévision de la première grande occasion. On trinqua, l'accordéon de l'Apatride fit tourbillonner les airs qu'on chanterait bientôt en public, on se chamailla un peu, personne n'était d'accord sur où, quand et comment organiser ce concert mais peu importait. Propulsées par cette perspective, les répétitions connurent un surcroît d'acharnement, Grand Magistral et Thérèse-Bethsabée durent même contenir l'ardeur des Impétrants qui se mirent à donner leur avis et discutailler sur tout.

Contrairement à ce que j'avais redouté, Lacordeur ne s'incrusta ni n'en prit à son aise au sein de la communauté. Après avoir un peu joué les invités d'honneur au début, il se fit discret voire effacé, respectant sa parole – dont mon avant-bras gardait mémoire – de se tenir à distance de Thérèse-Bethsabée. Donnant toujours l'impression de ne faire que passer en voisin, il venait, disparaissait plusieurs jours, ressurgissait avec un air de ne pas vouloir déranger, ne touchait jamais aux repas, faisant mine de ne pas entendre quand on lui proposait une assiette. Il était donc là sans vraiment être là ; bientôt ce fut à peine si on fit attention à lui. Depuis la fin de son récit, nous nous étions revus pour cette procuration sur son compte en banque qu'il tenait mordicus à me signer, après quoi il ne m'avait plus adressé la parole, se contentant de temps à autre d'une œillade de créancier bienveillant pour me rappeler que les jours filaient et qu'il attendait ma décision. Quant à Moïse Chant-d'Amour, il allait et paradait, continuant de prêter volontiers son irremplaçable belle voix aux répétitions, et personne n'aurait pu subodorer ses noirs desseins.

Chacun savourait donc à sa façon un quotidien sans nuages enrichi par la perspective du concert dont toutefois restaient à déterminer le lieu, la date et les modalités. Mais le jour où l'on aborda pour de bon ces questions, le temps se couvrit, les humeurs devinrent soucieuses, puis renfrognées. Pandolphe ne doutait pas de tenir la bonne solution en donnant le concert au Vieil Entrepôt même, se faisant déjà un jeu et une fête de construire une scène et des gradins au pied du haut vieux mur. Tous lui opposèrent la quasi impossibilité de déplacer les spectateurs jusqu'à Garges-en-Buy ; Pandolphe ne trouva rien à répondre à cela et se mit à faire la gueule. Chacun avait son idée et voulait la faire approuver des autres, ce qui tourna bien vite à la foire d'empoigne. Quelqu'un suggéra une halle de marché mais se posa le problème des sièges pour le public ; l'Apatride musicien fit traduire par Thérèse-Bethsabée des sons signifiant qu'on n'avait qu'à chanter dans la rue, le métro ou sur une place publique et que de toute façon, lui n'avait jamais fait de la musique ailleurs ; Pandolphe leva le nez de sa bouderie pour maugréer :

« Où vous voulez mais pas dans une église ! » Dommage, Jean-Maurice était resté en bons termes avec le curé de sa paroisse où la chose aurait pu se faire. Il y eut encore quelques suggestions plus ou moins irréalistes allant du Théâtre des Champs-Élysées à une piscine désaffectée du côté de la porte de Gentilly dont le Belge avait entendu parler, passant par les sous-sols d'un supermarché. On se sépara avec pour seul butin de s'être copieusement chamaillé deux bonnes heures durant, sous le bienveillant arbitrage des Deux Père et Fils qui, bien incapables de rien proposer, avaient assidûment compensé cette déficience en opinant d'un souriant et approbatif signe de tête à chacune des prises de parole. Moïse Chant-d'Amour, lui, s'était ostensiblement tenu hors de la discussion. J'avais été désagréablement frappé par l'indifférence polie et un rien glaciale avec laquelle il avait accueilli l'annonce du concert, et le voir désormais dédaigneusement plongé à l'écart dans ses paperasses de « préemption » et les plans de son parc enchanté raviva en moi de déraisonnables inquiétudes.

Le semi-échec de cette réunion engendra un sentiment quelque peu amer qui déteignit sur la répétition suivante, puis sur toutes les autres. Dès lors, chose qui ne s'était jamais produite auparavant, il y eut des accès d'abattement chez les choristes. Thérèse-Bethsabée quittait alors son piano, claudiquait de l'un à l'autre pour distribuer comme des bonbons ses paroles d'encouragement et redresser affectueusement les bretelles. Se fâcher contre quelqu'un avec tant d'amour, ami lecteur, je pourrai me vanter d'avoir vu ça le jour où Jean-Maurice s'effondra devant tout le monde, prétendant qu'il ne savait pas, n'avait jamais su et ne saurait jamais chanter, que c'était de lui et de sa voix de fromage blanc que venaient tous les problèmes, qu'il allait partir, et qu'à l'échec de sa vie, il ne voulait pas ajouter par sa présence l'échec de la chorale. Thérèse-Bethsabée avait alors bondi de son piano, secoué Jean-Maurice avec une rage de tigresse foutant une trempe à ses petits, et lui avait gueulé dessus (tout Garges-en-Buy dut entendre) :

– Jamais ! Je t'interdis ! Jamais, tu m'entends, Galopin Rêveur ? Ne redis jamais ça !

Jean-Maurice avait sans moufter repris sa place dans le chœur, ayant au passage gagné le petit nom de Galopin Rêveur que Thérèse-Bethsabée avait jusqu'à cet incident omis de lui attribuer. Les jours d'après, la chorale connut des hauts bien peu vertigineux et des bas bien proches des gouffres et dégringolades fatales. Il faut dire que l'incapacité où l'on piétinait de répondre aux questions où, quand et comment donner ce concert n'arrangeait rien. Trois bordéliques et infructueuses réunions n'eurent d'autre effet que d'élargir les fissures et miner les âmes un peu plus. On constata des retards et des absences aux répétitions, et les erreurs ou inattentions se multipliaient. Signe inquiétant parmi d'autres, Grand Magistral régressa. Il retrouva ses agitations et ses emportements, et je ne jurerais pas qu'il ne rendit pas deux ou trois visites de courtoisie à la dive bouteille. Et arriva ce qui devait bien finir par arriver : en plein *Joly mois de may* tout le monde s'engueula. À part la vieille Azucena sourde à tout cela sur son plot et les Deux Père et Fils contemplant la scène avec une indulgence désolée, l'empoignade fut générale. Une fausse note dont personne ne voulait s'avouer coupable et dont chacun accusa tout le monde fut l'étincelle fatidique. Dès le début de la répétition, les humeurs avaient été sombres et crispées. Le *Joly mois de may* avait des maussaderies de novembre crépusculaire et des pesanteurs de tombereau sur un chemin bourbeux. Le tohu-bohu fut soudain et collectif, chacun s'y jeta comme sur un plat dont on veut la meilleure part. Ça s'apostrophait et s'invectivait de partout. Les Apatrides agonissaient d'injures en leur langue monsieur et madame l'Ancêtre qui rétorquaient en un arabe vitupérant, je craignis même que le frère Apatride n'eût en la circonstance des tentations de rejouer du couteau. Moïse Chant-d'Amour adressait des ricanements arrogants à tout le monde et surtout à Grand Magistral, lequel s'écorchait le gosier à tenter de raisonner furieusement la cantonade. Pandolphe conseilla au Belge de s'occuper de ses plants de légumes au lieu de chanter comme une patate, les noms d'oiseau fusaient, la toiture en bois de la cambuse faisait admirablement caisse de résonance et sextuplait les échanges d'affreusetés. Même Sardanapale s'y était mis et jappait furieusement après tout le monde. Ce hourvari aurait pu proclamer tout bonnement l'acte de décès de la chorale voire du Vieil Entrepôt tout entier. Mais il est des circonstances, celle-ci en était une, où tout dépend de la présence ou non d'un sauveur.

Thérèse-Bethsabée n'avait point pris part au charivari. De son piano qu'elle n'avait pas quitté, elle contemplait cette chorale devenue une bête à plusieurs têtes en train de s'entre-mordre. Soudain elle se mit debout sur son tabouret de piano, et un omnipotent son de trompe qu'on n'eût point imaginé se tenir en réserve dans sa voix au timbre souvent suraigu coupa court au bordel. Je ne vois guère que Poséidon pour avoir jamais su pareillement calmer une aussi furieuse tempête. Le silence fut immédiat. Thérèse-Bethsabée apostropha Grand Magistral :

– Ramène-toi, Glouton Joli. Ramène-toi, on s'en va !

Il y eut un « Glups ! » du chœur soudain calmé. Sautant de son tabouret, Thérèse-Bethsabée prit effectivement le chemin de la sortie, se retourna vers nous et annonça :

– Quartier libre et campo pour tout le monde pendant trois jours ! Et dans trois jours, Glouton Joli et moi, on revient. Et on l'aura trouvée, cette salle de concert de nos rêves et de mes deux.

Et suivie de Grand Magistral, elle s'éloigna à larges, claudicantes et déterminées enjambées. Trois jours plus tard ils revenaient victorieux.

Leurs visages arboraient cernes et reliefs d'insomnie, mais enfin ouf, ça y était, on avait quatre murs et un toit pour que pût se tenir la séance tant espérée. Ils étaient allés écumer les associations caritatives où avait œuvré Thérèse-Bethsabée et galéré Grand Magistral, avaient repris tous les contacts possibles, n'avaient pas craint d'ennuyer tout le monde et, alors même que la perspective de rentrer bredouille menaçait, le téléphone arabe et la ténacité avaient payé : par l'entremise d'une Amicale des Amitiés franco-kirghizes qui s'y réunissait deux fois par trimestre, on disposerait, entre la porte de Ménilmontant et la rue du Surmelin, d'une antique et crapoteuse salle des fêtes avec une grande scène et même un piano. Exténué, Grand Magistral n'était plus en état d'aligner deux phrases ; ce fut Thérèse-Bethsabée qui rendit compte de leur trouvaille aux squatteurs brûlant tous de savoir, tous sauf Moïse Chant-d'Amour qui, portable ostensiblement vissé à l'oreille, ne jugea pas utile d'interrompre une conversation avec son irremplaçable monsieur Bouquart. La bonne nouvelle fut accueillie avec liesse, on posa mille questions sur l'endroit, sur la rue du Surmelin dont personne n'avait jamais entendu parler. On put espérer un prompt et imminent retour du grand beau temps parmi les troupes. Il n'y eut qu'un seul hic : la salle n'était pas une église mais appartenait tout de même à une association paroissiale qui la prêtait charitablement à l'Amicale des Amitiés franco-kirghizes. Amadouer Pandolphe ne fut pas chose aisée, il fulmina, fit sa tête de cochon et finalement consentit à honorer la rue du Surmelin de sa vigoureuse voix de baryton à la condition qu'en plus de *Lass dein' Engel mit mir fahren* et *Erbarme dich, mein Gott*, *La Butte rouge* eût une place de choix et que *L'Internationale* et *La Semaine sanglante* fussent ajoutées au programme.

Les répétitions reprirent, les visages se déridèrent, on goûta une bonne humeur enfin retrouvée, on se remit à croire à ce concert, et à y croire pour de bon. Chacun rêvait à ce mirifique grand soir devant des spectateurs en train d'applaudir. Cette perspective exaltait également les enfantines méninges de Sapajou-Ouistiti et de sa grande sœur qui, voyant déjà leurs parents et les autres squatteurs couverts de gloire, s'amusaient à demander des autographes à tout le monde sur un vieux cahier de brouillon.

– Un orthographe, s'il vous plaît, monsieur le chanteur, s'il vous plaît, priaient-ils en courant de l'un à l'autre.

Chacun se prêtait volontiers au jeu et le cahier des bambins se remplissait de signatures. Moïse Chant-d'Amour s'afficha ce soir-là d'excellente et histrionne composition. Je n'étais aucunement dupe de cette bonne humeur, sachant ce qui macérait en ses arrière-salles. Régulièrement, il m'adressait de discrets regards entendus pour me rappeler que les jours de son vieil oncle étaient de plus en plus comptés. Dans la joie bavarde de la fin du repas, l'une de ces œillades à la sauvette venait justement de m'être décochée quand les progénitures présentèrent leur cahier d'autographes à Moïse Chant-d'Amour.

– Un orthographe, s'il vous plaît, monsieur le chanteur, lui fut-il demandé par Sapajou-Ouistiti avec le sérieux que requerrait une telle demande.

Mon acolyte ne rechigna pas devant cette belle occasion de faire marrer tout le monde en se trémoussant telle une grande diva en pâmoison, se rengorgeant d'un air rigolo et inspiré pour saisir cahier et stylo. Nous ne pûmes retenir nos rires. Mais au moment où sa cabotine paluche griffonnait un hiéroglyphe sur toute la page du cahier, je fus sans aucune raison saisi d'épouvante. Un sentiment de gêne affreuse ne me quitta plus de la soirée, et les jours suivants cette image de Moïse Chant-d'Amour jouant à signer un autographe revint plusieurs fois m'asticoter toujours accompagnée de cette harcelante sensation qu'il y avait un truc, quelque chose qui ne collait pas, mais quoi ?

Dans un premier temps, l'on put espérer revenus le bon allant et la ferveur d'antan, mais le sympathique rafiot peinait à reprendre la mer. On s'était donné environ deux mois pour bien peaufiner notre programme et on était convenus que le grand jour serait le 17 décembre. Sitôt cette date arrêtée une panique saisit les troupes, la crainte de ne pas être fins prêts dans les temps ne lâcha plus les Impétrants. Thérèse-Bethsabée eut beau multiplier les paroles encourageantes, s'improviser magnétiseur en envoyant toutes les bonnes ondes possibles, rien n'y fit contre ce grand vent d'angoisse qui s'était mis à souffler sur les troupes.

À tout cela s'ajouta un dernier problème nommé Moïse Chant-d'Amour. De la chorale, il était en quelque sorte le supplément d'âme et le pilier, entraînant après lui les choristes d'une magnifique voix de chef de meute. On le vit peu à peu et l'air de rien retirer ses billes. Ce fut d'abord une absence excusée d'avance sur un air confus qui trompa tout le monde sauf moi, puis une autre sans prévenir, et dont il fit le lendemain acte de publique repentance avec force battements de coulpe et cabotines paroles d'autoflagellation. Puis on ne le vit plus aux répétitions qu'une fois sur trois ou quatre, enfin on ne le vit plus du tout. Grand Magistral s'était dès le début alarmé de ces défections et je m'étais employé à le rassurer autant que je pouvais.

– Mais qu'est-ce qu'il a, bon Dieu ? Qu'est-ce qui lui arrive à la fin ? explosa-t-il au sortir d'une répétition.

Informer Grand Magistral des intentions criminelles de notre acolyte me paraissait la dernière des choses à faire. J'avais d'abord payé mon camarade d'explications si maladroitement rassurantes qu'il sentait bien que je lui cachais la vérité. Moïse Chant-d'Amour n'avait plus reparu depuis une semaine. Alors, acculé à tout dire sans rien révéler :

– Écoute, c'est vrai, il y a un problème, commençai-je bien embarrassé, il va très mal en ce moment, il n'a trop rien voulu me dire, il m'a demandé, il te demande, il nous demande de ne pas nous en mêler. En tout cas je crois bien que pour l'instant, il ne faut plus trop compter sur lui, ni pour la chorale ni pour autre chose.

Grand Magistral encaissa le coup en se rapetassant d'un air buté. À la répétition suivante, il nous annonça très officiellement, sur un ton primesautier à force de vouloir minimiser cette contrariante nouvelle, la très probable absence définitive de Moïse Chant-d'Amour. Personne ne parut s'en formaliser plus que ça, surtout pas Thérèse-Bethsabée à qui l'annonce n'eut même pas l'air de parvenir, et l'on se mit à la besogne. Ce fut une séance tâcheronne et désorientée ; privé de son charismatique menon, le pauvre troupeau des Impétrants avait par moments des airs de bien triste meute égarée. Les répétitions suivantes furent à l'avenant et l'ambiance se détériora à nouveau. Le climat s'alourdissait par instants de maussade électricité, faisant plusieurs fois redouter la réédition en peut-être pire de la tempête précédente. Ne sachant plus trop s'ils étaient en charge d'une chorale ou d'une cellule de soutien psychologique, Grand Magistral et Thérèse-Bethsabée décidèrent d'embarquer tout le monde dans la Marie-Vison pour la rue du Surmelin. L'idée était de faire découvrir aux Impétrants la salle où aurait lieu le concert et même de faire une petite répétition là-bas. Cela plut à tout le monde et la bonne humeur revint, le trajet jusqu'à la porte de Ménilmontant fut une plaisante excursion, d'autant que c'était la première fois qu'on faisait une virée tous ensemble. Les troupes s'émerveillèrent en découvrant la salle de patronage vieillotte où se tiendrait notre triomphe. Seul Pandolphe avait passé la porte de l'endroit avec une raideur contrainte, comme lorsqu'on rend visite à son pire ennemi :

– Ça pue quand même un peu l'eau bénite ici, ronchonna-t-il deux ou trois fois.

Les autres furent enchantés par la vue de la vieille scène avec son plancher poussiéreux et ses rideaux. Mais quand on voulut honorer la vénérable salle des fêtes du chœur des dames, chevaliers et seigneurs de la Wartburg, aucun son ne voulut sortir, la chorale fut bâillonnée par le trac, on se serait cru revenus à nos toutes premières et balbutiantes répétitions. Positifs et encourageants vaille que vaille, Grand Magistral et Thérèse-Bethsabée assurèrent que tout ça n'était pas grave et même tout à fait normal. Le voyage retour fut aussi penaud et silencieux qu'avait été enjoué le trajet aller.

Laborieuses, poussives, crispées, mais tenaces malgré les vents contraires, soudain euphoriques puis tristounettes juste l'instant d'après, telles furent les séances des jours suivants. On était à la peine mais faisait montre d'un admirable refus de se décourager. On se gava de Bach et Schubert jusqu'à l'indigestion, le refrain de *La Marie-Vison* prit dans l'adversité des accents de chant guerrier et le quotidien une ambiance de camp retranché. C'est l'un de ces soirs que repartant du Vieil Entrepôt pour la bouquinerie, je me heurtai à Lacordeur, embusqué à m'attendre.

– Alors ? Vous avez réfléchi ?

– Quoi, réfléchi ? fis-je d'un ton odieux et ennuyé.

– Ben, vous savez bien. On est quand même déjà le 30 octobre, non ? Le 30.

Sa fameuse décision ne m'était pas sortie de la tête, oh non (comment l'aurait-elle pu quand l'intéressé prenait soin de me la rappeler d'un bihebdomadaire et horripilant regard de loin ?), je l'avais simplement repoussée comme une question qu'on refuse de se poser. L'occasion me parut propice d'en finir avec l'animal et son insistant reluquement de poisson mort, et je lui envoyai en pleine figure :

– Eh bien, allez donc vous dénoncer ! Quand on est un assassin, c'est ce qu'on a de mieux à faire.

Lacordeur eut un air interrogatif. Il ne bougeait pas, je me sentis obligé de rajouter quelque chose :

– Et si vous finissez en taule, au moins je suis certain de ne plus jamais voir votre gueule.

– Ça, c'est à voir.

Je fus éberlué de comment il m'avait dit ça : de façon posée, pour le coup amicale.

– Je vous trouve moins puceau depuis quelque temps, ajouta-t-il en m'enveloppant de ses yeux de méduse.

Je lui tournai le dos et m'enfuis, ne songeant plus qu'à l'oublier à jamais et à courir retrouver ma bouquinerie, mais je n'avais pas fait vingt mètres que, venant de la cambuse, une explosion d'éclats de voix m'arrêta. Un bruit de subit capharnaüm qui signifiait le désastre. J'hésitai à rebrousser chemin, craignant de retomber sur Lacordeur mais non, l'immonde loustic avait disparu. Tant pis pour la bouquinerie, elle attendrait, je me précipitai vers le tumulte de cris et gueulantes qui allait augmentant. Ce que pourtant tout le monde n'avait eu de cesse de vouloir empêcher venait de se produire : une engueulade générale, pire que la première, venait d'éclater. Un ramassis agité, une hurleuse pétaudière, chacun ne s'employant plus qu'à crier plus fort que son voisin, tout souci d'autrui aboli, le chacun pour soi et l'hostilité envers ses semblables pour unique loi commune, les occupants du Vieil Entrepôt étaient devenus tout cela. Peu importait ce qui avait tout déclenché. C'était, appris-je plus tard, la proposition, défendue par on ne se souvenait même plus qui, de purement et simplement annuler le concert. Une allumette grattée dans la pièce où sévirait une fuite de gaz n'eut pas mieux fait. Annuler le concert… Il y eut les pour, il y eut les contre, les qui ne savaient pas, aucun chimiste n'eût su doser mélange plus explosif. Dès les tout premiers échanges de noms d'oiseau, d'un absurde commun accord, on était sorti de la cambuse pour s'empoigner et se hurler dessus plus à son aise, offrir à la catastrophe un champ de bataille plus seyant à la bacchanale d'insultes et déversées de subite haine qui fusèrent partout dans le Vieil Entrepôt, devenu petit hameau en état de guerre civile. Entre les poutrelles et sous notre voûte céleste en plastique, toute cette vie collective si amoureusement et patiemment édifiée semblait s'effondrer. Quand on vit Jean-Maurice aller faire ses valises, Pandolphe gueuler qu'il se cassait tandis que Bankara le baptisait « Vautour, traître à la charogne que les hyènes seront trop heureuses de boustifailler », il fut clair que notre communauté commençait son agonie. Grand Magistral redevenu, tel Cendrillon après le douzième coup de minuit, le hère frénétique de jadis trépignait sur place en citant Jules Vallès et *L'Art du chef d'orchestre* de Berlioz, Thérèse-Bethsabée après avoir dans un premier temps pris toute sa part aux cris et insultes avait disparu on ne savait où. Les vociférations culminaient, la bourrasque était à son sommet ; le prodige étant que personne n'en était encore venu aux mains, on se contentait pour l'instant de s'entre-tuer avec des mots. Et, hormis le Jeunot Maladif parti pousser des cris tout seul sur sa montagne, nous restions groupés comme une meute, en paquets les uns sur les autres, pour mieux continuer à se gueuler dessus mais aussi comme si, au plus fort de l'irrémédiable, on ne se décidait pas à ne plus être une chorale. Quant à la vieille Azucena, sa noueuse carcasse repliée, elle avait l'air de dormir sur son plot. Je dis « nous », ami lecteur, car sitôt sur les lieux du drame, j'eus moi aussi, et sans rien y comprendre, droit à mon lot d'insultes et de honnissements, et comme ces pauvres diables enrôlés dans une guerre parce qu'ils passaient étourdiment par là au mauvais moment, je fus avalé par le désastre sans autre recours que d'y payer mon écot. On avait atteint ce moment de paroxysme écartelé où une catastrophe semble à la fois se chercher une issue et mordicus refuser d'en trouver une. Ce fut l'instant de la possible venue aux mains à quoi on avait jusqu'à présent échappé, où le frère Apatride aurait pu ressortir son couteau, où Pandolphe, qui en dépit d'une envie par lui si souvent proclamée n'avait jamais foutu son poing dans la gueule de personne, aurait pu passer l'acte, où le Belge ou Jean-Maurice auraient pu rouler absurdement avec Guitou dans les gravats… Or ce fut à ce moment-là qu'un son, un son ténu pour commencer mais peu à peu s'amplifiant, un son venant d'ailleurs, s'immisça dans la confusion des engueulades. D'abord personne ne remarqua ni n'entendit, mais peu importa au son qui continua, fit peu à peu décroître, retomber, et enfin se museler tous les cris. Quand le tumulte se fut suspendu, on réalisa que ce qu'on entendait là était un chant, un chant que nous reconnûmes tous : c'était *Erbarme dich, mein Gott*, porté par une voix humaine à en trembler, céleste à se prosterner, la plus belle des voix de contre-ténor qui se pût entendre.

– *Erbarme dich, mein Gott, um meiner Zähren willen* (*Aie pitié, mon Dieu, pour l'amour de mes larmes*) chantait la voix.

Personne ne comprit d'abord, l'étonnement cloua tout le monde et acheva d'éteindre l'incendie. Puis nous nous regardâmes, nous demandant si nous n'étions pas captifs d'un invraisemblable rêve collectif. Non, c'était une voix tout à fait réelle et bien présente. Mais qui donc en chantant rendait ainsi nulle et non avenue la bourrasque d'il y avait à peine deux minutes ? À qui donc était cette voix qui, sans demander l'avis de personne, réconciliait tout le monde ? Chacun chercha autour de soi pour tenter de comprendre d'où venait le miracle. La voix continuait, androgyne et puissante, voix d'homme, de femme, d'enfant tout à la fois, qui accouplait l'éternelle majesté de Bach à la délicieuse désuétude d'une chanson entonnée à un coin de rue. Et nous découvrîmes alors que ce n'était autre que Deux le Fils ! Deux le Fils, parfaitement !

– *Schaue hier, Herz und Auge weint vor dir bitterlich.*
Erbarme dich, mein Gott…
(Vois ici, devant toi mon cœur et mes yeux amèrement pleurer,
Aie pitié, mon Dieu…)

Deux le Fils chantait, une lueur de contentement dans le regard, avec un air appliqué d'écolier évitant de faire des fautes. En lieu et place de l'habituelle trombine d'idiot du village, son visage rond de lune ombrée avait cette simplicité songeuse et un rien espiègle qu'on voit aux figurines des miniatures persanes ou hindoues. Une grâce de danseur au repos avait doucement soulevé ses bras pour mieux accompagner l'élévation du chant et congédié cette balourdise dyslexique dont nous l'avions cru incurablement affligé. Les bouches étaient bées et les mines pantoises. Sortant de la cambuse, un autre son s'était venu joindre à la voix de Deux le Fils, celui du piano de Thérèse-Bethsabée. Par la porte grande ouverte, j'aperçus sa figure de soleil rieur, souriante, triomphale, et tandis que ses doigts écoulaient sur les touches les volutes de l'aria ordinairement dévolues à un violon solo, son regard tendait obstinément vers Deux le Fils l'adresse complice d'un facétieux et incandescent amour. Les têtes de plusieurs d'entre nous acquiesçaient instinctivement, les bras de la vieille Azucena sollicitaient en douceur l'approbation des cieux, et Deux le Père souriait à peine un peu plus que d'habitude, comme à une évidente apothéose de la venue de laquelle il n'avait pas une seule fois douté. Une gêne tranquille et souriante parcourut tout le monde quand le chant cessa, Deux le Fils regarda quelque part par terre comme un peu confus de ce qu'il venait de faire. Puis il leva vers nous un visage heureux et grave, joignit à notre intention les mains à la façon des Asiatiques et pour la première fois nous l'entendîmes parler :

– Ce sont vos voix à tous qui sont venues chanter là, dit-il en désignant son cœur, cette voix que vous avez entendue est celle de votre enfant reconnaissant. Merci à vous mes amis. Je m'appelle Soham.

Il montra son père :

– Et voici Dharma.

Personne ne dit mot, on était autant perclus par la tribulation de tout à l'heure qu'abêtis par le prodige venu la frapper de nullité. Chacun s'en fut en silence, qui s'égayant dans le Vieil Entrepôt, qui regagnant la cambuse. Je restai planté comme un incrédule échassier à prolonger mon ébahissement. Me décidant enfin à quelques pas de promenade indécise, j'aperçus malgré l'obscurité, dans un recoin, deux silhouettes qui s'étreignaient avec fougue et délices, c'était Deux le Fils et Thérèse-Bethsabée. Je me détournai pudiquement et alors une autre silhouette, massive et terrible celle-là, me surgit devant le nez. C'était Moïse Chant-d'Amour que l'on n'avait plus vu depuis tant de jours.

– C'est pour après-demain, tiens-toi prêt, me fit-il d'une voix caverneuse.

Je n'eus pas le temps de répondre ni de réagir, il était déjà reparti.

DIGRESSION CINQ

Ah non, pitié, pas maintenant! Ça faisait déjà deux fois cette semaine, il n'allait pas encore boguer, cet ordi à la con? Le lieutenant de police Pleuchot trimait à sauvegarder les mains courantes et les dépôts de plainte, comme si c'était son boulot à lui de faire ça! Surtout ne pas se gourer dans le numéro d'enregistrement, que le vol de bicyclette aille pas se squeezer avec le tapage nocturne. Un ou deux N à voisinage?

– Chef, chef! Il y a quelqu'un pour vous.

Décidément le gardien de la paix Lambard y tenait à « chef ». Combien de fois on lui avait dit pas « chef » mais « lieutenant »!

– Qui ça quelqu'un? J'ai pas le temps là. Bon ben, faites-le monter.

Qu'est-ce qu'il voulait, ce nain? Enfin pas vraiment nain, mais franchement riquiqui le bonhomme.

– Bon alors je vous écoute qu'est-ce qu'il y a? Oui c'est important, c'est toujours important quand on vient ici. Hein? Quoi? Attendez, vous me racontez quoi là? Vous êtes sûr? Et pourquoi ça vous fait rire? Si, vous avez ri, je vous dis que vous avez ri. Ah bon? Ah oui, alors c'est autre chose. Mais, vous savez, ça peut se soigner, ils en ont parlé à la télé, ce serait pas ça qu'on appelle des tocs? Mais vous êtes sûr certain de ce que vous me dites? Je suis sérieux, là: accusation mensongère, faux témoignage, c'est pas gratuit, vous savez. Quel nom vous dites ? Vous écrivez ça comment ? C'est son nom qui vous fait rigoler ? Bon, inscrivez le nom sur ce papier, j'ai autre chose à faire que vous regarder vous fendre la gueule. Et il y sera ? Vous êtes certain de l'heure et du lieu ? Bon d'accord, je note ça. Ah ben non, moi, je prends votre déposition et je transmets c'est tout. Ben oui, faut signer et puis montrer une pièce d'identité. Vous l'avez pas sur vous ? Alors je fais quoi de votre déposition ? Donnez-moi au moins une adresse, un téléphone et il faudra revenir avec vos papiers.

Qu'est-ce que c'était que ce bazar ? Plutôt pas mal dans son genre le nabot rigolard pas vraiment nabot. De toute façon, pas s'emmerder avec ça. C'était un truc pour le parquet ou la BAC, à eux de s'arranger avec.

CHAPITRE QUINZIÈME

Où le narrateur espère que son aimable lecteur, s'il est quelque peu cinéphile, saura déceler un bien involontaire et fatal hommage à Alfred Hitchcock.

Deux le Fils, faux simple d'esprit, chanteur de génie et amant de Thérèse-Bethsabée... L'on se retrouva bien bêtas devant l'inconcevable. En tout cas, j'avais l'explication de ses régulières escapades nocturnes, à elle, surtout quand je me souvins soudain avoir vu plus d'une fois Deux le Fils s'esquiver discrètement de la cambuse au milieu de la nuit. Et je me trouvais maintenant bien cruche d'avoir mis ces évasions sur le compte d'une nocturne envie de pipi ou d'insomnies consécutives au cerveau déficient du petit bonhomme. Personne d'ailleurs ne connut, du moins pas tout de suite, le fin mot de l'histoire, car dès le lendemain, Soham, puisqu'ainsi se prénommait Deux le Fils, disparut du Vieil Entrepôt. Personne ne s'en formalisa vraiment, comme si émerveillés devant l'apparition de l'archange nous ne pouvions qu'approuver à son envol vers ailleurs. Commente-t-on un prodige ? Nous reparlâmes peu des événements de la veille, de même qu'une pudique discrétion retint tout le monde de questionner Thérèse-Bethsabée. Celle-ci, du reste, coupa court aux curiosités par cette laconique promesse :

– Il reviendra. Bientôt.

Les événements en train de se tramer ne l'entendaient pas ainsi et, pour des raisons que vous saurez fort bientôt, ami lecteur, Soham ne revint jamais au Vieil Entrepôt. D'un prometteur et vaillant bon pied, les répétitions reprirent, la défection de son plus miraculeux Impétrant ne perturbant aucunement la chorale, car si Soham s'en était hier soir révélé l'étoile splendide, Deux le Fils en avait toujours été l'un des boulets. Quant à moi, je m'associai de mon mieux à la chantante et collective niaque, mon solo dans *La Marie-Vison* me valait éloges de tous et affectueux coups de canne de monsieur l'Ancêtre, mais ô que mon esprit était ailleurs ! Il ne me restait même pas trois jours pour empêcher Moïse Chant-d'Amour de tuer le vieux et je ne savais quoi faire. L'idée m'était bien venue d'en parler aux autres et d'implorer leur aide, mais la crainte de porter un coup au joyeux climat miraculeusement revenu m'en dissuada. Prendre Moïse Chant-d'Amour dans un coin et le supplier de renoncer à cette folie, tout tenter pour lui ouvrir les yeux et la conscience, j'eusse volontiers osé cela mais le futur tueur s'était fait introuvable. Il ne se manifestait plus que par succincts SMS, le dernier en date me signifiant sybillinement l'heure projetée du crime : « Vingt et une heure quinze, tu sais où. » Perdu entre impuissantes cogitations et sourde panique, je me sentais captif. Et un dernier et inconcevable incident, dont je ne saisis que plusieurs mois plus tard le crapuleux fin mot, vint – sous la forme d'un message sur ma boîte vocale – porter mes affres à leur comble. Regagnant Paris au sortir d'une répétition où j'avais soigné mes angoisses en donnant à l'entraînante mélodie de *La Marie-Vison* les âpres accents d'une prière d'exorcisme, une injonction m'attendait sur mon portable : un certain lieutenant de police Pluchard ou Plochon, j'entendis mal, me demandait avec une laconique absence de gants de me présenter muni d'une pièce d'identité au commissariat de je ne saisis pas bien où. Je n'en déduisis qu'une chose : bien plus maligne qu'on ne le prétend, la police avait eu vent de nos préparatifs d'homicide volontaire. Affolé et revêtant prématurément des habits de criminel en cavale, je choisis de ne pas répondre à la convocation, en tout cas pas sur-le-champ. Si Lacordeur m'avait pu voir en cet instant, peut-être eût-il rigolé d'un bon gros rire pour le coup bien authentique. Je dormis d'un fort mauvais sommeil cette nuit-là, modérément soulagé, quand pointa l'aube, qu'aucun policier ne fut venu cogner à ma porte. Nous étions à la veille de la date fatidique. Je courus donner libre cours à mes tourments chez André Mahmoud, des fois, savait-on jamais, que Moïse Chant-d'Amour y eût débarqué, prêt en ce cas-là à lui payer tous les whiskys de la Terre pour le convaincre d'enterrer sa vocation de tueur. Les « pas de problème » d'André Mahmoud firent bien peu écho à ma réalité du moment. À force de me torturer, et plusieurs décilitres de déca m'ayant lesté le ventre, une idée finit par me venir, une idée pour laquelle je n'étais pas certain de posséder l'audace requise, mais je n'en voyais décidément pas d'autre : foncer dare-dare à Savigny-le-Coteau, informer le vieil adjudant qu'on en voulait à sa vie, et attendre à ses côtés la venue de l'assassin. J'abandonnais la banquette couinante pour gagner l'affreux pavillon de banlieue, quand mon portable sonna. Je me crispai. Moïse Chant-d'Amour ? Encore les flics ? Pas du tout, c'était Thérèse-Bethsabée, mais une Thérèse-Bethsabée dans tous ses états, des larmes et de la rage dans la voix ; je ne l'avais jamais entendue ainsi :

– Rapplique-toi, Gentil Pépère, rapplique-toi vite, rue d'Aubervilliers ! Vite, c'est urgent !

J'oubliai aussitôt Savigny-le-Coteau, fis les frais d'un taxi que, « pas de problème », André Mahmoud m'obtint en deux minutes. Sauté du véhicule, je vis Thérèse-Bethsabée sur le trottoir en discussion avec un monsieur que je ne connaissais pas et juste à côté d'eux Bankara, effondré sur un banc public. C'était horrible et tenait en peu de mots : la demande d'asile de Bankara, d'Hadiya et des progénitures avait été rejetée. Thérèse-Bethsabée et l'avocat qu'elle avait embauché sortaient tout juste du Bureau des Demandeurs d'Asile politique ou d'Asile territorial, où prospère l'absence d'état d'âme adéquate au genre de décision qui venait d'être signifiée à la petite famille africaine. On s'était donc démené sans compter mais en pure perte, alors qu'on y croyait, que s'accumulaient mieux que des raisons de ne plus douter. Recalés sans explication à un examen où ils avaient pourtant tout bon, Bankara, Hadiya et les progénitures devaient quitter la douce France, un ordre de reconduite ne tarderait pas. Un épais dossier sous le bras, le pauvre avocat faisait non de la tête avec un visage délavé en répétant :

– Mais où vit-on ? Où ?

Et si jamais je fus, ami lecteur, témoin d'un événement contre nature, ce fut celui-ci : Bankara, Bankara le rieur, Bankara le convivial, Bankara le fraternel, Bankara sanglotant sur le banc, laissant échapper des plaintes et gémissements d'homme sous la torture, se tordant le corps et déchirant ses mains, sa magnifique tête levée vers là-haut pour chercher désespérément, puisque sur Terre tout était foutu, un tout petit morceau de ciel en lequel encore croire. Et nous étions là, rageant d'être inutiles.

– Heureusement, mais heureusement, Gentil Pépère, qu'il n'est pas venu avec nous jusque là-bas, je veux dire jusqu'à leur merdier, enfin leur saloperie de bureau, quoi, lui, il voulait nous accompagner, il avait confiance, me fit Thérèse-Bethsabée, parlant encore plus vite et saccadé qu'à son accoutumée, comme s'il n'y avait aucun temps à perdre et que les molosses de la Préfecture seraient avant peu à nos trousses. Heureusement, mais heureusement, Fieffé Parleur (je compris que c'était l'avocat) a su le convaincre d'attendre ici, sinon à l'heure où je te parle, il était direct en route pour le centre de rétention. Faut pas qu'on reste ici. Gentil Pépère, lui, sa princesse, les progénitures, tu peux les prendre chez toi ?

Évidemment que je pouvais, mais oui, et tout de suite même, oubliant dans l'affolement que chez moi aussi les flics pouvaient débarquer. Fieffé Parleur refusait de baisser les bras, seulement il avait besoin de se retourner, voir, trouver la parade, il y en avait forcément une, il brandissait le dossier comme une arme dont il ne faut surtout pas gâcher la dernière cartouche, seulement, oui, il fallait avant tout mettre la petite famille en sûreté. Mais Bankara refusa : une dernière nuit, au moins une dernière nuit avec tout le monde au Vieil Entrepôt, personne ne pouvait leur interdire ça, à lui, à Hadiya et aux progénitures, et d'ailleurs qu'est-ce qu'ils risquaient de plus là-bas que chez Cousin-son Frère Saturnien ? Nous nous rendîmes à cela et j'osai m'avouer, car même en ce tragique moment de grand altruisme je n'oubliais pas mes petites affaires, que cela m'arrangeait car me permettait de voler sans tarder au secours de l'innocent vieillard. Je laissai donc Bankara avec Fieffé Parleur et Thérèse-Bethsabée.

Pour la seconde et dernière fois de mon existence, par une bruinante fin d'après-midi, j'arrivai devant le 37 rue des Jonquilles à Savigny-le-Coteau. Je n'avais vu les lieux que de nuit et cela m'avait semblé correctement sinistre ; les découvrant en journée, ils m'inspirèrent une convenable désespérance. Je poussai bravement la grille, traversai le jardin hirsute jusqu'à l'odieuse maisonnette tandis que me remontaient d'archaïques frayeurs de pauvre enfant volant au secours d'un vieux croque-mitaine. D'une main pas franchement fière, je tournai la poignée de la petite porte. J'allai du corridor d'entrée jusqu'au pied de l'abrupt escalier qui montait au premier – l'arme du crime, songeai-je en considérant la périlleuse déclivité de ses marches. Il régnait un silence de maison déserte. Alors une question m'empoigna les viscères : et si Moïse Chant-d'Amour avait accompli la chose sans m'en informer ? Si c'était le cadavre du vieux que j'allais rencontrer au premier ? Je jetai un regard d'ensemble au rez-de-chaussée. Le mobilier lourdingue, un papier peint hors d'âge et terni sur les murs, tout exhalait le reclus vieilli, ainsi que l'inhabité. La vieille cuisine exhibait un capharnaüm de vaisselle oubliée sur un carrelage encrassé. Quelque chose ne cadrait pas. Non, ça ne cadrait pas. Je me résolus à monter au premier. Le craquement de mes pas sur les marches fit le bruit angoissant et convenu qu'on entend dans les films. En haut de l'escalier trois portes fermées, une en face, les deux autres de droite et de gauche. Me souvenant de l'autre nuit, j'identifiai celle de droite comme ouvrant sur la chambre du vieux. Je ne sais pas combien de temps je restai hésitant. Et ce silence de maison vide. Enfin je me décidai à frapper trois petits coups, des frôlements plutôt que des coups. Rien. Je recommençai pareil. Toujours rien. J'attendis un peu et frappai un peu plus fort cette fois, puis carrément très fort. Silence, toujours. Décision suprême, je tournai le bouton et poussai doucement la porte. Un grand lit défait, édredon et draps douteux tombés à terre, occupait un bon tiers de la chambre, le même consternant papier peint qu'en bas tapissait les murs. Dos à la porte, une forme humaine était assise sur le fauteuil roulant que je reconnus bien. La silhouette ne bougeait pas, les épaules recouvertes d'un large plaid à carreaux, un béret militaire soigneusement incliné sur la tête, le corps un peu de traviole. J'interrogeai le silence pour y déceler quelque chose comme le souffle d'un sommeil, un reniflement ou un bruit de gorge, des gargouillis, quelque chose. Rien. Du pas de la porte, j'osai de ma voix la plus douce possible :

– Monsieur Ducaire… Monsieur Ducaire…

Rien. Silence.

– Monsieur Ducaire ? Vous m'entendez ?

Toujours rien. Aucun geste ni réaction du vieux sur le fauteuil. Je me préparai à découvrir qu'ayant visé juste dans mes craintes je m'adressais à un cadavre. Peut-être après tout que Moïse Chant-d'Amour n'y était pour rien et que le vieux était mort tout seul comme un grand ? Je me vis même déjà tout content d'annoncer à mon acolyte que c'était réglé, que les lois de la nature nous avaient épargné le sale boulot. J'appelai encore, d'une voix plus forte, cette fois :

– Monsieur Ducaire !

J'osai trois petits pas, puis allai franchement me placer face au fauteuil. Alors je découvris la chose ! Le vieil adjudant était un simple mannequin articulé, une sommaire marionnette à taille humaine, reliée par chacune de ses extrémités et articulations à un jeu de fils de nylon, revêtue d'un pyjama à rayures et d'une épaisse robe de chambre beige sombre. Je me risquai à saisir l'un des fils et à le tirer doucement, le bras gauche se leva avec une raideur crédible ; un autre fil déclenchait les divers mouvements de la tête. Je compris alors toutes les insistantes chatteries de Moïse Chant-d'Amour à Pandolphe pour lui extirper l'art de bricoler un objet d'humaine apparence. À la main droite du prétendu vieil adjudant était ficelée une canne et deux fils alternativement manœuvrés produisaient le mouvement d'une menace de coups. Je m'expliquai maintenant cette raideur guignolesque des gestes que j'avais attribuée à l'impotence du vieux. Je cherchai dans la pièce un quelconque appareil permettant de diffuser une voix et, ne trouvant rien de tel, j'en conclus que Moïse Chant-d'Amour avait alternativement, et non sans une confondante virtuosité, tenu les deux rôles, le sien propre et celui du vieux. En plus de tous les dons et talents dont il m'avait esbroufé toutes ces années, mon acolyte possédait-il celui d'être ventriloque ? Je n'avais plus rien à découvrir dans cette chambre et revins sur le palier. Il me restait deux pièces à visiter. Je poussai au hasard l'une des deux portes. Des rayonnages de livres et alignements de vieux disques vinyle couvraient trois murs, le quatrième abritant une penderie dans laquelle je reconnus les vêtements de Moïse Chant-d'Amour. C'était donc là qu'il habitait ? Entre deux étagères étaient punaisés un portrait de Richard Wagner et une photo de Kundry tirant la gueule. Étouffant et bordélique, ce lieu était plein de lui, je ne m'y attardai pas et m'en fus vers l'autre pièce, dans laquelle régnait au contraire un indéniable sens de l'ordre et du rangement. Un clinquant équipement informatique – ordinateur, imprimante, scanner et autres machines inconnues du néophyte que j'étais – trônait dans cette troisième salle. Que n'étais-je accompagné de Bankara : tout ce fourbi m'eût séance tenante livré ses secrets. Jouxtant cela, un soigneux empilement de papiers et dossiers occupait une table de bureau dont j'entrepris l'exploration. Je découvris une succession de documents falsifiés, prétendument à en-tête de la ville de Garges-en-Buy, parmi lesquels je reconnus ceux que Moïse Chant-d'Amour m'avait exhibés à maintes reprises. Tous les actes certifiés et paperasses soi-disant dignes de foi concernant tant le Vieil Entrepôt que le projet de grand parc wagnérien qui m'étaient passés devant les yeux depuis tous ces mois étaient des faux confectionnés ici même, à Savigny-le-Coteau. Les procès-verbaux du conseil municipal, les promesses de crédit, tout avait été contrefait de A à Z, quelques machines diaboliques ayant présidé à l'excellence des falsifications. L'image me surgit alors d'un Moïse Chant-d'Amour insoupçonné de moi, s'activant à son ordinateur, tripatouillant des programmes informatiques, lui qui s'était toujours affirmé, selon sa propre expression, « inapte à ce genre de bazar ».

Sur la table se trouvaient également de nombreuses pages manuscrites. Je reconnus tout de suite l'écriture anarchique et brouillonne de Moïse Chant-d'Amour. Puis je tombai sur une liasse de feuilles où, toujours de sa main, s'étaient élaborés non sans ratures, les fragments d'un texte qu'il me sembla vite reconnaître. Il s'agissait des brouillons de la lettre qu'il m'avait fait lire chez André Mahmoud, cette lettre à lui adressée et signée par son oncle, le vieil adjudant-chef en retraite Raoul Ducaire. Dans une autre chemise à rabats, je découvris plusieurs cahiers d'écolier remplis de cette élégante écriture cursive qui avait forcé mon admiration et ce fut, ami lecteur, à ce moment-là que je compris… Je compris pourquoi m'était venu ce troublant malaise quand Moïse Chant-d'Amour avait caressé la tête de Sardanapale puis, surtout, lorsqu'il avait signé l'autographe aux progénitures. Enfin je saisissais : à deux reprises, Moïse Chant-d'Amour, le prétendu indéfectible gaucher, s'était étourdiment trahi en se servant de sa main droite ! C'était donc cela que j'avais vu sans le voir et qui m'avait tant violemment secoué. Certains mendiants des cours des miracles étaient de faux aveugles, moi j'avais eu pour meilleur pote un faux gaucher. J'avisai un autre paquet de feuilles sur la table, c'était l'écriture d'une scène dialoguée, on aurait dit le manuscrit d'une pièce de théâtre. Un des personnages s'appelait « Moi », l'autre s'appelait « Lui ». Je reconnus au mot près l'engueulade dont j'avais été témoin l'autre nuit à travers la fenêtre. Sur la table restaient bien d'autres paperasses, sur les rayonnages d'autres dossiers, je me jetai fou furieusement sur tout ça et me mis à fouiller, compulser : de mes toutes premières visites au Vieil Entrepôt jusqu'à la soi-disant scène de famille avec le vieil adjudant fictif, je reparcourus toute notre histoire comme depuis des coulisses insoupçonnées. Un moment vint où je calai, incapable de m'aventurer plus avant dans ce terrifiant envers du décor. La nuit était tombée lorsque je quittai les lieux, je marchai droit devant moi des heures, sans ressentir fatigue ni lourdeur, et ce fut à pied qu'aux prémices d'agitation du petit matin, j'arrivai aux portes de Paris. Devant la bouche bientôt ouverte du métro Porte de Choisy, je me résolus à tenter un début d'inventaire : il n'y avait jamais eu de vieil oncle, donc jamais de faramineux héritage, donc jamais de projet du grand parc wagnérien, jamais de mise en vente du Vieil Entrepôt, jamais non plus de projet d'acquisition du même Vieil Entrepôt, le gaucher n'avait jamais été gaucher, il n'y avait jamais rien eu de tout cela, tout n'avait été que du flan, et comme au bout d'une très longue route s'arrêtant au bord d'un précipice, je vacillai devant l'ultime question : y avait-il eu un Moïse Chant-d'Amour ? Mais je n'eus pas loisir, ami lecteur, de m'attarder sur ces interrogations, ni de courir me saouler la gueule comme j'en ressentais la grande envie, car tandis que je faisais ces découvertes en ce crapoteux pavillon de banlieue, des événements autrement tragiques s'étaient produits au Vieil Entrepôt.

CHAPITRE SEIZIÈME

Qu'un seul mot résume : cataclysme.

Bankara et Thérèse-Bethsabée avaient décidé de ne rien dire aux autres pour l'instant. Hadiya, qui était du côté de Bièvres à bichonner latrines et corridors d'une multinationale, apprendrait le drame bien assez tôt. La soirée commença le plus normalement du monde, appris-je par la suite, avec le déchargement de la Marie-Vison et les conversations habituelles. Pandolphe exhiba tout fier une statuette taillée dans un bout de vieux pneu en qui tous reconnurent Deux le Fils en train de chanter.

L'ambiance était d'autant meilleure que l'on sentait les tempêtes désormais derrière soi ; le chant de Soham avait guéri les Impétrants comme autrefois le Christ les lépreux et l'approche du concert galvanisait les esprits. Il n'y avait pas eu de répétition ce jour-là mais tous harcelaient Grand Magistral et Thérèse-Bethsabée, quémandant des observations sur les précédentes, des conseils pour celle du lendemain. L'Apatride révisait d'un air farouche et consciencieux tous les morceaux, Bankara était admirable de bonne humeur, s'exaltant avec les autres pour ce concert auquel il ne participerait probablement pas.

Grand Magistral avait reçu une lettre de Moïse Chant-d'Amour, qui m'était aussi destinée. En trois lignes succinctes, notre acolyte déclarait devoir s'absenter pour quelque temps et demandait qu'on ne cherchât pas à le contacter. Grand Magistral fut surpris et troublé car d'habitude Moïse Chant-d'Amour ne mettait pas tant de formes pour fuguer.

Le cataclysme eut lieu aux alentours de vingt et une heures quinze.

Le dîner venait de finir, chacun immergeait à tour de rôle sa gamelle dans le grand baquet voué à la vaisselle, l'Accordéoniste révisait, révisait. Lacordeur avait rappliqué. Refusant comme à son habitude l'assiette qu'on lui avait proposée, il se montra fort déçu que je ne fusse point présent. Les progénitures renâclant pour aller se coucher, Bankara dut faire semblant de se fâcher, Pandolphe chipa le portable du Belge pour faire croire qu'il appelait le père Fouettard. Il y eut alors un bruit de pin-pon houspillant, une striure de gyrophares gicla sur le haut vieux mur et les parois de la cambuse. Une bagnole de flics s'immobilisa à l'entrée du Vieil Entrepôt, trois types avec un brassard rouge mar-qué « Police » s'en éjectèrent. Il y eut un éparpillement paniqué de tout le monde, sauf de Lacordeur qui affichait un air pas surpris du tout. C'est alors que mieux que tous les bourreaux de Béthune, le scénario se noua. Les flics ne pouvaient en vouloir qu'à Bankara et la petite famille, comment eût-il pu croire autre chose ? Ce dernier s'étant saisi d'Aurélie comme d'un paquet, Thérèse-Bethsabée en ayant fait autant avec Sapajou-Ouistiti, ils se mirent à courir dans la direction opposée à l'endroit où la bagnole de flics s'était arrêtée. Immédiatement la confusion fut totale au Vieil Entrepôt. Ce fut un barouf d'exclamations mêlées de « Halte ! Police ! Police ! Ne bougez plus ». Il y eut ceux qu'instinctivement l'arrivée de la police fit s'enfuir et ceux que tout aussi instinctivement elle poussait à l'affrontement. À la première catégorie appartenaient les frères et sœur Apatrides qui, doués de la faculté de disparaître magiquement à la vue des forces de l'ordre, s'étaient instantanément volatilisés. À la seconde appartenait Grand Magistral qui, exigeant des explications, se retrouva bien vite plaqué au sol sous l'effet d'une clef de bras opérée par l'un des sbires. À cette même catégorie, outre Sardanapale aboyant furieusement, s'ajoutait, et il en semblait le tout premier fier autant que surpris, Jean-Maurice, qui subit le même sort que Grand Magistral. Troisième et non des moindres affidés à cette même catégorie, Pandolphe avait couru se saisir d'une masse en fonte et, ravalant la grande et atavique envie qu'il avait de l'abattre sur les trois tronches policières ici survenues, il rompit d'un coup d'un seul l'une des élingues qui soutenaient le ciel en bâche. Celui-ci s'effondra sur la cambuse et les gravats, entravant la course des flics en direction des fuyards. Parmi tout le tintouin, seul Lacordeur n'avait pas bougé, spectateur paisiblement indifférent à toute la scène. Une voix en détresse passant à sa hauteur lui fit tourner la tête :

– Aide-moi, Flandrin Gracieux, aide-moi, je vais pas y arriver.

C'était Thérèse-Bethsabée dont, toutes décuplées que fussent ses forces en cet instant, la claudication et le poids de Sapajou-Ouistiti retardaient dangereusement la fuite. Avant d'avoir pu dire ouf, Lacordeur s'était retrouvé avec le gamin entre les pattes sans autre choix que se carapater avec les autres. L'objectif était, en faisant le grand tour du Vieil Entrepôt, de rejoindre la Marie-Vison, de sauter dedans puis de prendre le large. Bankara prit le volant et démarrait déjà que les flics en étaient encore à s'extirper de sous la bâche. Ce fut donc avec un notable retard que sirène hurlante et gyrophare zébrant la nuit, la bagnole de police se lança à la poursuite de la camionnette. Bankara connaissait bien le labyrinthe des rues et croisements de Garges-en-Buy, la Marie-Vison s'y enfonça et l'on put pendant un instant espérer avoir semé les flics. Bankara hésitait entre filer jusqu'à Bièvres et récupérer Hadiya ou rejoindre Paris pour disparaître dans le maquis de la Goutte-d'Or. La Marie-Vison fonçait comme un bolide sur une longue rue toute droite, quand on vit des gyrophares tournoyer au carrefour devant au loin. Bankara fit marche arrière à toute allure. Une seconde bagnole de flics attendait à l'extrémité opposée. L'alerte avait été donnée, les rabatteurs traquaient le gibier. Bankara s'engagea sur une voie non carrossable, on traversa un terrain vague (outre un moteur de Formule 1, la Marie-Vison avait, dans la deuxième jeunesse que lui avait donnée Lacordeur, acquis des vertus de véhicule tout-terrain et l'on se fit un jeu de traverser la friche accidentée). L'autoroute fut ainsi rejointe, elle était dégagée, l'on put croire avoir déjoué les poursuivants. On entrait dans Paris quand un gyrophare apparut dans le rétroviseur. Bankara se lança sur le boulevard périphérique, la course-poursuite s'aggravait. Les flics se rapprochaient, on les distançait, ils se rapprochaient à nouveau, on les distançait une fois encore. Au défi de toutes les règles de la conduite et des limitations de vitesse, doublant, contournant, accélérant, la Marie-Vison faisait merveille, le panneau « Porte de la Chapelle » apparut comme l'annonce d'une délivrance. Mais sitôt engagés sur la bretelle de sortie, surgit aux regards des fugitifs le comité d'accueil d'une batterie de voitures de police. Bankara fit une furieuse marche arrière, parvint miraculeusement à se réengager sur le périphérique et imprima au véhicule une folle furieuse accélération au moment même où une moto voulait se rabattre à droite. Le coup de volant et le brusque freinage pour l'éviter furent fatals. La camionnette fit d'abord un tête-à-queue puis perdit l'équilibre avant d'effectuer trois tonneaux sur la chaussée. La Marie-Vison ne fut plus qu'un énorme dé qui roulait sans aucune chance de bon numéro. Elle glissa les quatre roues en l'air sur plusieurs mètres avant d'aller affreusement s'encastrer dans la barrière de sécurité. Flics et secours arrivèrent presque en même temps. Les progénitures étaient miraculeusement indemnes, leurs petits corps tout tremblants et le minois figé par la sidération. Coincé entre le volant tordu et le toit à demi aplati,

Bankara geignait et émettait en son dialecte d'épars et infimes râles. Quant à Lacordeur, il avait incompréhensiblement disparu du véhicule. Sur la banquette arrière, Thérèse-Bethsabée ne bougeait plus. Son corps dodu s'était torsadé sur lui-même, sa tête était renversée en arrière dans une moue contrariée, les yeux grands ouverts, immensément, avec une indifférente et définitive fixité.

LIVRE 3

LE CRÉPUSCULE DES SOBRIQUETS

La vie en se retirant venait d'emporter les désillusions de la vie.

MARCEL PROUST, *Le Côté de Guermantes*

Toute tragédie est également un commentaire du bonheur d'exister.

BORIS PASTERNAK, *Docteur Jivago*

DIGRESSION SIX

– Chef, chef! Il y a un candidat pour vous là-haut, du vraiment sérieux, du très lourd.

Le gardien de la paix Lambard lui était tombé dessus sans même laisser au lieutenant de police Pleuchot le temps d'arriver. Ah et puis avec ses « chef » ! Tiens, le nabot pas complètement nabot de l'autre nuit ! C'était donc lui, le vraiment sérieux et très lourd ? Hein ? Quoi ? Qu'est-ce qu'il avait dit ? Il pouvait répéter là ce qu'il venait de dire ? Pas de doute le lieutenant de police Pleuchot avait bien entendu :

– C'est moi qui ai tué Claude Boisrobert dans la nuit du 4 au 5 novembre 1975 au lieu-dit Bois-des-Charmillons, sur la route d'Auxerre.

Et apparemment, ça le faisait rigoler d'avoir tué comment il avait dit ? Boisroger ? Ah non : Boisrobert ! Et voilà qu'il ajouta, en ne rigolant plus du tout :

– C'est aussi moi qui étais dans le véhicule en fuite à Garges-en-Buy.

Mais oui, on allait la prendre, sa déposition, mais oui tout : l'assassinat de Boisroger, euh non, Boisrobert et aussi le délit de fuite à Garges-en-Buy, promis, tout serait enregistré. Pas franchement banal, un coupable qui rigole en insistant pour qu'on note bien tous ses délits. Oh, mais qu'est-ce qui se passait là, tout d'un coup ?

Nom de Dieu, voilà qu'il nous faisait un malaise, le nabot pas vraiment nabot! Mais c'est qu'il étouffait pour de bon le con, tétanie, convulsions, le Samu vite! S'il lui claquait dans les pattes, il était bon, le lieutenant de police Pleuchot, IGS et tout le tintouin. Qu'est-ce qu'il foutait le Samu bordel? Et l'autre qui gueulait comme un putois maintenant, et quand on lui demandait où il avait mal, il secouait la tête incapable de causer. Il arrivait, ce putain de Samu? Ah quand même... Et le toubib qui demande si on l'avait pas tabassé? Non mais, il en voyait, des traces de coups, le toubib? Pendant que les infirmiers l'allongeaient par terre dans le bureau, qu'on le branchait, l'auscultait, le nabot pas vraiment nabot continuait à suffoquer en gueulant. Un vrai petit boute-en-train, le toubib, ça l'amusait plutôt qu'autre chose, tout ça, et les graphiques de l'électrocardiogramme avaient l'air de le mettre en joie comme une bonne surprise sur son bulletin de paye. On avait relevé le malade pour l'asseoir, il continuait ses cris en se tordant sur sa chaise. Le toubib n'en croyait pas les graphiques:

– C'est pas un cœur qu'il a, votre candidat, c'est un moteur de Rolls! S'il en possède un en double, je suis preneur.

Bon, mais alors qu'est-ce qu'il avait, le nabot pas vraiment nabot? La question amusa vraiment le toubib:

– Ce qu'il a? Oh, mais quelque chose de somme toute assez fréquent, quelque chose qui arrive même à des gens très bien.

– Oui d'accord, mais c'est quoi?

– Il pleure.

Entre deux suffocations, Lacordeur secoua la tête pour dire que oui, c'était bien ça.

CHAPITRE PREMIER

Dont le héros n'est pas John Wayne.

Le coma de Thérèse-Bethsabée dura plusieurs mois. Sur le périph', on avait un long moment cru au décès sur le coup, avant que les électroencéphalogrammes pas définitivement plats ne consentissent à la grièvement blessée le statut d'« entre la vie et la mort ». C'est dans cet entre-deux là que Thérèse-Bethsabée faisait escale depuis près d'une douzaine de semaines. Quand l'affaire me fut connue dans ses approximatifs détails, ma haine de Lacordeur ne connut pas de limites. Le seul qui eût mérité d'y rester pour de bon était celui qui en avait réchappé. Je le voyais comme si j'y étais, s'extirpant avec une reptilienne sournoiserie des tôles écrasées, se défilant sans état d'âme avant l'arrivée des flics et des secours. Où était-il passé ? L'infect olibrius m'avait suffisamment vanté sa faculté de disparaître dans la foule et bien malin, me disais-je, qui mettrait la main dessus. Quant à Bankara, les flics montèrent la garde, comme à la porte du plus dangereux malfaiteur, devant l'entrée de sa chambre de l'hôpital Beaujon, où il était soigné pour ses fractures et contusions. Ça prendrait du temps mais il s'en tirerait, en principe sans séquelles. Et sitôt capable de se tenir sur des béquilles, sa première promenade de convalescent serait une marche forcée vers la passerelle d'un avion afin de désencombrer le territoire français de son indésirable présence. À l'annonce de la tragédie, Hadiya n'avait eu d'autre recours que supplier qu'on l'incarcérât avec ses enfants que les policiers avaient mis à l'abri dans un préfabriqué du centre de rétention jouxtant Roissy-Charles-de-Gaulle. Fieffé Parleur n'avait pu donner l'assurance que les autorités lui accorderaient la compatissante permission de croupir dans un baraquement de la République française jusqu'au rétablissement de son époux, et il était fort à craindre qu'elle fût embarquée dans le premier charter, avec les progénitures.

– Mais vous savez combien ça coûte à l'État d'en garder ici rien qu'un seul pendant trois mois ? avait objecté le fonctionnaire en charge du dossier à ce doux rêveur gaucho-humaniste d'avocat de sans-papiers.

Triant inutilement ce qui me restait de pensées, j'avais l'impression d'inventorier une maison soufflée par une explosion. Le drame advenu sur le périphérique et mon farcesque cauchemar de Savigny-le-Coteau se relayaient pour m'obséder en un monotone et répétitif changement de décor comme dans une très mauvaise pièce, m'exténuant l'esprit en vains allers-retours entre ces deux malheurs. Outre que je ne m'en sentais pas la force, une occulte voix de la raison m'avait fermement dissuadé de tout raconter à Grand Magistral et j'étais donc seul à me coltiner cet abyssal canular de Savigny-le-Coteau. Mais en regard de la fatale embardée de la Marie-Vison, ce scabreux épisode méritait-il vraiment le nom de malheur ? Thérèse-Bethsabée entre la vie et la mort dans une chambre d'hôpital, dans une autre chambre d'un autre hôpital, Bankara plâtré de partout et en état d'arrestation, et Hadiya et les progénitures encellulées comme de la sous-humanité, tout cet inacceptable poussait à se démener et sitôt que je fus a minima en capacité de me ressaisir, c'est ce que je fis. Combien d'heures passai-je le museau contre une baie vitrée derrière laquelle, proie d'un arsenal aseptisé de tuyaux, branchements et moniteurs qui faisaient biiiip touuuuiiit en traçant des courbes sur des écrans, gisait inerte le corps jadis joyeusement hyperactif de Thérèse-Bethsabée ? Se réveillerait-elle ? « Ils » ne pouvaient dire. Au mieux, la tétraplégie semblait assurée : moelle épinière atteinte, lésions cérébrales irréversibles, « ils » ne pouvaient pour l'heure pronostiquer les séquelles de la dévastation. Grand Magistral, lui aussi, venait tous les jours mais quand je n'y étais pas. La seule fois que nous nous croisâmes, il se détourna d'un air buté pour me faire comprendre qu'il ne voulait plus parler de rien ni voir personne, pas même moi. Je l'avais connu perdu, insurgé, accablé : pour la première fois, je le voyais brisé. Et il ne savait encore rien touchant Moïse Chant-d'Amour, que serait-ce quand il apprendrait ? L'inquiétude me vint que toutes ces meurtrissures ne le fissent rechuter, et cette fois-ci sans retour, dans ses dégringolades passées. Je me fis à moi-même le véhément serment de tout faire pour empêcher ça, serment que je n'eus, un chapitre ultérieur vous l'apprendra sous peu, ami lecteur, aucunement besoin de tenir.

En un début d'après-midi lors duquel j'étais fidèle à mon poste, sentinelle inutile protestant contre l'image d'une Thérèse-Bethsabée peut-être devenue légume, croyant par moments percevoir, à force de tellement les espérer, le remuement d'un doigt ou le tremblement d'une paupière, une présence vint distraire ma faction. C'était Deux le Père et Soham. Le père était toujours le même à ceci près qu'il ne souriait plus. Il approuva ma présence de plusieurs hochements de tête attendris. Quant à Soham, l'idiot du village était devenu princier. C'était toujours la même dégaine pataude mais mue désormais par une indéfinissable grâce intérieure; son perpétuel sourire benêt était devenu une lueur songeuse. Une presque timidité me fit baisser des yeux gênés quand ce magnifique petit bonhomme joignit ses deux mains tel un bonze.

– Un jour, nous parlerons, me murmura-t-il, oui, bientôt nous parlerons. Mais vous savez déjà l'essentiel, n'est-ce pas?

Je lui adressai une moue pour dire qu'effectivement, je croyais savoir.

– Veuillez m'excuser un instant, je reviens.

Il s'éloigna me laissant seul avec son père. Celui-ci tendit sa vieille silhouette noueuse et ses regards vers Thérèse-Bethsabée, lui adressant la confiante cascade de ses oui de la tête. Et je crois bien, ami lecteur, que j'eusse en cet instant foutu mon poing dans la gueule à quiconque fût venu me prétendre que ces oui ne parvenaient pas à la peut-être moribonde.

Soham revint suivi d'une jeune infirmière qui répétait en insistant:

– D'accord mais pas trop longtemps.

– Non, mademoiselle, pas longtemps, c'est promis, répondit Soham en franchissant l'entrée de la chambre.

Je le vis à travers la vitre s'approcher lentement de Thérèse-Bethsabée. Il se mit à lui parler, le père et moi ne pouvions entendre. Se frayant une place dans la jungle protocolairement ordonnancée des appareils et des tuyaux, il se pencha vers Thérèse-Bethsabée et murmura longuement à son oreille. La confidence était intensément aimante. À la perfusion pertinemment dosée des produits s'écoulant de trois flacons perchés au-dessus du lit, Soham adjoignait celle, inconnue aux pharmacologues et décisionnaires médicaux, de l'adoration. Sans quitter des yeux la dormante que pour l'instant son baiser ne réveillait pas, Soham recula de deux pas, continuant de s'adresser à elle. Je revis alors le même Deux le Fils transfiguré lors de ce fameux jour au Vieil Entrepôt et devinai que ses lèvres chantonnaient *Erbarme dich, mein Gott*. Juste avant de partir, il retourna délivrer un furtif baiser sur ce visage de clownesse assoupie où persistait une moue boudeuse et combative teintée d'amusement qu'au mépris de toutes les léthargies et comas de la Terre rien ne lui ferait jamais quitter. Soham prit congé à reculons. Je regardai le père et le fils s'éloigner côte à côte d'un pas égal dans le couloir de l'hôpital.

En dehors de mes visites quotidiennes à Thérèse-Bethsabée, j'assistais le moins inutilement qu'il m'était possible Fieffé Parleur dans ses tout pour le tout acharnés contre l'inexorable machine à bouter les indésirables hors de France. Possibles vices de procédure, éventuelles jurisprudences, inconstitutionnalité, recours en grâce, Fieffé Parleur passait tout au crible, collationnait comme des pépites inappréciables les espoirs les plus ténus d'enrayer la machine et de fléchir ses intransigeants manœuvriers. L'infatigable avocat montrait une combativité sacerdotale, téléphonant partout, se relevant la nuit, au grand dam solidaire mais ronchonneur de sa prof de maths de compagne, pour questionner tel ou tel article des codes de procédure civile et pénale, essayant d'alerter la presse, les associations humanitaires, dont presque toutes témoignèrent d'un réchauffant mais impuissant soutien. Je lui trouvais bien du mérite de ne pas céder au découragement et comme le bougre ne manquait pas d'humour :

– Que veux-tu ? me dit-il avec un sourire épuisé de bon chien sympathique, je ne le fais pas seulement pour eux (il voulait dire Bankara et sa petite famille), pas seulement pour elle (il voulait dire Thérèse-Bethsabée), je le fais aussi un peu pour moi. Ben oui. Tu imagines un peu, quand elle sortira de son coma, l'engueulade que je prendrai si elle apprend que j'ai encore échoué ?

Au milieu de ces crapahutages et opérations de la dernière chance, j'avais gagné un bon copain. Mais nous avions beau faire, la situation restait bloquée. « Frappez et l'on vous ouvrira », lit-on dans l'Évangile, eh bien chaque porte où nous nous épuisions à cogner se cadenassait un peu plus. Une entrevue fut inespérément extorquée au ministère de l'Intérieur avec un attaché de cabinet en charge des questions d'immigration et de droit d'asile. Au fervent argumentaire de Fieffé Parleur, le commis de l'État opposa la compassionnelle impassibilité d'un sphinx désireux de penser très vite à autre chose. Vint un matin où ce ne fut plus céder au défaitisme que de reconnaître que c'était foutu.

– Autant avoir voulu fissurer un blockhaus à coup de pichenettes, m'avait dit Fieffé Parleur en nous resservant une troisième vodka car il nous fallait bien ça pour ne pas nous effondrer.

Il m'expliqua qu'aux yeux des autorités, la cause était bouclée, justice rendue, ne restait plus qu'à faire le plein de kérosène dans le charter, et nos « gesticulations », c'était l'expression bienveillante qu'on lui avait renvoyée, n'y eussent rien pu changer. D'ailleurs, après l'accident, Fieffé Parleur s'était vu refuser les autorisations de visite à Bankara au titre que le cas étant statué, plus rien ne justifiait l'assistance d'un avocat. Quant aux progénitures et leur maman, impossible de savoir si elles croupissaient encore à Roissy ou avaient déjà été expédiées sous d'autres cieux incléments. Deux mois plus tard, nous apprîmes par une indiscrétion d'un sbire moins pourri que les autres que Bankara avait été renvoyé auprès de ceux qui avaient voulu le couper en morceaux quelques années auparavant. Hadiya, Sapajou-Ouistiti et Aurélie l'y avaient précédé de quelques semaines. Entre-temps avait commencé l'agonie du Vieil Entrepôt.

Le lendemain du drame, nous nous étions tous retrouvés spontanément à l'heure du déchargement de la Marie-Vison, tous sauf les Apatrides qui avaient bel et bien disparu. Assommés par un coup de massue collectif, on ne se parla que très peu. C'en était fini de la chorale et, chacun le savait mais les mots pour en convenir refusaient de sortir, c'en était également fini de toute cette vie en commun. La cambuse alignait ses trois wagons pathétiques aux pieds desquels, pauvre ciel bleu dégringolé, la grande bâche s'étalait tristement sur les gravats. Presque toutes les statues de Pandolphe avaient été piétinées pendant la lutte avec les flics, seules deux ou trois restaient debout, en deuil des défuntes. Le potager du Belge avait bien souffert lui aussi et, ultime désolant détail, Sardanapale avait disparu. Après le départ des flics Jean-Maurice avait passé une grande partie de la nuit à le chercher. En repliant la bâche, on se jura de ne jamais se quitter du ton qu'on prend quand on sait bien au fond de soi qu'il n'en sera rien. Et chacun s'en fut, effectivement, de son côté. Au moment de partir le Jeunot Maladif voulut me dire quelque chose. Allais-je enfin savoir son prénom ? Il hésita, bredouilla une demi-syllabe puis comme si ce n'était plus la peine détala d'un air embêté. Je me retrouvai seul avec Pandolphe. Il eut pour la cambuse et le Vieil Entrepôt le regard du vieux forban dont le trois-mâts vient de sombrer et m'assena une claque dans le dos signifiant que la vie continuait, merdique, rance, pourrie, mais qu'elle continuait.

Je réalisai alors que durant cette ultime réunion, personne n'avait évoqué Moïse Chant-d'Amour ni demandé de ses nouvelles, et que moi-même je n'avais pas pensé à lui. Mais je ne me débarrassai pas comme ça de mon acolyte. Sitôt seul chez moi, ou à croupetons dans la bouquinerie de mon beau-frère revenaient me hanter la hâbleuse dégaine et la face à la John Wayne de celui qui des années durant m'avait tenu lieu de meilleur pote. Je ne cessais d'inventorier tout ce néant, le même film défilait. Les premières visites au Vieil Entrepôt, la traversée de Paris en fauteuil roulant, les empoignades chez André Mahmoud ou dans le gourbi de la rue Riquet, alors donc tout ça et tout le reste, rien que du flan ? Les mauvais souvenirs prenaient rétrospectivement des airs de signes avant-coureurs ricanants, les meilleurs instants, un goût aigre de festin que je ne savais pas empoisonné. Moïse Chant-d'Amour s'était-il durant ces années secrètement payé ma tête et celle de tout le monde ou avait-il fini par croire à ses propres affabulations au point d'en devenir lui aussi le jouet ? Je pensai soudain à Kundry, à cette toute dernière fois où je l'avais croisée :

– C'est ça, mais vas-y, te gêne pas. Tu seras pas déçu du voyage !

Ça pour sûr, je n'avais pas été déçu de mon voyage à Savigny-le-Coteau ! Venait-elle ce jour-là de découvrir elle aussi tout l'affreux pot aux roses ? Dans la soirée qui suivit, le désespoir de Moïse Chant-d'Amour – non feint, aujourd'hui encore j'en aurais juré – prenait dès lors tout son sens. Et cette nuit où il m'avait agressé au coin du haut vieux mur ? Avait-il craint d'être démasqué ? Lui-même luttait-il en cet instant contre une torturante tentation de tout m'avouer ?

Près de six mois durant, je vins et j'allai donc entre incompréhension et dégoût par des chemins de cogitation ne conduisant nulle part, sauf à la chambre où Thérèse-Bethsabée n'en finissait plus d'inexister. L'annonce de l'expulsion de Bankara et de sa petite famille fut l'accablant point d'orgue d'une overdose de blues et de spleen. Alors, cédant au découragement, de quotidiennes mes visites à Thérèse-Bethsabée devinrent hebdomadaires ; moi non plus je ne voulus plus voir personne. Tantôt reclus chez moi, tantôt errant par les rues quand je n'étais pas à la bouquinerie, je traversai une enfilade de semaines désertifiées. Dans un premier temps, je m'étais bercé de la stupide espérance d'un appel de mon acolyte et chaque fois que mon portable sonnait je bondissais. Les jours passèrent et rien, irrémédiablement rien. Vint donc un jour où je cessai d'escompter un signe de lui. Rassemblant alors mes forces et ressentant que l'amitié me commandait de ne pas taire les choses plus longtemps, je me décidai à raconter toute l'histoire à Grand Magistral. Sur le banc du parc Monceau où nous nous retrouvâmes, il refusa de me dire où et comment il vivait désormais. Lui dévoiler cette ténébreuse affaire m'angoissait fort. Comment prendrait-il la chose ? N'irait-il pas sous le coup de la fureur et l'indignation foncer retrouver Moïse Chant-d'Amour pour lui faire la peau, ou à l'inverse, anéanti par la perte de foi en toutes choses, courir se jeter sous un bus ? Je lui narrai donc l'histoire avec force ménagements. Pour la première fois depuis que je le connaissais, il m'écouta sans m'interrompre avec cet air d'animal mécontent que lui suscitait toujours l'énoncé d'un problème. Quand j'eus tout dit, contradictoire et paradoxal impénitent jusqu'au bout, Grand Magistral n'eut qu'un haussement d'épaules indulgent :

– Dans le fond, ça ne m'étonne pas vraiment, fut son unique et lapidaire commentaire.

Nous ne reparlâmes plus jamais de ça ni de Moïse Chant-d'Amour. En me levant du banc pour prendre congé, je surpris sur son visage un air doux et rêveur que je ne lui avais jamais connu et m'en allai un peu moins inquiet sur son sort. Au moment de nous séparer, il n'avait pas complètement dit non à ma suggestion qu'on se revoie de temps à autre. Cet entretien au parc Monceau marqua pour moi le début d'un lent et progressif retour à la vie. Je me mis à rendre de régulières visites à Fieffé Parleur. Bérénice (ainsi se prénommait sa mathématicienne de compagne) et lui avaient recueilli Deux le Père et Soham. Autre rescapé du Vieil Entrepôt, le vieux piano droit avait, grâce à Pandolphe et la camionnette d'André Mahmoud, quitté la cambuse pour le salon de Fieffé Parleur afin d'y attendre le retour, dont personne ne voulait douter, de sa grande prêtresse. Présentement le vieil instrument pourvoyait à l'éducation musicale de Soham, qu'on avait par ailleurs inscrit dans un conservatoire de musique. Allais-je mieux ? Je n'irai pas jusque-là mais bon, je me surpris à expédier et conclure en moins de huit jours plusieurs mois de besogne en désespérance dans la bouquinerie, à retrouver de furtives bouffées de plaisir dans mes errances parisiennes et, surtout, la pensée de Moïse Chant-d'Amour relâchait son emprise. Le temps accomplissait son travail d'apaisement et je m'étais peu ou prou fait à l'idée que c'en était pour toujours et pour de bon fini avec mon acolyte.

Mais, ami lecteur, les bonnes blagues de la destinée sont imprévisibles autant qu'infinies, et j'allais en faire l'hallucinante expérience. Un matin, mon beau-frère me chargea d'une mission d'extrême confiance. Il s'agissait d'aller remettre à un très riche client étranger de passage à Paris une rarissime édition de l'*Histoire générale des animaux* de Georges-Louis Leclerc de Buffon. La commande avait été payée rubis sur l'ongle, ma tâche se bornait à la remettre à son destinataire qui m'attendrait au bar du Grand Hôtel, place de l'Opéra. Ce travail de coursier en un lieu de haut luxe me changea plaisamment de mes ordinaires catalogages et rangements. Aussi, une fois remis son précieux achat au bibliophile new-yorkais, m'attardai-je à fouler le moelleux écarlate de ce grand palace cossu, à y admirer les spécimens d'humanité richissime et cosmopolite qui constituaient la clientèle de l'endroit – businessmen, oligarques, princesses de passage ou prostituées de haut luxe. Et puis zut, je méritais bien ça après tant de malheurs : obtempérant à la sollicitation d'un fauteuil avenant et abyssal, je m'y affalai pour m'offrir un chocolat chaud. Autour des tables, les conversations étaient feutrées. Un peu à l'écart, une sexagénaire altière et permanentée faisait avec une amoureuse sévérité la conversation à un gigolo sur le retour, plutôt beau mec dans son impeccable costume gris perle. Ayant pris le temps de savourer mon chocolat chaud dont j'avais supposé que dans ce genre d'endroit il serait délicieusement exceptionnel mais que hormis son prix, je trouvai fort quelconque, sentant avoir assez humé les charmes de ce caravansérail de nababs, j'avais déjà fait trois pas vers la sortie quand le gigolo sur le retour m'appela d'un signe insistant. Qu'est-ce qu'il me voulait, le vieux bellâtre ? Un renseignement sans doute, probablement un couple d'étrangers en quête de la butte Montmartre ou de Maxim's. Je m'approchai et il me fallut plusieurs bonnes secondes pour ne pas défaillir et me convaincre que non je ne rêvais pas : le gigolo en costume gris perle flanqué d'une élégante rombière n'était autre que Moïse Chant-d'Amour ! Oui, ami lecteur, j'avais là sous mes yeux, installé sur une moelleuse banquette grenat et me souriant avec une sollicitude mondaine, mon indéfectible dépenaillé de toujours métamorphosé en dandy sur le retour. Rasé de frais et fleurant une eau de toilette de choix, il avait congédié sa tignasse indocile au profit d'une courte coiffure convenablement plaquée. Assortis au costume, une cravate en soie du plus beau rouge sombre visité avec discrétion de moirures pourpres, une chemise de haut prix et, leur pointe vernie dépassant de dessous la table, des souliers venant au moins de chez Bexley ou Delcros, le tout achevant de parfaire la transformation. La dame qui se trouvait avec lui rutilait de bagouses, bracelets et colliers ; le strict tailleur vert bouteille qui parait sa corpulence de Junon farouche conjuguait austère opulence et plus que dissuasif quant-à-soi. Cinquante ou soixante-cinq ans était la fourchette raisonnable où l'on pouvait situer son âge, et cette confrérie d'hommes qui s'autoproclament « à femmes » lui eût sans nul doute reconnu, dans ce langage qui apparente les choses de l'amour et des sens à des bonnes occases dégotées sur un marché, « de beaux restes ». Moïse Chant-d'Amour s'était à demi soulevé de sa banquette pour m'accueillir et au lieu des vigoureux secouements de paluche de jadis, j'eus droit à un effleurement de ses longs doigts tandis qu'il m'affichait un sourire de mondaine mais très heureuse surprise.

– Mais quelle joie ce m'est que cette rencontre ! Je t'en prie, veuille donc prendre place, fit-il en m'indiquant un siège à leur table.

J'hésitai entre m'asseoir et m'enfuir à toutes jambes. Finalement, je m'assis. « Quelle joie ce m'est... » « Veuille donc prendre place... » Qu'est-ce que c'était que ce jargon salonard ? Une plaisanterie ? Apparemment pas. D'évidence, mon acolyte avait changé de vie, remplacé André Mahmoud et sa banquette couinante par les fauteuils et dorures de cet endroit chicos, son verbe hâbleur et fleuri par ce parler chichiteux. Il m'afficha ce factice embarras bienheureux des moments de grandes mais fortuites retrouvailles, puis me présentant à la dame :

– Voici le très cher compagnon dont je vous ai parlé, mon amie.

La dame constata mon existence comme un bien contrariant mal nécessaire. Moïse Chant-d'Amour, lui, m'enveloppa d'un sourire artificiellement chaleureux en me désignant celle qu'il accompagnait :

– J'ai le merveilleux plaisir de te présenter Edmonde.

Au son de son prénom, la dame eut une esquisse de pâmoison outrée, puis à titre de minimal respect des convenances, un inexpressif étirement de ses commissures. Pas un seul de mes rêves les plus croquignolesques touchant Moïse Chant-d'Amour n'avait approché ce que je vivais là. Il me sembla participer sans y avoir été préparé à un extravagant remake du jour où Moïse Chant-d'Amour m'avait présenté Kundry, La Bonne Surprise étant remplacée par le Grand Hôtel, Kundry la populacière pas bien attifée par une rombière ensevelie sous les bijoux ; à la manière de ces acteurs sur le retour reprenant un rôle où ils ont triomphé jadis, seul le jeune premier n'avait pas changé. Vivais-je une mauvaise blague ? Aucunement, ami lecteur, et j'en avais sous les yeux l'indubitable preuve. Trop éberlué d'abord par Moïse Chant-d'Amour nouvelle version affublé de son Edmonde, je n'avais pas noté la présence d'un troisième et muet participant à cette rencontre : tout minuscule et piteusement lové sur la banquette entre les deux tourtereaux de grand luxe, je reconnus Sardanapale. Mais un Sardanapale destitué de sa joyeuse dégaine de clébard hirsute et redevenu le chienchien joliment toiletté du temps de Pontault-Combault. Ainsi donc s'étant enfui du Vieil Entrepôt le soir du drame, fidèle jusqu'à l'abnégation, tout comme il avait su s'enfuir une première fois pour gagner Garges-en-Buy, Sardanapale avait couru rejoindre Moïse Chant-d'Amour. Sans doute me reconnut-il car il me lança un regard déchirant. Même les photos d'animaux abandonnés sur les affiches de la fondation Brigitte-Bardot n'expriment pas la détresse muettement suppliante que je lus dans ces yeux d'infortuné petit chien condamné à être tout propre et bien sage entre son maître et sa marâtre. Il fallut toutes mes égoïstes réticences à encombrer ma vie de la présence d'un chien pour que je n'arrachasse pas le pauvre animal à cette prison moelleuse pire que la fourrière. Je détournai de Sardanapale des yeux gênés pour m'intéresser à nouveau à mon ancien acolyte. Avec ses cheveux courts et ses nouveaux habits, sa ressemblance avec John Wayne était parachevée. Ce me fut insupportable. Lui trouver en cet instant précis le visage même de *L'Homme tranquille* à sa descente du train me donna envie de le vitrioler.

– N'est-ce point cet ami commerçant dont vous m'avez parlé, mon tendre cher ?

J'entendais enfin la voix d'Edmonde, un mezzo dédaigneux singeant l'affabilité. Commerçant ? Qu'était donc allé inventer le « tendre cher » à mon sujet ?

Elle couvait Moïse Chant-d'Amour d'un regard despotique me paraissant moins tenir de l'amoureuse contemplation que d'une inspection des domaines. Lui se montrait en retour aux petits soins pour elle, un peu comme je l'avais vu faire jadis avec Kundry, à cette considérable différence près qu'à l'empressement des gestes se substituait ici une préciosité retenue et prétendument aristocratique, que la fougue et la crudité des paroles se commuaient en un vouvoiement suranné et des tournures d'un autre âge. Quant à l'ardeur impudique des embrassades d'antan, je pus à trois reprises constater que de prévenants et maniérés baise-mains avaient pris la relève. Sardanapale regardait devant lui avec au fond des prunelles une lueur de triste résignation. Le lieu, ce couple, le malheur muet de ce petit chien, tout cela m'insupporta. J'évaluai sommairement en moi-même la possibilité d'un esclandre au cours duquel libérer un Niagara d'injures, mettre sans retenue ni gêne les pieds dans le plat, voir la tête que ferait Edmonde en entendant mes gros mots et mes sommations de s'expliquer quant au Vieil Entrepôt, à Savigny-le-Coteau et tout le reste, crier devant les autres clients surpris et choqués à l'escroquerie, à l'imposture et à l'amitié bafouée, exiger de savoir qui était le vrai Moïse Chant-d'Amour : le hâbleur dépenaillé auprès de qui j'avais maintes et joyeuses fois battu le pavé ou ce gentleman grotesque et compassé qui me souriait sur la banquette ? Réprimant ce désir de scandale j'attardai un regard lourd et chargé sur Moïse Chant-d'Amour. Je n'obtins en réponse qu'un vague hochement de tête et trois imperceptibles gloussements gênés. Me levant comme en plein milieu d'un trop mauvais film, je vidai les lieux sans un au revoir à mon ancien acolyte et sa douairière.

APPENDICE AU CHAPITRE PREMIER

Dont le héros n'est (décidément) pas John Wayne.

Paris, porte de Saint-Ouen, un soir de l'an 2006

Cher je ne saurai jamais qui,

Passée l'envie de te foutre des baffes, ravalées toutes mes injures, une drôle de réflexion m'est venue : au cours de toutes ces années, je ne t'ai jamais vu à poil. Une fois au tout début, on se connaissait depuis environ trois semaines, tu avais absolument tenu à m'entraîner dans une virée au bord de la mer et, si je me souviens bien, j'avais « avancé » les billets de train. Sur une petite plage où il n'y avait que toi et moi, tu étais resté obstinément tout habillé. En réponse à mon étonnement :

– T'inquiète pas, tu les verras, toutes mes plaies, m'avais-tu répondu avec ce bon gros rire qui t'a toujours servi à chasser les questions chiantes.

Et je réalise que, durant toutes ces années, tu n'auras peut-être somme toute fait que ça : m'exhiber tes blessures. À charge pour moi d'en être, selon les jours, le grand applaudisseur ou l'infirmier. De quelles souffrances d'exister, de quelles voracités de vivre ces plaies étaient-elles le témoignage et la suppuration ? Sous couleur d'extravagances et bonnes blagues, monsieur s'adonnait-il à de quotidiennes scarifications de l'âme ? Je découvre l'étrange douleur que procurent des questions qui viennent trop tard. Il semblerait donc que je ne fus qu'un ami à peine moins factice mais tout autant manipulé qu'une marionnette de faux adjudant, au point que je ne vois pas d'autre adresse où envoyer ces lignes que le 37 rue des Jonquilles à Savigny-le-Coteau.

Mon unique insulte sera de ne pas te souhaiter une bonne route là où tu vas désormais.

L'ayant relue, et après un haussement d'épaules, je déchirai cette lettre.

ULTIME DIGRESSION

Décidément, s'il était une tâche relevant de ses attributions que détestait le lieutenant de police Pleuchot, c'était bien celle-là : procéder à une expulsion, il n'avait jamais pu s'y faire. Comme chaque fois, il se trimballerait ce dégueulasse arrière-goût d'injustice. Seule consolation, il n'y avait pas que lui à détester ça : maître de La Vaugière en train de peiner trois marches derrière avait l'air de monter à l'échafaud. Le lieutenant de police Pleuchot l'entendait déjà soupirer dès que ce serait fini :

– Mais pourquoi je fais ce métier ? Mais qu'on me dise pourquoi !

Sans vraiment se concerter, tous les deux mettaient toujours le plus de temps possible à grimper les étages et ne prenaient pas l'ascenseur s'il y avait un.

Ils étaient gâtés cette fois : l'escalier en colimaçon donnait l'impression qu'on ne verrait jamais le dernier étage où, justement, l'on se rendait. Devant la porte, ils eurent comme chaque fois la même gêne, hésitant quant auquel allait se dévouer pour actionner la sonnette. Détournant une tête dégoûtée par ce qu'il faisait, Pleuchot pressa le bouton. Cela déclencha un joyeux ding-dong bien peu de circonstance. De derrière la porte parvint un rogue :

– C'est quoi ?

Maître de La Vaugière racla sa voix pour la hausser vers un minimum d'autorité procédurale.

– Madame Josette Humbert ? Maître de La Vaugière, huissier de justice, veuillez m'ouvrir s'il vous plaît.

– Faites chier, répondit-on derrière la porte.

– Madame Josette Humbert, veuillez ouvrir s'il vous plaît.

– Faites chier, j'ai dit.

L'officier et l'huissier échangèrent un regard embêté.

– Madame Humbert, je suis chargé de l'exécution d'une procédure. Si vous y faites obstacle, je me verrai contraint de recourir à la force publique, je suis accompagné d'un officier de police.

La même voix de molosse femelle répéta :

– Faites chier.

Et la porte s'ouvrit brutalement. Le flic et l'huissier se trouvèrent devant une espèce de harengère furibonde et bouffie.

– Bon, ça va, j'ai compris, j'en ai rien à foutre, pouvez faire ce que vous voulez, furent ses paroles de bienvenue.

– Vous êtes bien madame Humbert, Josette ? demanda maître de La Vaugière avec une bégayante autorité.

La réponse fut un ricanement fatigué.

Maître de La Vaugière répéta :

– Vous êtes bien madame Humbert, Josette ?

– Non… Kundry.

– Madame, je reformule ma question : êtes-vous ou n'êtes-vous pas Humbert, Josette ?

– Kundry, j'ai dit, fit l'intéressée avec un renfrognement de grosse gamine punie.

Les deux représentants de la loi avaient eu le temps de jeter un œil sur l'appartement. Du linge et des vêtements sales traînaient sur le sol et les meubles, dans un vieux fauteuil des provisions se périmaient au-dessus d'un entassement de courrier pas ouvert. Partout dans l'appartement, des bouteilles, des canettes et des verres vides prenaient la poussière et la cuisine qu'on apercevait par la porte à demi ouverte était d'une saleté à faire fuir. Le lieutenant de police Pleuchot encouragea d'un regard affligé maître de La Vaugière à continuer la procédure. Celui-ci se campa dans une posture de pauvre pitchounet contraint d'endosser le rôle de la Statue du Commandeur :

– Je me présente à la demande de la Société immobilière parisienne de Gestion suite à huit mois de loyers impayés à ce jour et dus par madame Humbert, Josette.

– Kundry.

– Je dois donc vous demander de quitter les lieux sans délai, car conformément aux engagements liant la Société immobilière parisienne de Gestion et vous-même, madame Humbert, Josette, le contrat de bail se voit résilié de plein droit.

– Kundry, j'te dis. Kundry. T'es sourd ou quoi, pauv' nœud ? Kundry !

Pleuchot se sentit obligé de venir à la rescousse :

– Allons, madame, soyez raisonnable.

Maître de La Vaugière crut bien faire d'abonder :

– Oui, soyez raisonnable, madame Humbert.

– Kundry, hurla-t-elle d'une façon déchirante qui effraya presque les deux assermentés.

Puis elle se saisit d'une espèce de cabas rempli d'un vague nécessaire et s'enfuit précipitamment de chez elle, laissant flic et huissier avec leur procédure dans les pattes. La cage d'escalier résonna de jurons variés et de pas titubant. Kundry marcha longtemps droit devant elle. Il lui restait quelques euros pour acheter une bouteille qu'elle occupa la matinée à vider en continuant de marcher. Vers une heure de l'après-midi, elle se traîna jusqu'à l'église pour s'asseoir devant la Sainte Vierge.

– Je vous salue connasse…

Un moment d'attente. Rien.

– Je vous salue connasse…

Un autre moment d'attente un peu plus long. Toujours rien. Une troisième fois :

– Je vous salue connasse…

De plus en plus rien.

– Eh, je te salue, connasse ! T'es en grève ?

Décidément rien. Rien qu'une statue muette et son gentil sourire crémeux de sainte idiote. Un lourd silence gris pesait dans la vieille église vide. Kundry attendit, longtemps, et dut constater l'évidence : la Sainte Vierge avait cessé de lui parler. Elle patienta jusqu'à être bien certaine, sortit de l'église en gueulant des blasphèmes et descendit dans le métro. L'œil morne, elle regarda passer une huitaine de rames dans les deux sens. Plantée trop au bord du quai à fixer les cailloux crasseux et le luisant des rails, elle se demandait comment ce serait le mieux. À pieds joints ou tête la première ? Comment ils s'y étaient pris, ceux qui l'avaient fait avant elle ? Elle décida que le bon serait le troisième et alla s'asseoir. Les deux premiers trains passèrent ainsi que le troisième. Kundry ne bougea pas de son siège, le regarda s'en aller et fut prise de haine contre elle-même. Le prochain, ce serait le prochain, elle s'en donna furieusement l'ordre et attendit. Mais il ne venait pas. Deux métros défilèrent en face, qu'est-ce qu'il foutait le prochain ? Du coup le quai se remplit de monde. Enfin, un bruit de tuyau hurleur dans le tunnel annonça l'arrivée du train suivant, un pas somnambulesque mena Kundry au bord du quai. À pieds joints ou comme une grosse masse ? Quand déboucha la voiture de tête, elle aperçut la jolie blondinette qui conduisait. Malgré la vitesse, leurs regards eurent le temps de se croiser, Kundry en eut un infinitésimal sursaut d'hésitation. In extremis, elle se laissa basculer en avant, reçut en pleine figure comme un monumental coup de poing qui la précipita elle ne sut pas où, tandis qu'un chœur horrifié hurlait :

– Attention !

Le métro freina dans un couinement d'effroi. Tout de suite, cinq ou six personnes s'affairèrent autour de Kundry qui n'était pas tombée sur la voie ; le wagon ne l'avait qu'à peine cognée mais le choc l'avait projetée six ou huit bons mètres plus loin sur le quai. Elle gisait là, même pas évanouie, la figure complètement tuméfiée : en guise de visage, elle n'eut bientôt plus qu'un gigantesque hématome violacé. Des voix secourables fusaient de partout :

– Ne bougez surtout pas madame, ça va aller madame, on a appelé, les secours vont venir, surtout il ne faut pas bouger, essayez de respirer normalement, mais écartez-vous enfin, il faut lui laisser de l'air.

Un attroupement s'était agglutiné, les voyageurs descendus des wagons voulaient voir. Kundry tenta de se relever, ce qui provoqua une opposition de tout le chœur des voyageurs, mais chassant comme des sales mouches les mains secourables qui l'invitaient à rester allongée, elle parvint à se remettre sur ses deux pieds. Bravant tout le monde de sa tanguante corpulence, monstrueuse avec sa figure toute gonflée devenue aux trois quarts pourpre, l'œil gauche enseveli sous la tuméfaction, ses lèvres éclatées d'où perlaient des gouttes sanguinolentes, elle hurla :

– Non mais je viens renifler, moi, ce qu'il y a sous vos liquettes ? Alors occupez-vous de vos Cartes orange et lâchez-moi les grolles.

Une stupéfaction désolée parcourut l'assemblée tandis qu'une escouade de sapeurs-pompiers déboulait au grand trot sur le quai avec brancard, matériel médical, bouteilles d'oxygène, etc. Le médecin des pompiers se précipita pour examiner la blessée mais celle-ci le menaça :

– Toi, tu me touches pas, Dugenou, ou je t'en colle une !

Les gens affichaient une pitié compréhensive, le médecin lui signifia que si elle refusait les secours, il lui fallait signer une décharge.

– Mais, je te le signe, ton papelard, pauvre naze, fit Kundry arrachant au médecin son stylo.

Et elle s'en alla sous les regards consternés, tandis qu'à l'écart, sur un banc, trois pompiers étaient allés entourer la jeune conductrice secouée par des sanglots et des frissonnements nerveux. Kundry se retrouva dans un square, non loin de l'église où s'était tue la Sainte Vierge. Il faisait grand beau temps et les bruits de jeux d'enfants, tous ces cris de marmaille l'horripilèrent. Ça lui lancinait dedans, l'hématome indolore au début s'était mis à la brûler, elle avait l'impression que toute sa figure était en train de cuire. En sortant du métro, elle avait découvert avec indifférence, dans une glace à l'entrée d'une boutique, sa tête toute gonflée et devenue bleu violet. Sur son passage, les gens baissaient les yeux ou détournaient furtivement la tête.

– Pourquoi elle est affreuse la dame ? demanda un garçonnet à sa maman.

Dans l'accident, sa veste et sa jupe à carreaux s'étaient déchirées, quant au cabas l'affaire était réglée, il avait disparu, elle n'avait plus rien pour se changer et ne possédait plus aucun objet à elle. Elle se mit en route, le visage affreusement en feu, dans ses vêtements abîmés, passa la nuit dehors ainsi que celle d'après, continuant d'aller pendant le jour. On l'entendait parfois bramer : « *Ich bin müde.* » Infiniment plus providentielles qu'on le croirait, les poubelles et dépotoirs lui fournirent des habits de rechange et de quoi bouffer, elle dégota un manteau presque mettable et il se trouva même des gens à qui elle ne demandait rien pour lui filer quelques euros. Au matin du cinquième jour, elle zigzagua jusqu'à la gare Saint-Lazare et monta dans un train à destination du Havre pour s'en aller revoir sa Normandie.

CHAPITRE DEUXIÈME

Où tandis que cette histoire se cherche une porte de sortie,
le dénommé Raymond Lacordeur échoue
à faire profession de totale inhumanité.

Salut Duglandu,

Alors heureux ? Vous voyez, je vous ai obéi, je suis allé me dénoncer. Figurez-vous que pour moi, tout se passe au contraire de ce que j'avais prévu. Je peux vous dire que je pétochais grave en route pour ici à l'idée de ce qui m'attendait, bizutages, sales coups par en dessous et par-derrière, loi des caïds, tous ces petits bonheurs que j'avais endurés à l'orphelinat mais, là, en version pour grandes personnes. Eh ben, figurez-vous que j'ai été accueilli en héros. J'en revenais pas. Ça gueulait bravo et ça tapait en mon honneur sur les marmites, même les matons avaient un chouïa d'égards. Trente ans de cavale et le tour de piste final sur l'autoroute, ça vous pose un homme dans des endroits comme ici. Du coup, personne m'a fait chier. J'ai été odieux avec tout le monde et ils ont tous trouvé ça normal. Je co-loue sur même pas quinze mètres carrés avec deux gus à qui je parle jamais, un Serbe qui fait de la muscu toute la journée sauf quand il se paluche devant sa collec de photos de cul en pensant qu'on le voit pas et un jeunot greffé à la télé ou qui se cogne la tête à la porte quand il a ses crises de manque. À part ça, j'ai un boulot pour vous : ça va servir à quelque chose, la procuration que vous avez sur mon compte. Je sais plus combien il y a exactement mais pas mal, quarante-cinq ou cinquante mille. Vous allez tout retirer de la banque et ce sera pour elle. Si elle en réchappe, qu'elle puisse se payer les meilleures cliniques, les meilleurs traitements, tout ce qui pourra l'aider. J'ajoute que je veux un secret total là-dessus, mais vraiment total, c'est compris ?

Voilà, c'est tout. Pour ces trucs-là, je sais que je peux compter sur vous. Salut, Duglandu.

Ainsi cette lettre m'apprit-elle que Lacordeur était à Fleury-Mérogis. Cela faisait près de quatre mois qu'il s'était livré aux flics mais je n'en avais rien su. Peut-être les médias avaient-ils honoré l'événement de leurs entrefilets, mais je ne lisais plus les journaux. La procuration qu'il m'avait signée sur son compte m'était complètement sortie de la tête. Je compris tout d'un coup le fin mot de ce message du flic sur mon portable, c'était donc Lacordeur qui avait donné mon numéro à la police et je compris aussi que c'était lui et non, comme nous l'avions tous cru, Bankara et sa petite famille que la police venait cueillir au Vieil Entrepôt. Le bougre infect s'était donc rangé à mon conseil de se livrer. Cette résurgence épistolaire me fut tout sauf agréable mais je me fis un devoir de satisfaire à ce qu'il me demandait sans trop savoir quoi penser de tant de charitable largesse. Opérer ce mouvement de fonds ne présenta pas de difficultés. Par l'entremise de Fieffé Parleur, j'eus accès au compte de Thérèse-Bethsabée, si l'on pouvait appeler compte les trois francs six sous qui dépérissaient sur un livret de Caisse d'Épargne. Bien que rien ne m'y forçât, je me sentis l'obligation de faire savoir à Lacordeur que sa demande avait été respectée. Le décidément irremplaçable Fieffé Parleur me dénicha les coordonnées de son collègue à qui avait échu le privilège de se voir commis d'office dans l'affaire Lacordeur, et par le petit mot dont je me fendis, j'espérai mettre un point résolument final à mes échanges avec l'assassin garagiste et ses rires d'ectoplasme. Quelques jours plus tard, un appel de Fieffé Parleur me tira du lit : Thérèse-Bethsabée était sortie du coma. Je fus autorisé à l'approcher quelques minutes. La dislocation de son corps était définitive, il resterait penché en avant comme pour ramasser quelque chose. Quant à un recouvrement des facultés de mouvements, on ne pouvait rien dire pour l'instant, sinon que ce serait aléatoire et limité. La tête resterait pour toujours légèrement penchée à gauche et renversée en arrière, ce qui lui donnerait un air perpétuel de vouloir interroger le ciel, elle ne retrouverait probablement jamais l'usage de la parole. Ses grands yeux s'ouvrirent quand je me penchai vers elle, le bleu intense de son regard était ce même océan indompté qu'assise face au piano ou claudicant autour de la cambuse. Point ne me fut besoin du secours des mots :

– Salut, Gentil Pépère, me murmurèrent ces grands yeux qui m'avaient tout de suite reconnu.

L'âme était donc indemne et n'avait pas renoncé à être de la fête. De retour chez moi, je trouvai une deuxième lettre de Lacordeur :

Vous êtes le dernier des connards. Qu'est-ce que vous avez eu besoin d'aller tout raconter à cet avocat qu'on m'a fourgué dans les pattes ? Secret, c'était pourtant clair non ? Il a rien eu de plus pressé, ce pauv' naze, que de faire figurer ça au dossier, tout content de me dire que c'est très bon pour moi. Mais vous croyez quoi ? Que je fais ça pour l'indulgence des jurés ? La seule chose que je veux, c'est disparaître dans le pire du pire de ce qui se vit ici. L'autre matin, dans la cellule, une grosse blatte est sortie du trou des chiottes, je l'ai bien regardée, la grosse blatte. C'est exactement ça que je veux devenir. Ah, au fait, que je vous dise la bonne nouvelle : depuis plusieurs jours, je rigole plus.

CHAPITRE TROISIÈME

Dont le narrateur conclut que le dénommé Grand Magistral lui avait peut-être bien gardé le meilleur pour la fin.

L'argent de Lacordeur fut bien employé. Décidément venu sur Terre pour être efficace, Fieffé Parleur avait pris les choses en main. Après ces longs mois d'hospitalisation, Thérèse-Bethsabée fit la tournée des instituts et centres de réadaptation. Et finalement, dès que ce fut possible, accompagnée de Soham, elle partit pour la Californie afin d'être soignée au Benchley Institute, l'endroit de la planète le plus en pointe en matière de neurochirurgie et retour à la vie des grands accidentés. Soham, en passe de devenir chanteur et musicien accompli, parachèverait sa formation aux États-Unis. Je les revois tous deux prenant congé de nous dans le hall de Roissy. Je le revois, lui, heureux et aux petits soins pour Thérèse-Bethsabée. Je la revois, elle, installée sur un engin qui ne méritait plus qu'à peine le nom de fauteuil roulant, équipé qu'il était de petites roues de véhicule tout-terrain, bardé de manettes, boutons et équipements électroniques, se pilotant tout seul, s'arrêtant de soi-même en détectant les obstacles, anticipant montées et descentes, à croire que suite à l'abandon des grands projets interplanétaires, la NASA s'était reconvertie dans le matériel orthopédique. Juchée sur ce trône hautement technologique, acquis, donc, grâce à une portion du magot de Lacordeur, le corps plié en deux et la tête constamment tendue vers l'arrière, ses bras autrefois amples et sensuels devenus cachectiques depuis l'accident, Thérèse-Bethsabée émettait désormais de pénibles sifflements à la place de ses grands rires joyeux, un difficultueux rictus lui faisait office de sourire, et des exhalaisons de syllabes aphones étaient ce qui restait de ses pétarades de paroles enjouées. Mais le regard, son regard d'irréductible joyeuse bête indisciplinée ensoleillait insolemment tout cela, et pas plus que jadis l'accident de ski, la fatale embardée de la Marie-Vison et ses ravages ne fléchiraient cette âme invaincue. Je n'eus pour m'en convaincre qu'à la voir faire exécuter dans le hall de Roissy des huit et des zigzags à son bolide de paralytique autour des chariots à bagages, et transformer les files d'enregistrement en partie impromptue d'autos tamponneuses. Un fauteuil roulant, ami lecteur, avait traversé Paris au début de notre histoire, un autre fauteuil roulant s'envolait vers Los Angeles en sa presque conclusion.

Vers cette époque, l'amoureuse mathématicienne de Fieffé Parleur fut prise de vomissements juste après son petit-déjeuner, s'aperçut trois jours plus tard qu'elle s'était sans s'en rendre compte arrêtée de fumer, et un bâtonnet trempé dans un peu d'urine proclama la bonne nouvelle que le câlin matinal partagé un mois et demi plus tôt en Sologne ne serait pas sans bienheureuses conséquences. Outre l'inondation de bonheur, les futurs papa et maman y virent une injonction du destin de satisfaire une récurrente envie de grand air et de campagne. Ça tombait bien : un pote et collègue de Fieffé Parleur lui proposait de devenir son associé dans le cabinet d'avocats qu'il ouvrait à Aurillac. Les choses ne traînèrent pas, la crémaillère fut dépendue deux mois plus tard, on m'embrassa en me disant qu'il y aurait toujours une chambre pour moi là-bas. Je me retrouvai bien abandonné sur le pavé parisien. Près d'un an et demi avait passé depuis ce soir de drame au Vieil Entrepôt, toute la bande des squatteurs était sortie de ma vie et une question ne cessait de me tourmenter : qu'était donc devenu Grand Magistral ? Fidèle à son ancien serment d'être le dernier humain sur Terre à ne pas avoir de portable, il était impossible à joindre et on ne l'avait plus revu en son gourbi de la rue Riquet. J'eus beau écumer les endroits où je pouvais espérer retrouver sa trace, rien. Je me rongeais d'être sans nouvelles autant que je redoutais d'en avoir, craignant de retrouver un jour ou l'autre au détour d'une rue mon camarade à l'état d'irrémédiable loque. Et alors que je commençai à ne plus du tout espérer le revoir, il réapparut.

Un papier signé de sa main glissé sous ma porte me donnait rendez-vous chez André Mahmoud, comme au bon vieux temps. Tout au long de notre histoire, j'avais eu mon content de surprises mais celle, ami lecteur, qui m'attendait le lendemain à quinze heures allait les valoir toutes. Au premier coup d'œil, je fus peu ou prou soulagé. Assis devant une verveine, Grand Magistral n'était que convenablement dépenaillé. Je fus par contre fort décontenancé par le lumineux sourire qu'il afficha en me voyant. Jamais rien de tel n'était venu lui éclairer la face. Ce sourire, certes, disait son très réel contentement de me retrouver et son grand bonheur de m'avoir pour ami, mais surtout j'y lus de l'adieu, et je sus en cet instant, qu'après avoir perdu John Wayne, j'allais perdre Buster Keaton. Sous une pâleur de convalescent, il affichait un drôle de calme empreint d'une dérangeante douceur. Il y eut un assez long silence. Tout bête, ne sachant comment demander de ses nouvelles, je me commandai un ballon de rouge. Alors, il m'entreprit sur Pablo Casals et le grondement de ses mouvements d'archet dans le premier trio de Brahms. Je sentis bien qu'il avait quelque chose à me dire mais ne s'y décidait pas, et comme j'allais me commander un deuxième rouge :

– Viens, ne restons pas là, me fit-il avec une saute d'humeur qui, l'espace d'un flash, me restitua le Grand Magistral auquel j'étais habitué.

Il m'emmena déambuler dans les rues gentiment tristounettes entourant l'officine d'André Mahmoud. Cela dura trois bons quarts d'heure. Il paraissait évadé en des terres intimes, perdu peut-être, triste sans doute, mais surtout anormalement apaisé. Notre promenade nous avait conduits jusqu'au bord de la Seine qui coulait là. Grand Magistral m'entraîna sur un quai où stationnaient de vastes barges chargées de sable et quelques péniches.

– Je vais te montrer, me dit-il.

Me montrer quoi ? Les péniches ? L'eau de la Seine ?

– Je vais te montrer, me redit-il avec, cette fois, une bien bizarre petite voix de fautif.

À ce moment, un appel de mon beau-frère au sujet d'une livraison à réceptionner fit diversion. Mon beau-frère était scrupuleux et me savait écervelé, ses recommandations s'éternisèrent un peu. Quand je raccrochai et revins à mon camarade, je crus tout d'abord à une bonne blague dans la grisaille de ce petit port fluvial. Oui, une bonne blague, ami lecteur. Sauf qu'à ma connaissance et depuis plus de quinze ans que je le pratiquais, à la différence de notre ancien acolyte, Grand Magistral ne faisait jamais de blagues. Il me fallut plusieurs secondes pour être certain de ce que je voyais : Grand Magistral avait entrouvert son blouson et portait autour du cou une grosse croix en bois. Je faillis pouffer :

– Qu'est-ce que c'est que ça ?

– Tu vois bien, me fit-il d'un petit ton désarmant.

– Oui. Bien sûr, je vois, mais… C'est quand même pas… C'est sérieux ?

Il baissa un nez gentil. Tentant de surmonter l'incompréhensible, je bafouillai :

– Mais, je voudrais être sûr, là… Tu crois en Dieu maintenant ? Toi ?

Il eut un petit haussement d'épaules. Sur fond de péniches amarrées, je ne fus plus qu'ébahissements effarés, ne sus que resservir :

– Alors, c'est bien ça ? Tu crois en Dieu ?

Il ne me répondit qu'un laconique :

– Dieu m'est…

Puis comme s'il me confiait une clef de l'énigme et presque sur un ton d'excuse :

– Tout est dans le M apostrophe.

La bouquinerie m'attendait, nous quittâmes le quai de Seine. Mon camarade m'apprit alors que, depuis plusieurs mois, il recevait enseignements et préparations en vue d'être accueilli au sein d'un ordre monacal, les trappistes ou quelque chose comme ça. Il eut un petit rire amusé pour me confier :

– On ne se refait pas tu sais, je ne délire guère d'amour pour le pape et les cardinaux, non plus que le clergé en général. Je n'ai pas fini de m'amuser à me farcir tout ça !

En maintenant je comprenais. Ces changements d'abord à peine perceptibles puis de plus en plus voyants que j'avais notés chez lui. Ce coup de coude de Moïse Chant-d'Amour pour me faire remarquer qu'il devenait « beau, ce con »… Et cette fois où je l'avais cru tombé amoureux.

– Ce jour-là… C'était donc ça ? demandai-je en désignant gauchement sa croix.

– C'était bien ça, me répondit-il, elle était la seule à savoir.

« Elle » ne pouvait être, bien sûr, que Thérèse-Bethsabée.

Mon métro arriva, il ne sut me dire quand nous nous reverrions. Hésitant, juste avant l'intraitable fermeture des portes, nous nous embrassâmes pour la première fois depuis qu'on se connaissait et, par la vitre sale, je vis Grand Magistral s'éloigner de ce même pas soucieusement agité que je lui avais toujours connu. Le soir, rendu chez moi, je passai plusieurs heures à écouter *Parsifal*, au cas où le grand opéra mystico-christique de Wagner m'eût permis de raccorder le Grand Magistral que j'avais fréquenté citant par cœur Marx et Charles Fourier à celui que je tentais d'imaginer égrenant des psaumes à genoux sur le dallage d'une chapelle. L'un de mes compères s'en était remis à Edmonde, l'autre à Jésus-

Christ, si tous deux s'étaient entendus dans mon dos pour concourir à qui me stupéfierait le plus, je leur concédai volontiers le match nul, et ma solitude devint totale. De ma visite au Grand Hôtel je n'avais gardé qu'un dégoût du chocolat chaud pour le restant de ma vie. Devant mes explications évasives sur ce que devenaient mes deux acolytes, André Mahmoud cessa un jour de s'enquérir d'eux. Il me restait la bouquinerie de mon beau-frère et une persistante farandole d'images refusant de périr en moi : le haut vieux mur, la cambuse, les squatteurs, le pavillon de Savigny-le-Coteau. Boulevard Sébastopol, un jour, je tombai sur Pandolphe que je n'osai informer de la nouvelle vie de Grand Magistral. Le vieux forban vivotait comme il pouvait, un jour mal un jour bien. Quand je voulus lui évoquer Garges-en-Buy, il haussa ses épaules de lutteur comme devant une page tournée. Je sus par lui que Jean-Maurice et le Belge s'étaient faits routards, allaient selon leur gré de village en bourgade et n'excluaient pas de faire le tour du monde. Je m'autorisai une escapade à Aurillac, Fieffé Parleur avait eu des nouvelles de Bankara et sa petite famille qui peinaient fort à se reconstruire une vie là-bas et que soutenait une seule pensée : revenir ! Quant aux Apatrides, Guitou, le Jeunot Maladif et monsieur et madame l'Ancêtre, dieu savait si je les reverrais un jour. Ne sachant plus à quoi vouer ce fatras qui s'obstinait à ne pas me lâcher la tête, j'en vins à penser au seul comparse qui me restait de toute cette aventure et obtins non sans difficiles démarches une autorisation de visite à Lacordeur.

– Quand je vous l'avais dit, qu'on se quitterait pas comme ça, furent ses premières paroles en se retrouvant face à moi au parloir.

Je vins donc le visiter deux fois par mois, fis connaissance avec un univers de privation hautement régulée où tout faisait un bruit d'absence d'avenir, jusqu'aux hurlements et plaintes que je croyais percevoir malgré les murs, jusqu'aux larmes que plusieurs fois j'aperçus à la dérobée roulant sur les joues des visiteuses ou de certains détenus. Lacordeur, lui, ne pleurait pas et comme il me l'avait annoncé dans sa lettre, il ne riait plus. Son inexpressivité de momie s'en était accentuée jusqu'à donner à son visage de légume desséché l'impression d'une quasi extinction de tout son être. Mais la poignée de main qu'il me consentit fut suffisante pour me persuader que la bête avait encore de la ressource.

– Qu'est-ce que ça peut vous foutre? fut sa réponse quand je lui demandai comment il endurait la vie d'ici.

Une seule question parut lui importer:

– Elle va comment? Vous avez des nouvelles?

Je lui dis ce que je savais, il n'eut pas de réaction. Notre première entrevue se passa sans beaucoup de paroles, en fait nous n'avions strictement rien à nous dire. Il se fit toutefois plus bavard la fois suivante pour m'avouer que son procès, dont la date approchait, le souciait fort. Il craignait de ne pas être condamné au maximum. Alors il envisageait, me confia-t-il d'une voix linéaire, de simuler une tentative de strangulation sur un maton, consacrant pour ce faire une part de ses journées à mettre au point une variante appropriée du bourreau de Béthune. La fois d'après, j'en fus pour mes frais d'avoir fait le déplacement car le sieur Lacordeur était au mitard pour des raisons qu'on refusa de me divulguer, mais j'en conclus que sa tentative d'assassinat s'était plutôt pas mal passée. Son procès eut lieu, ma seule angoisse avait été de m'y retrouver cité comme témoin, fort heureusement j'y échappai. Lacordeur écopa de douze ans, c'était beaucoup trop peu à son goût. On le transféra dans une autre prison située en Haute-Normandie. J'allais l'y voir une fois par mois. Devant l'absolue pénurie de sujets de conversation, nous prîmes le pli de ne plus rien nous dire, restions face à l'autre sans un mot, nous regardant ou ne nous regardant même pas, attendant que ça se passe. Mais une tacite règle du jeu s'était d'elle-même instaurée entre nous de ne jamais écourter nos entrevues. C'était assommant, je m'en allais rétamé de ces visites, mais pour rien au monde n'en aurais manqué une seule. Un soir, dans le train qui me ramenait vers Paris, ouvrant *Le Monde* en page « Spectacles », je tombai sur un article titrant en gros : « *Une étoile est née.* » On lisait sur deux colonnes dithyrambiques qu'un jeune contre-ténor du nom de Soham Durga avait bouleversé l'auditoire de la salle Gaveau dont les murs vénérables, qui en avaient entendu pourtant bien d'autres, résonneraient encore longtemps du plus beau *Erbarme dich, mein Gott* que, de mémoire de mélomane, on ait jamais entendu.

LETTRE À UN DIGNITAIRE

Soham Durga,
citoyen de là où il se trouve et d'où il ira,
présentement à Paris, capitale d'un grand pays

Monsieur le Ministre de l'Intérieur
Ministère de l'Intérieur
Place Beauvau
75008 Paris

Monsieur le Ministre,

Ce n'est pas sans un respectueux amusement que j'ai suivi votre interview télévisée d'hier soir, dans laquelle vous vantiez aux Français l'excellence de votre politique en matière de sécurité et surtout d'immigration. Ce n'est pas non plus sans une certaine surprise qu'à la fin de votre intervention, je vous ai entendu prononcer mon nom. Vous teniez à me citer comme l'un de ces exemples parfaits d'intégration réussie qui, selon vos propres paroles, honorent la France et perpétuent sa tradition de terre d'accueil. Et c'est à ce titre, ai-je donc appris, que vous assisterez au récital que je donnerai au Théâtre du Châtelet vendredi prochain. Vos compatriotes ont ainsi pu se rassurer en découvrant que derrière l'intraitable Premier Flic de France, on trouve un esprit sensible, un amateur éclairé des belles choses. Oserai-je vous faire remarquer que vous perpétuez par-là, de façon certes infiniment moins criminelle, une tradition déjà ancienne qui voyait les bourreaux de la journée pleurer le soir en écoutant Schubert ? Je ne méconnais pas, monsieur le Ministre, ce que ce parallèle peut avoir d'outrancier et d'offensant, je ne l'en assume pas moins. Il vous importait donc de faire savoir à la nation entière que vous viendrez m'honorer de votre présence et de vos applaudissements. Vous avez même insisté, j'en rougis encore, sur l'exemplarité de mon parcours, n'hésitant pas à m'instituer en modèle pour tant de jeunes étrangers sincèrement désireux de s'intégrer à la communauté nationale. C'est de cette exemplarité-là que je voudrais vous entretenir, monsieur le Ministre, et aussi vous livrer un aperçu de ma véritable histoire. Votre présence vendredi prochain au premier rang d'orchestre nous met tous deux dans une situation qui ne serait que cocasse si l'arrière-fond n'en était pas tragique. Car contrairement à ce que vous affirmez sur les plateaux de télé, je fus, et je m'en honore, l'exemple même de ces immigrés clandestins à qui vous livrez une chasse autant certaine de son bon droit qu'inhumaine. Des années durant, j'ai vécu caché, interdit, illégal. J'aurais pu comme d'autres périr naufragé dans le rafiot de contrebande qui nous a, mon père et moi, fait traverser la mer, ou asphyxié dans le faux camion frigorifique qui nous a déposés tous deux un matin en pleine terre de France. J'ai eu beaucoup de chance, voilà tout. Nous ne venions pas pour l'argent, ni même dans l'espoir d'une vie moins pire que celle du village que nous quittions. Nous venions en obéissance à un serment fait par mon père à ma mère la nuit où celle-ci mourut entre ses bras. J'avais alors treize ans et passais pour l'idiot du village. Tout le monde me considérait comme tel depuis ma naissance, au point que moi aussi j'étais persuadé de l'être et m'appliquais à remplir consciencieusement cette fonction. Peu importait à mes parents que cette idiotie fût réelle ou décrétée, ils m'entourèrent d'un amour et d'une prévenance auxquels je dois la force et les ressources que je me découvris quand il nous fallut mener notre vie clandestine dans les plus insalubres recoins de Paris. Juste avant de mourir, donc, ma mère exigea de mon père un étrange serment. Rassemblant ses ultimes forces, elle me désigna (on me croyait endormi dans un coin mais je vis et entendis tout) et ordonna à mon père :

– Emmène le loin, emmène-le très loin, là-bas. Loin !

Et elle ajouta ces énigmatiques et toutes dernières paroles :

– Le monde entier l'entendra. Ils viendront tous l'écouter.

Trois mois après son incinération, nous partions. J'ai tout de suite aimé Paris comme une seconde mère, une mère de façades et de fenêtres. Je savais qu'elle me cacherait et me protégerait, pas une fois je n'ai eu peur. J'ai continué à être idiot, c'était comme un déguisement, un vêtement magique qui me rendait invisible à la foule, on ne parle pas aux idiots, on les ignore. J'acceptai la misère à pleurer dans laquelle mon père et moi nous retrouvâmes comme une épreuve envoyée à nous par un mauvais génie mais dont, comme dans ces contes et légendes qui pullulent dans mon pays, nous sortirions vainqueurs et grandis. À mes côtés, je sentais mon père habité des mêmes confiantes certitudes. Je viens d'un pays, monsieur le Ministre, où l'on rencontre et endure parfois en quelques jours plus de coups du sort et de souffrances que vous n'en sauriez affronter en une vie entière, mais curieusement, dans nos contrées, on ne croit pas vraiment à la réalité du mal. À Paris, nous avons eu faim, nous avons grelotté, souvent nous ne savions pas où nous mettre ni où aller, je me souviens de plusieurs nuits dehors sous une pluie battante et glaciale qui me parut la parodie malveillante de nos moussons de là-bas, nous avons habité un local poubelle, mais peu m'importaient ces duretés car j'avais rencontré une alliée, une protectrice, une amie venue m'accueillir sitôt posé mon pied sur le trottoir parisien, et qui ne me quitta plus : cette amie s'appelle la langue française. Cette langue française que vous-même et vos collègues, monsieur le Ministre, semblez, sur les ondes, avoir à cœur de parler mal et défigurer, sans doute pour avoir l'air plus près du peuple. Sous mes oripeaux d'attardé mental expatrié, je me jetai dans ses bras. Panneaux publicitaires, journaux gratuits du matin, nom des rues sur les plaques et les arrêts de bus, débarquant illettré de mon pays, j'appris à déchiffrer les lettres, puis les mots, puis le sens des phrases, ce fut excitant comme un jeu et haletant comme une opération de survie. Je goinfrai mes oreilles des paroles que disaient les inconnus autour de moi, je les chipais comme un affamé une pâtisserie sur un étal, le voyage fut long, souvent ardu, jamais désespéré. Le plus beau trésor qui m'arriva entre les mains fut un petit poste de radio encore en état de marche dégoté par mon père dans une poubelle du local qui nous servait de chambre d'hôtel. Je passai mes journées, cette radio collée à mon oreille, à guetter et traquer les paroles que je connaissais puis à tenter d'en retrouver l'équivalent écrit sur les journaux gratuits dont une imposante collection me tenait lieu de bibliothèque. Je vénérais ce poste de radio. Tournant un jour le bouton du petit engin, ce ne furent pas des paroles que j'entendis mais le chant d'un instrument que j'ignorais. Hormis la voix de ma mère, jamais aucun son ne m'avait à ce point submergé d'amour. C'était, je l'appris plus tard, la chaconne de la seconde partita pour violon de Bach. Mon père crut que je pleurais ma mère et me consola.

Êtes-vous seulement capable de comprendre ceci, monsieur le Ministre ? Parvenir à comprendre le français occupait toute ma vie. Mes progrès furent donc rapides ; il me semblait que la langue française elle-même accourait à ma rescousse, m'atténuait obstacles et difficultés comme dans certains contes de fées où les forêts s'écartent et les montagnes s'aplanissent devant les pas du héros. Je n'en continuais pas moins à être l'idiot. Une voix intérieure et protectrice m'enjoignait de ne surtout pas quitter ce personnage où j'étais réfugié.

Quant au terme de tant d'errances, mon père et moi vînmes faire partie d'une communauté de squatteurs dans un bout du monde nommé Garges-en-Buy, je connaissais parfaitement le français, mais je n'en quittai pas moins mon rôle d'attardé. Cette simulation ne me pesait nullement, bien au contraire, une puissance à l'œuvre en moi m'interdisait de répudier cet idiot du village que ma mère avait bercé et je savais que l'heure, mon heure, n'était pas encore venue. Quelle heure et l'heure de quoi ? Je l'ignorais mais je sus qu'elle sonnait le jour où mon amour de la langue française et celui, grandissant, de la musique trouvèrent écho en même temps qu'incarnation dans le corps et la présence de la femme que je vis arriver dans notre squat. Thérèse-Bethsabée et moi nous sommes tout de suite rencontrés et reconnus. Dès le premier regard, elle a su ce que les autres n'avaient pas soupçonné, à savoir que ma débilité n'était plus depuis longtemps qu'une efficace et aimable feinte. Elle fut avec mon père l'unique et seule complice de mon chemin secret. Vendredi soir, vous la reconnaîtrez sans peine, installée non loin de vous au premier rang d'orchestre, paralysée à vie et le corps en grande souffrance, état qu'elle doit à un accident survenu lors d'une intervention de vos serviteurs zélés qui en avaient à une admirable famille africaine qui n'aura pas eu ma chance. C'est donc une victime de votre politique qui sera assise presque à vos côtés, monsieur le Ministre. Me voici devenu ce qu'il est convenu d'appeler une diva, on m'admire et m'acclame. De cela je m'acharne à ne tirer nulle gloire et je me prosterne en pensée devant ces femmes et hommes assemblés, comme ma mère m'avait enseigné à le faire, devant les divinités du temple de notre village, notre village où, considérant sa mission accomplie, mon père est retourné vivre. Je les rejoins là-bas chaque année, lui, l'esprit de ma mère, et celui de cet idiot que j'espère de toute mon âme être resté au fond de moi. Non, monsieur le Ministre, je ne suis pas l'exemple que vous étiez tout fier de citer hier soir, je me refuse à l'être, j'ai même un instant songé à refuser de chanter devant vous. Mais c'eût été punir les autres spectateurs et cela ne vous aurait sans doute pas plus affecté que ça.

Croyez, monsieur le Ministre, au respect que je dois à votre fonction…

CHAPITRE QUATRIÈME

Ou l'ultime balade de Thérèse-Bethsabée.

À la fin du *Nisi Dominus* de Vivaldi, il n'y eut tout d'abord aucun applaudissement. Les *Amen* prolongeaient en silence leurs tournoiements parmi l'auditoire incapable de prendre congé de l'enchantement. Puis, le Théâtre du Châtelet tout entier émit une sorte de grognement murmuré, on aurait dit le soupir de contentement d'une bête gigantesque, les corps bougèrent sur les fauteuils pour s'extraire du rêve en douceur et quelques mains commencèrent à battre. Rapidement, l'épicentre des applaudissements s'élargit, et ce fut dans tout le théâtre une bourrasque d'adoration, de gratitude et d'émerveillement. Au milieu de la scène, entouré de ses musiciens qui eux aussi l'applaudissaient, un petit bonhomme brunâtre à la mine hilare et un peu ahurie semblait le premier surpris de tout ce céleste tintouin, comme s'il était le dernier à y être pour quelque chose. J'assistai à tout ceci du troisième balcon.

Il y a des journées comme ça où flotte un parfum de miracle. J'avais été dès le saut du lit tout à la joie de ce concert où Soham nous avait réservé des places de choix, à moi, Fieffé Parleur et sa mathématicienne qui, flanqués de leur tout gourmand de vivre jeune Arthur, avaient fait pour la circonstance le voyage à Paris. Entre Maison-Blanche et Gobelins, dans le métro qui me ramenait de la bouquinerie, ma lecture du *Comte de Monte-Cristo* (où chaque année je me replongeais) fut importunée par la survenue d'un musicien mendiant monté grappiller quelques bouts d'euros en cassant les oreilles à tout le monde. À peine m'étais-je fait de mon mieux sourd au troubadour indésirable qu'Alexandre Dumas me tomba des mains. Un accordéon que j'eusse reconnu entre mille faisait au wagon de métro les honneurs du chœur des dames, chevaliers et seigneurs de la Wartburg ! Les passagers interloqués me virent bondir et pousser des cris pour m'aller jeter dans les bras du musicien clodo. L'Apatride répondit par des exclamations dans sa langue indevinable, il y eut des embrassades et l'accordéon enflamma le wagon d'une czardas improvisée dont l'euphorie contamina tout le monde, et une moisson d'euros s'en vint transformer en corne d'abondance le bonnet de laine qui servait à l'Apatride d'habituelle sébile famélique. Il me kidnappa jusque dans un fin fond de la Plaine-Saint-Denis où lui et les siens squattaient une portion de béton sous l'autoroute. La vieille Azucena m'ouvrit ses bras comme si elle n'avait fait que m'attendre tout ce temps-là, la fille et l'autre frère me fêtèrent comme un souverain en visite. Pour le coup, ça tombait trop bien, c'était le bon Dieu qui voulait ça, j'emmenai toute la tribu au Théâtre du Châtelet. Tant pis pour ma place d'honneur, nous fîmes la queue pour les places pas chères du troisième balcon qui n'étaient mises en vente qu'au dernier moment. On frôla l'incident grave avec le personnel d'accueil à cause du frère musicien qui refusait de laisser son accordéon au vestiaire, et leur mise qui n'était pas exactement celle des grandes soirées parisiennes valut à la smala des Apatrides des regards poliment dégoûtés. Quelques spectateurs se formalisèrent pendant le concert de la promiscuité de cette vieille femme bizarre qui envoyait ses bras vers le ciel en réponse aux arpèges et vocalises de Soham, tandis que le frère musicien gênait ses voisins de siège avec son encombrant instrument serré contre lui. J'assistai donc au récital de tout là-haut, et n'en eus qu'une meilleure vue sur l'étrange événement qui se produisit à la fin. Il y avait eu Purcell, Haendel, Purcell encore, Monteverdi et enfin le *Nisi Dominus*. Les ovations n'en finissaient pas, les spectateurs étaient maintenant tous debout, bras et regards tendus vers Soham qui faisait plus mine de s'excuser que de remporter un triomphe. Au premier rang, dans un fauteuil d'infirme garé au pied de la scène, une spectatrice n'applaudissait pas le chanteur et avait gardé durant tout le concert la tête fixement renversée vers le haut plafond du théâtre. Il me sauta aux yeux que Thérèse-Bethsabée était affaiblie, et d'une maigreur de fort mauvais augure. Soham s'inclinait avec une humble gaucherie devant ces applaudissements qui refusaient de cesser. Une jeune ouvreuse toute rougissante qu'un tel honneur lui eût échu vint lui remettre une flamboyante gerbe de fleurs. Ceci porta les bravos à leur paroxysme ; debout en demi-cercle les musiciens souriaient. Soham tendit l'énorme bouquet vers la salle pour l'offrir au public, les mille cinq cents spectateurs continuant de taper des mains scandaient follement :

– Merci, merci, merci, merci !

Ce fut alors que l'événement bizarre se produisit. Soham déposa les fleurs au bord de la scène et descendit dans le public. Le ministre de l'Intérieur au premier rang, qui n'avait sans doute pas eu le temps de lire son courrier, dut vaniteusement croire que l'artiste souhaitait le saluer car il esquissa deux pas officiels et rengorgés en direction de Soham, qui passa devant lui sans le regarder. Pas davantage ne parut-il remarquer les admirateurs des premières rangées qui voulaient l'approcher et le toucher. Il s'arrêta devant Thérèse-Bethsabée, l'extirpa avec précaution de son fauteuil d'infirme et l'emporta dans ses bras. Traversant la salle et la foule des spectateurs, il gagna la sortie, descendit le grand escalier d'entrée pour rejoindre l'air libre de la place du Châtelet, et tous d'eux s'en furent se perdre parmi la foule nonchalamment clairsemée de cette fin de soirée au cœur de Paris. Des membres du personnel à la porte du théâtre les virent disparaître au bout de l'avenue Victoria. Cette curieuse fin de concert ne laissa pas de faire parler d'elle, d'autant plus que durant de longues semaines, nul ne sut où et pourquoi avaient disparu Soham et sa compagne. Au bout de quelques jours, son agent artistique reçut un laconique coup de fil de Soham qui lui demanda de ne pas s'inquiéter mais conserva un obstiné mystère sur l'endroit où ils se trouvaient tous deux, et ce qu'ils faisaient.

La réponse à l'énigme me vint d'où je ne l'attendais pas, à savoir de Grand Magistral. Je reçus un jour une épaisse enveloppe, sur laquelle j'eus la joie de reconnaître l'écriture de mon camarade. Joie vite douchée car dès les premières lignes, sa longue lettre m'annonçait que Thérèse-Bethsabée s'en était allée, lentement, paisiblement, mais, comme le chante Georges Brassens, à reculons. C'était donc dans le couvent de Grand Magistral – où, ça y est, c'était fait, il venait d'être reçu comme moine – que tous deux s'étaient dérobés aux indiscrétions du monde. C'était donc là qu'elle, la perpétuellement en éveil, avait consenti à s'endormir entre son Glouton Joli et son bien aimé, dont j'appris que le nom signifie en sanscrit « Je suis cela ». Thérèse-Bethsabée et Soham s'étaient auparavant offert un ultime et secret voyage, tous deux savaient que ce serait le dernier, dans les valleuses du pays de Caux et sur ces falaises qu'elle aimait tant, auxquelles elle prétendait ressembler – au physique comme au moral. « Tendre et dure comme la craie de mes falaises natales, c'est ça que je suis ! » Combien de fois avait-elle brandi cette affirmation en exergue à ses moments d'humeur.

Au Benchley Institute, on soignait les grands blessés, on les remettait parfois sur pieds, mais on ne faisait pas de miracles. Traitements, opérations et rééducations avaient dans un premier temps semblé étonnamment réussir à Thérèse-Bethsabée. L'espoir avait même bercé entourage et médecins qu'elle pût reparler et recouvrer une petite faculté de mouvements. Mais après avoir paru lorgner du côté de la guérison, on aurait dit que ce corps et ses mystérieux centres opérationnels s'étaient soudain ravisés et l'on avait alors assisté à une incompréhensible rechute. On se vit presque revenu à la case départ de ce jour où Thérèse-Bethsabée était sortie du coma à Paris, et les docteurs californiens ne cherchèrent même plus à y retrouver leur latin. Sans aucune explication cliniquement plausible, le corps de Thérèse-Bethsabée s'était mis à dépérir, le plus incompréhensible étant que les suites et séquelles de l'accident sur le périph' n'y semblaient a priori pour rien.

– C'est comme si… On dirait qu'il y a une partie d'elle qui ne veut plus, avait lâché un médecin, les bras tombants et sa blouse blanche toute de travers.

Il n'y avait ni douleurs ni crises, rien qu'une infiniment lente et irréversible descente dont un amaigrissement progressif et une pâleur du visage de jour en jour grandissante témoignaient sans appel. Il ne servit donc plus à rien de prolonger la villégiature au Benchley Institute. Entre-temps, Soham avait commencé à enchaîner récitals, tournées, concerts et triomphes. Thérèse-Bethsabée le suivit partout. Car si, comme avait dit le médecin, une partie d'elle ne voulait plus, une autre se refusait, et avec quelle pugnacité, à lâcher comme ça le morceau, ainsi qu'en témoignaient les flamboiements d'une joie vorace tout entière refluée dans le regard. Dans les halls des grands hôtels et des aéroports, dans les coulisses et les loges des théâtres, aux réceptions d'après-concert on prit l'habitude de les voir ensemble, elle inerte et naufragée sur son véhicule de malade qu'elle n'était maintenant plus capable de faire virevolter, lui invariablement disponible pour elle et qui, sitôt quittés la scène et les bravos, courait la rejoindre non point pour la veiller comme une malade mais pour parler, rire et chanter avec elle. Car oui, ami lecteur, ils chantaient, riaient et parlaient ensemble. Sans le secours d'aucune méthode, Soham avait compris dès la seconde où ils s'étaient rouverts ce qu'à la syllabe près lui disaient les yeux de Thérèse-Bethsabée. Le regard entre eux remplaça la parole. L'affaiblissement de Thérèse-Bethsabée n'entrava jamais ce dialogue de leurs yeux. C'était sous sa férule qu'il préparait ses concerts. Soham redoutait par moments, en chantant devant elle, ce bleu regard d'outre-monde auquel n'échappait aucun quart de soupir ou triple croche inadéquats. Elle l'interrompait d'un clignement brusque, et les yeux infaillibles conseillaient, commentaient, guidaient, s'extasiaient.

Mais bientôt, l'affaiblissement du corps manifesta vouloir prendre un définitif dessus. Un matin, Thérèse-Bethsabée eut du mal à respirer et son cœur se mit à battre la breloque. C'était quelques jours avant le Théâtre du Châtelet. Un médecin, ami de Fieffé Parleur, prescrivit un traitement antidouleur. Soham ne voulant laisser personne d'autre pratiquer les deux injections quotidiennes s'improvisa aussi bon infirmier qu'admirable chanteur. Tous deux surent alors que « c'était » pour très bientôt et que ce concert au Châtelet serait le dernier pour elle.

Pendant l'escapade au pays de Caux et lors des premiers jours au couvent, les piqûres remplirent idéalement leur mission d'antalgique béni. Mais un soir le traitement fut inefficace. Le corps de Thérèse-Bethsabée, qu'on n'avait plus vu remuer depuis l'accident, se tordit affreusement sur son fauteuil. Une double dose atténua la souffrance mais le regard à son tour s'abîma dans l'inertie. On ne sut plus durant les trois jours qui suivirent si elle souffrait ou non. Un soir, Soham s'était levé en saisissant son téléphone portable, avait longuement parlé au médecin, puis était allé s'enfermer avec Thérèse-Bethsabée. Il avait un air tranquille et décidé quand il revint, mais à ses yeux rougis, Grand Magistral devina qu'il avait pleuré.

Il n'osait pas vraiment me regarder, m'écrivait Grand Magistral, *et enfin il m'a dit: « Maintenant… Elle veut… Elle veut maintenant. » Nous sommes entrés dans la cellule de Thérèse-Bethsabée. Soham avait extorqué au médecin la marche exacte à suivre et les dosages à respecter. Il fallait faire trois piqûres à vingt minutes d'intervalle et avec des doses de plus en plus fortes. Thérèse-Bethsabée nous fixait. Depuis trois jours, son regard avait disparu, devenu vitreux. D'avoir pris la décision semblait avoir muselé ses douleurs et ses grands yeux vivants furent de retour, graves, indécis. Quel bleu choisir en l'honneur du moment ? Outremer ou indigo ? Soham a cherché une veine dans l'avant-bras, elle regardait la seringue d'un air presque heureux. La première piqûre n'a rien provoqué de spécial, on a attendu les vingt minutes prescrites. À un moment, me trouvant de trop, j'ai voulu sortir mais me suis senti retenu, comme attrapé au lasso. Je me suis retourné : le regard de Thérèse-Bethsabée me disait, je te jure et suis certain de ce que j'écris là, il me disait : « Glouton Joli, reste avec nous. » Je suis donc resté. La deuxième piqûre a provoqué un début de somnolence puis il y eut le moment difficile : celui où on peut bien raconter tout ce qu'on voudra, mais ce que veut la vie, c'est vivre et rien d'autre que ça, et toutes les spiritualités de la Terre n'y changeront rien. Ça n'a pas duré très longtemps mais le corps s'est cabré contre ce qui lui arrivait. Je n'ai pas voulu regarder la dernière piqûre. Ces dernières vingt minutes étaient à eux deux, je me suis retourné face au mur. Lui est resté tout près d'elle, visage contre visage, il lui chantait quelque chose à voix presque inaudible,* O Solitude *de Purcell je crois bien. J'ai entendu dans mon dos l'affairement de la dernière injection, l'endormissement final s'est fait lentement, le visage s'est d'abord enlaidi et crispé, puis s'est détendu jusqu'à retrouver des couleurs et redevenir comme avant l'accident. Le médecin est arrivé quelques heures après la dernière piqûre et n'a presque pas eu besoin de bidouiller le constat de décès. Je te mettrai au courant pour les obsèques, Soham et moi nous occupons de ça. Tu vois, on ne se refait décidément pas, incorrigible je demeure, et c'est par un péché mortel que je débute ma carrière de moine.*

ÉPILOGUE

Pourtant, bien que chacun se fuie comme la prison
qui le tient et qui le hait, il est un grand miracle
dans le monde : je sens que toute vie est quand même vécue…

RAINER MARIA RILKE

Connaissez-vous, ami lecteur, le cimetière marin de Varengeville-sur-Mer ? En ces dernières lignes de notre histoire, je n'en suis plus à un superlatif près : j'oserai donc affirmer que c'est l'un des plus beaux endroits du monde. Un rassemblement désordonné de sépultures, parmi lesquelles celles de Georges de Porto-Riche, Albert Roussel et Georges Braque, entoure une vieille petite église un peu trapue à l'allure d'ancêtre paisible. On est juché sur une pleine campagne au-dessus de la mer. On regarde d'un côté, c'est végétal et feuillu, on est submergé de verdoyance, on se retourne et on a la mer devant soi, presque sous ses pieds. Ce pourrait être farouche et vertigineux, c'est tranquillement dépaysant. Des pâturages épais et bien gras à vous donner des envies de devenir herbivore comme les vaches qui y paissent descendent en pente peinarde pour s'interrompre sans prévenir devant le bleu vif ou gris, selon le temps qu'il fait, de la Manche. On est sur les falaises du pays de Caux. C'est donc ici qu'un matin, nous, les anciens squatteurs, les Impétrants, nous rassemblâmes vers dix heures, pour une dernière matinée avec Thérèse-Bethsabée. Arrivé très tôt avant tout le monde, j'avais eu le temps de m'intoxiquer délicieusement de fraîcheur et d'aurore. Le beau temps était de la partie, la nature avait tenu à se faire toute splendide en ce jour, et comme je comprenais Monet, Braque et leurs collègues d'avoir jeté un tel dévolu sur ce coin de France. J'étais tout seul au milieu des tombes sauf, à l'autre bout du petit cimetière, une vieille grosse femme qui se traînait d'une sépulture à l'autre pour en enlever les fleurs fanées. Loin d'attrister les lieux, la présence de cette pauvresse, bizarrement, y ajoutait un surcroît de réconciliante harmonie. Je dus fugitivement halluciner car il me parut, d'où j'étais, que cette femme avait un visage presque entièrement bleu.

Puis les autres arrivèrent. Miraculeusement, j'étais parvenu à retrouver la trace de tout le monde, aidé en cela par Pandolphe qui retrouva celles du Belge et de Jean-Maurice, par les Apatrides qui retrouvèrent celle de Guitou, lequel sut récupérer monsieur et madame l'Ancêtre ainsi que le Jeunot Maladif. Nous nous étions donné rendez-vous, donc, devant la petite église où aurait lieu la cérémonie dont l'officiant ne serait autre que Grand Magistral, ou plutôt frère Abraham ainsi qu'on l'appelait désormais. En le voyant pour la première fois dans sa robe de moine, j'eus d'abord grande envie de pouffer et quelque mal à me convaincre que nous étions là pour un enterrement et non un bal costumé. Enterrement pour lequel il n'avait pas été facile d'imposer à l'entrepreneur des pompes funèbres que le cercueil de Thérèse-Bethsabée fût acheminé jusqu'ici non point par l'un de ces infâmes et réglementaires fourgons anthracite, mais dans le camion bariolé d'un cirque qui se produisait dans le coin et avait de grand cœur consenti le prêt de son engin. Le croque-mort en chef s'était étranglé, Fieffé Parleur avait coupé court au moyen d'une de ses réparties qui faisaient le charme et parfois le succès de ses plaidoiries : « La mort n'a pas besoin de vous pour s'enlaidir, elle fait ça très bien toute seule. »

Conduit par Guitou, le petit camion de cirque arriva, son haut-parleur enroué diffusait la musique des *Nuits de Cabiria*.

– Tu te souviens, la scène finale ? me dit Grand Magistral tandis que nous faisions cercle autour du camion, Giulietta Massina seule dans la nuit, perdue, voulant mourir, les musiciens, la joie qui revient, les « *buona sera* », c'est ma fin de film préférée.

Au moment d'extirper le cercueil du camion joyeux, les croque-morts eurent un recul offusqué et faillirent bien se mettre en grève au son de la musique de Nino Rota. Passait encore qu'un camion de cirque fît office de corbillard et qu'une musique de vieux cinéma tînt lieu de *De Profundis*, on les avait prévenus. Mais leurs collègues en charge de la mise en bière avaient omis de les informer qu'au mépris de toute décence funéraire, ce qui tenait lieu de cercueil était, œuvre et hommage de Pandolphe, un biscornu container bricolé avec des morceaux de la cambuse. Pandolphe dont je m'aperçus soudain qu'il manquait à l'appel. Son viscéral rejet des cérémonies religieuses joint à un dégoût croissant des choses et des gens avait-il au dernier moment pris le dessus ? Ravalant leur mauvaise grâce, les croque-morts daignèrent se saisir de ce qui méritait selon eux davantage le nom de caisse à savon que de sépulture. J'eus alors un sursaut : tout au bout de la route, il me sembla voir apparaître le fantôme de la Marie-Vison. Mais ce n'était que la cousine de l'emblématique et fatale guimbarde du Vieil Entrepôt, à savoir la vieille estafette d'André Mahmoud, pilotée par celui-ci, son neveu Karim à son côté ainsi que, j'en fus tout rassuré, Pandolphe. Sautant du petit camion et ouvrant les deux portes arrière, Pandolphe réclama l'assistance de tous les bras présents pour trimballer un « truc lourdement pas léger du tout ». On découvrit un énorme bloc dissimulé dans un épais morceau de bâche. À la question de ce qu'il y avait d'empaqueté là, Pandolphe répondit : « Quand vous verrez, vous saurez ! », et nous résignant à ignorer ce qu'il nous fallait trimballer, nous effectuâmes la manutention. Les bras de tous les squatteurs, auxquels consentirent à s'ajouter ceux des fossoyeurs à qui on donna la pièce, ne furent pas de trop pour transbahuter l'énigmatique paquet à travers les autres tombes, jusqu'au trou fraîchement béant où descendrait tout à l'heure le cercueil de Thérèse-Bethsabée. Devant la fosse, Pandolphe déplia la bâche et dévoila ce qu'on avait bien souffert à porter jusqu'ici : nous reconnûmes les briques rouges du haut vieux mur. Pandolphe était donc retourné là-bas tout seul. En plus des morceaux de cambuse avec lesquels il avait fabriqué le cercueil, il avait confectionné une pierre tombale ornementée de petites figurines taillées dans les briques : et ces minuscules figurines, c'était nous ! Ils étaient tous là, les Impétrants transformés en petits bonshommes de pierre rouge. Il y avait le Belge penché sur ses patates, l'Apatride et son accordéon, Sapajou-Ouistiti marchant sur les mains, la vieille Azucena sur son plot, moi-même égaré parmi la petite foule, et aussi Grand Magistral battant la mesure et tous les autres, Thérèse-Bethsabée, bien sûr, près de son piano, Moïse Chant-d'Amour paradant, et même un presque gnome crapuleusement rencogné en qui je reconnus Lacordeur. On se recueillit un moment devant le petit chef-d'œuvre avant d'entrer dans l'église. Il faudrait être bien meilleur et plus suggestif chroniqueur que je ne le suis pour donner une idée de l'intime béatitude que c'est, une fois passé le petit porche de la vieille église de Varengeville-sur-Mer, de prolonger l'euphorie d'avoir été dehors par la sérénité d'être dedans. Car en ce cimetière marin, dehors et dedans conversent comme nulle part ailleurs, échange qui trouve un terme et une silencieuse apothéose dans les vitraux de Georges Braque dont sont troués les murs de la petite église.

Il n'y eut pas de messe. Soham avait pris place au premier rang, serein, il n'avait pas prononcé une parole depuis son arrivée. Deux le Père était à côté de lui, qui avait fait le voyage depuis son lointain village ; quant à Pandolphe, il avait inspiré profondément avant de pénétrer dans l'église et de s'asseoir au plus près de la sortie. Debout devant l'autel, avec dans son dos le vitrail de Georges Braque représentant l'arbre de Jessé, Grand Magistral prit la parole :

– Gloire à Dieu au plus haut des cieux, commença-t-il, laissant un grand silence suivre cette invocation avant de poursuivre. Gloire à Dieu au plus haut des cieux ? Oui pourquoi pas, si on veut. Mais surtout, Gloire à Dieu au plus bas, au fin fond du cœur des pauvres humains égarés. Aussi mes amis, nous ne parlerons pas de Dieu, nous ne le prierons même pas. Nous sommes ici car Thérèse-Bethsabée chérissait ce lieu entre tous et prétendait même lui ressembler physiquement, ce qui n'était peut-être pas si faux que ça. « Tendre et dure comme la craie de mes falaises natales, c'est ça que je suis ! », vous vous souvenez.

Il parla longtemps et dans le désordre, s'étant refusé à préparer un laïus et à ne rien prononcer qui eût l'air d'un sermon. Son verbe autrefois frénétique et indigné, ces phraséologies emberlificotées aux couleurs de vindicte et brandissement du drapeau rouge, tout cela s'était transmué en une parole tranquille, mais que mon nouveau moine de camarade ne put se retenir d'agrémenter d'une citation détournée des évangiles et empruntée à Ernst Bloch, philosophe allemand, marxiste et antistalinien notoire : « L'homme n'a pas seulement besoin de pain, surtout quand il n'en a pas. » Frère Abraham ne reniait donc rien de Grand Magistral, je me sentis tranquillisé comme quand un accord parfait majeur vient idéalement conclure une sonate.

Passions, amours, colères, pétarades et claudications de Thérèse-Bethsabée dansèrent dans un discours improvisé qui fut l'absolu contraire d'une oraison funèbre. Exigeant d'être de la partie, la lumière du soleil traversa les vitraux pour épandre sur nous les couleurs de Georges Braque. Enfin l'on se mit tous debout et, l'accordéon de l'Apatride faisant office de grandes orgues, la petite église résonna du chœur des dames, chevaliers et seigneurs de la Wartburg, et de deux ou trois autres morceaux du concert qui n'avait jamais eu lieu. Pour finir, Soham chanta *Erbarme dich, mein Gott.*

Le cercueil descendu en terre, chacun se promena parmi les tombes. Comme une bonne habitude qui refuse de se perdre, la vieille Azucena défit son baluchon et un pique-nique fut improvisé dans le champ voisin. On sentait s'approcher le moment, dont personne pourtant n'avait envie, de se séparer. J'allais de l'un à l'autre glaner paroles ou propos délicieusement dénués d'importance et, derrière un bosquet où nous étions venus faire la même chose, je me retrouvai à côté de Pandolphe. L'indéboulonnable vieil anar n'en revenait pas d'avoir pu rester plus d'une heure dans une église.

– Après ça, il me reste plus qu'à mourir, me rigola-t-il en se reboutonnant.

Mais le ton qu'il avait me dit que ce n'était là qu'une demi-plaisanterie. Je lui exprimai mon admiration pour son monument à Thérèse-Bethsabée, il me répondit bof, lui proposai d'instaurer entre nous l'habitude d'un gueuleton par semaine, il me dit d'accord d'un ton voulant dire que l'affaire ne tiendrait pas. Enfin il m'abattit sa paluche sur l'épaule :

– T'inquiète pas, va, me fit-il d'un ton qui résumait tout.

Il me fit une dernière tape et disparut à l'autre bout du pâturage, où la mer se laissait rejoindre par l'une de ces descentes en forme de large écorchure dans la falaise et qu'on appelle ici valleuses. Remontant vers le cimetière, je me heurtai à la pauvresse nettoyeuse de tombes et nos regards ne purent s'éviter. Je croyais, ami lecteur, qu'avec ces belles obsèques, c'en était fini des surprises renversantes et autres effarants rebondissements. Eh bien non, le cimetière marin de Varengeville-sur-Mer m'avait mitonné un bonus. Cette femme avait réellement un visage bleu mauve, un épais visage qu'un trop-plein d'exténuations et malheurs avait figé dans une hébétude résignée, et qu'une envahissante tache de vin ou indélébile ecchymose, je n'aurais su dire, violaçait presque en totalité. La femme hocha la tête à mon intention avec une lassitude moqueuse suivie d'un gros rire bête signifiant qu'elle était contente de me voir : je reconnus Kundry. Kundry ici ! Arrivée quand ? Pourquoi, comment ? Moi qui depuis ce si lointain jour de La Bonne Surprise n'avais guère adressé plus de quatre phrases à l'égérie de Moïse Chant-d'Amour, je fus bien à court de mots pour lui demander comment et pourquoi elle se retrouvait ici. Comme pour m'épargner cet embarras :

– *Ich bin müde*, me dit-elle d'une voix affaissée.

Emportements et fureurs de jadis semblaient l'avoir de guerre lasse désertée. Irrésistiblement, un sourire me vint auquel elle fit oui de la tête, avant de me laisser tomber pour s'en retourner sans façon vers ses tombes. Ravalant au mieux mon ébahissement, je retrouvai Soham et Deux le Père devant l'église. Tel qu'en lui-même, le grand vieillard longiligne prodiguait à l'envi ses approbations à cette nature et aux tombes étendues à ses pieds. Je l'avais vu, le matin dans l'église, s'arrêter devant les crucifix, toutes les statues de la Vierge et des saints sans en omettre un seul pour joindre en prière ses longues mains noueuses, comme cela se fait dans les temples de chez lui, là-bas. Je conversai quelques instants avec Soham. Une malicieuse tristesse émanait de lui ; tout près, on entendait les pelletées du fossoyeur achever de combler la tombe de Thérèse-Bethsabée.

– Il ne me reste plus qu'à continuer. Tenir au mieux mon rôle de diva, me dit-il avec un amusement dupe de rien.

Puis tout à trac, il me proposa de l'accompagner dans ses tournées, de devenir son assistant, son secrétaire : Thérèse-Bethsabée n'étant plus là, il aurait besoin de quelqu'un, pour les affaires courantes. Depuis le temps que je souhaitais voyager, l'offre avait tout pour me séduire mais je la déclinai. Je lui dis que c'était un peu trop tôt pour moi, que plus tard je ne disais pas non, mais qu'il me fallait me retrouver, faire le point. Faire le point de quoi et retrouver qui ? On se le demande, ricannai-je alors en moi-même. Une main m'effleura l'épaule, c'était Grand Magistral ou plutôt frère Abraham, je ne savais plus comment l'appeler, et décidément il me faudrait faire un effort avant de m'habituer à sa robe de bure.

Il m'entraîna plus loin. Mon camarade n'était pas moins surpris et remué que moi :

– Tu l'as vue ? me demanda-t-il, désignant le bout du cimetière où s'en était retournée Kundry.

Je répondis oui de la tête. Il eut comme l'une de ses agitations d'antan :

– C'est dingue, non ?

– Assez dingue, en effet, acquiesçai-je.

– Mais encore plus que tu ne crois. Figure-toi qu'il y a un bail maintenant, j'allais prier en cachette dans les églises. Je les choisissais dans des quartiers où j'étais à peu près certain de ne pas vous rencontrer, je me cachais pour aller prier comme d'autres pour entrer dans un sex-shop. Un après-midi, donc, je l'ai vue assise devant la Sainte Vierge, on aurait dit qu'elle était en train de lui parler. Je me suis fait tout petit pour qu'elle ne me voie pas. Et la retrouver ici, aujourd'hui. Comment c'est possible ?

Il s'inquiéta de ce que j'allais devenir, c'était bien la première fois : postulant le mal-vivre comme la norme humaine en ce bas monde, il s'était toujours soucié comme d'une guigne que ses potes allassent bien ou mal. J'éludai le sujet. Et une question vint silencieusement peser entre nous :

– Et tu as… Tu sais ? Tu as eu des nouvelles ?

– Aucune. En principe avec son Edmonde, je ne sais rien de plus.

Nous unîmes tous nos efforts une dernière fois pour déposer la pierre tombale sur la terre fraîchement tassée. La sépulture ferait bien belle figure aux côtés de celles, académiquement pompeuse, d'Albert Roussel et artistement simple de Georges Braque. Les petits bonshommes en briques rouges garderaient leur mystère sous le ciel et les embruns de Varengeville-sur-Mer. Presque sans une parole, le petit groupe se défit, on échangea poignées de mains gênées et petits signes un peu bêtes. Soham me tomba dans les bras, son père posa sa vieille main sur ma tête en gage de bénédiction.

Les Apatrides s'en allèrent à travers champs et le son de l'accordéon commençait à décroître. Leur petite tribu n'était plus que quatre formes déjà lointaines dans la verdure quand tout à coup l'une des silhouettes se défit du groupe en bondissant telle une bestiole. C'était la fille Apatride. Passant à ma hauteur en courant, elle me cria joyeusement quelque chose dans son incompréhensible patagon, sauta comme une gazelle par-dessus les tombes jusqu'au fond du cimetière où Kundry continuait de ramasser les fleurs fanées. Sans lui demander son avis, la fille Apatride lui attrapa la main. Kundry se laissa tirer comme un énorme marmot perdu et empoté. Lorsqu'elles eurent rejoint les autres au bout du champ, l'accordéon célébra l'arrivée d'une nouvelle venue en la tribu, puis tous les cinq se mirent en route et je ne les vis plus. Les autres s'en étaient eux aussi tous allés, je cherchai mon acolyte de moine pour lui dire au revoir, il avait également disparu.

Parti Glouton Joli, en allé frère Abraham, bye-bye Grand Magistral.

Mon beau-frère a décidé sur un coup de tête de prendre sa retraite et m'a légué sa bouquinerie. Me voilà chef d'entreprise. Pendant quelque temps, je fus aussi mon unique employé, mais ne suffisant pas à la besogne j'ai embauché le Jeunot Maladif; je l'appelle désormais par son prénom qu'il a enfin bien voulu me révéler: Gabriel. Il abat plus de besogne qu'à sa place je n'absorbai jamais et trouve en plus le temps de dévorer tout ce qu'il y a de lisible dans les rayonnages. Il parle toujours aussi peu et aucun de nos rares mots échangés n'a trait aux Impétrants, ni à la cambuse, ni à sa montagne. Soham ne manque jamais de m'adresser une carte postale de là où il chante. La chambre d'amis m'est toujours ouverte à Aurillac. Bankara, Hadiya et les progénitures sont revenus, aidés par Soham qui a su user et abuser de son statut de star et de ses relations. Sapajou-Ouistiti fait merveille dans une école des arts du cirque. Je prends parfois le train pour Saincaize où se trouve le monastère de frère Abraham. Je crois que Jean-Maurice et le Belge sont effectivement en train de faire le tour du monde. De bimensuelles puis mensuelles, mes visites à Lacordeur étaient devenues semestrielles car l'immonde bougre était désormais détenu en maison centrale dans le Var. Un jour, une violente mutinerie éclata dans ladite maison centrale. La télé diffusa en boucle des images de bâtiments en feu et de CRS donnant l'assaut et j'eus ma petite idée quant à qui avait fomenté cela. Lacordeur vit la durée de sa peine alourdie en conséquence ainsi qu'il le souhaitait. Je me disposais à l'aller complimenter personnellement, mais l'administration pénitentiaire me signifia que le détenu Lacordeur, Raymond refusait désormais toute visite. J'ignore ce qu'est devenu Pandolphe. J'ignore également, j'ignorerai sans doute toujours, ce qu'est devenu Moïse Chant-d'Amour. Une pile de DVD trône sur ma petite commode et je meuble mes insomnies en visionnant encore et encore *L'Homme tranquille* ou *Rio Bravo*. Je peux rester plusieurs jours sans penser à mon acolyte mais il me ressurgit dans le ciboulot quand je ne m'y attends pas. Je ne désespère pas de réussir un jour à l'oublier pour de bon. En attendant, je ne parviens toujours pas à refréner le bond d'espoir que me cause chaque sonnerie de portable, et durant mes promenades, ami lecteur, je maudis chacun des coins de rue où je ne le vois pas surgir.

Achevé d'imprimer en mars 2016,
sur les presses de l'imprimerie La Source d'Or,
63039 Clermont-Ferrand, France.
Numéro d'imprimeur : 18479.

Cet ouvrage est imprimé, pour l'intérieur,
sur papier bouffant Munken Print White 80 g
certifié PEFC sous le n° 10/31-2008.